CB074412

A INTERPRETAÇÃO DO ASSASSINATO

JED RUBENFELD

A interpretação
do assassinato

Romance

Tradução
Paulo Schiller

COMPANHIA DAS LETRAS

Copyright © 2006 by Jed Rubenfeld
*Esta edição foi publicada mediante acordo com Henry Holt and Company, LLC,
Nova York, NY, EUA. Todos os direitos reservados.*

Os trechos de *Hamlet* foram extraídos da coleção *Tragédias e comédias sombrias*, de
William Shakespeare, tradução de Bárbara Heliodora, Editora Nova Aguilar, 2006.

Título original
The interpretation of murder

Capa
Rita da Costa Aguiar

Fotos da capa
AKG/ LatinStock

Preparação
Carlos Alberto Bárbaro

Revisão
Otacílio Nunes
Valquíria Della Pozza

Dados Internacionais de Catalogação na Publicação (CIP)
(Câmara Brasileira do Livro, SP, Brasil)

Rubenfeld, Jed, 1959-
    A interpretação do assassinato : romance / Jed
Rubenfeld ; tradução Paulo Schiller. — São Paulo :
Companhia das Letras, 2007.

    Título original : The interpretation of murder
    ISBN 978-85-359-1064-3

    1. Romance norte-americano I. Título.

07-4851   CDD-813

Índice para catálogo sistemático:
1. Romances : Literatura norte-americana   813

[2007]
Todos os direitos desta edição reservados à
EDITORA SCHWARCZ LTDA.
Rua Bandeira Paulista, 702, cj. 32
04532-002 — São Paulo — SP
Telefone: (11) 3707-3500
Fax: (11) 3707-3501
www.companhiadasletras.com.br

*Para Amy, única, sempre,
e para Sophia e Louisa*

Em 1909, Sigmund Freud, acompanhado de seu então discípulo Carl Jung, fez sua única visita aos Estados Unidos, para apresentar uma série de conferências sobre psicanálise na Universidade Clark, em Worcester, Massachusetts. O título de doutor honorário conferido a ele pela Clark foi o primeiro reconhecimento público que Freud recebeu por sua obra. A despeito do grande sucesso da visita, em anos posteriores Freud sempre falava como se alguma espécie de trauma o tivesse acometido nos Estados Unidos. Chamava os americanos de "selvagens" e atribuía à sua estada ali males físicos que o afligiam bem antes de 1909. Os biógrafos de Freud por muito tempo se intrigaram com esse mistério, especulando se algum acontecimento desconhecido poderia ter provocado sua reação, de outro modo inexplicável.

PRIMEIRA PARTE

1.

A felicidade não tem mistérios. As pessoas infelizes são todas parecidas. Uma ferida antiga, um desejo negado, um golpe na vaidade, um lampejo de amor extinto pelo desprezo — ou, pior, pela indiferença — aderem a elas, ou vice-versa, e assim elas vivem todos os dias envoltas num véu de ontens. O homem feliz não olha para trás. Ele não olha para adiante. Ele vive no presente. Entretanto, é nisso que reside o problema. Existe algo que o presente jamais pode oferecer: um sentido. Os caminhos da felicidade e do sentido não são os mesmos. Para encontrar a felicidade basta que o homem viva apenas o momento; ele não precisa senão viver *para* o momento. Mas se deseja encontrar um sentido — um sentido para os seus sonhos, para os seus segredos, para a sua vida —, o homem deve se reinstalar em seu passado, por mais sombrio que seja, e viver para o futuro, por mais que seja incerto. Assim, a natureza acena a todos com a felicidade e o sentido, insistindo apenas para que escolhamos entre eles.

De minha parte, sempre escolhi o sentido. Essa a razão, imagino, pela qual me vi à espera, em meio à canícula e à multidão, no porto de Hoboken, no final de tarde do domingo, 29 de agosto de 1909, do vapor *George Washington* da Norddeutsche Lloyd, vindo de Bremen, que trazia para as nossas costas o homem que eu mais desejava encontrar no mundo.

Às sete horas não havia sinal do navio. Abraham Brill, meu amigo e colega na medicina, aguardava no porto pela mesma razão que eu. Ele mal se continha, atormentado, e fumava sem parar. O calor estava de matar, o ar denso pelo cheiro desagradável de peixe. Uma névoa incomum se alçava da água, como se o mar estivesse em ebulição. Buzinas soavam com força ao longe, nas águas mais profundas, de fontes invisíveis. Até mesmo as gaivotas lamentosas podiam ser somente ouvidas, e não vistas. Fui assaltado pelo pressentimento ridículo de que o *George Washington* teria atolado na neblina, com seus dois mil e quinhentos passageiros se afogando aos pés da Estátua da Liberdade. A noite caiu, mas a temperatura não cedeu. E nós esperamos.

De súbito, o imenso navio branco apareceu — não como um ponto no horizonte, mas gigantesco, emergindo da névoa diante dos nossos olhos. O cais todo, com um suspiro coletivo, recuou ante a aparição. Porém o encantamento se quebrou com a explosão de gritos de trabalhadores do porto, o arremesso e a agarração de cordas, a agitação e o acotovelamento que se seguiram. Em minutos, cem estivadores descarregavam a embarcação.

Brill gritou para que eu o seguisse e abriu caminho pela rampa. Suas tentativas de subir a bordo foram rechaçadas; ninguém podia entrar ou sair do navio. Uma hora se passou até que Brill agarrou a minha manga e apontou para três passageiros que desciam a ponte. O primeiro do trio era um cavalheiro distinto, imaculadamente arrumado, de cabelos e barba grisalhos,

12

que eu reconheci de imediato ser o dr. Sigmund Freud, o psiquiatra vienense.

No início do século xx, Nova York foi varrida por um paroxismo arquitetônico. Torres gigantescas chamadas arranha-céus se ergueram, uma depois da outra, mais altas que tudo que o homem havia construído antes. Numa inauguração na rua Liberty, em 1908, os manda-chuvas aplaudiram quando o prefeito McClellan afirmou que o Edifício Singer, quarenta e três andares de tijolos vermelhos e arenito azulado, era a estrutura mais alta do mundo. Dezoito meses depois, o prefeito teve de repetir a mesma cerimônia no Metropolitan Life, de cinqüenta andares, na rua 24. Porém, à mesma época, já se abria o espaço para o impressionante zigurate de cinqüenta e oito andares do sr. Woolworth, no centro da cidade.

Em todos os quarteirões apareciam imensos esqueletos de aço onde no dia anterior havia apenas terrenos vazios. O estrondo e o alarido de escavadeiras a vapor jamais cessavam. A única comparação possível era com a transformação operada por Haussmann em Paris meio século antes, embora em Nova York não houvesse uma visão única nos bastidores, nenhum plano unificador, nenhuma autoridade disciplinadora. O capital e a especulação regiam tudo, despertavam energias fantásticas, especificamente americanas e individualistas.

A masculinidade daquilo tudo era inegável. No solo, o arcabouço implacável de Manhattan, com suas duzentas ruas numeradas de leste a oeste e as doze avenidas de norte a sul, conferia à cidade um cunho de ordem retilínea abstrata. Acima disso, na imensidão das estruturas altaneiras, com suas ornamentações pavonescas, tudo era ambição, especulação, concorrência, dominação, até mesmo avidez — por altura, porte e, sempre, dinheiro.

O Balmoral, no Boulevard — os nova-iorquinos, à época, se referiam à Broadway entre as ruas 59 e 155 como o Boulevard —, era um dos novos edifícios grandiosos. Sua própria existência era um risco. Em 1909 os muito ricos moravam em casas, não apartamentos. Eles "mantinham" apartamentos para as estadias breves ou sazonais nas cidades, mas não compreendiam como alguém poderia de fato morar num deles. O Balmoral era uma aposta: de que os ricos poderiam ser induzidos a mudar de idéia caso as acomodações fossem suficientemente opulentas.

O Balmoral tinha dezessete andares, mais alto e imponente que qualquer edifício de apartamentos — que qualquer edifício residencial — construído antes dele. Suas quatro alas ocupavam um quarteirão inteiro. No hall de entrada, onde focas cabriolavam numa fonte romana, brilhava mármore de Carrara branco. Nos lustres de todos os apartamentos cintilava cristal de Murano. A menor habitação tinha oito quartos; a maior ostentava catorze dormitórios, sete banheiros, um grande salão de festas com um teto de seis metros de altura e serviço completo de camareiras. Ele era alugado pela espantosa soma de quatrocentos e noventa e cinco dólares por mês.

O proprietário do Balmoral, o sr. George Banwell, gozava da situação invejável de não ter como perder dinheiro com ele. Os investidores haviam adiantado seis milhões de dólares para a construção, dos quais ele não retivera um centavo para si e repassara, escrupulosamente, toda a soma para a American Steel and Fabrication Company, a construtora. O proprietário dessa empresa, entretanto, também era o sr. George Banwell, e o custo real da construção foi de quatro milhões e duzentos mil dólares. Em primeiro de janeiro de 1909, seis meses antes da inauguração do Balmoral, o sr. Banwell anunciou que todos os apartamentos haviam sido alugados, com exceção de dois. O anúncio era pura invenção, mas foi considerado verdadeiro, e, assim, no espaço de três semanas, passou a sê-lo de fato. O sr. Banwell se assenhoreara da grande verdade de que a verdade, como edifícios, pode ser fabricada.

O exterior do Balmoral pertencia ao período mais rebuscado da escola Beaux Arts. A linha do telhado era coroada por um quarteto de arcos de concreto, de quase quatro metros de altura, que envolviam painéis de vidro, um em cada canto da propriedade. Uma vez que essas grandes janelas em arco denotavam os quatro dormitórios principais do último andar, alguém do lado de fora poderia ter uma visão comprometedora do interior. De fato, na noite do domingo, 29 de agosto, a visão de fora da ala Alabaster teria sido verdadeiramente chocante. No interior se veria uma jovem esbelta, iluminada por uma dúzia de velas ardentes, pouco vestida, de formas perfeitas, com os pulsos atados sobre a cabeça e o pescoço envolvido por outra amarra, uma gravata masculina de seda branca, presa por uma mão forte, extremamente apertada, que a sufocava.

O corpo todo brilhava no calor insuportável de agosto. As longas pernas estavam nuas, assim como os braços. Os ombros elegantes também estavam quase nus. A consciência da garota desvanecia. Ela tentou falar. Havia uma pergunta que ela tinha de fazer. Estava ali; depois desapareceu. Em seguida sobreveio de novo. "Meu nome", ela sussurrou. "Qual é o meu nome?"

Aliviado, vi que o dr. Freud não se parecia em nada com um louco. O semblante era imponente, a cabeça bem formada, a barba pontuda, aparada, profissional. Ele tinha cerca de um metro e setenta e dois e o corpo cheio, embora bastante saudável e inteiro para um homem de cinqüenta e três anos. Usava um terno de tecido de primeira, com uma corrente de relógio e uma gravata ao estilo europeu. No conjunto, ele exibia uma solidez notável para quem acabava de fazer uma viagem de uma semana no mar.

Seus olhos eram diferentes. Brill havia me advertido sobre eles. À medida que descia a rampa do navio, os olhos de Freud se mostravam amedrontadores, como se ele estivesse num estado de espírito violento. Quem sabe as calúnias que por muito tempo ele suportara na Europa tivessem gravado em seu rosto uma expressão permanentemente carregada. Ou talvez ele estivesse infeliz em se ver na América. Seis meses antes, quando o presidente Hall, da Universidade Clark — meu empregador —, fez o primeiro convite para que Freud viesse aos Estados Unidos, ele recusou. Não soubemos ao certo o porquê. Hall insistiu, explicou que a Clark desejava oferecer a ele a honraria acadêmica mais elevada da universidade, a fim de torná-lo o centro das comemorações dos vinte anos da escola, e para que ele apresentasse uma série de conferências sobre psicanálise, as primeiras a serem dadas na América. Ao final, Freud aceitou. Estaria ele arrependido da decisão?

Todas essas especulações, percebi logo, eram infundadas. Tão logo desembarcou, Freud acendeu um charuto — seu primeiro ato em solo americano —, e nesse momento o cenho franzido se desfez, no rosto surgiu um sorriso, e toda cólera aparente se dissolveu. Ele tragou profundamente e olhou ao redor, apreendendo as dimensões e o caos do porto com a aparência de quem se divertia.

Brill saudou Freud calorosamente. Eles se conheciam da Europa; Brill chegara a visitar Freud em sua casa em Viena. Ele descrevera aquela noite para mim — a encantadora casa vienense cheia de antiguidades, as crianças ardorosas e mimadas, a conversa eletrizante — tantas vezes que eu conhecia as histórias de cor.

Do nada apareceu um enovelado de repórteres; eles se juntaram em volta de Freud e gritaram perguntas, a maioria em alemão. Ele respondeu bem-humorado, mas pareceu espantado de que uma entrevista pudesse ser conduzida de modo tão desorganizado. Por fim, Brill os enxotou e me arrastou para a frente.

"Permita-me", disse Brill a Freud, "apresentar o doutor Stratham Younger, recém-graduado pela Universidade Harvard e agora professor da Clark, enviado especialmente por Hall para cuidar do senhor durante a sua estadia em Nova York. Younger é sem dúvida o psicanalista americano mais talentoso. Naturalmente, ele é também o *único* psicanalista americano."

"Quer dizer que", disse Freud a Brill, "você não se considera um psicanalista, Abraham?"

"Eu não me considero americano", respondeu Brill. "Sou um dos 'americanos hifenizados' de Roosevelt, para quem, como ele diz, não há lugar neste país."

Freud se voltou para mim. "Eu fico sempre encantado", disse num inglês excelente, "ao encontrar um novo membro do nosso pequeno movimento, em especial aqui na América, na qual eu deposito tantas esperanças." Ele me incumbiu de agradecer ao presidente Hall pela honra que a Clark lhe conferia.

"A honra é nossa, senhor", respondi, "mas receio que eu mal tenha as qualificações de um psicanalista."

"Não seja tolo", disse Brill, "é claro que você tem." Em seguida ele me apresentou aos dois companheiros de viagem de Freud. "Younger, este é o eminente Sándor Ferenczi, de Budapeste, cujo nome é sinônimo de distúrbio mental em toda a Europa. E aqui temos o ainda mais ilustre Carl Jung, de Zurique, cujo *Dementia* será um dia conhecido em todo o mundo civilizado."

"Encantado", disse Ferenczi com forte sotaque húngaro, "muito encantado. Mas por favor ignorem o Brill, todos o fazem, eu lhes asseguro." Ferenczi era um sujeito afável, de cabelos cor de palha, próximo dos quarenta, num terno branco elegante. Via-se que ele e Brill eram amigos de verdade. Fisicamente exibiam um belo contraste. Brill estava entre os homens mais baixos que eu conhecia, com os dois olhos muito próximos e uma cabeça larga e achatada. Ferenczi, embora não fosse alto, tinha braços longos, dedos longos e uma calvície incipiente que também alongava seu rosto.

Gostei de Ferenczi de imediato, porém eu nunca havia apertado uma mão que não oferecesse nenhuma resistência, menos que um naco de carne no açougue. Foi constrangedor: ele soltou um pequeno grito e recolheu os dedos como se tivessem sido esmagados. Pedi muitas desculpas, mas ele insistiu em que era um prazer "começar a aprender as modas americanas", uma observação à qual eu pude apenas assentir educado.

Jung, com cerca de trinta e cinco anos, causou uma impressão nitidamente diferente. Ele tinha mais de um metro e oitenta de altura, era sisudo, de olhos azuis, cabelos escuros, um nariz aquilino, um bigode fino como um lápis e uma fronte ampla — bastante atraente para as mulheres, devo ter pensado, embora lhe faltasse a descontração de Freud. A mão era firme e fria como aço. Empertigado, ele poderia ser um oficial da Guarda Suíça, não fossem os pequenos óculos redondos de estudioso. A afeição que Brill claramente sentia por Freud e Ferenczi não se manifestou quando ele apertou a mão de Jung.

"Como foi a viagem, cavalheiros?", perguntou Brill. Não podíamos ir a lugar algum antes que as bagagens dos nossos convidados fossem retiradas. "Não foi muito cansativa?"

"Excelente", disse Freud. "Você não vai acreditar: encontrei um camareiro que lia *A psicopatologia da vida cotidiana*."

"Não!", disse Brill. "Ferenczi deve ter combinado isso com ele."

"Combinado?", protestou Ferenczi. "Eu não fiz nada..."

Freud não deu importância ao comentário de Brill. "Pode ter sido o momento mais gratificante da minha vida profissional, mas que talvez não caia bem para a minha vida profissional. O reconhecimento está chegando, meus amigos: um reconhecimento lento, porém seguro."

"A travessia levou muito tempo, senhor?", perguntei estupidamente.

"Uma semana", respondeu Freud, "e nós a passamos da maneira mais produtiva possível: analisamos os sonhos uns dos outros."

"Santo Deus", disse Brill. "Queria ter estado com vocês. Céus, quais foram os resultados?"

"Bem, você sabe", devolveu Ferenczi, "a análise é um pouco como se despir em público. Superada a humilhação inicial, ela é bem estimulante."

"É o que eu digo aos meus pacientes", disse Brill, "em especial às mulheres. E quanto a você, Jung? Também achou a humilhação estimulante?"

Jung, quase dois palmos mais alto que Brill, olhou de cima para ele, como se para um espécime de laboratório. "Não é muito preciso afirmar", ele respondeu, "que nós três nos analisamos mutuamente."

"É verdade", confirmou Ferenczi. "Foi mais Freud que nos analisou, enquanto Jung e eu trocamos provocações interpretativas entre nós."

"O quê?", exclamou Brill. "Vocês querem dizer que ninguém ousou analisar o Mestre?"

"Ninguém teve autorização", disse Jung, sem revelar nenhuma emoção.

"Sim, sim", disse Freud, com um sorriso astuto, "mas vocês todos me analisam até a morte assim que me viro de costas, não é, Abraham?"

"Sim, é verdade", respondeu Brill, "porque somos todos bons filhos, e sabemos do nosso dever edípico."

* * *

No apartamento situado bem no alto da cidade, um conjunto de instrumentos se espalhava na cama atrás da garota amarrada. Da esquerda para a direita havia: uma navalha de homem, de ângulo reto, com um cabo de marfim; um chicote de montaria de couro preto, de setenta centímetros de comprimento; três lâminas cirúrgicas, em ordem crescente de tamanho, e um pequeno frasco com um líquido claro até a metade. O agressor refletiu e pegou um desses objetos.

Ao ver a sombra da navalha a tremular na parede oposta, a garota sacudiu a cabeça. De novo ela tentou gritar, mas a constrição em sua garganta reduziu a súplica a um sussurro.

De trás dela se ouviu uma voz baixa: "Você quer que eu espere?".

Ela assentiu.

"Não posso." Os punhos da vítima, cruzados e suspensos, atados sobre a sua cabeça, eram muito delicados, seus dedos muito graciosos, as longas pernas muito recatadas. "Eu não posso esperar." A garota estremeceu quando um risco dos mais suaves se desenhou em uma de suas coxas nuas. Ou melhor, um golpe de navalha, que deixou uma trilha escarlate viva à medida que riscou a sua pele. Ela gritou, com as costas curvadas exatamente no mesmo arco que as grandes janelas, os cabelos negros escorridos pelas costas. Um segundo golpe, na outra coxa, e a garota deu um novo grito, mais lancinante.

"Não", advertiu a voz, calma. "Nada de gritos."

A garota pôde apenas sacudir a cabeça, sem compreender.

"Você deve emitir um som diferente."

A garota sacudiu a cabeça de novo. Quis falar, mas não conseguiu.

"Sim, você deve. Eu sei que você consegue. Eu te expliquei. Você não se lembra?" A navalha foi recolocada sobre a cama. Em seu lugar, na parede mais distante, à luz bruxuleante da vela, a garota viu erguer-se a sombra do chicote de couro. "Você o quer. Dê a entender que você o quer. É esse tipo de som que você deve emitir." Delicada, porém implacável, a gravata de seda em torno da garganta da garota apertava cada vez mais. "Vamos." Ela tentou fazer o que lhe pediam, gemeu suavemente — um gemido de mulher, um gemido de súplica, que ela nunca tinha feito antes.

"Muito bem. Assim mesmo."

Com a ponta da gravata branca em uma mão e o chicote de couro na outra o agressor fez com que este desabasse sobre as costas dela. Ela fez o som de novo. Outra chicotada, mais forte. O ardor fez a garota gritar, mas ela se conteve e emitiu no lugar do grito o outro som.

"Melhor." O golpe seguinte caiu não sobre as suas costas mas exatamente abaixo delas. Ela abriu a boca, mas no mesmo instante a gravata se constringiu mais, sufocando-a. O sufocamento, por sua vez, fez seu gemido parecer mais verdadeiro, mais entrecortado, um efeito de que o torturador evidentemente gostou. Outros golpes, e outros e mais outros, mais altos e mais velozes, caíram sobre as porções mais macias do corpo dela, rasgando as roupas, deixando marcas brilhantes na pele branca. A cada golpe, a despeito da dor ardente, a garota gemia como lhe haviam ordenado, seus gritos cada vez mais altos e mais freqüentes.

A chuva de golpes se deteve. Ela teria desmoronado havia muito, mas a corda presa ao teto, amarrada a seus pulsos, a mantinha estirada. Seu corpo agora estava repleto de lacerações. Sangue escorria em um ou dois lugares. Por um instante, tudo para ela escureceu; em seguida, a luz bruxuleante voltou. Um calafrio a percorreu.

Seus olhos se abriram. Os lábios se moveram. "Diga-me o meu nome", ela tentou murmurar, mas ninguém ouviu.

O agressor examinou o pescoço adorável da garota e soltou a amarração de seda em torno dele. Por um momento ela respirou livremente, a cabeça ainda atirada para trás, as ondulações do cabelo derramadas sobre a cintura. Depois, a gravata em volta da garganta se retesou de novo.

A garota não enxergava mais com clareza. Sentiu uma mão sobre a boca, com dedos que correram delicados sobre seus lábios. Em seguida, os dedos apertaram mais a gravata de seda, de modo que mesmo o sufocamento se interrompeu. A luz de vela se extinguiu de novo para ela. Desta vez, não voltou a luzir.

"Há um trem *debaixo* do rio?", perguntou Sándor Ferenczi incrédulo.

Não só o trem existia, Brill e eu lhe asseguramos, como nós o pegaríamos. Além do novo túnel sob o rio Hudson, o metrô de Hoboken exibia outra inovação: um serviço completo para bagagens. Tudo que um viajante chegando aos Estados Unidos tinha de fazer era identificar a bagagem com o nome de seu hotel em Manhattan. Carregadores acomodavam as malas no vagão de bagagens do trem, e funcionários do outro lado faziam o resto. Aproveitando-nos desse conforto, saímos para a plataforma que dava para o rio. Com o pôr-do-sol, a névoa se alçara e revelara o perfil recortado de Manhattan, pontilhado de luzes elétricas. Nossos convidados contemplaram maravilhados toda a sua vastidão e os pináculos que penetravam nas nuvens.

"É o centro do mundo", disse Brill.

"Eu sonhei com Roma na noite passada", respondeu Freud.

Esperamos com os nervos à flor da pele — ao menos eu — que ele prosseguisse.

Freud tragou o charuto. "Eu caminhava só", ele disse. "A noite acabava de cair, como agora. Cheguei a uma vitrine que exibia uma caixa de jóias. O que, naturalmente, representa uma mulher. Olhei em redor. Para meu embaraço, havia flanado por um bairro inteiro de bordéis."

Seguiu-se um debate em que discutimos se os ensinamentos de Freud impunham um desafio à moral sexual convencional. Jung sustentou que sim; na realidade, ele argumentou que qualquer um que deixasse de reconhecer essa implicação não havia compreendido Freud. O argumento central da psicanálise, afirmou, consistia em que as proibições da sociedade eram ignorantes e doentias. Somente a covardia faria os homens se submeterem à moralidade uma vez que compreendessem as descobertas de Freud.

Brill e Ferenczi discordaram com vigor. A psicanálise exigia que os homens tivessem consciência de seus verdadeiros desejos sexuais, e não que sucumbissem a eles. "Quando escutamos o sonho de um paciente", disse Brill, "nós o interpretamos. Não recomendamos que o paciente realize os desejos inconscientes que ele expressa. Ao menos eu não faço isso. E você, Jung?"

Notei que Brill e Ferenczi espreitavam Freud enquanto elaboravam as idéias — esperando, imaginei, encontrar apoio. Jung nunca o fazia. Ele tinha, ou parecia ter, inteira confiança em sua posição. Freud, por sua vez, não interveio a favor de nenhum dos lados, aparentemente satisfeito em assistir o desenrolar da discussão.

"Alguns sonhos não demandam interpretação", disse Jung, "eles demandam ação. Consideremos o sonho do professor Freud sobre prostitutas na noite passada. O significado é indiscutível: libido reprimida, estimulada pela antecipação da nossa chegada a um novo mundo. Não há razão para se falar sobre um sonho desses." Nisso, Jung se voltou para Freud. "Por que não atuamos o sonho? Estamos na América; podemos fazer o que quisermos."

Pela primeira vez Freud se manifestou: "Sou um homem casado, Jung".

"Eu também", Jung respondeu. Freud ergueu uma sobrancelha, assentindo, mas não retrucou. Comuniquei ao grupo que estava na hora de tomar o trem. Freud lançou um último olhar sobre as grades. Um vento áspero bateu em nosso rosto. Enquanto fitávamos as luzes de Manhattan, ele sorriu. "Se eles ao menos soubessem o que nós estamos lhes trazendo."

2.

Em 1909, um pequeno aparelho começou a se disseminar amplamente por Nova York, acelerando as comunicações e transformando para sempre a natureza da interação entre os homens: o telefone. Às oito horas da manhã de segunda-feira, 30 de agosto, o zelador do Balmoral ergueu o bocal de madrepérola da base de metal e fez uma ligação furtiva e apressada para o proprietário do edifício.

O sr. George Banwell atendeu o chamado dezesseis andares acima do zelador, na cabine de telefone do apartamento de cobertura da ala Travertine, que o sr. Banwell conservara para si próprio. Ele foi informado de que a srta. Riverford, da ala Alabaster, estava morta em seu quarto, vítima de assassinato e, possivelmente, de coisa pior. Uma criada a encontrara.

Banwell não respondeu de imediato. A linha ficou silenciosa por tanto tempo que o zelador disse: "O senhor está aí?".

Banwell respondeu com irritação na voz: "Ponha todo mundo para fora. Tranque a porta. Ninguém mais entra. E diga a seu pessoal que fiquem quietos se dão valor a seus empregos". Em seguida, ligou para um velho amigo, o prefeito de Nova York. Ao final da conversa, Banwell disse: "Não posso permitir a presença da polícia no edifício, McClellan. Não quero ninguém uniformizado. Eu mesmo vou avisar a família. Fui colega de escola de Riverford. Isso mesmo: do pai, pobre coitado".

"Senhora Neville", o prefeito chamou a secretária ao desligar. "Encontre Hugel. Imediatamente."

Charles Hugel era legista da cidade de Nova York. Era obrigação do legista cuidar do cadáver em todos os casos de suspeita de homicídio. A sra. Neville informou ao prefeito que o sr. Hugel já se encontrava na ante-sala do gabinete.

McClellan fechou os olhos e assentiu, mas disse: "Ótimo. Mande-o entrar".

Antes mesmo que a porta se fechasse atrás dele, o legista Hugel desferiu uma crítica indignada às condições do necrotério da cidade. O prefeito, que havia ouvido a litania de queixas antes, o interrompeu. Descreveu ao legista a situação no Balmoral e lhe ordenou que se dirigisse ao norte da cidade num veículo comum. Os moradores do edifício não deveriam notar a presença da polícia. Um detetive seguiria para lá mais tarde.

"Eu?", disse o legista. "O'Hanlon, do meu departamento, pode fazê-lo."

"Não", retrucou o prefeito, "eu quero que você vá pessoalmente. George Banwell é um velho amigo meu. Preciso de um homem experiente — e um homem com cuja discrição eu possa contar. Você é um dos poucos que me restaram."

O legista resmungou, mas por fim cedeu. "Eu tenho duas exigências. Primeiro, quero que se diga a quem for responsável pelo edifício que não se deve tocar em nada. Em nada. Não se pode esperar que eu desvende um assassinato se as provas forem pisoteadas e adulteradas antes da minha chegada."

"Muito razoável", respondeu o prefeito. "E o que mais?"

"Preciso de autoridade plena sobre a investigação, inclusive na escolha do detetive."

"Combinado", disse o prefeito. "Você pode contar com o homem mais experiente da polícia."

"É exatamente o que eu *não* quero", respondeu o legista. "Seria gratificante contar ao menos uma vez com um detetive que não traia o caso depois de eu solucioná-lo. Há um sujeito novo — Littlemore. É ele que eu quero."

"Littlemore? Excelente", disse o prefeito, voltando a atenção para a pilha de papéis sobre a grande mesa. "Bringham dizia que ele era um dos nossos jovens mais brilhantes."

"Brilhante? Ele é um completo idiota."

O prefeito se espantou: "Se você pensa assim, Hugel, por que você o quer?".

"Porque ele não pode ser comprado — ao menos por enquanto."

Quando o legista Hugel chegou ao Balmoral, pediram-lhe que esperasse pelo sr. Banwell. Hugel detestava esperar. Tinha cinqüenta e nove anos de idade, dos quais passara os últimos trinta no funcionalismo municipal, grande parte deles nos limites insalubres dos necrotérios da cidade, que emprestaram a seu rosto uma tonalidade acinzentada. Usava óculos de aros grossos e um bigode avantajado entre os malares fundos. Era completamente calvo, a não ser por dois tufos rijos que brotavam atrás de cada orelha. Hugel era um homem irritável. Mesmo descontraído, as têmporas passavam a impressão de uma apoplexia incipiente.

Em 1909, o posto de legista em Nova York era singular; uma distorção na cadeia de comando. Parte perito médico, parte legista forense, parte promotor, o legista se reportava diretamente ao prefeito. Não prestava contas a ninguém no contingente policial, nem mesmo ao delegado; entretanto na polícia também ninguém se reportava a ele, nem mesmo o mais simples dos patrulheiros. Hugel não tinha muito mais que desprezo pelo departamento de polícia, que ele considerava, com alguma justificativa, em geral inepto e totalmente corrompido. Discordava do modo como o prefeito lidara com a aposentadoria do comissário Byrnes, que obviamente havia enriquecido à custa de propinas. Discordava do novo comissário, que parecia não ter o menor apreço pela arte ou pela importância de um inquérito bem conduzido. Na verdade, ele discordava de todas as decisões do departamento, a não ser que fossem tomadas por ele próprio. Entretanto, ele conhecia o seu trabalho. Embora não fosse tecnicamente um médico, cursara três anos da faculdade de medicina e era capaz de realizar uma autópsia com mais competência que os médicos que lhe serviam de assistentes.

Passados quinze minutos enfurecedores, o sr. Banwell por fim apareceu. Ele não era, na verdade, muito mais alto que Hugel, mas parecia elevar-se acima dele. "E o senhor é?", ele perguntou.

"Legista da cidade de Nova York", disse Hugel, procurando passar condescendência. "Sou o único que toca nos mortos. Qualquer interferência nas provas será processada como obstrução da justiça. Fui claro?"

George Banwell era — e ele sabia disso com clareza — mais alto, mais atraente, mais bem-vestido e muito, muito mais rico que o legista. "Bobagem", disse. "Siga-me. E fale baixo enquanto estiver no meu edifício."

Banwell abriu caminho para o último andar da ala Alabaster. O legista Hugel, rangendo os dentes, o seguiu. Não trocaram nenhuma palavra no elevador. Hugel, olhando fixamente para o chão, observou a calça de listras finas de vinco perfeito e a camisa Oxford brilhante que certamente custavam mais que o paletó, o colete, a gravata, o chapéu e os sapatos do legista juntos. Um serviçal, montando guarda à entrada do apartamento da srta. Riverford, abriu a porta para eles. Silenciosamente, Banwell conduziu Hugel, o gerente e o empregado por um longo corredor para o dormitório da garota.

O corpo quase nu jazia no chão, lívido, os olhos fechados, os luxuriantes cabelos escuros estendidos sobre o desenho intricado do tapete oriental. Ela continuava extraordinariamente bonita — os braços e pernas ainda graciosos —, mas o pescoço exibia uma vermelhidão em toda a volta, e o corpo trazia as marcas de um chicote. Os pulsos continuavam atados, estendidos sobre a cabeça. O legista caminhou bruscamente até o corpo e colocou um polegar sobre os pulsos, no lugar em que deveria haver um batimento.

"Como ela foi... como ela morreu?", Banwell perguntou com sua voz grave, de braços cruzados.

"O senhor não sabe dizer?", respondeu o legista.

"E eu perguntaria, se soubesse?"

Hugel olhou debaixo da cama. Parou e contemplou o corpo de diferentes ângulos. "Eu diria que ela foi estrangulada até morrer. Muito devagar."

"Ela foi...?" Banwell não completou a pergunta.

"Possivelmente", disse o legista. "Mas só poderei afirmar com certeza depois de examiná-la."

Com um pedaço de giz vermelho Hugel traçou um círculo de dois metros a dois metros e meio de diâmetro em volta do corpo da garota e declarou que ninguém deveria ultrapassá-lo. Examinou o quarto. Tudo se mostrava em perfeita ordem, até mesmo as caras roupas de cama de linho estavam escrupulosamente dobradas e guardadas. O legista abriu os armários da garota, a escrivaninha, as caixas de jóias. Nada parecia fora do lugar. Vestidos de lantejoulas se alinhavam no guarda-roupa. Roupas de baixo rendadas estavam cuidadosamente dobradas em gavetas. Uma tiara de diamantes, com brincos e um colar que combinavam, se dispunha numa composição harmoniosa em um estojo de veludo azul-escuro sobre a escrivaninha.

Hugel perguntou quem havia estado no quarto. Somente a camareira que encontrara o corpo, respondeu o zelador. Desde então, o apartamento havia sido trancado, e ninguém entrara nele. O legista mandou chamar a camareira, que de início se recusou a ultrapassar a porta do dormitório. Era uma bela garota italiana de dezenove anos, numa saia longa e num avental branco de corpo inteiro. "Minha jovem", disse Hugel, a senhorita mexeu em alguma coisa neste quarto?"

A camareira balançou a cabeça.

A despeito do corpo no chão e do patrão que a observava, a camareira se manteve firme e encarou o interrogador. "Não senhor", ela disse.

"Você trouxe alguma coisa para cá, levou alguma coisa daqui?"

"Não sou nenhuma ladra", ela disse.

"Você mexeu em alguma peça de mobília ou de roupa?"

"Não."

"Muito bem", disse o legista Hugel.

A camareira olhou para o sr. Banwell, que não a dispensou. Em vez disso, ele se dirigiu ao legista: "Acabe logo com isso".

Hugel lançou um olhar para o proprietário do Balmoral. Pegou uma caneta e papel. "Nome?"

"Nome de quem?", disse Banwell, com um grunhido que fez o zelador se encolher. "O meu nome?"

"O nome da falecida."

"Elizabeth Riverford", respondeu Banwell.

"Idade?", perguntou o legista Hugel.

"Como posso saber?"

"Eu tinha entendido que o senhor conhecia a família."

"Conheço o pai dela", disse Banwell. "De Chicago. Banqueiro."

"Entendo. O senhor não teria o endereço dele, por acaso?", perguntou o legista.

"É claro que eu tenho o endereço dele."

Os dois homens se entreolharam.

"O senhor faria a gentileza", pediu Hugel, "de me fornecer o endereço?"

"Eu vou fornecê-lo a McClellan", disse Banwell.

Hugel começou a ranger os molares de novo. "Eu sou o responsável pela investigação, não o prefeito."

"Veremos por quanto tempo o senhor será o responsável pelas investigações", respondeu Banwell, que pela segunda vez ordenou ao legista que encerrasse o trabalho. A família Riverford, explicou Banwell, desejava que o corpo da garota fosse enviado para casa, dever esse que ele cumpriria imediatamente.

O legista disse que não poderia permiti-lo de modo algum: em caso de homicídio, o corpo da vítima deveria ser levado em custódia para autópsia.

"Não este corpo", respondeu Banwell. Orientou o legista para que ligasse para o prefeito caso necessitasse de esclarecimento sobre suas ordens.

Hugel respondeu que não aceitaria ordens a não ser de um juiz. Se alguém procurasse impedi-lo de levar o corpo para o centro da cidade para uma autópsia, cuidaria que fosse processado com todo o rigor da lei. Quando a ameaça pareceu não impressionar muito o sr. Banwell, o legista acrescentou que conhecia um repórter do *Herald* que achava que assassinato e obstrução da justiça eram temas muito relevantes. Relutante, Banwell cedeu.

O legista havia levado sua velha e volumosa câmara-caixão consigo. Nessa hora ele a pôs em uso. Banwell observou que se as imagens chegassem ao *Herald*, o legista poderia ter certeza de que jamais seria empregado novamente em Nova York ou em qualquer outro lugar. Hugel não respondeu; naquele instante, um lamento estranho penetrou no quarto, como o pranto de um violino tensionado até a nota mais aguda. Parecia não ter origem, vinha ao mesmo tempo de todos os lados e de lugar nenhum. Tornou-se cada vez mais alto, e se transformou num gemido de dor. A camareira soltou um grito. Quando ela parou, não se ouvia mais nenhum som no quarto.

O sr. Banwell quebrou o silêncio. "Que diabos foi isso?", perguntou ao zelador.

"Eu não sei, senhor", respondeu o zelador. "Não é a primeira vez. Quem sabe se as paredes não estão cedendo?"

"Bem, descubra", disse Banwell.

Quando acabou de fotografar, o legista declarou que estava de saída e que levaria o corpo consigo. Não tinha nenhuma intenção de interrogar os vizinhos — não era seu trabalho — ou de esperar pelo detetive Littlemore. Naquele calor, explicou, se o corpo não fosse refrigerado de imediato, a decomposição teria início em pouco tempo. Com o auxílio de dois ascensoristas, o corpo da garota foi levado para o porão em um elevador de carga e dali para um beco atrás do edifício, onde o motorista do legista aguardava.

Quando, duas horas depois, o detetive Jimmy Littlemore chegou — sem uniforme —, ficou desconcertado. Havia levado algum tempo para que os mensageiros do prefeito localizassem Littlemore; o detetive estava no porão das novas instalações da polícia em construção na rua Centre e praticava tiro ao alvo. As ordens para Littlemore eram de que realizasse uma inspeção rigorosa da cena do assassinato. Ele não só não encontrou nenhuma cena de assassinato, como não encontrou vítima. O sr. Banwell não quis falar com ele. Os funcionários também se revelaram surpreendentemente de poucas palavras.

32

E havia uma pessoa que o detetive Littlemore nem teve a oportunidade de entrevistar: a camareira que encontrara o corpo. Depois que o legista Hugel partiu, e antes da chegada do detetive, o zelador chamou a jovem ao seu escritório e lhe entregou um envelope com um mês de salário — menos um dia, naturalmente, pois era 30 de agosto. Comunicou à garota que ela estava sendo dispensada. "Sinto muito Betty", ele lhe disse. "Sinto de verdade."

Antes que alguém se levantasse, examinei os jornais de domingo na rotunda opulenta do Hotel Manhattan, onde a Universidade Clark hospedaria Freud, Jung, Ferenczi e a mim durante a semana. (Brill, que morava em Nova York, não precisava de um quarto.) Nenhum dos jornais trazia um artigo sobre Freud ou as conferências programadas na Clark. Somente o *New Yorker Staats-Zeitung* fazia uma menção, numa nota que anunciava a chegada de um "dr. Freund de Viena".

Eu nunca quis ser médico. Era desejo do meu pai, e os desejos dele eram, supostamente, ordens para nós. Quando eu tinha dezoito anos e ainda morava na casa dos meus pais em Boston, eu disse a ele que seria o principal estudioso de Shakespeare do país. Eu poderia ser o último estudioso de Shakespeare da América, ele respondeu, mas, principal ou último, se não pretendesse seguir a carreira médica, eu teria de encontrar os meus próprios meios para pagar as anuidades de Harvard.

A ameaça dele não teve nenhum efeito sobre mim. Eu não me importava nem um pouco com os amores da família por Harvard, e ficaria feliz, disse a meu pai, em completar os estudos em outro lugar. Essa foi a última conversa que tive com ele.

Ironicamente, eu obedeceria ao desejo do meu pai somente quando ele já não tinha mais nenhum dinheiro para me negar. O colapso da instituição bancária do coronel Winslow em novembro de 1903 não foi nada em comparação ao pânico em Nova York três anos mais tarde, mas foi o bastante para o meu pai. Ele perdeu tudo, inclusive a parte da minha mãe. Seu rosto envelheceu dez anos numa única noite; rugas profundas apareceram nele, sem aviso. A minha mãe disse que eu deveria ter pena dele, mas nunca tive. Em seu funeral — que a piedosa Boston evitou em grande número —, eu soube pela primeira vez que faria medicina, se pudesse ao menos prosseguir os estudos. Não sei dizer ao certo se a minha decisão se baseou numa praticidade recém-descoberta ou em alguma outra coisa.

Pela maneira como as coisas evoluíram, o objeto da piedade acabei sendo eu, e Harvard a assumiu. Depois do enterro do meu pai notifiquei a universidade de que sairia ao final do ano, uma vez que a anuidade de duzentos dólares estava muito distante das minhas possibilidades. O presidente Eliot, porém, me dispensou do pagamento. Ele provavelmente concluiu que os interesses a longo prazo de Harvard seriam mais bem servidos não com a expulsão do terceiro Stratham Younger a se arrastar ao longo dos pátios, mas pela dispensa ao meio-órfão da anuidade, na expectativa de recompensas futuras. Independentemente da motivação, serei sempre grato a Harvard por ter me deixado ficar.

Somente em Harvard eu poderia ter assistido às célebres palestras do professor Putnam sobre neurologia. À época eu era estudante de medicina, ganhara uma bolsa, mas prometia ser um futuro médico sem muita inspiração. Certa manhã de primavera, o professor Putnam fazia um relato árido sobre doenças nervosas, a não ser pela referência à "teoria sexual" de Freud como o único trabalho interessante em curso acerca das neuroses histéricas e obsessivas. Depois da aula eu lhe pedi que me indicasse leituras adicionais. Putnam me recomendou Havelock Ellis, que aceitava as descobertas mais radicais de Freud: a existência do que Freud chamava de "inconsciente" e a etiologia se-

34

xual da neurose. Putnam também me apresentou a Morton Prince, que acabava de iniciar a publicação de seu periódico sobre psicologia anormal. O dr. Prince tinha uma coleção extensa de publicações estrangeiras; descobrimos que ele conhecera meu pai. Prince me contratou como revisor de provas. Por meio dele tive acesso a quase tudo que Freud publicara, de *A interpretação dos sonhos* ao revolucionário *Três ensaios*. Meu alemão era bom, e me vi devorando o trabalho de Freud com uma avidez que não sentia havia anos. A erudição de Freud era assombrosa. A escrita era uma obra de arte. Suas idéias, caso estivessem corretas, mudariam o mundo.

Entretanto, eu mordi a isca para valer quando me deparei com a solução de Freud para o *Hamlet*. Para Freud, era descartável, uma digressão de duzentas palavras em meio ao tratado sobre os sonhos. Porém, ela estava ali: uma resposta novíssima ao enigma mais famoso da literatura ocidental.

O *Hamlet* de Shakespeare foi representado milhares e milhares de vezes, mais do que qualquer peça em qualquer língua. É o trabalho mais comentado da literatura. (Não conto a Bíblia, naturalmente.) Todavia, existe um vazio ou um vácuo estranho no núcleo do drama: toda a ação se fundamenta na incapacidade do herói em agir. A peça consiste numa série de evasivas e desculpas de que o melancólico Hamlet se aproveita para justificar o adiamento da vingança contra o assassino de seu pai (seu tio Claudius, agora rei da Dinamarca e casado com a mãe de Hamlet), pontuadas por solilóquios angustiados em que ele avilta a si próprio por sua paralisia, o mais famoso deles começando, é claro, pelo s*er ou não ser*. Somente depois que seus adiamentos e passos em falso levaram à ruína — ao suicídio de Ofélia; ao assassinato da mãe, que toma o veneno preparado por Claudius para Hamlet; e ao golpe fatal da espada envenenada de Laertes —, Hamlet, por fim, na cena derradeira da peça, tira a vida triplamente criminosa do tio.

35

Por que Hamlet não age? Não é por falta de oportunidade: Shakespeare oferece a Hamlet as circunstâncias mais propícias para matar Claudius. Hamlet as reconhece (*Como poderia fazê-lo?*), mas ele ainda assim se recusa. O que o detém? E por que a hesitação inexplicável — a fraqueza aparente, a quase covardia — é capaz de seduzir platéias no mundo todo durante três séculos? As maiores mentes literárias do nosso tempo, Goethe e Coleridge, tentaram mas não conseguiram sacar a espada dessa rocha, e centenas de luminares menores quebraram a cabeça com isso. Eu não gostava da resposta de Freud para o Édipo. Na realidade, ela me enojava. Eu não tinha vontade de acreditar nela, como não queria acreditar no complexo de Édipo. Eu precisava refutar as teorias chocantes de Freud, eu precisava encontrar as falhas, mas não conseguia. Recostado numa árvore eu me sentava no pátio dia após dia, por horas a fio, debruçado sobre Freud e Shakespeare. O diagnóstico de Freud sobre *Hamlet* tornou-se cada vez mais irresistível para mim, não somente por oferecer a primeira solução completa para o enigma da peça, mas ao explicar por que ninguém mais havia sido capaz de resolvê-lo, e por esclarecer, ao mesmo tempo, o poder universal, hipnótico, da tragédia. Ali estava um cientista que aplicava suas descobertas a Shakespeare. Ali estava a medicina a estabelecer contato com a alma. Quando li essas duas páginas de *A interpretação dos sonhos* do dr. Freud, o meu futuro estava determinado. Se não era capaz de refutar a psicologia de Freud, eu dedicaria a minha vida a ela.

Charles Hugel não havia gostado do estranho ruído que vinha das paredes do quarto da srta. Riverford, algo semelhante a um espírito emparedado que pranteava por sua vida. O legista não conseguia tirar da cabeça aquele som. Além disso, faltava algo no quarto; disso ele tinha certeza. De volta a seu escritório no centro da cidade, Hugel ligou para um menino de recados e o enviou, rua acima, atrás do detetive Littlemore.

Outra coisa de que Hugel não gostava era a localização de seu gabinete. O legista não havia sido convidado a mudar-se para a nova e resplandecente sede da polícia ou para as novas instalações do Primeiro Distrito que estavam sendo construídas em Old Slip, que seriam as duas equipadas com telefones. Os juízes haviam ganhado seu Parthenon não fazia muito tempo. Entretanto, ele, não apenas o principal perito médico da cidade, mas um magistrado por lei, e muito mais carente de equipamentos modernos, tinha sido deixado para trás no decrépito edifício Van den Heuvel, com o reboco descascando, o bolor e, o pior de tudo, o teto com manchas de umidade. Ele tinha horror à visão daquelas manchas, com as bordas marrom-amareladas. Naquele dia ele sentiu um horror particular a elas; sentiu que as manchas estavam maiores, e se perguntou se o teto não se abriria e cairia sobre ele. Era natural que um legista tivesse de trabalhar ao lado de um necrotério, isso ele compreendia. O que em absoluto ele não compreendia era por que não se podia construir um necrotério novo e moderno na nova sede da polícia.

Littlemore entrou no gabinete do legista a passos lentos. O detetive tinha vinte e cinco anos. Nem alto nem baixo, Jimmy Littlemore não tinha má aparência, mas também não era atraente. Os cabelos cortados rente não eram escuros nem claros; quando muito, se aproximavam mais do vermelho. Tinha um rosto nitidamente americano, aberto e amistoso que, a não ser por algumas sardas, não era particularmente inesquecível. Se alguém passasse por ele na rua, é provável que não se lembrasse dele mais tarde. Poderia, entretanto, lembrar do sorriso fácil ou da gravata-borboleta vermelha que ele gostava de exibir sob o chapéu duro de palha.

37

Esforçando-se ao máximo em parecer autoritário e contundente, o legista ordenou que Littlemore lhe contasse o que havia descoberto sobre o caso Riverford. Somente em casos excepcionais, o legista era designado como responsável direto por uma investigação. Ele queria que Littlemore compreendesse que haveria sérias conseqüências se ele não obtivesse resultados. O tom majestático do legista naturalmente não impressionou o detetive. Embora Littlemore nunca tivesse trabalhado com o legista em um caso, ele com certeza sabia, como todos na corporação, que o novo comissário não gostava de Hugel, que seu apelido era "o necrófilo", pela avidez com que realizava as verificações de óbito, e que ele não detinha um poder real no departamento. Littlemore, porém, dada sua ótima índole, não demonstrou nenhum sinal de desrespeito pelo legista.

"O que eu sei sobre o caso Riverford?", respondeu. "Bem, até agora nada, senhor Hugel, a não ser que o assassino tem mais de cinqüenta anos, um metro e oitenta e cinco, é solteiro, familiarizado com a visão de sangue, mora abaixo da rua Canal e visitou o porto nos últimos dois dias."

O queixo de Hugel caiu. "Como você sabe disso tudo?"

"Estou brincando, senhor Hugel. Eu não sei bulhufas sobre o assassino. E nem sei por que se preocuparam em me mandar até lá. O senhor não tirou nenhuma impressão digital, tirou?"

"Impressão digital?", perguntou o legista. "Certamente não. As cortes não aceitarão nenhuma impressão digital como prova."

"Bem, quando eu cheguei lá era muito tarde. O lugar todo estava limpo. Todos os pertences da garota tinham desaparecido."

Hugel se exasperou. Disse que aquilo era adulteração de provas. "Mas o senhor deve ter descoberto alguma coisa sobre a garota Riverford", ele completou. "Ela era nova", disse Littlemore. "Morava lá há apenas um ou dois meses."

"Eles abriram em junho, Littlemore. *Todos* moram lá há apenas um mês ou dois."

"Oh."

"Isso é tudo?"

"Bem, ela era um tipo bem calmo. Vivia recolhida."

"Alguém foi visto com ela ontem?"

"Ela chegou por volta das oito horas. Ninguém com ela. Nenhum convidado depois. Foi ao apartamento e não saiu, até onde se sabe."

"Ela recebia alguma visita regular?"

"Não. Ninguém se lembra de ela ter recebido alguma visita."

"Por que ela morava sozinha em Nova York — com a idade dela, num apartamento tão grande?"

"Era isso que eu queria saber", disse Littlemore. "Ficaram todos calados no Balmoral, todos eles. Só que em relação ao porto eu falava sério, senhor Hugel. Encontrei um pouco de barro no piso do quarto da senhorita Riverford. Bem fresco. Eu acho que veio do porto."

"Barro? De que cor?", perguntou Hugel.

"Vermelho. Meio endurecido."

"Aquilo não era barro, Littlemore", disse o legista, virando os olhos, "aquilo era o meu giz."

O detetive franziu a testa. "Eu me perguntei por que havia um círculo inteiro de barro."

"Para manter as pessoas afastadas do corpo, seu imbecil!"

"Eu só estava brincando, senhor Hugel. Não era o seu giz. Eu vi o seu giz. O barro estava junto da lareira. Uns poucos restos. Precisei da minha lente para vê-los. Levei-os para casa para comparar com as minhas amostras. Tenho uma coleção inteira delas. Era bem parecido com o barro vermelho que existe em todos os cais do porto."

Hugel absorveu a coisa. Ele refletia se devia se mostrar impressionado. "O barro do porto é especial? Poderia ser de um outro lugar — do Central Park, por exemplo?"

"Do parque, não", disse o detetive. "É barro de rio, senhor Hugel. Não há rios no parque."

"Que tal do vale do Hudson?"

"Poderia ser."

"Ou de Fort Tryon, ao norte da cidade, onde Billings acabou de revirar muita terra?"

"O senhor acha que há barro por lá?"

"Eu o parabenizo, Littlemore, pelo extraordinário trabalho de investigação."

"Obrigado, senhor Hugel."

"O senhor por acaso estaria interessado numa descrição do assassino?"

"Com certeza."

"Ele é de meia-idade, rico e destro. Seu cabelo: mais ou menos grisalho, mas antes castanho-escuro. A altura: um metro e oitenta a um metro e oitenta e cinco. E acho que ele conhecia a vítima — e a conhecia muito bem."

Littlemore pareceu espantado. "Como...?"

"Aqui temos três fios de cabelo recolhidos do corpo da garota." O legista apontou para duas pequenas placas retangulares de vidro sobre a mesa, ao lado de um microscópio: entre as lâminas de vidro havia três fios de cabelo. "São escuros, porém com estrias acinzentadas, que indicam um homem de meia-idade. No pescoço da garota havia filetes de seda branca — muito provavelmente de uma gravata masculina, evidentemente utilizada para estrangulá-la. A seda era da melhor qualidade. Portanto, o nosso homem tem dinheiro. Quanto à sua destreza, não há dúvida; os ferimentos correm todos da direita para a esquerda."

"Sua destreza?"

"O fato de ele ser destro, detetive."

"Mas como o senhor sabe que ele a conhecia?"

"Eu não *sei*. Eu suspeito. Responda: em que posição estava a senhorita Riverford quando foi chicoteada?"

40

"Eu não cheguei a vê-la", queixou-se o detetive. "Eu nem sei a causa da morte."

"Estrangulamento, confirmado pela fratura do osso hióide, que eu vi quando abri o peito dela. Uma fratura belíssima, se me permite, como um ossinho da sorte perfeitamente partido. Na verdade, no todo, um peito feminino adorável: as costelas perfeitamente formadas, os pulmões e o coração, uma vez retirados, a própria imagem do tecido saudável asfixiado. Foi um prazer tê-los entre as mãos. Mas para ir direto ao ponto: a senhorita Riverford estava de pé quando foi chicoteada. Sabemos disso pelo simples fato de que o sangue das lacerações escorreu para baixo em linha reta. As mãos dela estavam sem dúvida amarradas sobre a cabeça por uma espécie de corda grossa, quase certamente presa ao teto. Vi filamentos de corda no teto. Você não viu? Não? Bem, volte e procure. Pergunta: por que um homem que possui uma corda resistente estrangularia a vítima com uma seda delicada? Inferência, senhor Littlemore: ele não queria pôr algo tão grosseiro em volta do pescoço da garota. E por que isso? Hipótese, senhor Littlemore: porque ele tinha sentimentos por ela. Agora, quanto à altura do homem, voltamos às certezas. A senhorita Riverford tinha um metro e sessenta e quatro. A julgar pelos ferimentos, as chicotadas foram desferidas por alguém entre dezoito e vinte centímetros mais alto que ela. Assim, a altura do assassino era entre um metro e oitenta e um metro e oitenta e cinco."

"A não ser que ele estivesse de pé sobre alguma coisa", disse Littlemore.

"O quê?"

"Uma banqueta ou coisa parecida."

"Uma banqueta?", repetiu o legista.

"É possível", disse Littlemore.

"Um homem não fica de pé sobre uma banqueta enquanto chicoteia uma garota, detetive."

"Por que não?"

"Porque é ridículo. Ele cairia."

"Não, se ele tivesse onde se segurar", disse o detetive. "Uma luminária, quem sabe, ou um porta-chapéus."

"Um porta-chapéus?", disse Hugel. Por que ele faria isso detetive?"

"Para nos levar a pensar que era mais alto."

"Quantos casos de homicídio você investigou?", perguntou o legista.

"É o meu primeiro caso", disse Littlemore, numa excitação indisfarçável, "como detetive."

Hugel assentiu. "Você ao menos conversou com a camareira, eu imagino?"

"A camareira?"

"Sim, a camareira. A camareira da senhorita Riverford. Você lhe perguntou se ela viu alguma coisa estranha?"

"Eu não acho que..."

"Eu não quero que você ache", vociferou o legista. "Eu quero que você investigue. Volte ao Balmoral e fale com a camareira de novo. Ela foi a primeira a entrar no quarto. Peça a ela que descreva exatamente o que viu quando entrou. Consiga os detalhes, você ouviu?"

Na esquina da Quinta Avenida com a rua 53, em uma sala em que nenhuma mulher jamais havia entrado, nem mesmo para tirar o pó ou bater as cortinas, um mordomo usou uma licoreira cintilante para encher três taças de cristal entalhado. O bojo das taças era intricadamente trabalhado e tão fundo que podia receber uma garrafa inteira de clarete. O mordomo serviu cada uma delas de um dedo de vinho tinto.

Essas taças ele ofereceu ao Triunvirato.

Os três homens estavam sentados em poltronas fundas de couro, dispostas em torno de uma lareira central. A sala era uma biblioteca que continha mais de três mil e setecentos volumes, a maioria em grego, latim ou alemão. De um lado da lareira apagada havia um busto de Aristóteles sobre um pedestal de mármore verde-jade. Do outro havia um busto de um hindu antigo. Sobre a lareira havia um entablamento: ele exibia uma grande cobra enrolada num arco sinuoso, sobre um fundo de chamas. A palavra CHARAKA vinha entalhada em letras maiúsculas abaixo dela. A fumaça do cachimbo dos homens lambia o teto bem acima deles. O homem ao centro fez um gesto quase imperceptível com a mão direita, na qual usava um anel de prata grande e incomum. Ele estava no final da casa dos cinqüenta, era elegante, tinha o rosto magro, constituição rija, olhos escuros, sobrancelhas pretas sob o cabelo prateado e mãos de pianista.

Em resposta a seu aceno, o mordomo acendeu uma faísca no fundo da lareira e fez com que um grosso maço de papéis ali colocado pegasse fogo e ardesse. A lareira brilhou e crepitou com chamas alaranjadas que dançavam. "Assegure-se de guardar as cinzas", disse o patrão ao criado.

Balançando a cabeça em sinal de concordância, o mordomo se retirou silencioso, fechando a porta atrás de si.

"Existe apenas uma maneira de se combater o fogo", prosseguiu o homem com mãos de pianista. Ele ergueu a taça. "Senhores."

Enquanto erguiam seus copos de cristal, um observador teria notado que os outros dois homens também usavam um anel de prata semelhante na mão direita. Um desses dois cavalheiros era imponente, tinha as maçãs do rosto vermelhas, com suíças que se alargavam sobre as mandíbulas. Completou o brinde do homem elegante — "Com fogo" — e esvaziou o copo.

O terceiro cavalheiro exibia uma calvície incipiente, olhos aguçados, e era magro. Não disse palavra, apenas se limitou a sorver o vinho, um Château Lafite da safra de 1870. "Você conhece o Barão?", perguntou o homem elegante, voltando-se para o cavalheiro um pouco calvo. "Imagino que ele seja seu parente."

"Rothschild?", respondeu suavemente o homem calvo. "Eu nunca o encontrei. Nossas ligações são com o ramo inglês."

3.

Dentre todas as possibilidades, Brill escolheu Coney Island como o primeiro destino de Freud na América. Saímos a pé da estação Grand Central, a apenas uma quadra do nosso hotel. O céu não tinha nuvens, o sol já estava quente, as ruas, congestionadas com o tráfego da manhã de segunda-feira. Automóveis aceleravam com impaciência em volta de carros de entrega puxados por cavalos. Conversar era impossível. Do lado oposto ao hotel, na rua 42, um andaime colossal fora erguido onde subia um novo edifício, e as britadeiras pneumáticas armavam um estrépito ensurdecedor. No interior do terminal, de súbito se fez silêncio. Freud e Ferenczi pararam admirados. Estávamos em um túnel fabuloso de vidro e aço, de duzentos metros de comprimento e trinta de altura, com luminárias a gás maciças ao longo de toda a extensão do teto curvo. Era um prodígio de engenharia que superava em muito a torre do sr. Eiffel em Paris. Somente Jung não se mostrava impressionado. Eu me perguntei se ele estava bem; parecia um pouco pálido e distraído. Freud ficou chocado, como eu também havia ficado, ao saber que a estação toda seria demolida. Entretanto, ela tinha sido construída para as velhas locomotivas a vapor, e a era do vapor havia chegado ao fim.

À medida que descíamos a escada em direção aos trens da companhia IRT, o estado de espírito de Freud se tornou sombrio. "Ele está aterrorizado pelos trens subterrâneos", sussurrou Ferenczi em meu ouvido. "Um resto de neurose não analisada. Ele me falou sobre isso ontem à noite."

O humor de Freud provavelmente não melhorou quando o nosso trem se deteve bruscamente em um túnel entre duas estações, com as luzes apagadas, e nos mergulhou numa escuridão quente, negra como breu. "Edifícios no céu, trens na terra", disse Freud, parecendo irritado. "É Virgílio entre vocês americanos. Se não podem fazer os céus despencar, você estão decididos a despertar o inferno."

"Essa epígrafe é *sua*, não?", perguntou Ferenczi.

"Sim, mas não era para ser o meu *epitáfio*", respondeu Freud.

"Senhores!", gritou Brill sem aviso. "Vocês ainda não ouviram a análise de Younger sobre a mão paralisada."

"Uma história de caso?", disse Ferenczi entusiasmado. "Precisamos ouvi-la, sem dúvida."

"Não, não. Não está concluída", eu disse.

"Bobagem", Brill me repreendeu. "É uma das análises mais perfeitas que já ouvi. Confirma todos os princípios da psicanálise."

Sem muita escolha, narrei o meu pequeno sucesso, enquanto esperávamos na escuridão sufocante que o trem voltasse à vida.

Eu me formei em Harvard em 1908, com graduação não somente em medicina, mas também em psicologia. Meus professores, impressionados com o meu empenho, recomendaram-me a G. Stanley Hall, o primeiro homem a receber um diplo-

46

ma de psicólogo em Harvard, fundador da Associação Americana de Psicologia e agora presidente da Universidade Clark em Worcester. A ambição de Hall era transformar a recém-promovida e extraordinariamente bem-dotada Clark na instituição científica de pesquisa de ponta do país. Quando ele me ofereceu um cargo como professor-assistente de psicologia, com a possibilidade de começar a minha prática como médico — e sair de Boston —, aceitei de imediato.

Um mês depois tive a minha primeira paciente analítica: uma garota, à qual chamarei de Priscilla, de dezesseis anos, levada ao meu consultório pela mãe aflita. Hall fora responsável pela decisão da família de trazê-la para mim. Não posso dizer mais que isso sem revelar a identidade da garota.

Priscilla era baixa e gorda, mas tinha um rosto agradável e uma personalidade dócil. Havia um ano ela vinha sofrendo de surtos agudos de falta de ar, dores de cabeça ocasionais que a deixavam incapacitada e uma paralisia completa da mão esquerda — isso tudo a desconcertava e constrangia. A histeria era claramente indicada pela paralisia que tomava a mão inteira, inclusive o pulso. Como Freud havia afirmado, paralisias dessa natureza não correspondem a nenhum dermátomo real e, assim, não podem reivindicar uma base fisiológica genuína. Por exemplo, uma lesão neurológica verdadeira pode incapacitar certos dedos, mas não o pulso. Ou podemos perder o uso do polegar, sem que os outros dedos sejam afetados. Porém, quando uma paralisia toma uma porção inteira do corpo e se estende a todas as suas diferentes ramificações neurais, não devemos consultar a fisiologia mas a psicologia, pois esse tipo de acometimento corresponde unicamente a uma idéia, a uma imagem mental — no caso de Priscilla, à imagem de sua mão esquerda.

Naturalmente, o médico da garota não havia encontrado nenhuma base orgânica para as queixas dela. O mesmo aconte-

47

cera com o quirólogo, chamado de Nova York; sua prescrição recomendava repouso e afastamento completo de toda atividade que exigisse esforço, com o que, quase certamente, exacerbara o estado dela. Eles chegaram a chamar um osteopata, que obviamente não teve nenhum sucesso.

Depois de afastar as várias possibilidades neurológicas e ortopédicas — paralisia, doença luniforme de Kienböck e assim por diante —, decidi tentar a psicanálise. De início, não fiz nenhum progresso. A razão estava na presença da mãe da garota. Nenhuma sugestão foi suficiente para induzir a boa mulher a permitir ao médico e à paciente a privacidade que a psicanálise demanda. Depois do terceiro encontro, informei à mãe que eu seria incapaz de ajudar Priscilla, ou mesmo de recebê-la no futuro como minha paciente, a não ser que ela — a mãe — se ausentasse. Ainda assim, no começo eu não consegui fazer com que Priscilla falasse. De acordo com os avanços terapêuticos mais recentes de Freud, fiz com que ela se deitasse de olhos fechados. Eu a instruí para que pensasse na mão paralisada e dissesse tudo que lhe ocorresse em relação ao sintoma, que expressasse todos os pensamentos que lhe viessem à cabeça, independentemente do que fossem, a despeito do quanto parecessem irrelevantes, impróprios ou mesmo indelicados. Invariavelmente, Priscilla respondia apenas repetindo uma descrição muito superficial do início de seus males.

O dia crítico, segundo a história que ela sempre contava, havia sido 10 de agosto de 1907. Ela se lembrava da data exata porque era o dia seguinte ao do funeral de sua adorada irmã mais velha, Mary, que morava em Boston com o marido, Bradley. Naquele verão, Mary morrera de gripe, deixando Bradley com duas crianças pequenas para cuidar. No dia seguinte ao enterro, Priscilla havia sido encarregada pela mãe de escrever agradecimentos aos muitos amigos e parentes que expressaram condolências.

Naquela noite, ela sentiu dores agudas na mão esquerda — a mão com a qual escrevia. Ela não viu nada de estranho nisso, porque havia escrito muitas cartas e porque tinha sentido dores ocasionais na mão nos últimos anos. Nessa noite, porém, ela acordou com falta de ar. Quando a dispnéia cedeu, ela tentou voltar a dormir mas não conseguiu. De manhã, teve a primeira das dores de cabeça que a atormentariam no ano seguinte. Pior, ela notou que a mão esquerda estava completamente paralisada. E nesse estado ela ficou, pendente, inútil, do pulso.

Ela repetia para mim, o tempo todo, esses e outros fatos semelhantes. Seguiam-se longos silêncios. A despeito do vigor com que eu lhe assegurava que ela tinha mais para me contar — que era impossível que ela não tivesse nada na cabeça —, ela insistia com firmeza que não conseguia pensar em mais nada para dizer.

Eu me vi tentado a hipnotizá-la. Ela era uma garota claramente sugestionável. Porém Freud havia rejeitado a hipnose inequivocamente. Costumava ser uma técnica de suporte quando trabalhava com Breuer, mas Freud descobrira que a hipnose nem tinha um efeito duradouro nem produzia lembranças confiáveis. Entretanto, decidi que poderia tentar com segurança a técnica utilizada por Freud quando ele abandonou a hipnose. Foi o que desatou o nó.

Disse a Priscilla que iria colocar a minha mão sobre a testa dela. Eu lhe assegurei que havia uma lembrança que desejava aflorar, uma lembrança de importância central, ligada a tudo que ela me contara, e sem a qual não compreenderíamos nada. Eu lhe disse que ela conhecia a lembrança muito bem, ainda que não fosse consciente, e ela emergiria no instante em que eu pusesse a mão sobre a testa dela.

Executei o ato com alguma insegurança, porque tinha posto a minha autoridade em risco. Se não acontecesse nada, eu estaria numa posição pior que a anterior. Porém, a lembrança de fato emergiu, exatamente como os trabalhos de Freud sugeriam, no instante em que Priscilla sentiu a pressão da minha mão sobre a sua cabeça.

"Oh, doutor Younger", ela gritou. "Eu vi!"

"O quê?"

"A mão de Mary."

"A mão de *Mary*?"

"No caixão. Foi terrível. Eles nos obrigaram a olhar para ela."

"Prossiga", eu disse.

Priscilla não disse nada.

"Havia algo de errado com a mão de Mary?", perguntei.

"Oh não, doutor. Estava perfeita. Ela sempre teve mãos perfeitas. Ela tocava piano maravilhosamente, ao contrário de mim." Priscilla se debatia com uma emoção que eu não conseguia decifrar. As cores das maçãs do rosto e da testa me assustaram; estavam quase escarlate. "Ela ainda estava muito bonita. O próprio caixão estava bonito, todo de veludo e madeira branca. Ela parecia a Bela Adormecida. Mas eu sabia que ela não estava dormindo."

"O que havia com a mão de Mary?"

"Com a mão dela?"

"Sim, com a mão dela, Priscilla."

"Por favor, não peça que eu lhe conte", ela disse. "Tenho muita vergonha."

"Você não tem do que ter vergonha. Nós não somos responsáveis pelos nossos sentimentos; portanto, nenhum sentimento pode nos envergonhar."

"De verdade, doutor Younger?"

"De verdade."

"Mas foi muito errado de minha parte."

"Era a mão esquerda de Mary, não era?", eu arrisquei.

Ela assentiu, como se confessasse um crime.

"Fale-me sobre a mão esquerda dela, Priscilla."

50

"O anel", ela sussurrou, com a voz muito fraca.

"Sim", eu disse. "O anel." O meu *sim* era mentiroso. Eu esperava que ele fizesse Priscilla pensar que eu já tinha compreendido tudo, quando na realidade não compreendera nada. O ato de enganá-la era o único aspecto da história toda que eu lamentava. Porém, eu me vi repetindo o mesmo gesto enganoso, de uma forma ou de outra, em toda análise que empreendi.

Ela prosseguiu. "Era o anel de ouro que Brad lhe dera. E eu pensei. Que desperdício. Que desperdício enterrá-lo com ela."

"Não há vergonha nisso. A praticidade é uma virtude, não uma imoralidade", eu lhe assegurei com a minha precisão habitual.

"Você não compreende", ela disse. "Eu o queria para mim."

"Sim."

"Eu queria *usá-lo*, doutor", ela praticamente gritou. "Eu queria que Brad se casasse *comigo*. Eu não poderia cuidar dos pobres bebês? Eu não poderia fazê-lo feliz?" Ela enterrou a cabeça nas mãos e soluçou. "Eu me sentia feliz com a morte dela, doutor Younger. Eu estava *feliz*. Porque assim ele estava livre para me desposar."

"Priscilla", eu disse, "não consigo ver o seu rosto."

"Desculpe."

"Quero dizer que não consigo ver o seu rosto porque ele está coberto pela sua mão esquerda."

Ela ofegou. Era verdade. Usava a mão esquerda para enxugar as lágrimas. O sintoma histérico tinha desaparecido no instante em que ela recuperara a lembrança cuja repressão o causara. Um ano se passou e a paralisia nunca voltou, nem a dispnéia, nem as dores de cabeça.

Reconstruir a história foi bastante simples. Priscilla amava Bradley desde a primeira vez em que ele se aproximara de Mary. À época, Priscilla tinha treze anos. Espero não chocar ninguém ao observar que o amor de uma garota de treze anos por um homem pode incluir desejos sexuais, ainda que não sejam completamente compreendidos como tais. Priscilla jamais admitira esses desejos, ou o ciúme que como conseqüência deles sentia da irmã, e que na cabeça de criança a levaram irresistivelmente à idéia terrível, mas oportunista, de que se Mary morresse o caminho se abriria para ela. Priscilla reprimiu todos esses sentimentos, inclusive na própria consciência. A repressão era sem dúvida a fonte original das dores ocasionais que ela sentia na mão esquerda, iniciadas, possivelmente, no próprio dia do casamento, quando ela pela primeira vez viu o anel de ouro deslizar no dedo da irmã. Três anos depois, a visão do anel na mão de Mary no caixão despertou os mesmos pensamentos, que quase emergiram — quem sabe se por um instante não emergiram de fato — na consciência de Priscilla. Porém agora, além dos sentimentos proibidos de desejo e ciúme, havia a satisfação completamente inaceitável que ela sentia com a morte prematura da irmã. O resultado foi uma exigência renovada de repressão, infinitamente mais forte que a primeira.

O papel desempenhado pelas cartas de agradecimento é mais complexo. Podemos imaginar como Priscilla deve ter sofrido à visão de sua mão esquerda desnuda, sem o ornamento de uma aliança, repetidas vezes conjugada ao ato de exprimir pesar pelo falecimento da irmã. Provavelmente isso foi uma contradição que Priscilla não pôde suportar. Ao mesmo tempo, a escrita trabalhosa talvez proporcionasse uma justificativa psicológica para o que se seguiu. Em todo caso, a mão esquerda se transformou numa afronta para ela, lembrando-a tanto do estado de solteira quanto dos desejos inadmissíveis.

Assim, três objetivos se tornaram fundamentais. Primeiro, ela não deveria ter uma mão como aquela; deveria se livrar de uma mão que não tinha a aliança esperada. Segundo, ela tinha de se punir pelo desejo de substituir Mary como esposa de Bradley. Terceiro, ela tinha de tornar a consumação do desejo impossível. Cada um dos objetivos se realizou por meio dos sintomas histéricos; o modo como a mente inconsciente executa seu trabalho é maravilhoso. Em termos simbólicos, Priscilla se livrou da mão injuriosa, realizou o desejo ao mesmo tempo em que se punia por ele. Ao se transformar numa inválida, ela também se assegurou de que não poderia mais cuidar dos filhos de Bradley, ou melhor, como ela formulou com delicadeza, "fazê-lo feliz". O tratamento de Priscilla, do começo ao fim, tomou duas semanas inteiras. Depois que eu lhe garanti que os desejos eram perfeitamente naturais e fora de seu controle, ela não somente se desfez dos sintomas, mas se sentiu bastante animada. A notícia da cura da inválida se espalhou por Worcester como se o Salvador tivesse devolvido a visão aos cegos do livro de Isaías. A história que as pessoas contavam era a seguinte: Priscilla adoecera por amor e eu a curara. A palma da mão pousada sobre a testa foi impregnada de toda sorte de poderes quase místicos. Se por um lado o acontecimento me tornou conhecido e fez a minha prática médica prosperar, ele teve também conseqüências menos confortáveis. O meu consultório sofreu uma investida de trinta ou quarenta supostos pacientes psicanalíticos, cada um deles alegando que sofria de sintomas perturbadores, semelhantes aos de Priscilla, e todos esperavam um diagnóstico de amor não correspondido e a cura por meio do poder das mãos.

O trem chegava à estação de City Hall quando terminei. Tínhamos de baldear para o trem da BRT em Park Row, onde um elevado nos levaria até Coney. Ninguém comentou o caso de Priscilla, e comecci a pensar que tivesse feito papel de bobo. Brill me salvou. Ele disse a Freud que eu tinha o direito de saber o que o Mestre pensava da minha análise.

Freud se voltou para mim, mal consegui acreditar, com um brilho nos olhos. Disse que a não ser por alguns pequenos aspectos de menor importância, não havia como aprimorar a análise. Ele a chamou de brilhante e pediu permissão para se referir a ela em trabalhos futuros. Brill me bateu nas costas; Ferenczi, sorridente, apertou a minha mão. Aquele não foi o momento mais gratificante da minha vida profissional, foi o momento mais gratificante de *toda* a minha vida.

Eu nunca notara quanto era esplêndida a estação de City Hall, com os lustres de cristal, os murais incrustados e os arcos abobadados. Todos fizeram algum comentário sobre ela — de novo com exceção de Jung, que de súbito declarou que não viria conosco. Jung não fez nenhum comentário durante ou depois da minha história do caso. Agora ele dizia que precisava dormir.

"Dormir?", perguntou Brill. "O senhor deitou às nove da noite ontem." Enquanto todos nos recolhemos bem depois da meia-noite após termos jantado juntos no hotel, Jung foi para o quarto assim que chegamos e não desceu mais.

Freud perguntou a Jung se ele estava bem. Quando Jung respondeu que era apenas a cabeça de novo, Freud me orientou a levá-lo para o hotel. Jung, porém, recusou a ajuda, e insistiu em que poderia refazer o caminho de volta com facilidade. Assim, ele tomou o trem que retornava para a cidade, enquanto nós todos seguimos caminho sem ele.

Quando o detetive Littlemore voltou ao Balmoral na segunda-feira à noite, um dos porteiros acabava de assumir o posto. Esse homem, Clifford, havia trabalhado no cemitério no turno da noite anterior. Littlemore perguntou se ele conhecia a falecida srta. Riverford.

Aparentemente, Clifford não havia recebido a ordem de ficar calado. "Claro, eu me lembro dela", ele disse. "Uma pessoa muito atraente!"

"Falou com ela?", perguntou Littlemore.

"Ela não falava muito — pelo menos não comigo."

"Alguma coisa em especial que você lembre sobre ela?"

"Abri a porta para ela em algumas manhãs", disse Clifford.

"O que isso tem de especial?"

"Eu saio às seis. As únicas garotas que a gente vê a essa hora são as que trabalham, e a senhorita Riverford não parecia uma trabalhadora, se você me entende. Ela saía, eu não sei, talvez às cinco, cinco e meia."

"Para onde ela ia?", perguntou Littlemore.

"Não faço idéia."

"E ontem de noite. Você notou alguma coisa ou alguém estranho?"

"O que o senhor quer dizer com estranho?", perguntou Clifford.

"Alguma coisa diferente, alguém que você nunca tenha visto."

"Teve esse sujeito", disse Clifford. "Saiu por volta da meia-noite. Com muita pressa. Você viu esse sujeito, Mac? Não parecia bem, se quer saber."

O porteiro se voltou para Mac, que balançava a cabeça.

"Fuma?", disse Littlemore para Clifford, que aceitou o cigarro e o guardou no bolso, pois não podia gozar do vício durante o trabalho. "Por que não parecia bem?"

"Só não parecia, nada mais. Um estrangeiro, talvez." Clifford era incapaz de articular a suspeita com mais precisão, mas assegurou, convicto, que o homem não morava no edifício. Littlemore anotou a descrição: cabelo preto, alto, magro, bem-vestido, testa alta, do meio para o final da casa dos trinta, de óculos, e levava uma espécie de mala grande. O homem entrou num táxi puxado a cavalo diante do Balmoral e saiu na direção do centro. Littlemore interrogou os porteiros por mais dez minutos — nenhum deles se lembrava do homem de cabelos pretos descrito por Clifford entrando no edifício, mas ele poderia muito bem ter subido sem ser notado, com um morador — e depois perguntou onde encontraria as camareiras do Balmoral. Eles lhe indicaram o andar de baixo.

No porão, Littlemore chegou a uma sala de teto baixo com canos dispostos ao longo das paredes, onde havia um grupo de camareiras que dobravam roupas de cama. Todas sabiam quem era a garota que servia a srta. Riverford: Betty Longobardi. Aos sussurros elas confiaram ao detetive que ele não encontraria Betty no edifício. Ela tinha ido embora. Betty havia partido cedo sem se despedir de ninguém. Não sabiam por quê. Betty era uma pessoa difícil, mas uma boa garota. Uma delas sabia onde Betty morava. Com essa informação, Littlemore se voltou para sair. Foi nessa hora que ele notou o chinês.

Usando uma camiseta branca e shorts escuros, o homem havia entrado na sala com uma cesta de vime abarrotada de lençóis recém-lavados. Depois que deixou o conteúdo da cesta sobre uma mesa cheia de peças semelhantes, ele estava de saída quando chamou a atenção do detetive. Littlemore reparou nas panturrilhas grossas e nas sandálias do homem que se retirava. Elas em si não eram particularmente interessantes; como também não o era o seu andar, que compreendia o arrastar de um pé atrás do outro. O resultado, porém, era surpreendente. O homem deixava em seu rastro duas linhas molhadas no chão, linhas salpicadas de lama brilhante vermelho-escura.

"Ei, você!", gritou Littlemore.

O homem se deteve, de costas para o detetive, com os ombros curvados. Porém, no instante seguinte ele continuou, correu e desapareceu atrás de um canto, carregando a cesta. O detetive saltou atrás dele, dobrou o canto a tempo de ver o homem atravessando um par de portas de vaivém no final de um longo corredor. Littlemore correu pelo corredor, passou pelas portas e se deparou com a lavanderia cavernosa e barulhenta do Balmoral, onde homens trabalhavam junto de tábuas de passar, tábuas de lavar, ferros a vapor e máquinas de lavar roupa movidas a manivela. Havia negros e brancos, italianos e irlandeses, rostos de todo tipo — mas nenhum chinês. Uma cesta de vime vazia se encontrava de lado junto de uma tábua de passar, oscilando suavemente como se acabasse de ter sido deixada ali. O piso estava todo molhado e escondia qualquer pegada. Littlemore ergueu a aba do chapéu de palha e balançou a cabeça.

Gramercy Park, na extremidade da avenida Lexington, era o único parque privado de Manhattan. Somente os proprietários das casas em frente da delicada cerca de ferro batido tinham direito de entrar. Cada casa tinha uma chave do portão do parque, que dava acesso a um pequeno paraíso de flores e verdor.

Para a garota que saiu de uma das casas no início da noite de segunda-feira, 30 de agosto, aquela chave sempre fora um objeto mágico, preto e dourado, delicado porém inquebrável. Quando ela era pequena, a velha sra. Biggs, a criada da família, costumava deixar que ela levasse a chave em sua pequena bolsa branca enquanto atravessava a rua. Ela era muito pequena para girar a chave sozinha, mas a sra. Biggs guiava a mão dela para ajudá-la. Quando o portão cedia, era como se o próprio mundo se abrisse diante dela.

À medida que ela crescera, o parque se tornara muito menor. Agora, com dezessete anos, ela naturalmente girava a chave sem ajuda — e assim o fez nessa noite, entrando e caminhan-

57

do devagar para o seu banco, o banco em que sempre se sentava. Ela estava com os braços carregados de livros escolares e com sua cópia secreta de *The house of mirth* [A casa da felicidade]. Ela ainda gostava de seu banco, embora, à medida que ficara mais velha, o parque de certa forma se transformara para ela mais num vínculo com a casa dos pais que um refúgio. Sua mãe e seu pai não estavam em casa. Eles haviam ido para o campo cinco semanas antes, deixando a garota com a sra. Biggs e o marido. Ela tinha adorado vê-los partir.

O dia continuava opressivamente quente, mas seu banco ficava sob a sombra fresca de um salgueiro e de um castanheiro. Os livros estavam fechados junto dela. Depois de amanhã seria setembro, mês cuja chegada ela esperara pelo que parecera ser uma eternidade. No fim de semana seguinte ela faria dezoito anos. Três semanas depois ela se matricularia no Barnard College. Ela era uma dessas garotas que, a despeito do desejo febril de viver uma outra vida, haviam retardado ao máximo a chegada da condição de mulher adulta, ao longo dos treze, catorze e quinze anos, apegada aos bichinhos de pelúcia mesmo quando as amigas da escola discutiam meias, batom e convites. Aos dezesseis anos os bichinhos de pelúcia foram por fim relegados às prateleiras superiores de um armário. Aos dezessete, ela era ágil, com olhos azuis e uma beleza espantosa. Usava os longos cabelos loiros presos para trás com uma fita.

Quando os sinos da igreja Calvary bateram as seis horas, ela viu o sr. e a sra. Biggs descerem às pressas a escadaria da entrada, correndo para as lojas antes que elas fechassem. Acenaram para a garota e ela para eles. Alguns minutos depois, enxugando as lágrimas dos olhos, ela partiu lentamente para casa, apertando os livros contra o peito, olhando a grama e os trevos e as abelhas que esvoaçavam. Se ela tivesse se voltado para a esquerda, teria visto na extremidade distante do parque um homem que a observava de fora da cerca de ferro batido.

O homem a observava havia muito tempo. Ele levava uma maleta preta na mão direita e estava vestido de preto — muito vestido, na verdade, em vista do calor. Ele não tirou os olhos da garota enquanto ela atravessou a rua e subiu as escadas para casa, uma bela construção de rocha calcária com dois leões de pedra em miniatura montando uma guarda ineficiente a cada lado da porta de entrada. Ele viu a garota abrir a porta sem que tivesse de destrancá-la. O homem tinha visto os dois criados deixarem a casa. Olhou para a esquerda, para a direita, por sobre os ombros, e partiu. Aproximou-se da casa rapidamente, subiu os degraus, tentou abrir a porta e a descobriu ainda destrancada.

Meia hora mais tarde, o silêncio da noite de verão em Gramercy Park foi rompido por um grito, um grito de mulher. O grito atravessou a rua de um lado a outro, pairou no ar, persistiu por mais tempo do que seria imaginável do ponto de vista físico. Pouco depois, o homem irrompeu pela porta de trás da casa da garota. Um objeto de metal não maior que uma moeda pequena voou de suas mãos enquanto ele tropeçava na escadaria dos fundos. O objeto bateu no pavimento de ardósia e saltou a uma altura surpreendente. O próprio homem quase caiu no chão, mas se recuperou, fugiu passando pelo telheiro e escapou do jardim pelo beco dos fundos da casa.

O sr. e a sra. Biggs ouviram o grito. Acabavam de chegar, carregados de sacolas de comida e flores. Horrorizados, atiraram-se para dentro da casa e escada acima o mais rápido que puderam. No segundo andar, embora não devesse, o dormitório principal estava aberto. Nesse quarto, eles a encontraram. As sacolas de compras caíram das mãos da sra. Biggs. Meio quilo de farinha se espalhou sobre seus velhos sapatos pretos, levantando uma pequena nuvem de poeira branca, e uma cebola amarela rolou até os pés descalços da garota.

Ela estava de pé no centro do quarto de dormir dos pais, vestida apenas com uma anágua e outras roupas de baixo não apropriadas para os olhos de criados. As pernas estavam nuas. Os braços longos e esguios estavam esticados sobre a cabeça, os pulsos amarrados por uma corda grossa presa, por sua vez, a um ponto do teto de onde pendia um pequeno lustre. Os dedos da garota quase tocavam os prismas de cristal. A anágua estava rasgada na frente e atrás, como se tivesse sido dilacerada pelos golpes de um chicote ou de uma bengala. Uma gravata masculina, branca, longa, estava atada firmemente em volta do pescoço dela e por entre os lábios.

Entretanto, ela não estava morta. Os olhos pareciam ensandecidos, fixos, cegos. Ela olhava para os criados conhecidos não com alívio, mas com uma espécie de terror, como se não os reconhecesse — como se pudessem ser assassinos ou demônios. O corpo todo tremia, a despeito do calor. Ela tentou gritar de novo, mas não emitiu nenhum som, como se tivesse despendido toda a voz.

A sra. Biggs se refez primeiro e mandou que o marido saísse do quarto e chamasse um policial. Com cuidado, ela se aproximou da garota e procurou acalmá-la soltando a gravata. Quando se viu com a boca livre, a garota fez todos os movimentos que normalmente acompanham a fala, mas continuou sem emitir nenhum som, nenhuma palavra, nem mesmo um sussurro. Quando os policiais chegaram, descobriram consternados que ela não conseguia falar. Uma surpresa ainda maior os esperava. Trouxeram papel e lápis para a garota; a polícia pediu que ela lhes contasse por escrito o que acontecera. *Não consigo*, ela escreveu. Por que não?, eles perguntaram. A resposta: *eu não me lembro*.

4.

Eram quase sete horas da noite de segunda-feira quando Freud, Ferenczi e eu voltamos para o hotel. Brill tinha ido para casa, cansado e feliz. Acredito que Coney Island seja o lugar preferido de Brill na América. Ele uma vez me disse que quando chegou ao país aos quinze anos, sem um tostão e sozinho, costumava passar dias inteiros sobre a passarela, e algumas vezes noites debaixo dela. Seja como for, não me parecia óbvio que a primeira experiência de Freud em Nova York devesse incluir um espetáculo de Bebês Prematuros Vivos em Incubadoras, ou Jolly Trixie, a senhora de trezentos e cinqüenta quilos, anunciada com os dizeres POR DEUS — ELA É GORDA! ELA É TERRIVEL-MENTE GORDA.

Freud, porém, pareceu encantado, comparando o lugar ao Prater de Viena — "só que em escala gigante", ele disse. Brill conseguiu persuadi-lo a alugar um calção de banho e a juntar-se a nós na imensa piscina de água salgada que havia no interior do parque Steeplechase. Freud se mostrou um nadador melhor que Brill ou Ferenczi, mas à tarde teve uma crise do mal

61

de próstata que o afligia. Assim, nos sentamos em um café na calçada onde, marcada pelo estrépito da montanha-russa e pelo batimento mais regular da arrebentação, tivemos uma conversa que jamais vou esquecer.

Brill andara ridicularizando o tratamento das mulheres histéricas praticado pelos médicos americanos: curas por meio de massagens, de vibrações, pela água. "É uma indústria metade charlatã, metade sexual", ele disse. Descreveu uma enorme máquina vibratória recém-comprada — quatrocentos dólares — por um médico que ele conhecia, ninguém menos que um professor da Columbia. "Você sabe o que esses médicos estão fazendo na realidade? Ninguém admite, mas estão provocando orgasmos nas pacientes."

"Você parece surpreso", respondeu Freud. "Avicena praticou o mesmo tratamento na Pérsia há mil anos."

"Ficou rico com ele?", perguntou Brill, num tom amargo. "Milhares por mês, alguns deles. Mas o pior é a hipocrisia. Uma vez fiz notar a esse médico ilustre, que acontece de ser meu superior, que se o tratamento funcionasse ele seria uma prova a favor da psicanálise, ao estabelecer uma ligação entre a sexualidade e a histeria. Você devia ter visto a cara que ele fez. Não havia nada de sexual no tratamento dele, ele disse, nada. Ele simplesmente permitia que as pacientes descarregassem o excesso de estimulação neural. Se pensava diferente, eu comprovava o efeito corruptor das teorias de Freud. Tenho sorte de ele não ter me despedido."

Freud apenas sorriu. Ele não tinha nada do lado amargurado de Brill, nada de sua atitude defensiva. Não se podiam culpar os ignorantes, ele disse. Além da dificuldade de se descobrir a verdade sobre a histeria, havia repressões poderosas, acumuladas ao longo de milênios, que não poderíamos esperar vencer em um dia. "Acontece o mesmo com todas as doenças", disse Freud. "Somente ao compreendermos a causa podemos dizer que compreendemos a doença, e somente então poderemos tratá-la. Por enquanto, a causa permanece oculta para eles, de modo que continuam na Idade Média, sangrando os pacientes e chamando isso de medicina." Foi nessa hora que a conversa tomou seu rumo inesquecível. Freud perguntou se gostaríamos de ouvir um de seus casos recentes, sobre uma paciente obcecada por ratos. Naturalmente, dissemos que sim.

Eu nunca tinha ouvido um homem que falasse como Freud. Ele contou o caso com tal fluência, erudição e perspicácia que nos manteve extasiados durante três horas seguidas. Brill, Ferenczi e eu o interrompemos de tempos em tempos, desafiando suas inferências com objeções ou perguntas. Freud respondia ao desafio antes que a pergunta acabasse de ser formulada. Eu me senti mais vivo naquelas três horas do que em qualquer outro momento da minha vida. Em meio aos camelôs, à gritaria das crianças e aos caçadores de emoções de Coney Island, nós quatro, senti, traçávamos os próprios limites do autoconhecimento humano, abríamos terreno em território desconhecido, forjávamos caminhos inexplorados que o mundo seguiria um dia. Tudo que o homem imaginava saber sobre si próprio — os sonhos, a consciência, os desejos mais secretos — se transformaria para sempre.

De volta ao hotel, Freud e Ferenczi se preparavam para o jantar na casa de Brill. Infelizmente, eu tinha um compromisso para jantar em outro lugar. Jung deveria ir com eles, mas não foi encontrado em lugar algum. Freud me fez bater na porta de Jung, porém sem resultado. Esperaram até as oito, e depois saíram para a casa de Brill sem ele. Eu me troquei depressa, mas irritado, vestindo uma roupa para a noite. Em qualquer circunstância a perspectiva de um baile me incomodaria, mas perder por ele um jantar com Freud era indescritivelmente irritante.

* * *

A sociedade nova-iorquina da Era Dourada era essencialmente a criação de duas mulheres muito ricas, a sra. William B. Astor e a sra. William K. Vanderbilt, e da titânica disputa entre elas na década de 1880.

A sra. Astor, nascida Schermerhorn, era nobre de berço; a sra. Vanderbilt, nascida Smith, não era. Os Astors podiam rastrear sua fortuna e linhagem até a aristocracia holandesa da Nova York do século XVIII. Para dizer a verdade, o termo *aristocracia* nesse contexto comporta um certo exagero, uma vez que os negociantes de peles holandeses no Novo Mundo não eram exatamente príncipes no Velho. As damas e cavalheiros europeus podiam não ter lido Tocqueville, mas a diferença entre os Estados Unidos e a Europa sobre a qual todos estavam de acordo era que à América, para sua infelicidade, faltava uma aristocracia. A despeito disso, ao final do século XIX, os Astor, fabulosamente endinheirados, eram recebidos na corte de St. James e em pouco tempo teriam as reivindicações aristocráticas confirmadas por títulos ingleses de nobreza, muito superiores aos dos holandeses, isso no caso de existir algum título holandês.

Em contraste, um Vanderbilt era um ninguém. Cornelius "Comodoro" Vanderbilt era simplesmente o homem mais rico da América — na verdade, o homem mais rico do mundo. Valer um milhão de dólares fazia de alguém um milionário na metade do século XIX; Cornelius Vanderbilt valia cem milhões quando morreu, em 1877, e seu filho valia o dobro uma década depois. Mas o Comodoro seguia sendo um vulgar magnata de navios a vapor e ferrovias que devia a fortuna ao trabalho, e a sra. Astor não faria uma visita a ele nem a seus parentes.

Em especial, a sra. Astor não poria os pés na casa da jovem sra. William K. Vanderbilt, mulher do neto do Comodoro. Ela não deixaria nem o seu cartão de visita. Assim se estabelecera que os Vanderbilt não seriam recebidos nas melhores casas de Manhattan. A sra. Astor deu a conhecimento público que havia somente quatrocentos homens e mulheres em toda Nova York dignos de entrar em um salão de baile — número este que acontecia de ser a quantidade de convidados que cabia confortavelmente no próprio salão da sra. Astor. Os Vanderbilt não estavam entre os Quatrocentos.

A sra. Vanderbilt não era vingativa, mas inteligente e indomável. Nenhum centavo seria poupado para cancelar a proibição dos Astor. A primeira providência dela, alcançada por meio de uma dose liberal da generosidade do marido, foi conseguir um convite para o Baile dos Patriarcas, um evento significativo do calendário social de Nova York, freqüentado pelos cidadãos mais influentes da cidade. Entretanto, ela continuava excluída do círculo mais restrito da sra. Astor.

O segundo passo foi fazer com que o marido construísse uma casa nova. Ela se localizaria na esquina da Quinta Avenida com a rua 52 e seria como nenhuma outra em Nova York. Desenhada por Richard Morris Hunt — não apenas o arquiteto americano mais famoso da época, mas um convidado bemvindo dos Astor —, o número 660 da Quinta Avenida se transformou num castelo francês de pedra calcária ao estilo do vale do Loire. O vestíbulo de pedra da entrada tinha vinte metros de comprimento, com um teto abobadado, de pé-direito duplo, ao final do qual se erguia uma magnífica escadaria esculpida de Caen. Entre os trinta e sete quartos havia um salão de jantar impressionante, iluminado por vitrais, um imenso ginásio para os filhos, que ocupava o terceiro e o quarto andar, e um salão de baile capaz de receber oitocentos convidados. Espalhados pela casa havia Rembrandts, Gainsboroughs, Reynolds, tapeçarias de Gobelin, e mobília que pertencera um dia a Maria Antonieta.

Quando a mansão estava quase terminada, em 1883, a sra. Vanderbilt anunciou uma festa de inauguração em que acabaria por gastar duzentos e cinqüenta mil dólares. De longe, o emprego mais inteligente de sua fortuna consistiu em assegurar por antecipação a presença de alguns convidados ilustres porém compráveis, não comprometidos com as regras da sra. Astor, entre eles várias damas inglesas, uma pequena coleção de barões teutônicos, um círculo de condes italianos e um ex-presidente dos Estados Unidos. Deixando escapar insinuações sobre as reservas antecipadas, bem como sobre os entretenimentos suntuosos inauditos, a sra. Vanderbilt enviou um total de mil e duzentos convites. A festa esperada se transformou no assunto da cidade.

Uma pequena festeira especialmente ávida acontecia de ser Carrie Astor, a filha preferida de Astor, que durante todo o verão preparou com as amigas uma Quadrilha Star para o baile da sra. Vanderbilt. Porém, dos mil e duzentos convites não chegou nenhum para Carrie Astor. Todas as amigas de Carrie haviam sido convidadas — planejavam, excitadas, os vestidos que usariam para a quadrilha —, mas não a própria e chorosa Carrie. Para todos que quisessem ouvir, a sra. Vanderbilt expressava simpatia pela situação da pobre garota, mas como ela poderia convidar Carrie, a anfitriã perguntava ao mundo, se jamais fora apresentada à mãe dela?

Deu-se assim que a sra. William Backhouse Astor tomou sua carruagem numa tarde do inverno de 1883 e fez com que o criado, vestido de libré azul, apresentasse seu cartão de visita à Quinta Avenida 660. Assim se ofereceu à sra. Vanderbilt a oportunidade inédita de desdenhar a grande Caroline Astor, oportunidade que teria sido irresistível para uma mulher de menos visão. Entretanto, a sra. Vanderbilt respondeu de imediato, e enviou à residência dos Astor um convite para a festa, que resultou na possibilidade de Carrie afinal comparecer, acompanhada da mãe —

em um corpete de diamantes que custara duzentos mil dólares — e do restante dos Quatrocentos da sra. Astor.

Na virada do século, a sociedade de Nova York havia se transformado de um bastião Knickerboker em um amálgama volátil de poder, dinheiro e fama. Qualquer um que valesse cem milhões podia comprar o ingresso. Cavalheiros da sociedade se misturavam com coristas. Damas da sociedade deixavam os maridos. A própria sra. Vanderbilt não era mais a sra. Vanderbilt: ela obtivera um divórcio escandaloso em 1895 para se tornar a sra. Oliver H. P. Belmont. A filha da sra. Astor, Charlotte, mãe de quatro filhos, fugira para a Inglaterra com outro homem. Três filhos e um neto do multimilionário Jay Gould desposaram atrizes. James Roosevelt se casou com uma prostituta. Mesmo um eventual assassino podia ser tratado como celebridade, desde que pertencesse à linhagem apropriada. Harry Thaw, apesar de herdeiro de uma modesta fortuna de mineração de Pittsburgh, jamais alcançaria a fama em Nova York se não tivesse assassinado o renomado arquiteto Stanford White na cobertura do Madison Square Garden em 1906. Embora Thaw tivesse atirado em cheio no rosto de White, sentado, diante de cem pessoas que jantavam, um júri o absolveu — por insanidade — dois anos depois. Alguns observadores disseram que nenhum júri americano condenaria um homem por assassinar o patife que dormira com a sua mulher, embora, para se fazer justiça a White, a ligação com a jovem tivesse acontecido quando ela era apenas uma corista solteira de dezesseis anos e não a respeitável sra. Harry Thaw. Outros opinaram que o júri se sentira pouco inclinado à condenação, especialmente por ter recebido uma quantia muito grande do advogado de Thaw para se sentir livre para, em sã consciência, rejeitar sua argumentação final.

Nos verões, os ricos de Manhattan se refugiavam em palácios de mármore em Newport e Saratoga, onde iatismo, hipismo e carteado eram as ocupações principais. Naqueles dias, as famílias mais importantes ainda podiam demonstrar por que eram as melhores do país. O jovem Harold Vanderbilt, que crescera na Quinta Avenida 660, defenderia a America's Cup com sucesso por três vezes contra a ofensiva britânica. Ele também inventou o bridge.

À medida que setembro de 1909 se aproximava, uma nova temporada estava para começar. Todos concordavam em que a safra de debutantes daquele ano figurava entre as mais seletas dos últimos tempos. A srta. Josephine Crosby, o *Times* observou, era uma garota especialmente bonita, agraciada com uma bela voz para o canto. A bem moldada srta. Mildred Carter havia voltado com o pai de Londres, onde dançara com o rei. A srta. Hyde, a herdeira, também debutaria, bem como a srta. Chapin e a srta. Rutherford, vista pela última vez como dama de honra da prima, a ex-srta. White, no casamento desta com o conde Sheer-Thoss.

O evento inaugural da temporada foi o baile beneficente oferecido pela sra. Stuyvesant Fish na noite de segunda-feira, 30 de agosto, para levantar fundos para o novo Hospital Gratuito de Crianças da cidade. À época tornara-se moda a realização de festas nos grandes hotéis da cidade. A festa da sra. Fish teria lugar no Waldorf-Astoria.

Aquele hotel, situado na Quinta Avenida com a rua 34, erguia-se no local onde ficava a casa da sra. Astor um quarto de século antes, quando levara a pior ante a sra. Vanderbilt. Em comparação com a esplendorosa mansão Vanderbilt, a antiga e bela casa de tijolos dos Astor pareceu de súbito pequena e insípida. Assim, a sra. Astor a demoliu sem cerimônia e mandou construir um castelo francês duplo — não no estilo do Loire, mas à moda mais distinta do Segundo Império —, trinta quadras ao norte, com um salão de festa suficiente para receber mil e duzentas pessoas. No terreno vagado pela sra. Astor, seu filho ergueu um hotel, o maior do mundo e o mais luxuoso da cidade.

A sociedade entrava no Waldorf-Astoria por meio de um corredor largo de cem metros de comprimento que se abria a partir da rua 34, conhecido como o Peacock Alley. Por ocasião de um baile de gala, porteiros de meias azuis recepcionavam as carruagens à medida que chegavam, e o Peacock Alley ficava ladeado por centenas e centenas de espectadores, uma platéia de simplórios para a procissão de riqueza e fama que abria caminho imponente. O Palm Garden era o restaurante dourado, de cúpula compacta, do Waldorf, com paredes de vidro para assegurar a continuidade da visão para o mundo exterior e revestido por todos os lados de espelhos de corpo inteiro para assegurar que as damas e cavalheiros do mundo interior vissem ainda mais de si próprios que os de fora. Para acomodar a festa, a sra. Stuyvesant Fish havia reservado não apenas a Palm Room, mas também a Empire Room, o Palm Garden externo, e toda a orquestra e companhia da Metropolitan Opera.

Foram as melodias dessa música que saudaram Stratham Younger quando ele caminhou ao longo do Peacock Alley, de braço dado com a prima, a srta. Belva Dula, meia hora depois que seus convidados europeus tinham saído para o jantar na casa dos Brill.

A minha mãe era uma Schermerhorn. Sua irmã se casara com um Fish. Esses dois incidentes genealógicos majestosos me levavam a ser convidado a todo baile real em Manhattan.

Morar em Worcester, Massachussetts, oferecia a desculpa aceitável para evitar a maioria desses compromissos. Porém eu tinha de fazer uma exceção às festas organizadas pela minha extravagante tia Mamie — a sra. Stuyvesant Fish —, que, embora não fosse de fato minha tia, insistia em que a chamasse assim desde pequeno, quando eu costumava passar verões em sua casa em Newport. Depois que meu pai morreu, foi tia Mamie que se assegurou de que a minha mãe contaria com meios suficientes e não teria de deixar a casa de Back Bay onde vivera durante o casamento. Como conseqüência, eu nunca podia dizer não quando tia Mamie me convidava para uma de suas galas. Além dessa obrigação, havia também a prima Belva, que eu concordara em acompanhar ao longo do Alley.

"O que é isso de novo?", Belva me perguntou referindo-se à música, à medida que descíamos o corredor interminável com uma multidão de espectadores de cada lado.

"É a Aída do senhor Verdi", respondi, "e nós somos os animais que marcham."

Ela apontou para uma mulher rechonchuda acompanhada pelo marido à nossa frente, não muito distante de nós. "Oh, veja, os Arthur Scott Burdens. Eu nunca vi a senhora Burden em um imenso turbante escarlate antes. Talvez esperem que pensemos em elefantes."

"Belva."

"E lá estão os Condé Nast. O chapéu Directoire dela é muito mais adequado, você não acha? Eu também aprovo as gardênias dela, mas tenho menos certeza quanto às plumas de avestruz. Podem induzir as pessoas a enterrar a cabeça na areia quando ela passa."

"Controle-se, Belva."

"Você tem consciência de que deve haver mil pessoas nos olhando neste exato momento?" Era evidente que Belva se deliciava com a atenção. "Aposto que você não tem nada parecido em Boston."

"Nós estamos tristemente atrasados em Boston", eu disse. "Aquela com a massa perfeita de jóias no cabelo é a baronesa Von Haefton, que me excluiu de sua festa para o marquês de Charette no inverno passado. Aqueles são os John Jacob Astor — dizem que ele tem sido visto por todo lado com Maddie Forge, que não passou um dia dos dezesseis anos — e os nossos anfitriões, os Stuyvesant Fishes."

"Fish."

"Como assim?"

"O plural de Stuyvesant Fish", expliquei "é Stuyvesant Fish. Dizemos 'os Fish' e não 'os Fishes'." Era raro eu ter a ousadia de corrigir Belva em algum aspecto da etiqueta nova-iorquina.

"Eu não acredito nem um pouco nisso", ela respondeu. "Porém a senhora Fish parece estar quase no plural esta noite."

"Nem uma palavra contra a minha tia, Belva." Prima Belva tinha quase exatamente a minha idade, e eu a conhecia desde a infância. Mas a pobre coisa esquelética, desajeitada, tinha feito sua aparição havia quase dez anos e ninguém mordera a isca. Aos vinte e sete ela estava, receio, bastante desesperada, destinada pelo mundo para o rol das solteironas. "Ao menos", acrescentei, "tia Mamie não trouxe o cachorro hoje à noite."

Certa vez tia Mamie havia oferecido um baile em Newport para uma nova poodle francesa que entrou arrogante sobre um tapete vermelho com uma coleira incrustada de diamantes.

"Mas veja, ela *trouxe* a cachorra", respondeu Belva, divertida, "e ela continua usando a coleira de diamantes." Belva apontava para Marion Fish, a filha mais nova de tia Mamie, para cujo *début* impressionante Belva não fora convidada.

"É isso, prima. Você está por sua conta." Chegados ao final do corredor, eu me libertei de Belva, ou melhor, tia Mamie me capturou e, no lugar de Belva, me pareou com uma srta. Hyde, visivelmente rica mas com poucos outros atrativos. Dancei também com diversas outras senhoritas, incluindo a alta e graciosa Eleanor Sears, que foi bastante amistosa, embora eu tivesse de me desviar de seu chapéu, em formato de sombreiro, o tempo todo. E, é claro, concedi uma vez à pobre Belva.

Depois do coquetel de ostras obrigatório, fomos servidos — de acordo com o cardápio de bordas douradas — de um *buffet russe*, carneiro montanhês grelhado com purê de castanhas e aspargos, sorvete de champanhe, tartaruga fluvial de casca de diamante de Maryland, e pato rosado com salada de laranja. Essa era apenas a primeira de duas ceias, com a segunda servida depois da meia-noite. Após a segunda ceia se seguiria o cotilhão, com as danças formais — provavelmente uma Mirror, se eu conhecia bem tia Mamie —, com início por volta de uma e meia da manhã.

Eu realmente não me incomodava com uma festa ocasional em Nova York. Eu havia parado de comparecer a eventos sociais em Boston, onde não escapava dos cochichos e olhares de esguelha devidos às circunstâncias da morte do meu pai. A diferença entre a sociedade de Boston e a de Nova York consistia no seguinte: o objetivo em Boston era não se fazer nada a não ser o que sempre se fizera; em Nova York era se superar tudo que já havia sido feito. Porém, o simples espetáculo de uma festa em Nova York — e se esperava que cada um fosse parte do espetáculo — era algo com que o meu sangue de Boston nunca se habituou. As debutantes em especial, embora muito mais opulentas que as congêneres de Boston, e de muito melhor aparência, eram cintilantes em excesso para o meu gosto. Compunham uma eflorescência de diamantes e pérolas — nos corpetes, em volta do pescoço, pendentes das orelhas, envolvendo os ombros, aninhados nos cabelos — e, embora todos os adereços fossem certamente genuínos, eu não conseguia deixar de sentir que via imitações.

"Aqui está você, Stratham", gritou tia Mamie. "Oh, por que você tinha de ser primo da minha Marion? Eu teria casado você com ela há anos. Agora ouça bem. A senhorita Crosby anda perguntando a todos quem é você. Ela faz dezoito este ano, a segunda garota mais bonita de Nova York, e você continua sendo o único homem atraente — quero dizer, o solteiro mais atraente. Você precisa dançar com ela."

"Eu dancei com ela", respondi, "e sei de fonte segura que ela pretende se casar com o senhor De Menocal."

"Mas eu não quero que ela se case com De Menocal", respondeu tia Mamie. "Eu queria que De Menocal se casasse com Elsie, a neta de Franz e Ellie Sigel. Ela, porém, fugiu para Washington. Eu achava que as pessoas fugiam *de* Washington. O que ela estava pensando? Poderia muito bem ter fugido para o Congo. Você já cumprimentou Stuyvie?"

Stuyvie era, é claro, seu marido, Stuyvesant. Como eu não havia saudado tio Fish, tia Mamie me levou até ele. Entretinha-se numa conversa íntima com dois homens. Junto de tio Fish eu reconheci Louis J. de G. Milhau, que fora meu colega em Harvard. O outro homem, talvez de quarenta e cinco anos, parecia familiar, mas eu não consegui situá-lo. Tinha cabelos escuros cortados rente, olhos inteligentes, sem barba, e um ar de autoridade. Tia Mamie solucionou minha dificuldade quando acrescentou, entre dentes: "O prefeito. Vou apresentá-lo".

Descobrimos que o prefeito McClellan estava para ir embora. Tia Mamie protestou em voz alta, argumentou que ele perderia Caruso. Tia Mamie detestava ópera, mas sabia que o resto do mundo a considerava o auge do bom gosto. McClellan se desculpou, agradeceu, cordial, a caridade dela para com a cidade de Nova York, e jurou que jamais partiria àquela hora se não fosse por um assunto muito sério que demandava sua atenção imediata. Tia Mamie objetou ainda mais enérgica, dessa vez ante o emprego da expressão *um assunto muito sério* em sua presença. Não queria ouvir falar em assuntos sérios, ela disse, fugindo de nós em meio a uma nuvem de chiffon.

Para minha surpresa, Milhau em seguida disse para o prefeito: "Younger é médico. Por que você não lhe conta o caso?". "Por Deus", exclamou tio Fish, "é verdade. Um médico de Harvard. Younger deve conhecer a pessoa certa para dar conta disso. Conte-lhe do que se trata, McClellan."

O prefeito me examinou, tomou uma decisão em seu íntimo, e me fez uma pergunta. "Você conhece Acton, Younger?"

"Lord Acton?", respondi.

"Não, Harcourt Acton, de Gramercy Park. Trata-se da filha dele."

Aparentemente, a srta. Acton havia sido vítima de um ataque brutal no início da noite, na casa de sua família, enquanto os pais estavam fora, no campo, em Berkshire. O criminoso não fora capturado nem tinha sido visto por mais ninguém. O prefeito McClellan, que conhecia a família, desejava desesperadamente que a srta. Acton fizesse uma descrição do criminoso, mas a garota não conseguia falar e nem mesmo lembrar do que lhe acontecera. O prefeito voltaria, naquele instante, para a central de polícia; a garota ainda estava lá, cuidada pelo médico da família, que confessara perplexidade ante o estado dela. Ele não encontrara lesões físicas capazes de produzir os sintomas.

"A garota está histérica", eu disse. "Sofre de criptoamnésia"

"Criptoamnésia?", repetiu Milhau.

"Uma perda de memória causada pela repressão de um episódio traumático. O termo foi cunhado pelo doutor Freud, de Viena. A condição é essencialmente histérica e pode ser acompanhada também de afonia — perda da fala."

"Por Deus", disse tio Fish de novo. "Perda da fala, você disse? É isso!"

"O doutor Freud", prossegui, "tem um livro sobre disfunção da fala." A monografia de Freud sobre as afasias havia sido lida na América muito antes de seus escritos psicológicos se tornarem conhecidos. "Ele provavelmente é a principal autoridade no mundo sobre o assunto e demonstrou uma associação específica com o trauma histérico — em particular com o trauma sexual."

"Pena que o seu doutor Freud esteja em Viena", disse o prefeito.

5.

Bati com vigor na porta de Brill até que por fim sua esposa, Rose, abriu. Eu explodia de vontade de lhes contar que não somente havia providenciado a primeira consulta americana de Freud, mas que um automóvel e um motorista, enviados pelo prefeito de Nova York em pessoa, esperavam embaixo para levá-lo. Entretanto, a cena em que me intrometi era tão plena de vivacidade e alegria que no primeiro momento não vi como interrompê-la.

Brill morava no quinto andar de um prédio de apartamentos de seis andares em Central Park West. O apartamento era pequeno — apenas três quartos, cada um deles menor que meu gabinete em Manhattan. Mas dava diretamente para o parque, e praticamente cada centímetro estava atulhado de livros. Um odor caseiro de cebolas cozidas pairava no ar.

Jung estava lá, bem como Brill, Ferenczi e Freud, todos amontoados em volta de uma pequena mesa no centro da sala principal que servia ao mesmo tempo como cozinha, sala de jantar e de estar. Brill gritou para que eu me sentasse e comesse um pouco da costela de boi feita por Rose; serviram-me vinho antes que eu pudesse responder. Brill e Ferenczi estavam no meio de uma história sobre serem analisados por Freud, com Brill no papel do Mestre. Todos riam, inclusive Jung, cujos olhos, eu notei, se demoravam na mulher de Brill.

"Mas vejam bem, meus amigos", disse Freud, "isso não responde à questão de por que a América."

"A questão, Younger", Brill esclareceu para que eu ficasse a par, "é a seguinte. A psicanálise é excomungada por toda parte na Europa. Porém aqui, na América puritana, Freud está para receber seu primeiro título honorário e foi convidado para falar numa universidade de prestígio. Como isso pode ser?"

"Jung diz", acrescentou Ferenczi, "que é porque vocês americanos não compreendem as teorias sexuais de Freud. Quando isso acontecer, diz ele, vocês vão largar a psicanálise como se ela fosse uma batata quente."

"Eu não acho", eu disse. "Acho que ela vai se espalhar como um incêndio numa floresta."

"Por quê?", perguntou Jung.

"Precisamente por causa do nosso puritanismo", respondi. "Mas há uma coisa que eu..."

"É o contrário", disse Ferenczi. "Uma sociedade puritana deveria nos banir."

"Ela *vai* banir vocês", disse Jung rindo alto, "assim que ela perceber o que estamos dizendo."

"A América é puritana?", objetou Brill. "O demônio era mais puritano."

"Calem-se vocês todos", disse Rose Brill, uma mulher de cabelos escuros e de olhos incisivos. "Deixem o doutor Younger explicar o que ele quis dizer."

"Não, esperem", disse Freud. "Há algo mais que o doutor Younger quer dizer. O que é, meu rapaz?"

77

* * *

Despencamos pelos quatro lances de escadas o mais rápido que pudemos. Quanto mais ouvia sobre o caso, mas intrigado Freud ficava e, quando soube do envolvimento pessoal do prefeito, sentiu-se tão excitado quanto eu para chegar ao centro da cidade, a despeito da hora. Sobrava um lugar no carro em que cabiam quatro pessoas, de modo que Freud decidiu que Ferenczi nos acompanharia. De início, havia chamado Jung, que estranhamente pareceu desinteressado e recusou o convite; ele nem desceu à rua.

Um instante antes de partirmos, Brill disse: "Eu não gosto da idéia de largar Jung aqui. Deixem-me buscá-lo, podemos apertá-lo entre nós e levá-lo para o hotel".

"Abraham", Freud respondeu com uma severidade surpreendente, "eu lhe disse repetidas vezes como me sinto em relação a isso. Você precisa superar a sua hostilidade para com Jung. Ele é mais importante que todos nós juntos."

"Não é isso, pelo amor de Deus", protestou Brill. "Acabei de oferecer um jantar para o homem na minha própria casa, não? Eu estou falando sobre a... *condição*... dele."

"Que condição?", perguntou Freud.

"Ele não está bem. Ele está ansioso, excitado demais. Quente em um momento e frio no seguinte. O senhor certamente notou. Algumas coisas que ele diz não fazem o menor sentido."

"Ele andou bebendo o seu vinho."

"E tem mais isso", disse Brill. "Jung nunca toca em álcool."

"Foi influência de Bleuler", Freud observou. "Eu o curei dela. Você não tem objeções ao fato de Jung beber, Abraham?"

"É claro que não. Qualquer coisa é melhor do que Jung sóbrio. Proponho mantê-lo bêbado o tempo todo. Mas há alguma coisa perturbadora nele. Desde o instante em que entrou. Você ouviu ele perguntar por que o meu piso era tão macio... meu piso de madeira?"

"Você está imaginando coisas", disse Freud. "E por trás da imaginação existe sempre um desejo. Jung simplesmente não está habituado ao álcool. Apenas certifique-se de que ele vai chegar ao hotel em segurança."

"Muito bem." Brill nos desejou boa sorte. Quando estávamos de partida ele gritou: "Mas também pode haver um desejo de *não* imaginar".

No carro aberto, sacolejando pela Broadway, Ferenczi me perguntou se na América era normal alguém comer uma mistura de maçãs, nozes, aipo e maionese. Rose Brill havia evidentemente servido uma salada Waldorf a seus convidados. Freud caíra em silêncio. Parecia meditar. Eu me perguntei se os comentários de Brill não haviam começado a preocupá-lo; eu mesmo tinha começado a pensar que havia algo de errado com Jung. Eu também me perguntei o que Freud pretendia quando dissera que Jung era mais importante que nós todos juntos.

"Brill é um paranóico", Ferenczi disse subitamente, dirigindo-se a Freud. "Não é nada."

"O paranóico nunca está completamente errado", Freud respondeu. "Você ouviu o lapso de Jung?"

"Que lapso?", disse Ferenczi.

"O ato falho", respondeu Freud. "Ele disse 'A América vai banir vocês' — não *nós*, mas *vocês*."

Freud voltou a ficar em silêncio. Descemos a Broadway toda até a Union Square, em seguida a Bowery Road até o Lower East Side. Quando passamos pelas barracas do mercado da rua Hester, tivemos de reduzir a velocidade. Embora fossem quase onze horas, judeus enchiam as ruas, com suas barbas longas e suas roupas excêntricas, pretas da cabeça aos pés. Talvez estivesse demasiado quente para se dormir nas acomodações sem ar, abarrotadas, em que tantos imigrantes da cidade moravam. Os judeus andavam de braços dados ou se reuniam em pequenos círculos, em meio a muitos gestos e discussões em voz alta. O som do alemão primitivo, distorcido, que os hebreus chamam de iídiche estava em todo lugar.

"Então esse é o Novo Mundo", Freud observou do banco dianteiro, não muito aprovador. "Por que diabos eles viriam tão longe, só para recriar o que deixaram para trás?"

Eu arrisquei uma pergunta. "O senhor não é um homem religioso, doutor Freud?"

Fui infeliz. Primeiro achei que ele não tinha me ouvido. Ferenczi respondeu no lugar dele. "Depende do que se quer dizer com *religioso*. Se, por exemplo, a religião significa que Deus é uma invenção gigantesca inspirada no complexo de Édipo coletivo, Freud é muito religioso."

Freud agora me encarava pela primeira vez com o olhar penetrante que eu tinha visto no cais do porto. "Eu vou lhe descrever seu processo de pensamento ao me fazer essa pergunta", ele disse. "Perguntei por que esses judeus vieram para cá. Você pensou em dizer *'Eles vieram em busca da liberdade religiosa'*, mas você reconsiderou, porque parecia óbvio demais. Depois você refletiu que se eu, um judeu, não conseguia ver que eles vieram em busca de liberdade religiosa, devia ser porque a religião não significa muito para mim — na verdade, significaria tão pouco que eu não conseguia ver quão importante ela é para eles. Daí a sua pergunta. Estou certo?"

"Inteiramente", respondi.

"Não se preocupe", disse Ferenczi. "Ele faz isso com todo mundo."

"Pois bem. Você me fez uma pergunta direta", disse Freud. "Eu vou lhe dar uma resposta direta. Eu sou o mais profundo dos descrentes. Toda neurose é uma religião para o seu proprie-tário, e a religião é a neurose universal da humanidade. Isso não dá margem a nenhuma dúvida: as características que atribuí-mos a Deus refletem os medos e desejos que sentimos primeiro como bebês e depois como crianças. Quem não vê nem isso não pode compreender o mais elementar sobre a psicologia huma-na. Se você está em busca da religião, não me siga."

"Freud, você está sendo injusto", disse Ferenczi. "Younger não disse que estava em busca da religião."

"O rapaz se interessou pelas minhas idéias; é bom que ele saiba das implicações delas." Freud me examinou. De súbito a severidade desapareceu, e ele me lançou um olhar quase pater-nal. "E como eu posso me interessar pelas idéias *dele*, devolvo a pergunta: você é um homem religioso, Younger?"

Para meu constrangimento, eu não sabia como responder. "Meu pai era", eu disse.

"Você está respondendo a uma pergunta diferente", Fe-renczi interveio, "da que foi colocada."

"Mas eu o entendo", disse Freud. "Ele quer dizer: porque seu pai era crente, ele se sente inclinado à dúvida."

"É verdade", eu disse.

"Mas ele também se pergunta", Freud acrescentou, "se uma dúvida assim fundamentada é uma boa dúvida. O que o incli-na a acreditar."

Eu pude apenas olhar espantado. Ferenczi formulou a mi-nha pergunta. "Como você pode saber disso?"

"Tudo se depreende", respondeu Freud, "do que ele nos disse na noite passada: que a escolha da medicina havia sido um desejo de seu pai, não dele. E, além disso", acrescentou, com uma tragada satisfeita do charuto, "eu me sentia da mesma forma quando era mais jovem."

* * *

Com a grande fachada de mármore, os frontões gregos e a fantástica cúpula, suavemente iluminada pelas luzes da rua, a nova sede da polícia na rua Centre 240 parecia mais um palácio que um prédio municipal. Depois de um par de portas de carvalho maciço, encontramos um homem fardado atrás de uma mesa semicircular da altura de seu peito. Luzes elétricas lançavam um brilho amarelado em volta dele. Ele acionou a manivela de um aparelho telefônico, e em pouco tempo fomos recebidos pelo prefeito McClellan, juntamente com um cavalheiro mais velho, preocupado, barrigudo, chamado Higginson, que se revelou ser o médico da família Acton.

Ao apertar a mão de cada um de nós, McClellan pediu profusas desculpas a Freud por lhe causar um incômodo tão desagradável. "Younger me disse que o senhor é também um especialista em Roma antiga. Vou lhe dar o meu livro sobre Veneza. Mas devemos subir. A senhorita Acton está numa condição lamentável."

O prefeito nos conduziu por uma escadaria de mármore. O dr. Higginson falou bastante sobre as medidas que havia tomado — estávamos com sorte, pois nenhuma delas parecia prejudicial. Entramos em um escritório amplo no estilo clássico, com cadeiras de couro, muitos cobres e uma mesa imponente. Atrás da mesa, parecendo muito pequena para ela, sentava-se uma garota, enrolada num lençol leve, com um policial de cada lado.

McClellan tinha razão: ela estava em um estado deplorável. Tinha chorado muito; o rosto se mostrava terrivelmente vermelho e inchado. Os longos cabelos loiros estavam emaranhados e desarrumados. Ela olhou para nós com os maiores e mais amedrontados olhos que eu já vira — amedrontados e desconfiados.

"Nós fizemos de tudo", McClellan declarou. "Ela é capaz de nos contar por escrito o que aconteceu antes e depois. Mas quanto ao... bem... quanto ao incidente em si, ela não lembra de nada." Junto da garota havia folhas de papel e uma caneta. O prefeito nos apresentou. A garota se chamava Nora. Ele explicou que nós éramos médicos especiais que, ele esperava, conseguiriam ajudá-la a recuperar a voz e a memória. Ele falou como se ela fosse uma criança de sete anos, talvez confundisse a dificuldade de fala dela com uma dificuldade de compreensão, embora fosse possível dizer pelos olhos que ela não tinha nenhum prejuízo dessa capacidade. Previsivelmente, a entrada de três homens estranhos teve um efeito opressivo sobre a garota. Vieram-lhe lágrimas aos olhos, mas ela as conteve. Na realidade, ela nos escreveu um pedido de desculpas, como se fosse responsável pela amnésia.

"Por favor, prossigam cavalheiros", disse McClellan.

Freud quis primeiro descartar uma base fisiológica para os sintomas. "Senhorita Acton", disse, "eu gostaria de ter certeza de que não sofreu nenhum ferimento na cabeça. A senhorita me permite?" A garota assentiu. Depois de um exame minucioso, Freud concluiu: "Não há lesão craniana de nenhuma espécie".

"Uma lesão na laringe poderia causar afonia", observei, referindo-me à perda de voz da garota.

Freud concordou e me convidou, com um gesto, para que eu mesmo examinasse a garota.

Ao me aproximar da srta. Acton eu me senti inexplicavelmente nervoso. Não consegui identificar a fonte da ansiedade; eu parecia ter medo de demonstrar inexperiência diante de Freud, embora tivesse realizado exames infinitamente mais complicados — e esses perante meus professores em Harvard — sem incômodo semelhante. Expliquei à srta. Acton que era importante determinarmos se uma lesão física seria a causa da impossibilidade dela para falar. Perguntei-lhe se ela poderia pegar a minha mão e a colocar em seu pescoço de modo a minimizar o próprio desconforto. Ofereci a minha mão com dois dedos esticados. Relutante, ela a levou ao pescoço, colocando meus dedos, porém, em sua clavícula. Pedi que ela erguesse a cabeça. Ela obedeceu, e à medida que eu corria os dedos para cima, na direção da laringe, notei, a despeito dos ferimentos, as linhas suaves, perfeitas, do pescoço e do queixo, que poderiam ter sido esculpidos em mármore por Bernini. Quando apliquei pressão sobre diversos pontos, ela gemeu, mas não se afastou. "Não há evidência de trauma laríngeo", comuniquei.

A srta. Acton parecia ainda mais desconfiada agora do que quando entramos. Eu não a culpava. Pode ser mais perturbador para alguém a descoberta de que não há nada de errado do ponto de vista físico do que o contrário. Ao mesmo tempo ela estava sem a família, cercada de homens estranhos. Parecia estar nos avaliando, um a um.

"Minha cara", Freud lhe disse, "você está angustiada com a perda da memória e da voz. Não há razão para isso. A amnésia depois de um incidente como esse não é incomum, e eu vi perda de voz muitas vezes. Quando não havia lesão física definitiva — como é o seu caso —, eu sempre consegui eliminar ambas as condições. Agora: vou lhe fazer algumas perguntas, mas nenhuma sobre o que lhe aconteceu hoje. Quero que me conte como se sente neste momento. Gostaria de tomar alguma coisa?" Ela assentiu agradecida; McClellan deu uma ordem a um dos policiais, que logo voltou com uma xícara de chá. Nesse meio-tempo, Freud entabulou uma conversa com a garota — ele falava, ela escrevia —, mas apenas sobre fatos gerais, como, por exemplo, o de que ela seria caloura em Barnard a partir do mês seguinte. Ao final, ela escreveu que lamentava não ser capaz de responder às perguntas dos policiais, e que desejava ir para casa.

Freud deu a entender que queria falar conosco sem que a garota ouvisse. Isso desencadeou um tropel solene de homens —

Freud, o prefeito McClellan, Ferenczi, o dr. Higginson e eu — para a outra ponta do escritório espaçoso, onde Freud perguntou, em voz muito baixa: "Ela foi violentada?".

"Não, graças a Deus", cochichou McClellan.

"Mas os ferimentos", disse Higginson, "se concentram claramente em torno das partes íntimas." Ele limpou a garganta. "Além das costas, parece que ela foi repetidas vezes chicoteada nas nádegas e... bem... na pelve. Além disso, ela foi cortada uma vez em cada uma das coxas por uma faca ou navalha afiada."

"Que espécie de monstro faz uma coisa dessas?", McClellan perguntou.

"A questão é por que isso não acontece com mais freqüência", respondeu Freud em voz baixa. "O prazer de satisfazer um impulso instintivo selvagem é incomparavelmente mais intenso do que o de satisfazer um instinto que já foi domado pelo ego. Seja como for, o melhor procedimento hoje à noite é certamente não fazer nada. Estou convencido de que a amnésia dela é histérica. Asfixia severa poderia ter o mesmo efeito. Por outro lado, ela sofre nitidamente de uma profunda auto-recriminação. Ela deve dormir. Pode ser que ela acorde assintomática. Se os sintomas persistirem, a psicanálise estará indicada."

"Auto-recriminação?", perguntou McClellan.

"Culpa", disse Ferenczi. "A garota sofre não somente pelo ataque, mas pela culpa que sente em relação a ele."

"Por que diabos ela se sentiria culpada?", perguntou o prefeito.

"Há muitas razões possíveis", Freud respondeu. "Mas um componente de auto-reprovação é quase invariável em casos de agressão sexual em jovens. Ela já se desculpou duas vezes quanto à perda da memória. A perda da voz é mais misteriosa."

"Sodomizada, talvez?", perguntou Ferenczi num sussurro.

"Por via oral?"

"Grande Deus", McClellan interveio, também sussurrando. "Seria possível?"

"É possível", respondeu Freud, "porém não provável. Se uma penetração oral fosse a fonte dos sintomas, era de se esperar que a incapacidade de usar a boca se estendesse a *ingerir*. Mas vocês viram que ela tomou o chá sem dificuldade. Na verdade, foi por isso que perguntei se ela estava com sede."

Consideramos o fato por um momento. McClellan falou de novo, não mais sussurrando. "Doutor Freud, perdoe a minha ignorância, mas a memória do acontecimento ainda existe, ou foi, por assim dizer, apagada?"

"Assumindo que seja uma amnésia histérica, a lembrança certamente existe", respondeu Freud. "Ela é a causa."

"A lembrança é a causa da amnésia?", perguntou McClellan.

"A lembrança da agressão — juntamente com as reminiscências mais profundas reavivadas por ela — é inaceitável. Portanto, ela a reprimiu, criando a impressão de uma amnésia."

"Reminiscências mais profundas?", repetiu o prefeito. "Não consigo acompanhá-lo."

"Um episódio dessa natureza que a garota tenha vivido", disse Freud, "por mais brutal, por mais terrível que seja, normalmente não causa na idade dela uma amnésia. A vítima se lembra dele, desde que ela seja, em tudo o mais, saudável. Mas quando a vítima passou por um episódio traumático anterior — tão traumático que a lembrança teve de ser inteiramente suprimida da consciência —, uma agressão pode causar amnésia, porque a nova agressão não pode ser relembrada sem que desencadeie reminiscências do episódio mais antigo, que a consciência não pode permitir."

"Bom Deus", disse o prefeito.

"O que se pode fazer?", perguntou Higginson.

"O senhor pode curá-la?", interrompeu o prefeito. "Ela é a única que pode nos fornecer uma descrição do agressor."

"Hipnose?", sugeriu Ferenczi.

"Eu seria totalmente contra", disse Freud. "Não a ajudaria, e as lembranças evocadas sob hipnose não são confiáveis."

"E quanto a essa... essa *análise*, como o senhor a chama?", perguntou o prefeito.

"Poderíamos começar amanhã", respondeu Freud. "Mas devo adverti-los: a psicanálise é um tratamento intensivo. O paciente deve ser visto diariamente, durante ao menos uma hora por dia."

"Não vejo dificuldade nisso", declarou McClellan. "A questão é o que fazer com a senhorita Acton esta noite." Os pais da garota, passando o verão em sua residência de Berkshire, não podiam ser contatados. Higginson sugeriu que chamassem alguns amigos da família, mas o prefeito respondeu que não adiantaria. "Acton não gostaria que a notícia do episódio se espalhasse. As pessoas poderiam acreditar que a garota ficou definitivamente prejudicada."

Era quase certo que srta. Acton tinha ouvido o último comentário. Vi que ela escrevia uma nova mensagem para nós. Fui até ela e a peguei: *Eu quero ir para casa*, dizia. *Agora*.

McClellan de imediato disse à garota que não o permitiria. Criminosos eram conhecidos, ele advertiu, por voltar à cena do crime. O agressor podia estar espreitando a casa naquele exato momento. Pelo receio de ser identificado ele talvez acreditasse que a única esperança de escapar à Justiça seria matá-la. Voltar a Gramercy Park era, portanto, fora de questão, ao menos até que o pai dela voltasse à cidade para garantir a sua segurança. Nisso, o rosto da srta. Acton se modificou de novo, e ela fez um gesto com as mãos, expressando uma emoção que eu não pude identificar.

"Já sei", anunciou McClellan. A srta. Acton, ele disse, seria levada ao Hotel Manhattan, onde nós estávamos hospedados. O próprio prefeito pagaria pelas acomodações dela. Ela se alojaria lá juntamente com a sra. Biggs, a velha governanta, que cuidaria que roupas apropriadas e outras necessidades fossem enviadas de Gramercy Park para o hotel. A srta. Acton ficaria no hotel até que os pais voltassem do campo. A solução não somente seria a mais segura, mas a mais conveniente para começar o tratamento.

"Há uma dificuldade adicional", disse Freud. "A psicanálise requer do médico uma dedicação de tempo — com freqüência meses, às vezes anos. Obviamente, eu não posso assumir um compromisso assim. Nem o meu colega, o doutor Ferenczi. Que tal você, Younger? Você a assumiria?"

Freud viu pela minha hesitação que eu desejava lhe responder em particular. Ele me chamou para o lado.

"Deveria ser Brill", eu disse, "não eu."

Freud me fixou de novo com o olhar petrificante. Respondeu em voz baixa: "Eu não tenho dúvida quanto à sua capacidade, meu rapaz; a sua história de caso a prova. Eu quero que você a assuma".

Era ao mesmo tempo uma ordem a que eu não podia desobedecer e uma expressão de confiança cujo efeito sobre mim foi indescritível. Concordei.

"Bom", ele disse em voz alta. "Ela é sua. Vou supervisioná-lo enquanto estiver na América, mas o doutor Younger fará a análise. Assumindo, é claro", ele acrescentou, voltando-se para a srta. Acton, "que a nossa paciente tenha o mesmo desejo que nós."

SEGUNDA PARTE

6.

As fundas maçãs do rosto do legista Hugel, o detetive Littlemore notou na terça de manhã, pareciam mais escavadas que o habitual. As bolsas debaixo dos olhos tinham bolsas próprias, os círculos escuros, seus próprios círculos. Littlemore tinha certeza de que suas descobertas animariam o legista.

"Muito bem, senhor Hugel", disse o detetive, "eu voltei ao Balmoral. Espere até ouvir o que descobri."

"Você falou com a camareira?", Hugel perguntou de imediato.

"Ela não trabalha mais lá", respondeu o detetive. "Foi despedida."

"Eu sabia!", o legista exclamou. "Você conseguiu o endereço dela?"

"Oh, eu a encontrei. Mas primeiro isso: eu voltei ao dormitório da senhorita Riverford para olhar aquele detalhe no teto — o senhor sabe, aquela coisa parecida com uma bola de boliche em que o senhor disse que ela estava presa? O senhor tinha razão. Havia fiapos de corda nela."

"Bom. Você os guardou, eu imagino?", disse Hugel.

"Sim, estão comigo. E a bola toda também", disse Littlemore, provocando um olhar desagradável de mau pressentimento no rosto do legista. O detetive continuou. "Não parecia muito resistente, de modo que eu subi na cama, dei-lhe um belo puxão, e ela cedeu com facilidade."

"Você achou que a coisa no teto não parecia muito resistente", o legista repetiu, "de modo que você deu um puxão nela e ela quebrou. Excelente trabalho, detetive."

"Obrigado, senhor Hugel."

"Talvez você pudesse destruir o quarto inteiro da próxima vez. Existe mais alguma prova que você tenha danificado?"

"Não", respondeu Littlemore. "Eu só não entendo como a coisa quebrou com tanta facilidade. Como podia tê-la suportado?"

"Bem, obviamente pôde."

"E há mais, senhor Hugel, uma coisa grande. Duas coisas." Littlemore descreveu o homem desconhecido que deixou o Balmoral por volta da meia-noite no domingo levando uma espécie de maleta. "O que acha disso, senhor Hugel?", perguntou o detetive orgulhoso. "Poderia ser ele, certo?"

"Eles têm certeza de que não era um morador?"

"Sim, certeza. Nunca o viram antes."

"Levando uma sacola, você disse?", perguntou Hugel. "Em que mão?"

"Clifford não sabia."

"Você perguntou?"

"Com certeza", disse Littlemore. "Tinha de checar se o sujeito era destro."

Hugel grunhiu, como quem descartava a informação. "Bem, seja como for, não é o nosso homem."

"Por que não?"

92

"Porque, Littlemore, o nosso homem tem cabelos grisalhos, e o nosso homem mora naquele edifício." O legista se animou. "Sabemos que a senhorita Riverford não tinha visitantes regulares. Sabemos que não recebeu nenhum visitante de fora do edifício no domingo de noite. Como ele entrou no apartamento? A porta não foi forçada. Existe apenas uma possibilidade. Ele bateu, ela abriu. Agora, uma garota, que mora sozinha, abriria a porta para qualquer um? De noite? Para um estranho? Duvido muito. Mas ela a abriria para um vizinho, alguém que morasse no prédio — alguém que ela esperasse, talvez, alguém para quem ela já tinha aberto a porta antes."

"Um rapaz da lavanderia", disse Littlemore.

O legista encarou o detetive.

"É a outra coisa, senhor Hugel. Ouça isto. Estava no porão do Balmoral quando vi esse chinês deixando um rastro de barro — barro vermelho. Peguei uma amostra; era o mesmo barro que vi no quarto da senhorita Riverford, tenho certeza disso. Talvez ele seja o assassino."

"Um chinês", disse o legista.

"Tentei detê-lo, mas ele escapou. Funcionário da lavanderia. Quem sabe o sujeito fez uma entrega de roupas para a senhorita Riverford no domingo à noite, não? Ela abre a porta para ele, e ele a mata. Depois ele volta para a lavanderia, e ninguém sabe de nada."

"Littlemore", disse o legista, respirando fundo, "o assassino não é um funcionário chinês da lavanderia. Ele é um homem rico. Sabemos disso."

"Não, senhor Hugel, o senhor pensa que ele é rico porque a estrangulou com uma gravata de seda cara, mas se você trabalha numa lavanderia você limpa gravatas de seda o tempo todo. Talvez o chinês tivesse roubado uma gravata e matado a senhorita Riverford com ela."

93

"Com que motivo?", perguntou o legista.

"Eu não sei. Talvez ele mate garotas, como o sujeito de Chicago. Digamos, a senhorita Riverford é de Chicago. O senhor não acha...?"

"Não, detetive, eu não acho. E também acho que o seu chinês não tem nada a ver com o assassinato da senhorita Riverford."

"Mas o barro..."

"Esqueça o barro."

"Mas o chinês correu quando..."

"Chega de chinês! Você me ouviu, Littlemore? Nenhum chinês se encaixa de modo algum neste assassinato. O assassino tem pelo menos um metro e oitenta. Ele é branco: os cabelos que encontrei no corpo dela são caucasianos. A camareira..., a camareira é a chave. O que ela lhe disse?"

Cheguei para o café-da-manhã cerca de quinze minutos antes da hora em que deveria atender a srta. Acton. Freud acabava de se sentar. Brill e Ferenczi já estavam à mesa, Brill com três pratos vazios à sua frente e dedicado a um quarto. Na véspera eu havia lhe dito que a Universidade Clark pagaria seu café-da-manhã. Ele recuperava, evidentemente, o tempo perdido.

"Bem, *esta* é a América", ele disse a Freud. "Para começar, aveia tostada em açúcar e creme de leite, em seguida perna de cordeiro com batatas fritas, uma cesta de biscoitos com manteiga fresca, e por fim bolinhos de trigo com xarope de bordo de Vermont. Estou no paraíso."

"Eu não", respondeu Freud. Aparentemente, ele sentia algum desconforto digestivo. A nossa comida, disse, era muito pesada para ele.

"Para mim também", queixou-se Ferenczi, que não se servia de nada a não ser da xícara de chá diante dele. Acrescentou, infeliz: "Acho que foi a salada de maionese".

"Onde está Jung?", perguntou Freud.

"Não tenho a menor idéia", respondeu Brill. "Mas eu sei onde ele esteve no domingo à noite."

"Domingo à noite? No domingo à noite ele foi para a cama", disse Freud.

"Oh não, ele não foi", respondeu Brill no que evidentemente pretendia ser um tom provocador. "E sei com quem ele esteve. Aqui, eu vou lhes mostrar. Olhem para isso."

Debaixo da cadeira Brill pegou uma pilha grossa de papéis, envolvidos por tiras de elástico, talvez umas trezentas páginas. O alto da primeira página dizia *Ensaios escolhidos sobre a histeria e outras psiconeuroses*, de Sigmund Freud, tradução e prefácio de A. A. Brill. "Seu primeiro livro em inglês", disse Brill, entregando o manuscrito para Freud com um orgulho entusiasmado que eu nunca o vira exibir antes. "Será uma sensação, o senhor vai ver."

"Estou encantado, Abraham", disse Freud, devolvendo o manuscrito. "Estou de verdade. Mas você nos falava sobre Jung."

O rosto de Brill se apagou. Ele se levantou da cadeira, ergueu o queixo e declarou com arrogância: "Então é assim que você considera o trabalho a que dediquei a vida nos últimos doze meses. Alguns sonhos não devem ser interpretados: eles devem ter efeitos. Adeus".

Em seguida ele se sentou de novo.

"Desculpe, não sei o que me aconteceu", disse. "Parece que por um instante eu pensei que era Jung." A representação de Jung por Brill — notável — levou Ferenczi às gargalhadas, porém Freud não reagiu. Limpando a garganta Brill chamou a nossa atenção para o nome do editor, Smith Ely Jelliffe, na folha de rosto do manuscrito. "Jelliffe dirige o *Journal of Nervous Disease*", disse Brill. "Ele é médico, rico como Creso, muito bem relacionado, e mais um convertido à causa, graças a mim. Por Deus, eu vou fazer dessa Gomorra um Éden para a psicanálise;

vocês verão. Seja como for, nosso amigo Jung teve um encontro secreto com Jelliffe no domingo à noite."

Soubemos que quando Brill pegou com Jelliffe o manuscrito naquela manhã, o editor mencionou que Jung jantara em seu apartamento no domingo à noite. Jung não havia nos contado nada sobre o encontro. "Aparentemente, o tema principal da conversa deles foi a localização dos melhores bordéis de Manhattan, mas ouçam isto", prosseguiu Brill, "Jelliffe convidou Jung para uma série de conferências sobre psicanálise na semana que vem na Universidade Fordham, a escola jesuíta."

"Mas isso é uma ótima notícia", exclamou Freud.

"É?", perguntou Brill. "Por que Jung e não o senhor?"

"Abraham, eu vou fazer conferências todos os dias em Massachussets, a partir da terça-feira da semana que vem. Eu não poderia falar em Nova York ao mesmo tempo."

"Mas por que o segredo? Por que esconder o encontro com Jelliffe?"

A essa pergunta nenhum de nós tinha uma resposta. Freud, porém, não se mostrou preocupado, e comentou que certamente haveria uma boa razão para a reticência de Jung.

Esse tempo todo eu fiquei segurando o grosso manuscrito de Brill. Depois de ler o primeiro par de páginas eu passei às seguintes e me surpreendi ante a visão de uma folha completamente em branco. Nela havia cinco linhas impressas, centralizadas, em itálico, em maiúsculas. Era uma espécie de verso bíblico.

"O que é isso?", perguntei, exibindo a página.

Ferenczi pegou a página da minha mão e leu:

TIRAI O PREPÚCIO DE VOSSO CORAÇÃO,
HOMENS DE JUDÁ E HABITANTES DE JERUSALÉM,
PARA QUE A MINHA CÓLERA NÃO IRROMPA COMO FOGO,
QUEIME E NÃO HAJA NINGUÉM PARA APAGAR,
POR CAUSA DA MALDADE DE VOSSAS OBRAS.

"Jeremias, não?", Ferenczi acrescentou, demonstrando um conhecimento das escrituras consideravelmente superior ao meu. "O que faz Jeremias no seu livro sobre a histeria?"

Ainda mais estranho, no pé da página — que Ferenczi agora pusera no centro da mesa — se via a imagem de um rosto estampada em tinta. Era uma espécie de sábio oriental enrugado, com um turbante na cabeça, um nariz alongado, uma barba mais longa, e olhos magnéticos arregalados.

"Um hindu?", perguntou Ferenczi.

"Ou um árabe?", eu sugeri.

Estranhíssima, a página seguinte do manuscrito era exatamente igual — em branco, a não ser pela passagem bíblica no centro —, embora não tivesse um rosto de turbante, de olhos arregalados gravado nela. Folheei rapidamente as páginas restantes. Eram todas iguais, com exceção do rosto.

"Isto é uma piada, Brill?", disse Freud.

A julgar pela expressão do rosto de Brill, não era.

O detetive Littlemore estava muito desapontado ante o desprezo do legista pelas suas descobertas, mas permitiu que Hugel voltasse ao assunto da camareira da srta. Riverford, que também fornecera informações importantes.

"Ela está verdadeiramente mal, senhor Hugel. Eu queria poder fazer alguma coisa por ela", disse o detetive. Na verdade, ele fizera: ao se deparar com Betty relutante em falar com ele de início, Littlemore a levara para uma lanchonete. Quando ele lhe contou que sabia que ela havia sido despedida, ela explodiu, dizendo como tinha sido injustiçada. Por que a demitiram? Ela não tinha feito nada. Algumas das outras garotas roubavam troco dos apartamentos — por que não demitiram uma delas? E o que ela faria agora? Revelou-se que o pai de Betty havia morrido no ano anterior. Nos dois últimos meses Betty vinha sustentando a família toda — a mãe e três irmãos mais novos — com o salário do Balmoral.

"O que ela lhe contou, detetive", perguntou o legista, mordendo os lábios.

"Betty disse que não gostava de ir ao apartamento da senhorita Riverford. Disse que era mal-assombrado. Em duas vezes teve certeza de que ouvira um bebê chorando, embora não houvesse bebê algum; o apartamento estava vazio. Ela disse que a senhorita Riverford era estranha. Simplesmente aparecera um dia havia cerca de quatro semanas. Nenhum caminhão de mudança, nada. O apartamento fora mobiliado antes de ela chegar. Uma figura silenciosa de verdade, muito discreta. Nunca nenhuma desordem. Fazia a própria cama e mantinha seus pertences do mesmo modo — um dos seus closets estava sempre trancado. Certa vez ela tentou dar a Betty um par de brincos. Betty perguntou se eram genuínos — ou seja, diamantes genuínos — e quando a senhorita Riverford disse que sim, Betty não quis ficar com eles. Mas Betty quase nunca a via. Betty trabalhou de noite durante algum tempo, e então viu a senhorita Riverford algumas vezes. Nas outras ocasiões, a jovem sempre se levantava e saía do apartamento antes das sete, quando Betty chegava. Um dos porteiros me disse que a senhorita Riverford deixou o edifício algumas vezes antes das seis. O que isso significa, senhor Hugel?"

"Significa", respondeu o legista, "que você vai enviar um homem para Chicago."

"Para falar com a família?"

"Correto. O que a camareira disse a você sobre o estado do quarto quando ela descobriu o corpo?"

"O fato é que Betty não se lembra muito bem dessa parte. Ela consegue lembrar apenas do rosto da senhorita Riverford."

"Ela viu alguma coisa junto da garota morta ou sobre ela?"

"Eu lhe perguntei, senhor Hugel. Ela não se lembra."

"Não se lembra de nada?"

"Ela só se lembra dos olhos da senhorita Riverford, abertos e fixos."

"Que idiotinha fraca."

Littlemore ficou surpreso. "O senhor não diria isso se falasse com ela", disse. "Como o senhor imagina que alguma coisa pudesse ter sido mudada?"

"O quê?"

"O senhor diz que alguma coisa no quarto mudou entre o momento em que Betty entrou pela primeira vez e quando o senhor chegou lá. Mas eu pensava que o apartamento tivesse sido trancado de imediato e que o mordomo tivesse sido postado no corredor para que ninguém entrasse até a sua chegada."

"Eu também pensava assim", respondeu o legista, andando para cima e para baixo pela pequena extensão de seu escritório atulhado. "Foi o que nos disseram."

"Então por que o senhor acha que alguém entrou no quarto?"

"Por quê?", repetiu Hugel carrancudo. "Você quer saber por quê? Muito bem, senhor Littlemore. Siga-me."

O legista saiu. O detetive o seguiu — desceram três lances de velhas escadas, atravessaram um labirinto de corredores com a tinta descascando e chegaram ao necrotério. O legista abriu uma porta blindada. Nessa hora Littlemore sentiu uma lufada de ar viciado, gélido, e em seguida viu fileiras de cadáveres em prateleiras de madeira, alguns deles despidos e expostos à vista de qualquer um, outros cobertos por lençóis. Ele não pôde deixar de olhar para os genitais, que lhe causaram repulsa.

"Ninguém mais", anunciou o legista, "poderia ter examinado o corpo dela tão de perto para perceber esta pista. Ninguém." Ele foi para o fundo da câmara onde um corpo jazia na prateleira mais afastada. Estava coberto por um lençol branco, sobre

99

o qual se via escrito *Riverford, E.: 29.8.09.* "Agora olhe para ela com cuidado, detetive, e me diga exatamente o que vê." O legista afastou o lençol com um floreio. Os olhos de Littlemore se arregalaram ante a visão, mas Hugel parecia bem mais espantado que o detetive. Sob o lençol não estava o cadáver de Elizabeth Riverford, mas o de um velho de pele frouxa e dentes pretos.

Tomei o elevador para o andar da srta. Acton — e depois lembrei que teria de voltar primeiro ao meu andar, para pegar papel e caneta. A passagem bíblica bizarra no manuscrito tinha afetado Brill profundamente. Ele pareceu mesmo assustado. Disse que procuraria Jelliffe, o editor, imediatamente, para uma explicação; eu achava que talvez houvesse alguma coisa que ele não nos dizia.

Eu esperava que Freud estivesse presente às minhas sessões iniciais com a srta. Acton. Em vez disso, ele me deu instruções para que lhe fizesse um relatório depois. Ele sentia que a presença dele perturbaria a transferência.

A transferência é um fenômeno psicanalítico. Freud a descobriu por acaso e para sua surpresa. Pacientes e mais pacientes reagiam à análise venerando-o — ou, ocasionalmente, odiando-o. De início, ele procurou ignorar esses sentimentos, vendo-os como interferências indesejáveis e desregradas na relação terapêutica. Com o tempo, porém, descobriu quão cruciais eram, tanto para a doença do paciente como para a cura. O paciente retomava, no consultório do analista, os mesmos conflitos inconscientes que causavam os sintomas, *transferindo* para o médico os desejos suprimidos que residiam no núcleo da doença. Isso não era fortuito: todo o mal da histeria, Freud descobriu, consistia em que o indivíduo transferia para pessoas novas, ou às vezes mesmo pa-

100

ra objetos, um conjunto de desejos e emoções enterrados, formados na infância e nunca descarregados. Ao dissecar o fenômeno com o paciente — ao evidenciar e trabalhar a transferência —, a análise tornava o inconsciente consciente e suprimia a causa da doença.

Assim, a transferência se revelou a descoberta mais importante de Freud. Teria eu algum dia uma idéia de importância comparável? Dez anos antes eu pensara que tivera. Em 31 de dezembro de 1899 anunciei-a, excitado, para o meu pai, na verdade interrompendo-o em seu escritório algumas horas antes da chegada dos convidados para o jantar de Ano-Novo que a minha mãe sempre oferecia. Ele ficou bastante surpreso e, imagino, irritado pela perturbação durante o trabalho, embora naturalmente nada dissesse. Eu lhe disse que havia feito uma descoberta muito significativa e pedi a ele permissão para contá-la. Ele inclinou a cabeça. "Vá em frente", disse.

Desde o alvorecer da era moderna, argumentei, um fato peculiar se mostrava verdadeiro em todas as principais explosões de gênio, revolucionárias, do homem, tanto na arte quanto na ciência. Todas elas haviam acontecido em uma virada de século e — ainda mais especificamente — na primeira década de um novo século.

Na pintura, na escultura, nas ciências naturais, no drama, na literatura, na música, na física — em cada um desses campos —, que homem e que trabalho, acima de todos os outros, podem reivindicar para si uma genialidade transformadora do mundo, a espécie de genialidade que muda o curso da história? Na pintura, os conhecedores apontam uniformemente para a Capela Scrovegni, onde Giotto reintroduziu a figuração em três dimensões no mundo moderno. Ele pintou aqueles afrescos entre 1303 e 1305. Na poesia, a coroa certamente pertence ao *Inferno*, de Dante, o primeiro grande trabalho escrito em língua vernácula, iniciado pouco depois do banimento do poeta de Florença, em 1302. Na escultura existe apenas uma possibilidade, o *David*, de Michelangelo, esculpido em um único bloco de mármore, em 1501. O mesmo ano marcou a revolução fundamental da ciência moderna, pois foi quando um certo Nicolaus de Torún viajou para Pádua, manifestamente para estudar medicina, mas em segredo para continuar as observações astronômicas por meio das quais ele havia vislumbrado uma verdade proibida; nós o conhecemos hoje como Copérnico. Na literatura, a escolha tem de recair sobre o ancestral de todos os romances, *Dom Quixote*, que primeiro girou os moinhos em 1604. Na música, ninguém vai contestar a genialidade sinfônica desbravadora de Beethoven: ele compôs a *Primeira* em 1800, a desafiadora *Eroica* em 1803, a *Quinta* em 1807.

Foi essa a conjectura que expus para o meu pai. Era juvenil, eu sei, mas eu tinha dezessete anos. Imaginava que era uma grande coisa estar vivo na virada de um século. Eu previa uma onda de trabalhos e idéias revolucionárias nos anos seguintes. E o que alguém não daria para estar vivo na virada do milênio, a cem anos de hoje!

"Você me parece, certamente... entusiasmado", respondeu, fleumático, meu pai. Foi sua única resposta. Eu tinha cometido o erro de demonstrar excitação. *Entusiasmo*, para o meu pai, era um termo extremamente desprezível.

Entretanto, o meu entusiasmo foi vingado. Em 1905, um corretor de patentes suíço, de origem judeo-alemã, criou uma teoria que ele chamou de relatividade. Em doze meses, os meus professores em Harvard diziam que o tal Einstein havia transformado as nossas concepções de espaço e de tempo para sempre. Em arte, reconheço, nada aconteceu. Em 1903 a multidão em St. Botolph fez um grande barulho em torno das ninféias de um francês, mas elas se mostraram o trabalho de um artista que simplesmente perdia a visão. Entretanto, quando chegou a vez da compreensão do homem acerca de si mesmo, as minhas previsões se cumpriram de novo. Sigmund Freud publicou A interpretação dos sonhos em 1900. O meu pai teria zombado dele, mas estou convencido de que Freud também terá transformado o nosso pensamento para sempre. Depois de Freud, nunca mais olharemos para nós mesmos ou para os outros da mesma maneira. A minha mãe sempre nos "protegia" do meu pai. Isso me irritava; eu não precisava dela. O meu irmão mais velho, sim, precisava, mas nesse caso a proteção era bastante ineficaz. Contava com a vantagem de ser o segundo: eu via tudo. Não que eu fosse favorecido, mas quando o meu pai se aproximou de mim, eu tinha aprendido a ser impenetrável, e ele não pôde causar um dano grave. Entretanto, eu tinha um calcanhar-de-aquiles que ele finalmente encontrou. Era Shakespeare.

Meu pai nunca disse em palavras que o meu fascínio por Shakespeare era excessivo, mas ele deixava clara a sua opinião. Havia alguma coisa de doentio, bem como algo de arrogante, em meu interesse maior por uma ficção — em especial por Hamlet — do que pela realidade propriamente dita. Somente uma vez ele expressou esse sentimento. Quando tinha treze anos, pensando que não houvesse ninguém em casa, eu enunciei o trecho do Hamlet, Que lhe interessa Hécuba, ou ele a ela, para que chore assim? Possivelmente, proferi com dureza o vilão lascivo e ensagüentado!; talvez eu tenha sido um pouco esganiçado no Oh vingança! Ou Vergonha! O meu pai, sem que eu soubesse, assistiu a coisa toda. Quando terminei, ele limpou a garganta e me perguntou o que Hamlet representava para mim — ou eu para Hamlet — para que eu chorasse por ele.

Não preciso dizer que eu não tinha chorado. Eu nunca chorei, ao menos na minha lembrança consciente. O argumento do meu pai, quem sabe apenas para me deixar constrangido, era

103

que a minha devoção a *Hamlet* não significaria nada no âmbito maior das coisas: nada para o meu futuro, nada para o mundo. Ele queria que eu compreendesse isso tudo bem cedo. Foi bem-sucedido e, mais que isso, eu sabia que ele tinha razão. Entretanto, o saber não abalou a minha devoção a Shakespeare. É de se notar que deixei o poeta de Avon de fora da minha lista de gênios transformadores do mundo. Eu também o deixei fora da lista quando expus a minha teoria para o meu pai em 1899. A omissão era estratégica. Eu queria ver se o meu pai mordia a isca. Ele teria prazer em usar o meu "querido Shakespeare", como meu pai se referia a ele, contra mim. Ele era muito sutil para citar Dickens ou Tolstói: veria de imediato que eu os classificaria como gigantes clássicos da metade do século, mestres das formas existentes em vez de inventores de novas formas. Mas ele também saberia que eu jamais poderia negar o título de gênio revolucionário a Shakespeare, que, assim, representaria uma refutação instantânea, devastadora, da minha tese.

Talvez meu pai tivesse farejado a armadilha. Talvez ele conhecesse história melhor do que eu esperava. Seja como for, ele não perguntou, de modo que eu não cheguei a lhe dizer que *Hamlet* havia sido escrita em 1600.

Também não corri o risco de lhe lembrar que eu não era exatamente o único apaixonado por Shakespeare. Houve um tempo em que as pessoas se dispunham a morrer por *Hamlet*. O meu pai não sabia — na verdade quase todos o esqueceram —, mas uma vez houve uma revolta por causa do *Hamlet* mesmo aqui, nos Estados Unidos incultos. Apenas sessenta anos atrás, o célebre ator americano Edwin Forrest percorreu a Inglaterra, onde viu o famoso William Macready, o aristocrático ator trágico britânico, no papel do príncipe da Dinamarca. Forrest expressou sem rodeios o seu desagrado. De acordo com Forrest, que era musculoso e robusto devido a uma educação democrática pobre, o Hamlet de Macready pavoneou-se pelo palco a passos miúdos, afeminados, absurdos em si mesmos e degradantes para o nobre príncipe.

Assim começou uma discussão pública e crescente entre as duas celebridades internacionais. Forrest foi obrigado a deixar o palco debaixo de vaias na Inglaterra, e quando Macready veio à América o favor foi retribuído. Ovos de pureza duvidosa, sapatos velhos, moedas de cobre e até cadeiras foram arremessados da platéia para o palco. O auge do confronto aconteceu em frente ao velho Astor Place Opera House, em Manhattan, em 7 de maio de 1849, quando mil e quinhentos beligerantes se reuniram para interromper uma apresentação de Macready. O inexperiente prefeito de Nova York, que havia assumido o cargo uma semana antes, chamou a guarda e ordenou que se abrisse fogo contra a multidão. Cerca de vinte ou trinta pessoas morreram naquela noite.

E tudo isso por nada, diria o meu pai: por Hamlet. Mas é sempre assim. Os homens se importam com o que é menos real. A medicina, para mim, sustentava a realidade. Nada que eu fiz antes da faculdade de medicina parece real hoje em dia; era tudo um jogo. É por isso que pais têm de morrer: para tornar o mundo real para seus filhos.

O mesmo acontece com a transferência: o paciente estabelece uma ligação da mais ardorosa natureza emocional com o médico. Uma paciente mulher chorará pelo médico; ela se oferecerá para ele; estará pronta a morrer por ele. Porém é tudo ficção, uma quimera. Na verdade, seus sentimentos não têm nada a ver com o médico, sobre cuja pessoa ela projeta um afeto violento, explosivo, que deveria se dirigir a outro lugar. O maior erro que um analista pode cometer é o de confundir esses sentimentos artificiais, sedutores ou odiosos, com a realidade. Assim, eu me precavi enquanto percorria o corredor para o quarto da srta. Acton.

7.

Uma velha me fez entrar na suíte da srta. Acton, anunciando: "O jovem doutor está aqui!".

A garota, sentada sobre uma das pernas num sofá sob a janela, lia o que parecia ser um livro didático de matemática. Ela ergueu os olhos mas não me cumprimentou — o que era compreensível, pois não podia falar. Um lustre pendia do teto, os cristais em formato de lágrima tremulavam ligeiramente, talvez por efeito dos trens subterrâneos que roncavam distantes, abaixo de nós. A srta. Acton estava trajada com simplicidade, de vestido branco com enfeites azuis. Não usava jóias. Em volta do pescoço, bem acima de uma clavícula delicada, vestia um xale da cor do céu. Devido ao calor de verão, havia uma única explicação possível para o xale: as escoriações no pescoço ainda estariam visíveis, e ela queria escondê-las.

Sua aparência era tão diferente da noite anterior que eu talvez não a tivesse reconhecido. Os cabelos longos, um emaranhado na véspera, estavam perfeitamente lisos e brilhantes, reu-

106

nidos num longo rabo-de-cavalo. Incontrolavelmente trêmula ontem, era hoje uma imagem de graciosidade, com o queixo erguido bem alto sobre o longo pescoço. Somente os lábios continuavam ligeiramente inchados onde havia sido golpeada. Da minha maleta preta retirei vários cadernos e uma variedade de canetas e tintas. Não os trouxera para mim, mas para a srta. Acton, a fim de que ela pudesse se comunicar comigo por escrito. Seguindo as orientações de Freud, eu nunca fazia anotações durante uma sessão analítica, mas transcrevia a conversa, de memória, depois.

"Bom dia, senhorita Acton", eu disse. "Estes são seus."

"Obrigada", ela disse. "Qual deles devo usar?"

"Tanto faz...", eu comecei, antes de assimilar o fato óbvio. "A senhora pode falar."

"Senhora Biggs", ela disse, "poderia oferecer um pouco de chá para o doutor?"

Eu recusei o chá. Ao desconforto de ter sido surpreendido se acrescia agora a percepção de que eu era um médico capaz de se incomodar com a melhora de uma paciente sem a minha ajuda. "A senhora também recuperou a memória?"

"Não. Mas o seu amigo, o velho doutor, disse que ela voltaria naturalmente, não disse?"

"O doutor Freud disse que a sua *voz* provavelmente voltaria naturalmente, senhorita Acton, mas não a sua memória." A minha fala me causou estranheza, uma vez que eu não tinha certeza do que afirmava.

"Eu odeio Shakespeare", ela respondeu.

Ela fixou os olhos nos meus, mas eu logo vi o que desencadeara a observação inconseqüente. O meu exemplar do *Hamlet* aparecia em meio à pilha de cadernos que eu lhe oferecera. Peguei a peça e a guardei de volta na maleta. Senti-me tentado a perguntar por que ela odiava Shakespeare, mas pensei melhor. "Podemos começar o tratamento, senhorita Acton?"

Suspirando como uma paciente que já havia passado por muitos médicos, ela se voltou e olhou pela janela, oferecendo as costas para mim. Era óbvio que a garota pensava que eu iria usar meu estetoscópio, ou talvez examinar seus ferimentos. Disse a ela que iríamos apenas conversar. Ela trocou um olhar cético com a sra. Biggs. "Que espécie de tratamento é esse, doutor?", perguntou.

"Chama-se psicanálise. É muito simples. Devo pedir que sua criada nos deixe. Em seguida, se não se incomodar em deitar, senhorita Acton, eu vou lhe fazer algumas perguntas. Deve dizer somente o que lhe vier à mente como resposta. Por favor, não se preocupe caso lhe ocorra alguma coisa irrelevante, que não corresponda à pergunta ou que seja indelicada. Apenas diga a primeira coisa que lhe vier à mente, seja ela qual for."

Ela piscou os olhos. "O senhor está brincando."

"De modo algum." Levei vários minutos para superar a hesitação da garota — e depois muitos mais para vencer a afirmativa da criada de que jamais ouvira falar em nada igual —, mas ao final a sra. Biggs foi convencida a sair e a srta. Acton se reclinou no sofá. Ela ajustou o xale, ajeitou a saia do vestido, e pareceu convenientemente desconfortável. Perguntei se os ferimentos nas costas a incomodavam; ela disse que não. Acomodado numa cadeira fora de seu campo de visão, eu comecei. "A senhorita pode me contar com o que sonhou na noite passada?"

"Como assim?"

"Tenho certeza de que me ouviu, senhorita Acton."

"Não vejo o que os meus sonhos possam ter a ver com isto."

"Os nossos sonhos", expliquei, "são compostos de fragmentos das experiências do dia anterior. Qualquer sonho que a senhora lembre pode ajudá-la a recuperar a memória."

"E se eu não quiser?", ela perguntou.

"A senhora teve um sonho que prefere não descrever?"

"Eu não disse isso", ela falou. "E se eu não quiser lembrar? Vocês todos supõem que eu queira lembrar."

"Eu suponho que a senhora *não* queira lembrar. Se quisesse, lembraria."

"O que isso significa?" Ela se sentou, fitando-me com uma hostilidade indisfarçável. De um modo geral, eu não sou muito odiado por gente que conheço há pouco tempo; esse caso parecia ser uma exceção. "O senhor acha que estou fingindo?"

"Fingindo não, senhorita Acton. Algumas vezes não queremos nos lembrar de certos acontecimentos porque eles são muito dolorosos. Assim, nós os apagamos, especialmente as lembranças infantis."

"Eu não sou uma criança."

"Eu não quis dizer isso", afirmei. "Eu quis dizer que podem existir lembranças de anos atrás que a senhora mantém fora da sua consciência."

"Do que o senhor está falando? Eu fui agredida ontem, não anos atrás."

"Sim, e é por isso que eu lhe perguntei sobre os sonhos da noite passada."

Ela me olhou desconfiada, porém, muito persuasivo, eu a induzi a se deitar de novo. Fitando o teto, ela disse: "O senhor pede às suas outras pacientes que descrevam os sonhos, doutor?".

"Sim."

"Isso deve ser divertido", ela observou. "Mas e se os sonhos forem entediantes? Elas inventam outros mais interessantes?"

"Por favor, não se preocupe com isso."

"Com o quê?"

"Com a possibilidade dos seus sonhos serem entediantes", respondi.

"Eu não tive nenhum sonho. O senhor deve adorar Ofélia."

"Desculpe?"

"Por sua docilidade. Todas as mulheres de Shakespeare são tolas, mas Ofélia é a pior."

Isso me surpreendeu. Eu acho que sempre adorei Ofélia. Na verdade, tenho a sensação de que aprendi com Shakespeare tudo o que sei sobre mulheres. A srta. Acton estava obviamente mudando de assunto, e, embora possamos, naturalmente, nos enganar, pode ser útil, na análise, acompanharmos essas evasivas, uma vez que elas muitas vezes conduzem de volta ao cerne da questão. "Qual é a sua objeção a Ofélia?", perguntei.

"Ela se mata porque o pai morreu — o pai estúpido, despropositado. O senhor se mataria se o seu pai morresse?"

"O meu pai morreu."

Ela levou a mão à boca. "Perdoe-me."

"E eu me matei", acrescentei. "Não vejo o que há de extraordinário nisso."

Ela sorriu.

"Quando pensa nos acontecimentos de ontem, senhorita Acton, o que lhe vem à mente?"

"Nada me vem à mente", ela disse. "Eu acho que é isso que significa ter amnésia."

A resistência da garota não me surpreendeu. Freud havia me aconselhado a não desistir com facilidade. Na amnésia histérica, um episódio profundamente proibido, e há muito esquecido, do passado da paciente, despertado por um evento recente, pressiona a consciência, que, por sua vez, resiste com toda a força para manter excluída a lembrança inadmissível. A psicanálise se alia à memória, contra as forças supressoras; assim, ela provoca uma hostilidade imediata e por vezes intensa.

"Nunca ficamos sem pensar em nada", eu disse. "No que a senhora está pensando neste momento?"

"Exatamente agora?"

"Sim, não pense; apenas fale."

"Está bem. O seu pai não morreu. Ele se suicidou."

Houve um momento de silêncio. "Como a senhora sabe disso?"

"Clara Banwell me contou."

"Quem?"

"A esposa de George Banwell", ela disse. "O senhor conhece o senhor Banwell?"

"Não."

"Ele é um amigo do meu pai. Clara me levou ao desfile de cavalos no ano passado. Nós o vimos lá. O senhor estava no baile da senhora Fish ontem à noite?"

Eu admiti que sim.

"O senhor está se perguntando se a minha família foi convidada", ela disse, "mas tem receio de perguntar, por temer que não tenhamos sido."

"Não, senhorita Acton. Eu me perguntava como a senhora Banwell sabia das circunstâncias da morte do meu pai."

"É estranho que as pessoas saibam?"

"A senhora está procurando fazer as coisas parecerem estranhas?"

"Clara diz que todas as garotas acham fascinante ter um pai que se matou. Acham que isso lhe confere uma alma. A resposta é que *fomos* convidados, mas eu jamais iria a um de seus bailes, nem em um milhão de anos."

"De verdade?"

"Sim, de verdade. Eles são nauseantes."

"Por quê?"

"Porque são tão... tão cansativos."

"São nauseantemente cansativos?"

"O senhor sabe o que uma debutante deve fazer, doutor? Primeiro, junto com a mãe, deve saudar todos os conhecidos dela — talvez cem vezes. Duvido que imagine como isso é exaustivo. Em todas as casas, as mulheres invariavelmente comentam como você parece *crescida*, com o que querem insinuar algo... um tanto repulsivo. Quando chega o grande dia, você é exposta como um animal falante para quem foi declarada aberta a temporada de conversações. Depois você é forçada a tolerar um cotilhão em que todo homem julga ter o direito de fazer amor com você, sem importar quem ele seja, sem importar a idade, sem importar que tenha mau hálito. E eu nem cheguei a dançar com eles. Começo a faculdade neste mês; nunca vou me expor."

Optei por não responder à argumentação, que no todo pareceu bastante convincente. Em vez disso, falei: "Diga-me o que acontece quando a senhorita tenta se lembrar".

"O que o senhor quer dizer com 'o que acontece'?"

"Eu quero que a senhorita me fale de qualquer pensamento ou imagem ou sentimento que lhe ocorre quando tenta se lembrar do que aconteceu ontem."

Ela respirou fundo. "Onde deveria estar a lembrança, há uma escuridão. Não sei como descrevê-la de outro modo."

"A senhorita está lá, na escuridão?"

"Se eu estou lá?" Sua voz ficou mais fraca. "Acho que sim."

"Há mais alguma coisa lá?"

"Uma presença." Ela estremeceu. "Um homem."

"Em que o homem a faz pensar?"

"Não sei. Ele faz o meu coração bater mais depressa."

"Como se devesse ter medo de alguma coisa?"

Ela engoliu em seco. "Ter medo? Deixe-me pensar. Eu fui agredida na minha própria casa. O homem que me atacou não foi apanhado. Nem sabem quem ele era. Acham que ele ainda pode estar observando a minha casa, e planeja me matar se eu voltar. E a sua pergunta penetrante é se eu devo ter medo de alguma coisa?"

Eu deveria ter sido mais agradável, mas decidi disparar a única flecha que eu tinha. "Esta não foi a primeira vez que a senhorita perdeu a voz"

Ela franziu as sobrancelhas. Eu notei, por alguma razão, as linhas oblíquas graciosas de seu queixo e perfil. "Quem lhe disse isso?"

"A senhora Biggs contou à polícia ontem."

"Isso foi há três anos", ela respondeu, enrubescendo discretamente. "Não tem nenhuma relação com nada."

"A senhorita não tem nada de que deva se envergonhar."

"*Eu* não tenho nada de que deva me envergonhar?"

Eu escutei a ênfase no *eu*, mas não pude decifrá-la. "Não somos responsáveis pelos nossos sentimentos", respondi. "Portanto nenhum sentimento pode nos causar vergonha."

"Esta é a observação menos perspicaz que eu ouvi na minha vida."

"É mesmo?", respondi. "E quando eu lhe perguntei se tinha alguma coisa a temer?"

"É claro que sentimentos podem causar vergonha. Isso acontece o tempo todo."

"A senhorita tem vergonha do que aconteceu quando perdeu a voz pela primeira vez?"

"O senhor não faz idéia do que aconteceu", ela disse. Não demonstrou, mas de súbito me pareceu frágil.

"É por isso que estou perguntando."

"Bem, eu não vou lhe contar", ela respondeu, e se levantou do sofá. "Isto não é medicina. É... é *indiscrição*." Ela ergueu a voz. "Senhora Biggs? Senhora Biggs, a senhora está aí?" A porta se abriu, e a sra. Biggs entrou apressada. Ela provavelmente estivera no corredor o tempo todo, sem dúvida com o ouvido colado no buraco da fechadura. "Doutor Younger", a srta. Acton se dirigiu a mim. "Vou sair para comprar algumas coisas, pois ninguém sabe quanto tempo terei de ficar aqui. Tenho certeza de que poderá encontrar o caminho de volta para o seu próprio quarto."

O prefeito fez o legista Hugel esperar durante uma hora em sua ante-sala. Impaciente em condições normais, Hugel agora parecia irado. "É obstrução em primeiro grau", ele gritou, quando foi por fim conduzido ao escritório do prefeito McClellan. "Exijo uma investigação."

George Brinton McClellan Jr. — filho do célebre general da Guerra Civil — era o homem de maior capacidade intelectual e visão de futuro a ter ocupado um dia o cargo de prefeito de Nova York. Em 1909, somente um punhado de americanos era reconhecido como autoridade em história da Itália; McClellan era um deles. Aos quarenta e três anos, McClellan já havia sido editor de jornal, advogado, escritor, congressista, conferencista de história da Europa na Universidade Princeton, membro honorário da Sociedade Americana de Arquitetos e prefeito da maior cidade do país. Quando os conselheiros da cidade de Nova York votaram em 1908 uma medida que proibia mulheres de fumar em público, McClellan a vetou.

Seu controle da prefeitura, entretanto, era tênue. Faltavam menos de nove semanas para a eleição seguinte, e embora os candidatos não tivessem sido oficialmente nomeados, McClellan não contava com um convite de nenhum grande partido ou sindicato. Ele havia cometido dois erros politicamente fatais. O primeiro foi ter derrotado, em 1905, por uma margem estreita, William Randolph Hearst, que desde então enchera os seus jornais com histórias sobre a corrupção desavergonhada de McClellan. O segundo foi ter rompido com Tammany Hall, que o odiava por sua incorruptibilidade. Tammany Hall dirigia o Partido Democrata em Nova York, e os democratas governavam a cidade. Tratava-se de um arranjo compensador. A liderança de Tammany havia aliviado a cidade de ao menos quinhentos milhões ao longo dos anos. McClellan fora, originalmente, um indicado de Tammany, mas uma vez eleito ele se recusou a fazer as nomeações impudentes de apadrinhados que lhe demandavam. Demitiu os funcionários notoriamente mais corruptos e levantou acusações contra muitos outros. Esperava retirar o próprio controle do partido de Tammany, mas ainda não tivera sucesso nesse objetivo.

Sobre a mesa de nogueira do prefeito, além de uma cópia de todos os quinze jornais mais importantes da cidade, havia um conjunto de plantas. Elas representavam uma ponte suspensa arrojada, ancorada por duas torres gigantescas, porém maravilhosamente delgadas. Viam-se bondes atravessando o andar superior, ao passo que embaixo havia seis pistas para o tráfego de cavalos, de automóveis e de trens. "Você sabe, Hugel", disse o prefeito, "que você é a quinta pessoa hoje que pede uma investigação de uma coisa ou outra?"

"Onde foi parar o corpo?", respondeu Hugel. "Ele se levantou e saiu andando sobre dois pés?"

"Veja isto", respondeu o prefeito, fitando as plantas. "Esta é a ponte Manhattan. Custou trinta milhões. Vou inaugurá-la este ano, ainda que seja minha última realização no cargo. Este arco na margem de Nova York é uma réplica perfeita do portal de St. Denis em Paris, só que duas vezes maior. Daqui a um século esta ponte..."

"Prefeito McClellan, a garota Riverford..."

"Eu *sei* sobre a garota Riverford", McClellan replicou com uma autoridade repentina. Olhou Hugel, encarando-o. "O que esperam que eu diga a Banwell? O que esperam que ele diga à família infeliz da garota? Responda. É claro que caberia uma investigação, e você deveria tê-la feito há muito tempo."

"Eu?", perguntou o legista. "Há muito tempo?"

"Quantos corpos nós perdemos nos últimos seis meses, Hugel, incluindo os dois não contabilizados depois que consertamos o vazamento? Vinte? Você sabe tão bem quanto eu para onde eles estão sendo levados."

"O senhor não está sugerindo que eu...?"

"É claro que não", disse o prefeito. "Mas alguém da sua equipe está vendendo cadáveres às escolas médicas. Disseram-me que valem cinco dólares cada um."

"Podem me culpar", respondeu Hugel, "com as condições de que disponho — nenhuma proteção, nenhum guarda, os corpos amontoados, sem espaço para eles todos, algumas vezes apodrecidos antes de nos livramos deles? Todos os meses eu relatei as condições humilhantes do necrotério. Porém o senhor me larga naquela coelheira."

"Sinto muito pelo estado do necrotério", disse McClellan. "Ninguém o teria administrado tão bem quanto você, dados os recursos. Mas você fechou os olhos para o roubo de cadáveres, e eu estou prestes a pagar o preço por isso. Você vai interrogar cada membro da sua equipe. Vai contatar cada escola médica na cidade. Quero que esse corpo seja encontrado."

"Esse corpo não está em uma escola médica", objetou o legista. "Eu já tinha feito a autópsia. Por Deus, eu tinha ventilado os pulmões para confirmar a asfixia."

"E?"

"Nenhuma escola médica se interessa por um cadáver depois de autopsiado. Eles querem corpos intactos."

"Então os ladrões cometeram um engano."

"Não houve engano", disse o legista com veemência. "O homem que a matou roubou o corpo."

"Contenha-se, Hugel", disse o prefeito. "Você está descontrolado."

"Estou perfeitamente controlado."

"Eu não entendo o que você quer dizer", McClellan prosseguiu. "Você está dizendo que o assassino da senhorita Riverford invadiu o necrotério na noite passada e fugiu com o corpo da vítima?"

"Exatamente", disse Hugel.

"Por quê?"

"Porque há provas na garota, no corpo dela, provas que ele não queria que nós tivéssemos."

"Que provas?"

As mandíbulas do legista cumpriam um esforço tão grande que as têmporas exibiam um tom de ameixa. "As provas são... elas são... eu ainda não sei ao certo. É por isso que precisamos do corpo de volta!"

"Hugel", disse o prefeito, "você tem trancas no necrotério, não tem?"

"Certamente."

"Muito bem. A tranca estava quebrada hoje de manhã? Havia algum sinal de invasão?"

"Não", concedeu Hugel resmungando. "Mas qualquer um com uma chave falsa decente..."

"Senhor legista", disse McClellan, "faça com que os seus homens saibam imediatamente que haverá uma recompensa de quinze dólares para quem 'achar' a garota Riverford numa das escolas médicas. Vinte e cinco se a encontrarem hoje. Isso vai trazê-la de volta. Agora, se me permite; estou muito ocupado. Bom dia." Quando Hugel se voltava para sair, relutante, o prefeito de repente ergueu os olhos da mesa. "Espere um instante. Você disse que a garota Riverford foi asfixiada?"

"Sim", disse o legista. "Por quê?"

"Asfixiada como?"

"Com um torniquete."

"Ela foi garroteada?", perguntou McClellan.

"Sim. Por quê?"

O prefeito ignorou a pergunta do legista de novo. "Havia outros ferimentos no corpo dela?"

"Está tudo no meu relatório", respondeu o irritado Hugel, para quem a descoberta de que o prefeito não tinha lido o relatório constituía uma nova indignidade. "A garota foi chicoteada. Havia diversas lacerações nas nádegas, na espinha e no peito. Além disso, ela foi cortada duas vezes, com uma lâmina extremamente afiada, na intersecção dos dermátomos S_2 e L_2."

"Onde? Em inglês, Hugel."

"Na parte superior interna de cada uma das coxas."

"Por Deus", respondeu o prefeito.

Desci para um café-da-manhã tardio, procurando decifrar o meu encontro com a srta. Acton. Jung estava lá, lendo um jornal americano. Eu me juntei a ele. Os outros haviam saído para o museu Metropolitan. Jung ficara para trás, ele explicou, porque naquela manhã ia fazer uma visita ao dr. Onuf, um neuropsiquiatra em Ellis Island.

Era a minha primeira vez a sós com Jung. Ele parecia estar em um de seus estados animados e extrovertidos. Havia dormido durante a tarde toda no dia anterior, e o longo cochilo lhe tinha feito muito bem. Na verdade, a palidez que me preocupara na véspera melhorara visivelmente. Sua opinião sobre a América, ele me disse, também melhorava. "Os americanos apenas carecem de literatura", ele disse, "e não de toda a cultura."

Penso que Jung imaginava que aquilo fosse um elogio. Não obstante, desejoso de lhe mostrar que os americanos não eram inteiramente iletrados, eu lhe contei a história da rebelião no Astor Place acerca de Shakespeare.

"Quer dizer que os americanos queriam um Hamlet americano musculoso", Jung refletiu, balançando a cabeça. "A sua história confirma o meu ponto de vista. Um Hamlet masculino é uma contradição em termos. Como dizia o meu bisavô, Hamlet representa o lado feminino do homem: o intelectual, a alma introvertida, sensível o bastante para ver o mundo espiritual, mas não forte o suficiente para suportar o peso que ele impõe. O desafio é fazer os dois: ouvir as vozes do outro mundo mas viver neste — ser um homem de ação."

Fiquei intrigado pelas "vozes" a que Jung se referiu — talvez o inconsciente? —, mas encantado por descobrir que ele tinha uma opinião sobre Hamlet. "O senhor descreve Hamlet exatamente como Goethe o fez", eu disse. "Essa era a explicação de Goethe para a incapacidade de Hamlet para agir."

"Eu creio que expressei o ponto de vista do meu bisavô", respondeu Jung, sorvendo o café.

Levei um momento para compreender. "Goethe era seu bisavô?"

"Freud preza Goethe acima de todos os poetas", foi a resposta de Jung. "Jones, ao contrário, o chama de *fazedor de ditirambos*. Você pode imaginar? Só mesmo um inglês. Não consigo compreender o que Freud vê nele." O Jones a quem Jung se referia era certamente Ernest Jones, o seguidor britânico de Freud, que agora vivia no Canadá e deveria juntar-se ao nosso grupo no dia seguinte. Eu tinha concluído que Jung pretendera evitar a minha pergunta, mas em seguida ele acrescentou: "Sim, eu sou Carl Gustav Jung, o terceiro; o primeiro, o meu avô, era filho de Goethe. Isso é sabido. As alegações de assassinato eram, naturalmente, ridículas."

"Eu não sabia que Goethe foi acusado de assassinato."

"Goethe... certamente não," Jung respondeu indignado. "O meu avô. Evidentemente eu me pareço com ele em todos os sentidos. Prenderam-no por assassinato, mas era apenas um pretexto. Entretanto, ele escreveu uma novela policial, *O suspeito* — bastante boa —, sobre um homem inocente acusado de assassinato; ao menos somos levados a supor que fosse inocente. Isso foi antes de Von Humboldt tomá-lo sob sua proteção. Você sabe, Younger, eu quase desejaria que a sua universidade não conferisse honras iguais para Freud e para mim. Ele é muito sensível nessas questões."

Eu não consegui reagir à altura a essa virada abrupta na fala de Jung. A Universidade Clark não conferiria honras iguais para Freud e para Jung. Como todos sabiam, Freud era a peça central da celebração da Clark, o orador-chave, proferiria cinco palestras inteiras, ao passo que Jung era um substituto de última hora para um conferencista que havia cancelado a presença.

Porém Jung não esperou por uma resposta. "Soube que você perguntou ontem a Freud se ele era um crente. Uma pergunta perspicaz, Younger." Isto era outra novidade: até então Jung não havia mostrado uma reação favorável às coisas que eu dizia. "Com certeza ele lhe disse que não era. Ele é um gênio, mas a sua percepção o pôs em perigo. Alguém que passa a vida toda examinando o patológico, o atrófico e o vil, pode perder de vista o puro, o elevado, o espírito. Eu, de minha parte, não acredito que a alma seja essencialmente carnal. E você?"

"Eu não tenho certeza, doutor Jung."

"Mas a idéia não o atrai. Ela não exerce uma atração inerente sobre você. Para eles, ela exerce."

Eu tive de lhe perguntar a quem ele agora se referia.

"A todos eles", Jung respondeu. "Brill, Ferenczi, Adler, Abraham, Stekel — eles todos. Ele se deixa rodear por esses... esses tipos. Eles todos querem derrubar o que é elevado, para reduzi-lo à genitália e a excrementos. A alma não é redutível ao corpo. Mesmo Einstein, um deles, não acredita que Deus possa ser eliminado."

"Albert Einstein?"

"Ele é um convidado freqüente em jantares na minha casa", respondeu Jung. "Mas possui também a mesma inclinação reducionista. Reduziria o universo inteiro a leis matemáticas. É uma característica clara da mente judaica. Ou melhor, do judeu macho. A fêmea judia é simplesmente agressiva. A esposa de Brill é típica da raça. Inteligente, não deixa de ser atraente, mas muito agressiva."

"Creio que Rose não é judia, doutor Jung", eu disse.

"Rose Brill?", Jung riu. "Uma mulher com esse nome pode pertencer somente a uma única religião."

Eu não respondi. Jung havia evidentemente esquecido que o nome de Rose não fora sempre Brill.

"O ariano", Jung continuou, "é mítico por natureza. Ele não tenta trazer tudo ao nível do homem. Aqui na América existe uma tendência similar ao reducionismo, embora seja diferente. Tudo aqui é feito para crianças. Tudo é feito com simplicidade suficiente para que as crianças compreendam: os sinais, as propagandas, tudo. O próprio andar das pessoas é infantil: balançam os braços, assim. Desconfio que seja fruto da mistura com o negro. Trata-se de uma raça de bom caráter e muito religiosa, mas por demais simplória. Exerce uma influência tremenda sobre vocês; noto que os sulistas na verdade falam com o sotaque do negro. Isso também explica o matriarcado do país. A mulher é, sem dúvida, a figura dominante na América. Vocês homens americanos são cordeiros, e as suas mulheres desempenham o papel dos lobos vorazes."

Não gostei da cor no rosto de Jung. Primeiro eu a tomara como sinal de melhora; agora ele parecia ruborizado demais. As elaborações de sua mente também me preocupavam, por diversas razões diferentes. A conversa dele era incoerente, a lógica, equivocada, as insinuações, perturbadoras. Além disso tudo, pensei que Jung se achava extraordinariamente bem informado sobre a América para alguém que estava no país havia dois dias — em especial quanto ao tema das mulheres americanas. Mudei de assunto, e informei-lhe que eu havia acabado de terminar a primeira sessão com a srta. Acton.

A voz de Jung se tornou fria. "O quê?"

"Ela se hospedou no hotel."

"Você está analisando a garota — você, aqui, no hotel?"

"Sim, doutor Jung."

"Entendo." Ele me desejou boa sorte, sem parecer muito convincente, e se levantou para sair. Eu lhe pedi que mandasse lembranças ao dr. Onuf. Por um instante, ele me fez pensar que eu falara bobagem. Então, disse que atenderia o meu pedido com prazer.

8.

Na margem oriental do rio Hudson, sessenta milhas ao norte da cidade de Nova York, erguia-se uma instituição vitoriana de tijolos vermelhos, maciça, vasta, construída no final do século XIX, com seis alas, janelas pequenas e um torreão central. Era o Hospital Estadual de Matteawan para criminosos portadores de insanidade mental.

O asilo de Matteawan contava com uma segurança relativamente pequena. Afinal, os quinhentos e cinqüenta internos não eram criminosos. Eram simplesmente criminosos portadores de insanidade mental. Muitos não haviam sido indiciados por nenhum crime, e os demais haviam sido inocentados.

Em 1909, o conhecimento médico sobre a insanidade não era uma ciência perfeita. Em Matteawan, considerava-se que cerca de dez por cento dos ocupantes haviam se tornado insanos somente por conta de masturbação. Achava-se que a maioria restante sofria de loucura hereditária. Para um número substancial de internos, porém, os médicos do hospital tinham dificuldade em estabelecer o que os levara à loucura ou se eram loucos no fim das contas.

Os violentos e agressivos se amontoavam em salas apinhadas, com as paredes forradas e janelas com barras. Os outros mal eram vigiados. Não se administrava nenhuma medicação, nem havia "curas pela palavra". A concepção médica que vigorava em Matteawan era a da higiene mental. Assim, o tratamento consistia em acordar cedo, seguido de algum trabalho leve, mas que consumisse tempo (especialmente a plantação e o cuidado das verduras na fazenda de mil hectares que cercava o hospital), missa aos domingos, um jantar pontual, porém insípido, no refeitório, às cinco, jogo de damas ou outros passatempos salutares de noite, e cama bem cedo.

O paciente do quarto 3121 passava os dias de um modo diferente. Este paciente ocupava também os quartos 3122-24. Ele não dormia em um catre, como os outros internos, mas em uma cama de casal. E dormia tarde. Não sendo um leitor de livros, recebia pelo correio diversos diários de Nova York e todas as revistas semanais, que ele lia acompanhados de ovos quentes enquanto os companheiros eram obrigados a marchar em grupo até a fazenda para o trabalho matinal. Encontrava-se com os advogados várias vezes por semana. E, o melhor de tudo, um chef do Delmonico vinha de trem nas sextas-feiras à noite para lhe preparar a ceia, que ele consumia em sua própria sala de jantar. Seu champanhe e seu licor eram partilhados com generosidade com o pequeno corpo de guardas do Matteawan, com os quais ele também jogava pôquer à noite. Quando perdia no pôquer, ele costumava quebrar coisas: garrafas, janelas, às vezes uma cadeira. Assim, os guardas cuidavam para que ele não perdesse muito: os poucos níqueis que eles sacrificavam às cartas eram mais do que compensados pelos pagamentos que ele lhes fazia para se assegurar da dispensa das regras do hospital. E embolsavam o que era para eles uma pequena fortuna quando traziam garotas para que ele se divertisse.

Isso não era, porém, tão fácil de se fazer. Trazer as garotas não era problema. Mas o paciente do 3121 tinha gostos precisos. Ele gostava de garotas jovens e bonitas. A exigência em si fazia com que o trabalho dos guardas fosse difícil: eles tinham de ganhar o dinheiro honestamente; não podiam trazer simplesmente uma velha alcoólatra desgastada. Pior, quando encontravam uma garota aceitável, ela nunca durava mais que um par de visitas, a despeito da remuneração generosa. Depois de apenas doze meses, os guardas haviam esgotado o suprimento.

Os dois cavalheiros que saíram do quarto 3121 à uma hora da terça-feira, último dia de agosto de 1909, haviam refletido bastante acerca dessa dificuldade — e a tinham solucionado a contento, ao menos do ponto de vista deles. Não eram guardas. Um deles era um homem corpulento com ar de muita satisfação sob o chapéu-coco. O outro era um cavalheiro mais velho, elegante, com uma corrente de relógio pendurada no bolso da lapela, rosto magro e mãos de pianista.

A descrição do prefeito McClellan sobre os acontecimentos na residência dos Acton deixou o legista espumando.

"Qual é o seu problema, Hugel?", perguntou o prefeito.

"Eu não fui informado de nada. Por que não me contaram?"

"Porque você é um legista", disse McClellan. "Ninguém foi morto."

"Mas os crimes são praticamente idênticos", objetou Hugel.

"Eu não sabia disso", disse o prefeito.

"Se tivesse lido o meu relatório, saberia!"

"Por Deus, acalme-se Hugel." McClellan ordenou que o legista se sentasse. Depois que os dois homens reviram os crimes em mais detalhe, Hugel declarou que não havia dúvida. O assassino de Elizabeth Riverford e o agressor de Nora Acton eram o mesmíssimo homem.

"Meu Deus", disse o prefeito em voz baixa. "Devo divulgar um comunicado?"

Hugel riu rejeitando a idéia. "De que um assassino de garotas da sociedade está assombrando as nossas ruas?" McClellan se espantou com o tom do legista. "Bem, sim, eu suponho, ou com dizeres dessa natureza."

"Homens não atacam mulheres jovens arbitrariamente", declarou Hugel. "Crimes têm motivos. A Scotland Yard nunca pegou o estripador porque nunca encontrou a ligação entre as vítimas. Nunca a procuraram. No instante em que decidiram que estavam diante de um louco, o caso estava perdido."

"Meu Deus, homem, você não está sugerindo que o estripador esteja aqui?"

"Não, não, não", respondeu o legista, erguendo as mãos exasperado. "Estou dizendo que as duas agressões não são casuais. Existe uma ligação entre elas. Quando encontrarmos a ligação, teremos o nosso homem. Não precisamos de um comunicado público, precisamos proteger a garota. Ele já quis matá-la, e agora ela é a única pessoa que pode identificá-lo no tribunal. Não se esqueça. Ele não sabe que ela perdeu a memória. Ele com certeza vai querer terminar o trabalho."

"Graças a Deus que nós a levamos para o hotel", disse McClellan.

"Alguém mais sabe onde ela está?"

"Ninguém além de nós. E os médicos, é claro."

"O senhor avisou algum amigo da família?", perguntou Hugel.

"Claro que não", disse McClellan.

"Muito bom. Então ela está em segurança por enquanto. Ela se lembrou de alguma coisa hoje?"

"Não sei", disse McClellan, sério. "Não consegui localizar o doutor Younger." O prefeito pesou as alternativas. Ele desejaria poder ligar para o velho general Bingham, seu comissário de polícia durante muito tempo, mas McClellan havia obrigado Bingham a se aposentar no mês anterior. Bingham havia se recusado a reformar a polícia, mas era incorruptível e saberia o que fazer. O prefeito também desejaria que Baker, o novo comissário, não tivesse se mostrado tão incompetente. O único tema de conversa de Baker era o beisebol e quanto dinheiro se podia ganhar com ele. Hugel, o prefeito pensou, era um dos homens mais experientes da corporação. Não: em homicídios ele era o mais experiente. Se ele não considerava que um comunicado fosse necessário, provavelmente tinha razão. Os jornais certamente fariam muito barulho, semeariam o máximo de histeria possível e lançariam desprezo sobre o prefeito assim que soubessem, como obviamente aconteceria, do desaparecimento do corpo da primeira vítima. Além disso, McClellan havia assegurado a Banwell que a polícia tentaria solucionar o caso sem publicidade. George Banwell era um dos poucos amigos que o prefeito ainda tinha. O prefeito decidiu seguir o conselho de Hugel.

"Muito bem", disse McClellan. "Sem comunicados por enquanto. Tomara que tenha razão, senhor Hugel. Encontre o homem. Vá à casa dos Acton sem demora; o senhor vai supervisionar a investigação lá. E, por favor, diga a Littlemore que eu quero vê-lo imediatamente."

Hugel protestou. Limpando os óculos, recordou ao prefeito que era "apenas um legista". Não fazia parte das obrigações de um legista vagabundear pela cidade como um detetive comum. McClellan conteve a irritação. Assegurou ao legista que somente ele era confiável para um caso tão delicado e importante, que seus olhos eram célebres por serem os mais aguçados da corporação. Hugel, piscando de um modo que parecia expressar total concordância com as afirmativas, aceitou ir à casa dos Acton.

Assim que Hugel saiu, McClellan chamou a secretária. "Ligue para George Banwell", disse. A secretária informou ao prefeito que o sr. Banwell havia chamado durante a manhã toda.

"O que ele queria?", perguntou o prefeito.

"Ele foi bastante seco, excelência", ela respondeu.

"Está bem, senhora Neville. O que ele queria?"

A sra. Neville leu suas anotações. "Saber 'quem diabos matou a garota Riverford, por que demorava tanto para o diabo do legista terminar a autópsia e onde estava o dinheiro dele'."

O prefeito suspirou profundamente. "Quem, por que e onde. Só faltou o quando." McClellan olhou para o relógio. O *quando* se esgotava também para ele. Em duas semanas, no máximo, os candidatos à prefeitura seriam anunciados. Ele não tinha esperança na nomeação de Tammany agora. Sua única chance seria sair como um candidato independente ou de uma coalizão, mas esse tipo de campanha demandava dinheiro. Demandava também uma imprensa favorável, não a notícia de uma seqüência de ataques não solucionados contra garotas da sociedade.

"Retorne a ligação de Banwell", acrescentou para a sra. Neville. "Deixe um recado para que ele me encontre em uma hora e meia no Hotel Manhattan. Ele não vai se opor; ele tem uma obra em andamento perto dali e vai querer dar uma olhada nela. E encontre Littlemore."

Meia hora depois, o detetive apareceu no gabinete do prefeito. "O senhor queria me ver, excelência?"

"Senhor Littlemore", disse o prefeito, "o senhor sabe que aconteceu um outro ataque?"

"Sim, senhor. O senhor Hugel me contou."

"Bom. Este caso é de importância especial para mim, detetive. Eu conheço Acton, e George Banwell é um velho amigo meu. Quero ser informado de todas as novidades, e quero a máxima discrição. Vá correndo ao Hotel Manhattan. Procure o doutor Younger e veja se ele fez algum progresso. Se tiver qualquer informação nova, telefone-me de imediato. E, detetive, não chame atenção. A notícia de que temos uma testemunha de assassinato em potencial no hotel não deve vazar. A vida da garota pode depender disso. Você entendeu?"

"Sim senhor, senhor prefeito", respondeu Littlemore. "Devo me reportar somente ao senhor, ou também ao capitão Carey da Homicídios?"

"Você vai se reportar ao senhor Hugel", disse o prefeito, "e a mim. Eu preciso desse caso solucionado, Littlemore. A qualquer preço. Você tem a descrição do legista sobre o assassino?"

"Sim, senhor", Littlemore hesitou. "Hum, uma pergunta, senhor. E se descrição do legista sobre o assassino estiver errada?"

"Você tem alguma razão para pensar que esteja errada?"

"Eu acho...", disse Littlemore. "Eu acho que um chinês pode estar envolvido."

"Um chinês?", repetiu o prefeito. "Você disse isso ao senhor Hugel?"

"Ele não concorda, senhor."

"Entendo. Bem, eu lhe aconselharia a confiar no senhor Hugel. Eu sei que ele é... sensível... em alguns aspectos, detetive, mas você deve ter em mente como é difícil um homem honesto fazer o seu trabalho em relativa obscuridade, enquanto homens desonestos conquistam fortuna e renome. É por isso que a corrupção é tão perniciosa. Ela mina a vontade das pessoas boas. Hugel é extremamente capaz, e ele o tem em alta conta, detetive. Ele pediu especificamente que você fosse designado para este caso."

"Ele pediu, senhor?"

"Ele pediu. Agora vá, senhor Littlemore."

Eu estava saindo do hotel quando me deparei com a garota e sua criada — a sra. Biggs —, que se preparavam para fazer

129

compras. Um táxi acabava de encostar para elas. Por conta do leito da rua, coberto de sujeira e de lama seca, eu ajudei a srta. Acton a subir na carruagem. Ao fazê-lo, notei, incomodado, que sua cintura fina quase cabia entre as minhas duas mãos. Procurei ajudar também a sra. Biggs, mas a boa mulher não aceitou. Eu disse para a srta. Acton que esperava vê-la na manhã seguinte. Ela me perguntou o que eu pretendia. Eu me referia, expliquei, à sua próxima sessão psicanalítica. A minha mão estava sobre a porta aberta do táxi quando ela a puxou e fechou, desequilibrando-me. "Não sei o que há de errado com vocês todos", ela disse. "Eu não quero mais nenhuma dessas sessões de vocês. Eu vou me lembrar de tudo sozinha. Só me deixem em paz."

O táxi partiu. Tenho dificuldade para descrever os meus sentimentos enquanto o via afastar-se fazendo barulho. Desapontamento não seria apropriado. Eu desejava que o meu corpo por demais compacto se desfizesse e se dispersasse na sujeira da rua. Brill deveria ter sido o analista. Um médico de ofício, um clínico geral da cidade teria sido melhor, de tão desastroso que eu tinha sido no papel de psicanalista.

Eu havia fracassado antes mesmo de começar. A garota tinha rejeitado a análise, e eu não conseguira fazê-la mudar de idéia. Não, eu mesmo tinha causado a rejeição, ao pressioná-la demais antes de preparar o terreno. A verdade é que eu não esperava descobrir que ela era capaz de falar. Eu esquecera da própria especulação de Freud, de que ela poderia recuperar a voz de um dia para o outro. A voz dela deveria ser uma bênção para o tratamento, a melhor novidade possível. Em vez disso, ela me desestruturou. Eu havia me imaginado como um médico paciente e infinitamente receptivo. Em vez disso, eu lidara com a defesa dela defensivamente, como um amador atrapalhado.

O que eu diria para Freud?

* * *

Ao entrar no Hotel Manhattan, o detetive Littlemore passou por um jovem cavalheiro que ajudava uma jovem a entrar em um táxi. As duas figuras representavam, para Littlemore, um mundo ao qual ele não tinha acesso. Ambos faziam bem aos olhos, vestidos na espécie de refinamento que somente os mais afortunados podiam se permitir. O jovem cavalheiro era alto, de cabelos escuros, maçãs do rosto salientes, a jovem, mais parecida com um anjo que Littlemore não imaginaria possível na Terra. E o cavalheiro tinha um modo de se movimentar, uma fluidez quando rodou a jovem para dentro da carruagem, que Littlemore sabia não possuir.

Nada disso incomodou nem um pouco o detetive. Não sentia rancor pelo jovem, e tinha gostado de Betty, a camareira, mais do que gostara da jovem angelical. Porém, decidiu que aprenderia a se movimentar como o cavalheiro fazia. Era alguma coisa que ele podia conceber e copiar. Viu a si próprio erguendo Betty em um táxi exatamente daquela maneira — se chegasse algum dia a tomar um táxi, ainda mais tomar um táxi com Betty.

Passado um minuto, depois de uma troca de palavras com o funcionário da recepção, Littlemore correu para fora do hotel em busca do tal jovem, que não havia se movido sequer um centímetro. Com as mãos entrelaçadas às costas, ele acompanhava fixamente a carruagem que se afastava, numa concentração tão feroz que Littlemore pensou que talvez houvesse algo de errado com ele.

"O senhor é o doutor Younger, não?", perguntou o detetive. Não houve resposta. "Você está bem, amigo?"

"Perdão?", respondeu o jovem cavalheiro.

"Você é Younger, não?"

"Infelizmente."

"Eu sou o detetive Littlemore. O prefeito me mandou vir aqui. Aquela no táxi era a senhorita Acton?" O detetive notou que seu interlocutor não o ouvia.

"Desculpe", respondeu Younger. "Quem o senhor disse que era?"

Littlemore se identificou de novo. Explicou que o agressor da srta. Acton havia assassinado outra garota no domingo à noite, mas a polícia ainda não tinha testemunhas. "A senhorita se lembrou de alguma coisa, doutor?"

Younger balançou a cabeça. "A senhorita Acton recuperou a voz, mas não a lembrança do incidente."

"A coisa toda me parece muito estranha", disse o detetive. "As pessoas costumam perder a memória?"

"Não", Younger respondeu, "mas pode acontecer, especialmente depois de episódios como esse que a senhorita Acton viveu."

"Ei, elas estão voltando."

E assim era. A carruagem da srta. Acton havia dado meia-volta no final do quarteirão e se aproximava de novo do hotel. Ao estacionar, a srta. Acton explicou a Younger que a sra. Biggs havia esquecido de deixar a chave do quarto com o funcionário da recepção.

"Dê-me a chave", disse Younger estendendo a mão. "Vou levá-la para a senhorita."

"Obrigada, mas eu mesma sou capaz de fazê-lo", respondeu a srta. Acton, saltando do táxi sem ajuda e passando por Younger sem dar nem uma olhada em sua direção. Younger não demonstrou nada, mas Littlemore sabia reconhecer o desprezo de uma mulher, e sentiu simpatia pelo médico. Em seguida, ocorreu-lhe uma idéia diferente.

"Diga, doutor", ele disse, "o senhor deixa a senhorita Acton andar pelo hotel assim... sozinha, quero dizer?"

"Não tenho muito a dizer sobre isso, detetive. Na verdade, nada. Mas não, ela tem estado com a criada ou com a polícia em quase todas as horas até agora. Por quê? Existe algum perigo?"

"Não deveria haver", disse Littlemore. O legista tinha lhe dito que o assassino não sabia do paradeiro da srta. Acton. Ainda assim, o detetive se sentiu incomodado. O caso todo era incomum: uma garota morta sobre quem ninguém sabia nada, gente que perdia a memória, chineses em fuga, corpos desaparecidos do necrotério. "Apesar de tudo, não custa dar uma olhada em torno."

O detetive entrou de novo no hotel, com Younger a seu lado. Littlemore acendeu um cigarro enquanto eles observavam a pequena srta. Acton do outro lado da recepção circular, rodeada de colunas. Um homem que devolvesse a chave do quarto simplesmente a largaria na recepção e sairia, mas a srta. Acton estava de pé, paciente, junto do balcão, esperando ser atendida. O lugar estava cheio de viajantes, famílias e homens de negócios. Metade dos homens ali presentes, o detetive reparou, se adequaria à descrição do legista.

Um homem, porém, chamou a atenção de Littlemore. Esperava pelo elevador: alto, de cabelos escuros, usava óculos, com um jornal na mão. Littlemore não tinha uma boa visão do rosto, mas havia algo de vagamente estrangeiro no corte do paletó. Fora o jornal que chamara a atenção do detetive. O homem o segurava um pouco mais alto do que o habitual. Estaria tentando esconder o rosto? A srta. Acton havia devolvido a chave; voltava. O homem deu uma rápida olhada na direção dela — ou será que fora na direção do próprio detetive? — e depois enterrou a cabeça no jornal de novo. A porta de um elevador se abriu; o homem entrou, sozinho.

A srta. Acton não tomou conhecimento da presença do médico ou do detetive quando passou por eles a caminho da saída.

133

Apesar disso, Younger a seguiu para fora, e a ajudou a voltar à carruagem.

Littlemore ficou para trás. Não era nada, ele disse para si. Quase todos os homens ali haviam olhado para a srta. Acton quando ela atravessou a recepção. Não obstante, Littlemore ficou de olho no ponteiro acima do elevador em que o homem tinha entrado. O ponteiro se movia lentamente, saltando na direção dos andares mais altos. Entretanto, Littlemore não viu o lugar em que o ponteiro finalmente parou. O ponteiro ainda se movimentava quando ele ouviu um grito lancinante vindo de fora.

O grito não era humano. Era o relincho agudo de um cavalo ferido. O cavalo em questão pertencia a uma carruagem que acabava de emergir de um canteiro de construção uma quadra abaixo, na avenida Madison, onde se erguia o esqueleto de aço de um novo edifício comercial de nove andares. O homem que conduzia a carruagem estava vestido primorosamente, com uma cartola e uma bengala fina sobre os joelhos. Era o sr. George Banwell.

Em 1909, o cavalo ainda travava sua batalha contra o automóvel em toda avenida importante de Nova York. Na verdade, a batalha estava perdida. Os carros que arrancavam, buzinando, eram mais velozes e mais ágeis que uma charrete; mais que isso, o automóvel acabou com a *poluição* — termo usado à época para os excrementos de cavalo, que no meio do dia empesteavam o ar e tornavam as vias mais movimentadas quase intransitáveis. Embora George Banwell gostasse de seus carros tanto quanto os demais cavalheiros, ele era no íntimo um cavaleiro. Havia crescido com os cavalos e não se dispunha a renegá-los. Na verdade, insistia em conduzir a própria carruagem, fazendo o cocheiro sentar-se desajeitado a seu lado.

Banwell havia passado a maior parte da manhã em seu terreno da rua Canal, onde ele supervisionava um vasto projeto. Às onze e meia tinha chegado à esquina da avenida Madison com a rua 44, a menos de uma quadra do Hotel Manhattan. Depois de concluir uma breve inspeção do trabalho de seus homens, Banwell agora se dirigia ao hotel para encontrar o prefeito. Porém, um instante depois de ter virado na avenida, ele deu um puxão violento e abrupto nas rédeas de sua égua, forçou o freio na boca da infeliz criatura, e fez com que ela se detivesse e urrasse. O urro não teve efeito sobre Banwell. Ele pareceu não tê-lo ouvido. Fixando paralisado um ponto a cerca de uma quadra à sua frente, ele manteve tenso o freio que penetrou mais fundo na mandíbula do cavalo, para espanto do cocheiro.

A égua atirou a cabeça para um lado e outro, tentando em vão se livrar do freio cortante. Por fim, a criatura se ergueu sobre as patas traseiras e soltou o urro extraordinário, agonizante, ouvido por Littlemore e todos que estavam na rua. Ela voltou à terra, na seqüência se empinou de novo, desta vez mais selvagem, e a carruagem toda começou a tombar. Banwell e o cocheiro foram atirados para fora como marinheiros de um barco adernado. A carruagem se espatifou no chão com um imenso estrondo, arrastando com ela o animal.

O cocheiro foi o primeiro a se pôr de pé. Procurou ajudar o patrão, mas Banwell o afastou com violência, espanando a sujeira dos cotovelos e dos joelhos. Uma multidão se formara em torno deles. Motoristas impacientes buzinavam. O encantamento que cercava Banwell parecia desfeito. Ele não era o tipo de homem que tolerava ser derrubado por um cavalo; ser atirado de uma carruagem era impensável. Seus olhos estavam furiosos — contra os motoristas, contra a multidão estúpida, e, acima de tudo, contra a égua confusa, prostrada, que lutava sem sucesso para se endireitar. "Meu revólver", ele disse para o cocheiro, friamente. "Dê-me o revólver."

"O senhor não pode destruí-la, senhor", objetou o cocheiro, que, agachado junto do cavalo, soltava os cascos de um emaranhado de arreios. "Nada quebrou. Ela só se enroscou. Aqui está. Pronto" — isto ele disse para a égua, enquanto a ajudava a se erguer. "Não foi culpa sua."

Com certeza o cocheiro tinha boas intenções, mas não podia ter escolhido palavras mais infelizes. "Não foi culpa dela, hein?", disse Banwell. "Ela empina como um pangaré e não é culpa dela?" Banwell agarrou o freio e torceu com força o pescoço do animal enquanto o encarava. "Começo a entender", disse para o cocheiro, com a voz ainda fria, "você nunca a ensinou a manter a cabeça baixa. Bem, eu vou ensiná-la."

Soltando os tirantes da carruagem, Banwell agarrou as rédeas e montou a égua em pêlo. Levou-a de volta ao canteiro de construção e lá andou em círculos até chegar ao grande gancho pendurado no guindaste que se elevava para o céu no meio do terreno. Banwell agarrou o gancho com as duas mãos e o prendeu sob o cabresto da égua, firmemente preso sob a sua barriga. Ele saltou do animal e gritou para o operador do guindaste: "Você aí, levante-a! Você, no guindaste: levante-a, estou mandando. Não está me ouvindo? Levante-a!".

O operador espantado demorou para reagir. Por fim, engatou a marcha da máquina desajeitada. O cabo se retesou; o gancho apertou a sela. A égua estremeceu e se debateu ante a sensação desconfortável. Por um momento, não aconteceu mais nada.

"Levante, seu velhaco", Banwell gritou com o operador, "levante ou irá para casa hoje de noite encontrar a sua esposa sem um emprego!"

O operador manipulou as alavancas de novo. Com um balanço brusco a égua se ergueu do chão. No momento em que as patas deixaram o solo, ela foi tomada pelo pânico de quem não compreendia nada. Ele urrou e se agitou, conseguindo apenas balançar violentamente no ar, suspensa pelo grosso gancho do guindaste.

"Solte-a!", uma voz feminina, zangada e ferida, gritou. Era a srta. Acton. Diante do espetáculo, ela descera correndo a avenida Madison e se achava na frente da multidão, com Younger a seu lado e Littlemore algumas fileiras mais atrás. Ela gritou de novo: "Abaixe-a. Façam com que ele pare!".

"Para cima", ordenou Banwell. Ele ouviu a voz da garota. Por um instante, olhou diretamente para ela. Em seguida voltou a atenção para o cavalo. "Mais alto."

O operador fez como lhe mandaram, ergueu a criatura mais e mais alto: seis, nove, doze metros acima do solo. Filósofos dizem que não se pode saber se animais sentem emoções comparáveis às dos seres humanos, mas quem visse o terror absoluto nos olhos da égua nunca mais teria dúvidas.

Porque todos os olhos humanos estavam pregados no animal indefeso, balançando, que se debatia, ninguém na multidão notou a trepidação da viga de aço no andaime três andares acima. A viga estava presa a uma corda, que por sua vez se prendia ao gancho do guindaste. Até então a corda estava frouxa, com a trave de aço apoiada inofensivamente sobre o andaime. Mas à medida que o gancho subia, a corda também se esticou, e então, sem aviso, a viga de aço rolou sobre as pranchas de madeira. Dali ela oscilou solta. Ligada ao gancho do guindaste, ela desceu na direção do gancho — ou seja, na direção de George Banwell.

Banwell não chegou a ver a trave mortífera arremessada contra ele, que ganhava velocidade à medida que descia. A trave girou inexorável no ar e desceu na direção dele, mortífera, como uma lança gigantesca apontada para o seu estômago. Se o atingisse, certamente o mataria. Aconteceu de ela errar o alvo por dois palmos. A conseqüência do golpe de sorte extraordinário, porém não atípico, para Banwell, foi que a trave seguiu adiante, desta feita dirigida à multidão, com muitos integrantes dela gritando apavorados, e com uma boa dúzia de pessoas mergulhando na lama para se proteger.

Entretanto, apenas uma dentre elas deveria ter mergulhado, e esta era a srta. Nora Acton, uma vez que a viga de aço de três metros caiu bem na direção dela. A srta. Acton, porém, não gritou nem se moveu. Ou porque a aproximação da trave a paralisou ou porque era difícil saber para que lado fugir, a srta. Acton permaneceu imóvel no lugar em que estava, aterrorizada e prestes a morrer.

Younger agarrou a garota pelo longo rabo-de-cavalo loiro, puxando-a com força — não muito cavalheirescamente — para seus braços. A trave arremessada assobiou a seu lado, tão próxima que os dois sentiram o deslocamento de ar, e voou bem alto atrás deles.

"Oh!", disse a srta. Acton.

"Desculpe", disse Younger. Em seguida, arrastou-a pelo cabelo uma segunda vez, puxando-a agora na outra direção.

"*Oh!*", disse a srta. Acton de novo, com mais força, quando a viga de aço, em sua viagem de volta, voou ao lado deles mais uma vez, desta feita não atingindo por pouco a parte de trás da cabeça dela.

Banwell olhava com indiferença para a viga que viajava. Com repugnância ele a observou subindo e se chocando contra o andaime de onde iniciara sua jornada, destruindo a estrutura, como se ela fosse feita de palitos de dente, fazendo voar em todas as direções homens, ferramentas e pranchas de madeira. Quando a poeira assentou, somente a égua fazia barulho, relinchando e girando impotente acima deles. Banwell fez um sinal para que o operador a baixasse e, com uma fúria fria, deu ordens para que os homens limpassem os destroços.

"Leve-me de volta para o meu quarto, por favor", a srta. Acton disse para Younger.

            * * *

A multidão vagou confusa durante muito tempo, admirando os danos e revivendo os acontecimentos. A égua foi devolvida ao cocheiro, de quem o detetive Littlemore se aproximou. O detetive havia reconhecido George Banwell. "Diga, como ela está reagindo, a pobre criatura?", Littlemore perguntou ao cocheiro. "Qual a raça dela, uma Perch?"

"Meio Perch", respondeu o condutor, esforçando-se por acalmar o animal assustado. "Chama-se Cream."

"Ela é uma beleza, sem dúvida."

"É sim", disse o cocheiro, acariciando o nariz da égua.

"Eu me pergunto o que fez ela empinar daquele jeito. Alguma coisa que ela viu, provavelmente."

"Alguma coisa que *ele* viu, é mais provável."

"Como assim?"

"Não foi a égua, de modo algum", resmungou o cocheiro. "Foi ele. Ele estava tentando fazê-la voltar. Você não pode fazer um cavalo de carruagem andar para trás." Ele falou com a égua. "Tentou fazer você voltar, foi isso que ele fez. Porque ele estava apavorado."

"Apavorado? Com o quê?"

"Por que você não pergunta a ele? Ele não se assusta com facilidade, não ele. Apavorado como se tivesse visto o demônio."

"Como você agüenta?", disse Littlemore, antes de voltar para o hotel.

No mesmo instante, no andar mais alto do Hotel Manhattan, Carl Jung, no terraço, acompanhava a cena lá embaixo. Ele tinha visto os acontecimentos extraordinários na construção a uma quadra de distância na avenida. Os acontecimentos não somente o amedrontaram, mas lhe propiciaram um júbilo profundo, crescente — de uma natureza que ele havia sentido apenas uma ou duas vezes em toda a sua vida. Ele se retirou para o quarto, onde se sentou entorpecido no chão, com as costas apoiadas na cama, vendo rostos que ninguém mais podia ver, ouvindo vozes que ninguém mais podia ouvir.

9.

Quando voltamos para os aposentos da srta. Acton, a sra. Biggs estava alvoroçada. Primeiro ela ordenou que a srta. Acton deitasse, depois se sentasse, em seguida que se movimentasse para "recuperar a cor". A srta. Acton não deu nenhuma importância a esses comandos. Seguiu diretamente para a pequena cozinha que havia em sua suíte e se pôs a preparar uma xícara de chá. A sra. Biggs ergueu os braços indignada, dizendo que *ela* deveria cuidar do chá. A velha não se acalmou enquanto a srta. Acton não a fez sentar-se e lhe beijou as mãos.

A garota tinha a capacidade misteriosa tanto de recuperar a compostura depois dos acontecimentos mais avassaladores quanto de simular uma compostura que não sentia. Ela terminou de fazer o chá e ofereceu uma xícara fervente à sra. Biggs.

"A senhorita teria sido morta, senhorita Nora", disse a velha. "Teria sido morta se não fosse pelo jovem doutor." A srta. Acton pôs a mão sobre a da mulher e insistiu para que tomasse o chá. Quando a sra. Biggs terminou, a garota pediu a ela que nos deixasse porque precisava falar comigo em particular. Depois de um bocado de insistência a sra. Biggs se convenceu a sair. Quando ficamos sós, a srta. Acton me agradeceu. "Por que fez a sua criada sair?", perguntei.

"Eu não a 'fiz' sair", respondeu a garota. "O senhor queria saber das circunstâncias em que perdi a voz três anos atrás. Eu quero contá-las."

O bule de chá começou a tremer nas mãos dela. Ao tentar verter o chá, ela errou a xícara. Pousou o bule e entrelaçou os dedos. "Pobre cavalo. Como ele pôde fazer uma coisa dessas?"

"A senhorita não tem culpa."

"O que há com o senhor?" Ela me encarou furiosa. "Por que eu teria culpa?"

"Não há razão para isso. Mas a senhorita parece estar se culpando."

A srta. Acton foi até a janela. Abriu as cortinas, revelando uma sacada atrás das portas francesas que dava para o panorama da cidade que se estendia lá embaixo. "O senhor sabe quem é ele?"

"Não."

"É George Banwell, marido de Clara. Amigo do meu pai." A respiração da garota se tornou irregular. "Foi à beira do lago, na casa de veraneio. Ele se declarou para mim."

"Por favor, deite-se senhorita Acton."

"Por quê?"

"Faz parte do tratamento."

"Oh, está bem."

Quando ela estava de novo no sofá, eu retomei. "O senhor Banwell lhe pediu em casamento — quando a senhora tinha catorze anos?"

"Eu tinha dezesseis, doutor, e ele não propôs casamento."

"O que ele propôs?"

"Ter... ter...", ela parou.

"Ter relações sexuais com a senhorita?" É sempre delicado se referir à atividade sexual com pacientes jovens do sexo feminino, porque não se tem certeza de quanto elas sabem de biologia. Mas é pior permitir que um excesso de delicadeza reforce o sentimento pernicioso de vergonha que uma garota pode associar à experiência.

"Sim", ela respondeu. "Estávamos hospedados na casa de campo, toda a minha família. Ele e eu caminhávamos pelo passeio em volta do lago. Ele disse que havia comprado outro chalé nas proximidades, aonde poderíamos ir, com uma cama grande linda, onde poderíamos estar os dois a sós e ninguém saberia."

"O que a senhora fez?"

"Eu dei um tapa no rosto dele e corri", disse a srta. Acton. "Contei ao meu pai..., que não ficou do meu lado."

"Ele não acreditou na senhorita?"

"Ele agiu como se eu fosse a culpada. Insisti para que ele confrontasse com o senhor Banwell. Uma semana depois, ele me disse que o fizera. O senhor Banwell negou a acusação, segundo o meu pai, com grande indignação. Tenho certeza de que exibia o mesmo olhar que o senhor acabou de ver. Ele admitiu apenas que mencionara o novo chalé para mim. Sustentou que eu mesma tinha feito a inferência maldosa por... por conta dos livros que eu lia. O meu pai preferiu acreditar no senhor Banwell. Eu o odeio."

"O senhor Banwell?"

"O meu pai."

"Senhorita Acton, a senhorita perdeu a voz há três anos. Porém está descrevendo um acontecimento que ocorreu no ano passado."

"Há três anos ele me beijou."

"O seu pai?"

143

"Não, que repulsivo", disse a srta. Acton. "O senhor Banwell."

"A senhorita tinha catorze anos?"

"O senhor teve dificuldade em matemática na escola, doutor Younger?"

"Prossiga, senhorita Acton."

"Foi no Dia da Independência", ela disse. "Os meus pais tinham encontrado os Banwell poucos meses antes, mas o meu pai e o senhor Banwell já eram muito bons amigos. Os funcionários do senhor Banwell estavam reformando a nossa casa. Nós acabávamos de passar três semanas com eles no campo enquanto terminavam a construção. Clara era muito boa comigo. Ela é a mulher mais forte, mais inteligente que já conheci, doutor Younger. E a mais bonita. O senhor viu Lina Cavalieri como Salomé?"

"Não", respondi. A celebremente bela srta. Cavalieri havia representado o papel na Metropolitan Opera House no inverno anterior, mas eu não conseguira vir de Worcester para vê-la.

"Clara é igual a ela. Ela também esteve no palco, anos atrás. O senhor Gibson fez um quadro dela. De qualquer modo, o senhor Banwell erguia um de seus imensos edifícios no centro da cidade — o Hanover, eu acho. Planejamos subir à cobertura do edifício para assistir à queima de fogos. Mas a minha mãe se sentiu mal — ela sempre se sente mal —, de modo que ela ficou para trás. Por alguma razão, no último momento, o meu pai também não pôde vir para o centro. Eu não sei por quê. Acho que também estava doente; havia uma epidemia de gripe naquele verão. Seja como for, o senhor Banwell se ofereceu para me levar para a cobertura, por conta da minha grande expectativa."

"Apenas vocês dois?"

"Sim. Ele me levou em sua carruagem. Estava de noite. Ele fez os cavalos descerem a Broadway. Lembro do vento quente no meu rosto. Subimos juntos no elevador. Eu estava muito nervosa; era a minha primeira vez num elevador. Eu mal podia esperar pelos fogos, mas, quando os primeiros canhões espoucaram, eles me aterrorizaram. Talvez eu tenha gritado. A minha lembrança seguinte é de que ele me agarrou entre seus braços. Ainda o sinto apertando meu... meu peito... contra o dele. Em seguida ele pressionou a boca nos meus lábios." A garota fez uma careta, como se quisesse cuspir.

"E depois?", perguntei.

"Eu me soltei dele, mas não tinha para onde ir. Não sabia como fugir da cobertura. Ele fez um gesto para que eu me acalmasse, para que ficasse quieta. Ele me disse que aquilo seria o nosso segredo e que poderíamos então apenas assistir aos fogos. E foi o que fizemos."

"A senhorita contou isso para alguém?"

"Não. Naquela noite eu perdi a voz. Todos pensaram que eu tivesse contraído a gripe. Talvez tivesse. A minha voz voltou na manhã seguinte, como desta vez. Mas nunca contei nada a ninguém até hoje. Depois disso eu não me permiti ficar a sós com o senhor Banwell de novo."

Fez-se um longo silêncio. A garota havia evidentemente chegado ao final de suas lembranças mais conscientes. "Pense em ontem, senhorita Acton. Lembra de alguma coisa?"

"Não", ela disse em voz baixa. "Sinto muito."

Eu lhe pedi permissão para transmitir ao dr. Freud o que ela havia contado. Ela concordou. Em seguida disse a ela que deveríamos retomar a nossa conversa no dia seguinte.

Ela pareceu surpresa: "O que mais temos para conversar, doutor? Eu lhe contei tudo".

"Alguma coisa mais pode lhe ocorrer."

"Por que o senhor diz isso?"

"Porque a senhorita ainda está sofrendo de amnésia. Quando tivermos descoberto tudo que se liga a esse acontecimento, eu acredito que a sua memória vai voltar."

145

"O senhor acha que estou escondendo alguma coisa?"
"Não se trata de esconder. Ou melhor, trata-se de alguma coisa que a senhorita esconde de si mesma."
"Eu não sei do que o senhor está falando", respondeu a garota. Quando eu estava a um passo da porta, ela me deteve com a voz limpa, suave. "Doutor Younger?"

"Senhorita Acton?"

Os olhos azuis estavam cheios de lágrimas. Ela ergueu bem o queixo. "Ele me beijou de verdade. Ele... se declarou para mim no lago."

Eu não tinha notado quanto ela se angustiava com a possibilidade de que eu também, como seu pai, não desse crédito ao que ela me contara. Havia algo de indescritivelmente terno no modo como ela usou a palavra *declarou*. "Senhorita Acton", respondi, "eu acredito em todas as suas palavras."

Ela caiu no choro. Eu a deixei e desejei uma boa tarde para a sra. Biggs quando passei por ela no corredor.

A um canto retirado do salão do Hotel Manhattan, George Banwell estava sentado com o prefeito McClellan. O prefeito observou que Banwell parecia ter vindo de uma luta de boxe. Banwell deu de ombros. "Um pequeno problema com uma potra", ele disse.

O prefeito tirou um envelope do bolso do paletó e o estendeu para Banwell. "Aqui está o seu cheque. Aconselho-o a ir ao banco hoje de tarde. É muito alto. E é o último. Não haverá mais, haja o que houver. Estamos entendidos?"

Banwell assentiu. "Se houver custos adicionais, imagino que terei eu mesmo de arcar com eles."

Em seguida, o prefeito explicou que o assassino da srta. Riverford havia aparentemente atacado de novo. Banwell conhecia Harcourt Acton?

"É claro que eu conheço Acton", respondeu Banwell. "Ele e a esposa estão em minha casa de campo agora. Eles se juntaram a Clara lá ontem."

"Então foi por isso que eu não consegui encontrá-los", disse McClellan.

"O que houve com Acton?"

"A segunda vítima foi a filha dele."

"Nora? Nora Acton? Eu acabei de vê-la na rua, há menos de uma hora."

"Sim, graças a Deus ela sobreviveu", respondeu o prefeito.

"O que aconteceu?", perguntou Banwell. "Ela disse quem a atacou?"

"Não. Ela perdeu a voz e não se lembra de nada. Ela não sabe quem a agrediu, e nós também não. Alguns especialistas estão cuidando dela agora. Na verdade, ela está aqui. Eu a acomodei no Manhattan até a volta de Acton."

Banwell assimilou a informação. "Uma garota bonita."

"Com certeza", concordou o prefeito.

"Violentada?"

"Não, graças aos céus."

"Graças aos céus."

Eu encontrei os demais nas salas de antiguidades gregas e romanas do Museu Metropolitan. Enquanto Freud se entretinha conversando com o guia — o conhecimento de Freud era espantoso —, fiquei para trás com Brill. Ele se sentia melhor em relação ao manuscrito. O editor, Jelliffe, havia de início se mostrado tão perplexo quanto nós, mas depois ele se lembrou que na semana passada tinha emprestado a gráfica para um pastor de igreja que estava publicando uma série de panfletos bíblicos edificantes. De alguma forma, os dois trabalhos deviam ter se misturado.

147

"Você sabia", perguntei a Brill, "que Goethe era bisavô de Jung?"

"Lixo", disse Brill, que tinha morado em Zurique por um ano, trabalhando sob a orientação de Jung. "Lendas familiares de autoglorificação. Ele chegou a Von Humboldt também?"

"Na verdade, sim", respondi. "Parece que seria suficiente um homem se casar com uma fortuna sem ter de inventar uma linhagem para si próprio."

"A não ser que ele a inventasse por isso", eu disse.

Brill grunhiu, indiferente. Em seguida, com uma leveza estranha, ele ajeitou para trás um cacho de cabelo, expondo uma escoriação feia na testa. "Está vendo isso? Rose a fez ontem de noite, depois que você saiu. Ela me atirou uma frigideira."

"Meu Deus", eu disse. "Por quê?"

"Por causa de Jung."

"O quê?"

"Eu contei a Rose as observações que fiz a Freud com relação a Jung", disse Brill. "Ela ficou furiosa. Ela me disse que eu tinha ciúmes de Jung, que Freud o valorizava, e que eu era um bobo porque Freud perceberia a minha inveja e pensaria mal de mim. A isso eu respondi que tinha uma boa razão para sentir ciúmes de Jung, pelo modo como ela olhara para ele durante toda a noite. Em retrospecto, a fala pode ter sido injusta, pois era Jung que olhava para ela. Você sabe que ela tem a mesma formação médica que eu? Mas não consegue um emprego como médica, e eu não consigo sustentá-la com os meus quatro pacientes."

"Ela atirou uma frigideira em você?", eu perguntei.

"Oh, não me venha com esse olhar de diagnóstico. Mulheres atiram coisas. Todas elas, mais cedo ou mais tarde. Você vai ver. Todas, a não ser Emma, a mulher de Jung. Emma simplesmente oferece uma fortuna para Carl, cuida de seus filhos, e sorri quando ele a trai. Serve jantar para as amantes dele quando ele as leva para casa. O homem é um feiticeiro. Não, se eu ouvir mais uma palavra sobre Goethe e Von Humboldt, sou capaz de matá-lo."

Antes de sairmos do museu, quase houve uma crise. Freud de repente precisava de um urinol, assim como precisara em Coney Island, e o guia nos mandou para o porão. Na escada que descia, Freud observou: "Vejam só. Vou ter de percorrer milhas intermináveis de corredores, e no final haverá um palácio de mármore". Ele tinha razão em ambos os casos. Chegamos ao palácio em cima da hora.

O legista Hugel não voltou a seu escritório até terça-feira à noite. Ele tinha passado a tarde na casa dos Acton em Gramercy Park. Sabia o que escreveria em seu relatório: que evidências materiais — cabelos, fios de seda, pedaços de corda — agora provavam sem sombra de dúvida que o homem que matara Elizabeth Riverford era o mesmo que atacara Nora Acton. Mas o legista se recriminava pelo que não havia encontrado. Ele tinha explorado o dormitório principal. Tinha estudado o jardim dos fundos. Chegara mesmo a rastejar por ele de quatro. Como esperava, encontrou galhos partidos, flores pisadas e uma abundância de outros sinais de fuga, mas em nenhum lugar a prova que buscava, a peça concreta com que poderia esclarecer a identidade do perpetrador.

Estava exausto quando chegou ao escritório. A despeito da ordem do prefeito, Hugel não havia circulado pela equipe a oferta de uma recompensa para quem encontrasse o corpo da srta. Riverford. Porém era difícil censurá-lo por isso, Hugel disse para si próprio. Fora o prefeito que ordenara que ele fosse diretamente à casa dos Acton em vez de voltar para o necrotério.

149

No hall, ele encontrou o detetive Littlemore à espera. Littlemore relatou que um dos rapazes, Gitlow, estava num trem para Chicago. Chegaria lá na noite seguinte. Em seu estado tagarela habitual, Littlemore também contou o estranho episódio do sr. Banwell e da égua. Hugel escutou atentamente e depois exclamou: "Banwell! Ele deve ter visto a garota Acton na entrada do hotel. Foi ela que o apavorou!".

"A senhorita Acton não é exatamente o que eu chamaria de assustadora, senhor Hugel", disse Littlemore.

"Seu estúpido", foi a resposta do legista. "É claro — ele pensava que ela estava morta!"

"Por que ele pensaria que ela estava morta?"

"Use a cabeça, detetive."

"Se Banwell é o sujeito, senhor Hugel, ele saberia que ela está viva."

"O quê?"

"O senhor está dizendo que Banwell é o sujeito, certo? Mas seja quem for que agrediu a senhorita Acton, ele saberia que ela estava viva. Então se Banwell é o sujeito, ele não acharia que ela estava morta."

"O quê? Bobagem. Ele pode ter pensado que acabara com ela. Ou... ou ele pode ter receado que ela o reconhecesse. De qualquer modo, ele ficaria em pânico ao vê-la."

"Por que o senhor acha que ele é o sujeito?"

"Littlemore, ele tem mais de um metro e oitenta. É de meia-idade. É rico. Tinha cabelos escuros, mas que agora estão ficando brancos. É destro. Mora no mesmo edifício que a primeira vítima e ficou em pânico ao ver a segunda."

"Como o senhor sabe disso?"

"Por você. Você contou que o cocheiro dele disse que ele se assustou. Que outra explicação pode haver?"

"Não, quero dizer, como o senhor sabe que ele é destro?"

"Porque o encontrei ontem, detetive, e eu uso os meus olhos."

"Puxa, o senhor sabe das coisas, senhor Hugel. E eu, sou destro ou canhoto?" O detetive pôs as mãos atrás das costas. "Será que você poderia parar com isso, Littlemore!"

"Não sei, senhor Hugel. O senhor deveria tê-lo visto quando tudo acabou. Estava frio como um pepino, dava ordens, ajeitando tudo."

"Bobagem. Um bom ator, além de assassino. Temos o nosso homem, detetive."

"Nós não o temos, exatamente."

"Você tem razão", refletiu o legista. "Eu ainda não tenho as provas. Precisamos de alguma coisa mais."

10.

Ao deixar o Metropolitan, atravessamos de carruagem o parque para o novo campus da Universidade Columbia, com sua estupenda biblioteca. Eu não havia estado lá desde 1897, quando tinha quinze anos e a minha mãe nos arrastou para a inauguração do edifício Schmerhorn. Por sorte, Brill não sabia da minha ligação marginal com aquele clã, pois sem dúvida a mencionaria para Freud. Visitamos a clínica psiquiátrica, onde Brill tinha um consultório. Depois, Freud anunciou que desejava saber sobre a minha sessão com a srta. Acton. Assim, enquanto Brill e Ferenczi ficavam para trás, discutindo técnica terapêutica, Freud e eu demos um passeio pela Riverside Drive, cujo calçamento amplo oferecia uma vista extensa das Palisades, os rochedos selvagens e partidos de Nova Jersey do outro lado do rio Hudson.

Sem deixar nada de fora, descrevi para Freud tanto a primeira sessão, fracassada, com a srta. Acton, como a segunda, terminada com revelações sobre o amigo do pai, o sr. Banwell. Ele me interrogou cuidadosamente, queria todos os detalhes, por irre-

152

levantes que fossem, e insistiu em que eu não parafraseasse, mas transmitisse as palavras exatas dela. Ao final, Freud apagou o charuto na calçada e perguntou se eu achava que o episódio na cobertura três anos antes era a causa da perda de voz da srta. Acton à época.

"Parece que sim", respondi. "Havia um envolvimento da boca e um imperativo para que ela não contasse. Alguma coisa indizível havia sido feita a ela; assim, ela se tornou incapaz de falar."

"Bom. Então o beijo vergonhoso na cobertura aos catorze anos a fez ficar histérica?", disse Freud, medindo a minha reação.

Eu compreendi: ele insinuava o contrário do que dizia. O episódio na cobertura, segundo Freud, não podia ser a causa da histeria da srta. Acton. Não era um episódio da infância, não era edípico. Somente traumas infantis podem levar à neurose, embora um evento mais tardio seja, tipicamente, o gatilho que desperta a lembrança do conflito há muito reprimido, produzindo os sintomas histéricos. "Doutor Freud", eu perguntei, "seria possível, neste único caso, que um trauma adolescente causasse a histeria?"

"Seria possível, meu rapaz, a não ser por uma coisa: o comportamento da garota na cobertura já era inteira e completamente histérico." Freud pegou outro charuto no bolso, pensou melhor, e o guardou. "Deixe-me lhe oferecer uma definição da histérica: alguém para quem uma oportunidade de prazer sexual desencadeia sentimentos em grande parte ou totalmente desagradáveis."

"Ela tinha apenas catorze anos."

"E que idade tinha Julieta na noite de núpcias?"

"Treze", reconheci.

"Um homem robusto, maduro — de quem não sabemos nada a não ser que é forte, alto, bem-sucedido, bem constituído —

beija uma garota nos lábios", disse Freud. "Ele está obviamente excitado sexualmente. Na verdade, acho que podemos dar por certo que Nora teve uma percepção explícita dessa excitação. Quando ela diz que ainda é capaz de sentir esse tal Banwell puxando seu corpo contra o dele, tenho poucas dúvidas sobre a parte do corpo que ela sentiu. Isso tudo, em uma garota saudável de catorze anos, certamente produziria uma estimulação genital prazerosa. Em vez disso, Nora foi tomada pela sensação desagradável própria da parte de trás da garganta — ou seja, o nojo. Em outras palavras, ela era histérica muito antes do beijo."

"Mas o assédio de Banwell não poderia ser... indesejado?"

"Duvido muito que fosse. Você discorda de mim, Younger."

Eu discordava — com veemência —, embora procurasse não demonstrar.

Freud prosseguiu. "Você imagina o senhor Banwell se atirando sobre uma garota relutante e inocente. Mas talvez tenha sido ela que o seduziu: um homem atraente, o melhor amigo do pai. A conquista atrairia uma garota da idade dela; provavelmente causaria ciúmes no pai."

"Ela o rejeitou", eu disse.

"É mesmo?", perguntou Freud. "Depois do beijo ela guardou o segredo dele, mesmo quando recobrou a voz. Certo?"

"Sim."

"Isso é mais coerente com um receio da repetição do evento ou com o desejo de que se repetisse?"

Eu via a lógica de Freud, mas a explicação do comportamento inocente da garota não parecia refutada. "Ela se recusou a estar com ele sozinha depois", contestei.

"Ao contrário", acrescentou Freud. "Ela caminhou com ele a sós dois anos mais tarde, às margens de um lago, o lugar mais romântico que pode haver."

154

"Mas lá ela o rejeitou de novo."

"Ela lhe deu um tapa", disse Freud. "Isso não é necessariamente uma rejeição. Uma garota, como um paciente analítico, precisa dizer não antes de dizer sim."

"Ela se queixou para o pai."

"Quando?"

"Imediatamente", afirmei, um pouco imediatamente demais. Depois refleti. "Na verdade não sei. Não perguntei." "Talvez ela esperasse que Banwell fizesse outra tentativa, e como ele não fez ela contou ao pai por vingança." Eu não disse nada, mas Freud via que eu não estava inteiramente persuadido. Ele acrescentou: "Nisso, meu rapaz, você deve ter em mente que você não é imparcial".

"Eu não o entendo, senhor", eu disse.

"Sim, você entende."

Eu ponderei. "O senhor quer dizer que eu *desejo* que a senhorita Acton tivesse achado o assédio de Banwell indesejável?"

"Você estava defendendo a honra de Nora."

Eu tinha consciência de que continuava a chamar a srta. Acton de "srta. Acton" ao passo que Freud a chamava pelo nome. Eu também tive consciência do meu rosto ruborizado. "Simplesmente porque estou apaixonado por ela", eu disse.

Freud não disse nada.

"O senhor deve assumir a análise, doutor Freud. Ou Brill. Deveria ter sido Brill desde o início."

"Bobagem. Ela é sua, Younger. Você está indo muito bem. Mas não deve levar esses sentimentos muito a sério. São inevitáveis na psicanálise. São parte do tratamento. Nora está muito provavelmente sob o efeito da transferência, como você da contratransferência. Você deve tratar esses sentimentos como dados, deve lançar mão deles. São fictícios. Não têm mais realidade que os sentimentos gerados por um ator no palco. Um bom

155

Hamlet vai sentir ódio pelo tio, mas não vai enganosamente supor que está bravo com seu companheiro de tragédia. Acontece o mesmo com a análise."

Durante algum tempo nenhum de nós falou. Depois, eu perguntei: "O senhor já teve... sentimentos por uma paciente, doutor Freud?".

"Houve ocasiões", respondeu Freud vagarosamente, "em que eu saudava tais sentimentos, pois eles me recordavam que eu não estava completamente perdido para o desejo. Sim, eu tive alguns estreitos desvios. Porém cheguei à psicanálise já muito mais velho que você, o que tornou as coisas mais fáceis para mim. Além disso, sou casado. À consciência de que essas coisas são factuais, acrescentava-se, no meu caso, uma obrigação moral que eu não podia violar." Vai parecer ridículo, mas depois que Freud terminou, meu único pensamento era: como poderia *factual* ser sinônimo de *ficcional*?

Freud prosseguiu. "Basta. Por ora a principal tarefa é descobrir o trauma preexistente que causou a reação histérica da garota na cobertura. Diga-me: por que Nora não contou à polícia onde estavam seus pais?"

Eu tinha me perguntado a mesma coisa. A srta. Acton me contara que os pais estavam na casa de campo de George Banwell, mas nunca mencionara o fato para a polícia, permitindo com isso que eles enviassem mensagem após mensagem para o chalé de verão de sua própria família, onde não havia ninguém. Para mim, porém, a reticência não era misteriosa. Eu sempre invejei aqueles que podiam receber consolo genuíno dos pais em horas de crise; não deve haver consolo igual. Mas esse não era o meu caso. "Talvez", respondi para Freud, "ela não se importasse em ter os pais por perto depois da agressão."

"Talvez" ele disse. "Eu escondi do meu pai as minhas piores dúvidas durante toda a vida dele. Como você." Freud fez essa última observação como se tratasse de um fato bem conhecido; na realidade, eu não tinha dito uma palavra sobre isso a ele. "Mas sempre há um ingrediente neurótico em tal encobrimento. Comece por esse ponto com Nora amanhã, Younger. É o meu conselho. Há alguma coisa naquela casa de campo. Sem dúvida terá ligação com o desejo inconsciente da garota pelo pai. Bem que eu gostaria de saber." Ele parou de andar e fechou os olhos. Passou um longo momento. Depois, abrindo os olhos de novo, ele disse: "Já sei".

"O quê?", perguntei.

"Bem, eu tenho uma hipótese, Younger, mas não vou lhe dizer qual é. Não quero plantar idéias na sua cabeça — ou na dela. Descubra se ela tem uma lembrança ligada a essa casa de campo, uma lembrança anterior ao episódio na cobertura. Lembre-se, seja obscuro com ela. Você deve ser como um espelho, sem lhe mostrar nada a não ser o que ela lhe mostra. Talvez ela tenho visto alguma coisa que não devesse ter visto. Ela pode não querer lhe contar. Não a deixe escapar."

Na terça-feira, no final da tarde, o Triunvirato se reuniu de novo na biblioteca. Tinham muito para discutir. Um dos três cavalheiros revirava nas longas mãos delicadas um relatório que havia recebido recentemente e o compartilhava com os demais. O relatório incluía, entre outras coisas, um conjunto de cartas. "Estas", ele disse, "nós não vamos queimar."

"Eu lhes disse: eles são degenerados, todos eles", acrescentou o homem imponente e de compleição saudável a seu lado, com suíças semelhantes a costeletas de carneiro. "Temos de eliminá-los. Um a um."

"Oh, nós o faremos", disse o primeiro. "Nós o faremos. Mas antes vamos usá-los."

Houve um breve silêncio. Em seguida, o terceiro homem, quase calvo, falou. "E as provas?"

"Não haverá provas", respondeu o primeiro, "a não ser as que escolhermos deixar."

O detetive Jimmy Littlemore saiu do metrô no cruzamento da rua 72 com a Broadway, a parada mais próxima do Balmoral. O sr. Hugel podia apostar as fichas em Banwell, mas Littlemore não tinha desistido de suas próprias pistas. Na noite anterior, quando o chinês havia desaparecido, Littlemore não conseguira descobrir nada sobre ele. Tudo o que os outros funcionários da lavanderia sabiam a seu respeito era que seu nome era Chong. Um assistente lhe dissera que voltasse durante o dia e perguntasse por Mayhew, o contador.

Littlemore encontrou Mayhew registrando números em um escritório dos fundos. O detetive perguntou ao contador sobre o chinês que trabalhava na lavanderia.

"Estou acabando de anotar o nome dele", disse Mayhew, sem erguer os olhos.

"Por que ele não apareceu para trabalhar hoje?", perguntou Littlemore.

"Como o senhor sabe?"

"Palpite feliz", disse o detetive. Mayhew tinha a informação que ele queria. O nome completo do chinês era Chong Sing. O endereço, Oitava Avenida, 782, centro. Littlemore perguntou se o sr. Chong fazia entregas de lavanderia na ala Alabaster — mais especificamente para a srta. Riverford.

Mayhew pareceu achar graça. "O senhor não pode estar falando sério", ele disse.

"Por que não?"

"O homem é chinês."

"E daí?"

"Este é um edifício de primeira, detetive. Normalmente nós nem empregamos chineses. Chong não podia sair do porão. Ele tinha sorte de contar com esse emprego."

"Aposto que ele era muito grato", disse Littlemore. "Por que vocês o empregaram?"

Mayhew deu de ombros. "Não faço a menor idéia. O senhor Banwell pediu que encontrássemos um trabalho para ele, e foi o que fizemos. Evidentemente, ele não fazia idéia da sorte que tinha."

A tarefa seguinte de Littlemore foi encontrar o taxista que pegara o homem de cabelos pretos no domingo à noite. Os porteiros disseram ao detetive que procurasse os estábulos da avenida Amsterdam, onde todos os carros de aluguel conseguiam os cavalos. Entretanto, recomendaram também que só fosse mais tarde. Os condutores noturnos não chegavam antes das nove e meia ou dez.

O intervalo convinha a Littlemore. Teve a oportunidade de dar outra olhada no apartamento da srta. Riverford e de, depois, fazer uma visita a Betty. Ela estava bem melhor. Concordando em assistir a um espetáculo de variedades, Betty apresentou o detetive à mãe e deu um afago de despedida nos irmãos mais novos — que se espantaram quando o detetive lhes mostrou a arma e se encantaram quando ele os deixou brincar com o distintivo e as algemas. Betty, ele descobriu, tinha um emprego novo. Ela tinha passado uma manhã sem sorte se apresentando nos grandes hotéis, na esperança vã de encontrar uma vaga para uma camareira experiente. Porém, numa fábrica de blusas perto da Washington Square ela conseguira uma entrevista com o proprietário, um senhor Harris, que a contratou no ato. Começaria no dia seguinte.

O horário do novo emprego de Betty não era muito agradável: das sete da manhã às oito da noite. Ela também não esta-

159

va muito entusiasmada com o salário. "Pelo menos é por peça", ela disse. "O senhor Harris diz que algumas garotas ganham dois dólares por dia."

Por volta das nove e meia, Littlemore foi para o estábulo da avenida Amsterdam, próximo da rua 100. Durante as duas horas seguintes, ao menos uma dúzia de condutores de carros de aluguel passou por ali para deixar ou pegar um cavalo. Littlemore falou com cada um deles, mas não conseguiu nada. Quando a última baia estava vazia, o garoto que cuidava do estábulo disse a Littlemore que esperasse por mais um velho cliente, que tinha o próprio cavalo. Conforme anunciado, pouco antes da meia-noite um velho pangaré chegou a passos lentos, pilotado por um cocheiro idoso. A princípio, o velho não quis responder ao detetive. Mas quando Littlemore começou a girar um quarto de dólar no ar, ele encontrou a voz. Ele havia de fato pegado um homem de cabelos pretos em frente ao Balmoral duas noites antes. Ele se lembrava de onde haviam ido? Sim: ao Hotel Manhattan.

Littlemore perdeu a fala, mas o velho cocheiro tinha mais a dizer. "Sabe o que ele fez quando chegamos lá? Entrou direto em outro táxi, uma daquelas coisas vermelhas e verdes movidas a gasolina, bem na minha cara. É isso que eu chamo de tirar dinheiro do meu bolso e pôr no de outro."

Freud interrompeu a nossa conversa e declarou abruptamente que tinha de voltar ao hotel de imediato. Eu entendi o que acontecia. Por sorte, havia um carro à mão.

No instante em que Freud e eu pusemos os pés no hotel, Jung nos abordou. Ele devia estar à espera da volta de Freud. Com um ardor inexplicável, ele se plantou bem à frente de Freud, bloqueou a nossa passagem e insistiu em falar com ele sem demora. O momento era o menos propício possível. Freud acabava de me informar, com um constrangimento evidente, como era premente a sua necessidade.

"Por Deus, Jung", disse Freud "deixe-me passar. Tenho de ir para o meu quarto."

"Por quê? Você está com o... com o problema de novo?"

"Abaixe a voz", disse Freud. "Sim. Agora deixe-me passar. É urgente."

"Eu sabia. A sua enurese", disse Jung, usando o termo médico para micção involuntária, "é psicogênica."

"Jung, ela é..."

"É uma neurose. Eu posso lhe ajudar!"

"E é...", e Freud se deteve no meio da frase. A voz mudou completamente. Falou calmo, e muito baixo, encarando Jung. "Agora é tarde demais."

Seguiu-se uma pausa extremamente estranha. Em seguida, Freud prosseguiu. "Não olhem para baixo, nenhum de vocês. Jung, você vai se virar e caminhar bem à minha frente. Younger, você ficará à minha esquerda. Não, à minha *esquerda*. Vão direto para o elevador. Andem."

Tudo combinado, fizemos uma procissão cerimoniosa até os elevadores. Um dos recepcionistas nos acompanhou com o olhar; era irritante, mas não creio que ele desconfiasse de alguma coisa. Para o meu espanto, Jung não parou de falar. "O seu sonho sobre o conde Thun... é a chave para tudo. Você me permite analisá-lo?"

"Não estou em condições de recusar", respondeu Freud.

O sonho de Freud sobre o conde Thun, o ex-primeiro-ministro austríaco, era conhecido de todos que haviam lido seu trabalho. Chegando aos elevadores, procurei deixá-los. Para minha surpresa, Jung me deteve. Disse que precisava de mim. Deixamos um elevador passar; o seguinte tivemos apenas para nós.

No elevador, Jung prosseguiu. "O conde Thun *me* representava. Thun: Jung — não poderia ser mais claro. Os dois nomes têm quatro letras. Ambos têm o *un* em comum, cujo significado é óbvio.* A família dele era de origem alemã, mas foi obrigada a emigrar; assim como a minha. Ele é de uma origem mais nobre que a sua; assim como eu. Ele é a imagem da arrogância; eu sou acusado de arrogância. No seu sonho, ele é seu inimigo mas também um membro do seu círculo interior; alguém que você lidera, mas alguém que o ameaça — e um ariano, decididamente um ariano. A conclusão é inevitável: você sonhava *comigo*, mas teve de me distorcer, porque não queria reconhecer que me vê como uma ameaça."

"Carl", disse Freud lentamente, "eu sonhei com o conde Thun em 1898. Há mais de uma década. Nós só nos conhecemos em 1907."

As portas se abriram. O corredor estava vazio. Freud saiu bruscamente; nós o seguimos. Eu não podia imaginar o que Jung pensava ou qual seria sua resposta. Foi a seguinte: "Eu sei! Nós sonhamos o que está por vir bem como o que passou. Younger", ele exclamou, com um brilho estranho nos olhos, "você pode confirmar isso!"

"Eu?"

"Sim, você, é claro. Você estava lá. Você viu a coisa toda." De súbito, Jung pareceu mudar de idéia e se dirigiu de novo a Freud. "Não se preocupe. A sua enurese significa ambição. É um modo de chamar a atenção — como você acabou de fazer, no lobby do hotel. Ela surge toda vez que você sente que tem um inimigo, um oponente, um *un* que você deve superar. Aquele *un* agora sou eu. Assim, o seu problema reapareceu."

Chegamos ao quarto de Freud. Ele tateou o bolso em busca da chave — uma tarefa incômoda para ele nesse momento. A chave acabou caindo no chão. Ninguém se mexeu. Em seguida, Freud a pegou. Novamente composto, ele disse para Jung: "Du-

---

* *Un*: em inglês, prefixo de negação. (N. T.)

vido muito que eu possua o dom de José para a profecia, mas posso lhe dizer o seguinte: você é meu herdeiro. Você vai herdar a psicanálise quando eu morrer, e vai se tornar seu líder mesmo antes disso. *Eu* vou cuidar para que seja assim. Eu já lhe disse isso tudo antes. Eu o disse aos outros; e digo agora de novo. Não há mais ninguém, Carl. Não duvide disso".

"Então me conte o resto de seu sonho do conde Thun!", gritou Jung. "Você sempre disse que havia uma parte do sonho que você não revelara. Se eu sou seu herdeiro, conte para mim. Vai confirmar a minha análise; tenho certeza disso. Como foi?"

Freud balançou a cabeça. Acho que sorria — talvez magoado. "Meu rapaz", ele disse para Jung, "existem algumas coisas que nem eu posso divulgar. Perderia a minha autoridade. Agora deixem-me, os dois. Encontro vocês no refeitório em meia hora."

Jung se voltou, sem uma palavra, e saiu andando.

A ponte Manhattan, quase pronta no verão de 1909, era a última das três grandes pontes suspensas construídas sobre o rio East para ligar a ilha de Manhattan com o que havia sido, até 1898, a cidade de Brooklyn. Essas pontes — a do Brooklyn, a Williamsburg, a Manhattan — eram, quando foram construídas, os vãos livres únicos mais longos existentes, exaltadas pela *Scientific American* como os maiores feitos de engenharia conhecidos no mundo. Juntamente com a invenção do cabo de aço trançado, uma inovação tecnológica particular as tornara possíveis: o conceito engenhoso do caixão pneumático.

O problema que o caixão solucionava era o seguinte. As torres de suporte maciças das pontes, necessárias para sustentar os cabos suspensos, tinham de se apoiar sobre fundações construídas debaixo d'água, a quase ccm metros da superfície. As fundações não podiam ser colocadas diretamente sobre o leito mole do rio. Em vez disso, camadas e mais camadas de areia, lodo, xisto, calcário e seixos tiveram de ser arrastadas, quebradas, e às vezes dinamitadas até que se alcançasse o leito sólido de rocha. A execução de tal escavação debaixo d'água era tida universalmente como impossível — até que surgiu a idéia do caixão pneumático. O caixão era basicamente uma imensa caixa de madeira. O caixão da ponte Manhattan, do lado da cidade de Nova York, tinha uma área de seis mil metros quadrados. Suas paredes eram feitas de incontáveis pranchas de pinheiro amarelo, aparafusadas em série até atingirem uma espessura de mais de cinco metros e calafetadas com um milhão de barris de estopa, piche quente e verniz. O metro inferior do caixão era reforçado com chapas de caldeira, por dentro e por fora. O peso total: mais de trinta milhões de quilos.

O caixão tinha um teto, nas não contava com um fundo feito pelo homem. O fundo era o leito do rio em si. Em essência, o caixão pneumático era o maior sino de mergulho construído até então.

Em 1907 o caixão da ponte de Manhattan foi baixado ao fundo do rio, e a água preencheu seus compartimentos internos. Em terra, ligaram-se motores a vapor imensos que, funcionando dia e noite, bombearam ar por meio de tubos de ferro para dentro da grande caixa. O ar comprimido, criando uma enorme pressão, expulsou toda a água pelas perfurações existentes nas paredes do caixão. Um poço de elevador ligava o caixão ao píer e penetrava nele pela cobertura. Homens tomavam o elevador para dentro do caixão, onde podiam respirar o ar comprimido bombeado. Ali, tinham acesso direto ao leito do rio e assim podiam executar a construção submersa antes tida como impossível: malhar a rocha, escavar a lama, dinamitar as pedras, deitar o concreto e o aço. Os detritos eram descarregados por meio de compartimentos engenhosos chamados janelas, embora ninguém pudesse ver através delas. Trezentos homens podiam trabalhar no caixão de cada vez.

164

Nele, esperava-os um perigo invisível. Os homens que emergiam de um dia de trabalho no primeiro caixão pneumático — empregado para a ponte do Brooklyn — com freqüência começavam a sentir estranhas tonturas. Elas eram seguidas por um enrijecimento das articulações, em seguida por uma paralisia dos cotovelos e joelhos, e depois por uma dor insuportável no corpo todo. Os médicos chamaram a condição misteriosa de *doença do caixão*. Os trabalhadores a chamavam "os dobramentos", por causa da postura contorcida que acometia as vítimas. Milhares de trabalhadores arruinaram a saúde, centenas sofreram paralisia, e muitos morreram antes da descoberta de que a redução da velocidade na volta à superfície — a imposição de se passar algum tempo em estágios intermediários à medida que subiam pelo poço — evitava o distúrbio.

Em 1909, a ciência da descompressão havia avançado de modo impressionante. Haviam sido criadas tabelas que prescreviam exatamente quanto tempo alguém necessitava para se descomprimir, a depender do tempo que havia passado no caixão. Baseado nessas tabelas, o homem que se preparava para entrar no caixão pouco depois da meia-noite de 31 de agosto de 1909 sabia que poderia passar quinze minutos lá embaixo sem precisar de nenhuma descompressão. Ele não temia a descida para baixo da água. Havia feito a viagem muitas vezes. Esta, porém, seria diferente em um aspecto. Ele estaria só.

Ele tinha conduzido um de seus automóveis até quase o próprio rio, seguindo em meio a máquinas, madeiramento, barracas inclinadas de latão ondulado, rolos de cabos de aço de quinze metros e pilhas de pedras partidas. O canteiro da construção estava deserto. O vigia do turno da noite havia completado seus giros e as primeiras equipes de trabalhadores não chegariam senão ao amanhecer. A torre da ponte, virtualmente terminada, lançava uma sombra sobre seu carro ao luar, tornando-o quase invisível da rua. Os motores a vapor ainda zumbiam, bombeando ar para o caixão trinta metros abaixo e abafando todos os outros sons.

Da parte de trás do carro ele retirou um grande baú preto que levou até o píer situado na entrada do poço do caixão. Um outro homem não teria sido capaz do feito, mas este era forte, alto e atlético. Sabia como erguer um baú pesado sobre as costas. Ele compunha uma visão incongruente, uma vez que usava uma gravata-borboleta e um fraque. Destravou o elevador e entrou, arrastando o baú. Dois feixes de chama azulada forneciam luz. Enquanto o elevador cumpria a jornada descendente, o bramido dos motores a vapor se transformou numa pulsação distante. A escuridão se tornou mais fria. Havia um cheiro úmido de terra e sal. O homem sentiu o aumento da pressão em seu ouvido. Ele transpôs a comporta de ar sem dificuldade, abriu a escotilha do caixão, empurrou o baú por uma rampa — ele ecoou monstruosamente à medida que caía — e desceu para as pranchas de madeira mais abaixo.

Lâmpadas a gás de chama azulada também iluminavam o caixão. Elas queimavam oxigênio puro, forneciam luz suficiente para o trabalho sem emitir fumaça nem cheiro. No brilho impreciso, sombras felinas cambiantes se deslocavam no chão e nas vigas. O homem olhou para o relógio, dirigiu-se diretamente para uma das assim chamadas janelas, abriu o postigo interno e, com um grunhido, empurrou o baú para dentro dela. Ao fechar a janela, ele operou duas correntes que pendiam da parede. A primeira abriu o postigo externo da janela. A segunda fez o compartimento da janela rodar, despejando seu conteúdo — neste caso um baú preto, pesado — no rio. Com um outro conjunto de correntes, ele fechou o postigo externo e ativou uma tubulação de ar que expulsou a água do rio do compartimento, preparando a janela para o usuário seguinte.

Ele havia terminado. Olhou para o relógio: somente cinco minutos haviam passado desde que entrara no caixão. Foi então que ouviu um pedaço de madeira estalando.

Entre os vários sons que podemos ouvir em casa de noite, alguns são instantaneamente reconhecíveis. Existe, por exemplo, o tamborilar de um pequeno animal. Existe a batida de uma porta ao vento. E também existe o som de um ser humano adulto que troca o pé de apoio ou dá um passo num piso de madeira: fora esse o som que o homem acabava de ouvir.

Ele se virou e gritou: "Quem está aí?".

"Sou só eu, senhor", respondeu a voz, soando falsamente distante no ar comprimido.

"Quem é *eu*?", disse o homem de gravata-borboleta e fraque.

"Malley, senhor." Das sombras, onde duas vigas se interceptavam, surgiu um homem de cabelos ruivos, baixo, mas com a circunferência de um urso, cheio de lama, descuidado e sorridente."

"Seamus Malley?"

"O único e inimitável", respondeu Malley. "O senhor não vai me despedir, vai, senhor?"

"Que diabos você está fazendo aqui em baixo?", respondeu o homem mais alto. "Quem mais está com você?"

"Nem uma alma. Simplesmente me fizeram trabalhar doze horas na terça, senhor, e depois cumpri o plantão da manhã na quarta."

"Você está passando a noite aqui?"

"Qual é a vantagem de subir, eu pergunto, se na hora em que você chega em cima é hora de descer de novo?" Malley era querido entre os trabalhadores, conhecido pela bela voz de tenor, que gostava de exercitar ecoando pelas câmaras do caixão, e por sua capacidade aparentemente ilimitada para consumir bebidas alcoólicas de todo tipo. Este último talento lhe criara problemas em casa dois dias antes, um domingo, dia em que não deveria consumir nenhum álcool. A esposa revoltada lhe dissera que não aparecesse antes de ser capaz de se mostrar sóbrio no próximo domingo. Fora essa injunção que, na verdade, havia obrigado Malley a fazer a cama no caixão. "Então eu me disse, Malley, fique por aqui embaixo de noite, por que não, para o que der e vier."

"Você esteve me observando o tempo todo, não, Seamus?", perguntou o homem.

"De jeito nenhum, senhor, eu estava dormindo o tempo todo", disse Malley, que tremia como alguém que dormira num lugar frio e úmido.

O homem de gravata preta duvidou da afirmativa, embora fosse verdadeira. Verdade ou não, não fazia diferença, porque Malley o via agora. "Seria uma vergonha, Seamus", ele disse, "se eu o despedisse por uma coisa dessas. Você sabia que a minha mãe, que Deus a tenha, era irlandesa?"

"Eu não sabia, senhor."

"Pois ela não me levou pela mão trinta anos atrás para ver Parnell em pessoa descer do navio, praticamente acima da nossa cabeça, bem onde estamos agora?"

"O senhor é um homem de sorte", Malley respondeu.

"Eu vou lhe dizer do que precisa, Seamus, de uma dose do bom uísque irlandês que eu tenho no meu carro para lhe fazer companhia aqui embaixo. Por que você não sobe comigo para eu dá-lo a você, desde que divida uma gota comigo primeiro. Depois você pode voltar e ficar à vontade."

"O senhor é muito bom, senhor, muito bom", disse Malley.

"Oh, pare de tagarelar e venha." Conduzindo Malley pela rampa para o elevador, o homem de gravata-borboleta puxou a alavanca para começar a subida. "Eu vou ter de lhe cobrar aluguel, sabia? É justo."

"Bem, eu pagaria qualquer coisa só pela vista", respondeu Malley. "Nós vamos perder a primeira parada, senhor. O senhor tem de parar."

"Nada disso", disse o homem mais alto. "Você vai voltar para baixo em cinco minutos, Seamus. Não é preciso parar desde que você volte logo."

"É mesmo, senhor?"

"É sim. Está nas tabelas." E o homem de gravata-borboleta de fato tirou uma cópia das tabelas de descompressão do paletó, e a abanou diante de Malley. Era verdade: um homem no caixão podia fazer uma rápida viagem para cima e para baixo sem nenhum risco, desde que não passasse mais de alguns minutos na superfície. "Muito bem, pronto para prender a respiração?"

"A respiração?", Malley perguntou.

O homem de gravata-borboleta apertou o freio do elevador, fazendo com que a cabine parasse subitamente. "O que você está pensando, homem?", ele gritou para Malley. "Nós vamos subir direto, você ouviu? Você tem de prender a respiração daqui até o topo. Quer morrer dos dobramentos?" Haviam subido cerca de um terço do poço, e estavam a cerca de vinte metros da superfície. "Há quanto tempo você está aí embaixo, umas quinze horas?"

"Mais para vinte, senhor."

"Vinte horas submerso, Seamus — você ficaria paralisado com certeza, caso sobrevivesse. Eu vou lhe dizer como se faz. Respire profundamente, como eu, e prenda enquanto agüentar. Não solte. Você vai sentir uma pequena pressão, mas não solte, haja o que houver. Está pronto?"

Malley assentiu. Os dois homens encheram os pulmões de ar. Em seguida, o homem de gravata-borboleta acionou o elevador de novo. Enquanto subiam, Malley sentiu uma pressão crescente no peito. O homem de gravata preta não sentiu a pressão, porque apenas fazia de conta que prendia a respiração. Na verdade, ele exalava o ar disfarçadamente, à medida que o elevador subia para a superfície. Ante o estrondo pulsante dos motores a vapor o som de sua respiração que escapava era inaudível.

O peito de Malley começou a doer. Para indicar o desconforto, e a dificuldade de prender a respiração, ele apontou para o peito e a boca. O homem de gravata-borboleta sacudiu a cabeça e acenou com o indicador, enfatizando quanto era importante que Malley não expirasse. Ele trouxe Malley para junto de si, pôs sua grande mão sobre a boca e o nariz de Malley, tampando essas vias completamente. Ergueu as sobrancelhas como se perguntasse se Malley estava melhor. Malley assentiu, com uma careta. Seu rosto ficou mais vermelho, os olhos começaram a inchar, e, assim que o elevador chegou a seu destino, ele tossiu involuntariamente na mão do homem de gravata-borboleta. A mão se cobriu de sangue.

O pulmão humano é surpreendentemente inelástico. Ele não se distende. A vinte metros abaixo da superfície, quando Malley inspirou pela última vez, a pressão ambiente é de cerca de três atmosferas, ou seja, Malley encheu os pulmões com o triplo da quantidade normal de ar. À medida que o elevador subia, esse ar se expandiu. Seus pulmões se inflaram rapidamente para além de sua capacidade, como balões hiperinsuflados. Logo os alvéolos dos pulmões de Malley — os pequenos sacos que retêm o ar — começaram a se romper, em seqüência, um após o outro. O ar liberado invadiu a cavidade pleural — o espaço entre a caixa torácica e o pulmão — levando a uma condição chamada pneumotórax, e um dos pulmões colabou.

"Seamus, Seamus, você não expirou, não é?" Eles tinham chegado ao topo, mas o homem de gravata-borboleta não fez menção de abrir a porta do elevador.

"Juro que não", ofegou Malley. "Mãe de Deus. O que há de errado comigo?"

"Você perdeu um pulmão, nada mais", respondeu o homem alto. "Isso não vai matá-lo."

"Eu preciso...", Malley caiu de joelhos, "...deitar."

"Deitar? Não, homem: temos de ficar de pé, você está me ouvindo?" O homem mais alto pegou Malley por debaixo dos braços, ergueu-o e o encostou na parede do elevador. "Assim é melhor."

Como a maioria dos gases presos em um líquido, bolhas de ar na corrente sanguínea de uma pessoa tendem a subir. A posição vertical garantia que as bolhas de ar nos pulmões de Malley, forçando passagem através dos capilares pleurais rompidos, seguissem diretamente para o coração e para as artérias coronárias e carótidas.

"Obrigado", sussurrou Malley. "Eu vou ficar bem?"

"Vamos saber a qualquer momento", disse o homem. Malley agarrou a cabeça, que começou a flutuar. As veias nas maçãs do rosto estavam azuis. "O que está acontecendo comigo?", ele perguntou.

"Bem, eu diria que você está tendo um derrame, Seamus."

"Eu vou morrer?"

"Vou ser honesto com você, homem: se eu nos levasse diretamente para baixo agora, até o fundo, talvez o salvasse." Era verdade. Recompressão era a única maneira de salvar um homem que morria de descompressão. "Mas quer saber?" O homem de gravata-borboleta se demorou, enxugou o sangue da mão com um lenço limpo antes de completar: "A minha mãe não era irlandesa".

A boca de Malley se abriu como se ele fosse falar. Olhou para o homem que o matara. Depois seus olhos se fixaram e ele não se moveu mais. O homem de preto abriu a porta do elevador calmamente. Não havia ninguém. Voltou a seu carro, pegou uma garrafa de uísque no banco de trás e voltou para o elevador, onde deixou a garrafa junto do corpo caído. O cadáver do pobre Malley seria descoberto em algumas horas, para ser velado como mais uma vítima do caixão. Um homem bom, concordariam os amigos, mas um imbecil por ter passado noites lá embaixo, em um lugar impróprio para um homem ou um animal. Por que, alguns se perguntariam, ele havia tentado sair no meio da noite, e como ele poderia ter se esquecido de parar nos estágios de parada? Devia estar tão assustado quanto bêbado. No píer, ninguém notaria as pegadas de lama vermelha deixadas pelo assassino. Todos os homens do caixão deixavam os mesmos rastros, e o contorno dos sapatos elegantes do homem logo foram apagados pela passagem aleatória de milhares de botas pesadas.

TERCEIRA PARTE

11.

Acordei às seis horas na quarta-feira de manhã. Eu não tinha sonhado com Nora Acton — até onde eu sabia —, mas, quando abri os olhos no caixote revestido de lambris branco que era meu quarto de hotel, eu ainda pensava nela. Podia o desejo sexual pelo pai constituir de fato a base dos sintomas da srta. Acton? Esta era claramente a idéia principal do pensamento de Freud. Eu não queria acreditar nele; a idéia me causava repulsa. Eu nunca gostei do Édipo. Nunca gostei da peça, não gostava do homem e não gostava da teoria epônima de Freud. Era a parte da psicanálise que eu jamais havia abraçado. Que nós temos uma vida mental inconsciente, que estamos o tempo todo suprimindo desejos sexuais proibidos e as agressões que surgem em sua esteira, que esses desejos suprimidos se manifestam em nossos sonhos, nos atos falhos, nas neuroses, nisso tudo eu acreditava. Mas que homens desejassem fazer sexo com as mães, e meninas com os pais, eu não aceitava. Freud diria, naturalmente, que meu ceticismo era "resistência". Ele diria que eu não queria que a teoria do Édipo fosse verdadeira. Sim, sem dúvida. Mas a resistência, seja ela qual for, certamente não prova a verdade da idéia resistida.

É por isso que sempre volto ao *Hamlet* e à solução irresistível, mas revoltante, de Freud para seu enigma. Em duas frases, Freud demoliu a noção antiga de que Hamlet era, como pensava Goethe, o "bisavô" de Jung, um esteta por demais intelectual, incapaz por constituição de uma ação decidida. Como Freud apontou, Hamlet tem, repetidamente, atitudes decisivas. Ele mata Polônio. Ele concebe e executa sua peça dentro da peça, assim iludindo a Claudius para que ele revele sua culpa. Ele envia Rosencrantz e Guildenstern para a morte. Aparentemente, há apenas uma coisa que ele não consegue fazer: vingar-se do vilão que matou seu pai e dormiu com a sua mãe.

E a razão, diz Freud, a razão real, é simples. Hamlet vê nos feitos do tio a realização de seus próprios desejos secretos. Claudius fez apenas o que o próprio Hamlet queria fazer. "Assim, o ódio que deveria levá-lo à vingança" — para citar Freud — "se substitui nele por auto-recriminações, por escrúpulos de consciência." Que Hamlet sofre de auto-recriminações é inegável. Reiteradas vezes ele se castiga — em excesso, quase irracionalmente. Chega a considerar o suicídio. Ou ao menos é como se interpreta sempre a fala do *ser ou não ser*. Hamlet se pergunta se deve tirar a própria vida. Por quê? Por que Hamlet sente culpa e contempla o suicídio quando pensa em vingar o pai? Ninguém em trezentos anos conseguiu explicar o solilóquio mais famoso do drama todo — antes de Freud.

Segundo Freud, Hamlet sabe — inconscientemente — que ele próprio desejava matar o pai e que ele próprio desejava substituí-lo na cama da mãe, exatamente como fez Claudius. Claudius é, portanto, a corporificação dos desejos secretos de Hamlet; ele é um espelho de Hamlet. Os pensamentos de Hamlet correm diretamente da vingança para a culpa e para o suicídio porque ele se vê no tio. Matar Claudius seria tanto uma reedição de seus próprios desejos edípicos como uma espécie de auto-sacrifício. É por isso que Hamlet se paralisa. É por isso que não pode agir. Ele é um histérico que sofre da culpa avassaladora pelos desejos edipianos que não reprimiu com sucesso.

E no entanto, eu sentia que devia haver uma outra explicação. Devia haver outro significado para o *ser ou não ser*. Se pelo menos eu fosse capaz de resolver aquele solilóquio, eu de certa forma imaginava que com isso poderia justificar a minha objeção à teoria do Édipo em sua inteireza. Mas nunca consegui.

No café-da-manhã, encontrei Brill e Ferenczi na mesma mesa que ocuparam no dia anterior. Brill atacava masculamente um prato de filé e ovos. Ferenczi não era tão vigoroso: insistia em que não tocaria uma migalha o dia todo. Os dois pareciam forçar um pouco a conversa comigo; julguei ter interrompido um diálogo privado. "Os garçons", disse Ferenczi, "são todos negros. Isso é comum na América?"

"Somente nos melhores estabelecimentos", respondeu Brill. "Os nova-iorquinos se opuseram à emancipação, não se esqueça, até concluírem o que ela significava: poderiam conservar os negros como criados e isso lhes custaria menos."

"Nova York não se opôs à emancipação", eu mencionei.

"Uma revolta não é oposição?", perguntou Brill.

Ferenczi disse: "Você deve ignorá-lo, Younger, deve, de verdade".

"Sim, ignore-me", respondeu Brill. "Como fazem todos. Em vez disso devemos escutar apenas Jung, porque ele é 'mais importante que todos nós juntos'."

Vi que Jung havia sido o tema deles antes da minha chegada. Perguntei se podiam me dar uma visão mais clara da relação de Jung com Freud. Eles o fizeram.

Bem recentemente, nos últimos dois anos, Freud havia atraído um grupo novo de seguidores suíços. Jung era o mais ilustre.

Os seguidores vienenses originais de Freud se ressentiram contra os de Zurique, e o ciúme se intensificou quando Freud nomeou Jung editor-chefe do *Psychoanalytical Yearbook*, o primeiro periódico do mundo dedicado à nova psicologia. Nessa posição, Jung tinha o direito de julgar o mérito do trabalho dos outros todos. Os vienenses objetavam que Jung não havia abraçado verdadeiramente a "etiologia sexual" — a descoberta central de Freud de que desejos sexuais reprimidos estão por trás da histeria e de outras doenças mentais. Sentiam que a promoção de Jung demonstrava um favorecimento por parte de Freud. Nisso, Brill disse, os vienenses estavam mais certos do que imaginavam. Freud não apenas favorecia Jung, mas já o escolhera como seu "príncipe" e "herdeiro" — o homem que assumiria o movimento.

Não mencionei que ouvira Freud fazer a mesma afirmativa na noite anterior, sobretudo porque teria nesse caso de descrever o percalço de Freud. Em vez disso, observei que Jung parecia muito sensível ao que Freud pensava dele.

"Oh, nós todos somos", Ferenczi respondeu. "Mas sem dúvida Freud e Jung têm uma relação de pai e filho. Eu os vi com meus próprios olhos no navio. Assim, Jung é muito sensível a qualquer reprovação. Ele fica enfurecido. Principalmente em relação à transferência. Jung tem — como posso dizer? — uma filosofia diferente em relação à transferência."

"É mesmo? Ele a publicou?", eu perguntei.

Ferenczi trocou um olhar com Brill. "Não exatamente. Falo da abordagem de seus pacientes. De... bem... de suas pacientes mulheres. Você compreende."

Eu começava a compreender.

Brill sussurrou. "Ele dorme com elas. É notório."

"Eu mesmo, eu nunca dormi", disse Ferenczi. "Mas ainda não me deparei com muitas tentações, de modo que congratulações no meu caso são tristemente prematuras."

"E o doutor Freud sabe disso?"

Desta vez Ferenczi sussurrou: "Uma das pacientes de Jung escreveu para Freud, muito perturbada, contando tudo. Freud me mostrou cartas no navio. Há até uma carta de Jung para a mãe da moça — muito estranha. Freud me consultou pedindo conselho". Ferenczi se mostrou especialmente orgulhoso por isso. "Eu lhe disse que não deveria tomar a palavra da moça como prova. É claro que eu sabia tudo sobre o assunto. Todos sabem. Uma moça bonita — judia —, uma estudante. Dizem que Jung não a tratou bem."

"Oh, não", disse Brill, olhando para a entrada do salão de café-da-manhã. Freud chegava, mas não estava só. Vinha acompanhado de um outro homem, que eu havia encontrado em New Haven no congresso psicanalítico alguns meses antes. Era Ernest Jones, o seguidor britânico de Freud.

Jones viera a Nova York para se juntar ao nosso grupo no resto da semana. Depois ele viajaria para a Clark conosco no sábado. Com cerca de quarenta anos de idade, o dr. Jones era baixo como Brill, porém mais corpulento, com um rosto extremamente branco, cabelos escuros com brilhantina, quase sem queixo, e um sorriso contido nos lábios finos, mais sugestivo de auto-satisfação que de afabilidade. Possuía o hábito peculiar de desviar os olhos de quem se dirigisse a ele. Freud, que pilheriava com Jones enquanto eles se aproximavam da nossa mesa, se mostrava claramente encantado por vê-lo. Nem Ferenczi nem Brill pareciam partilhar desse sentimento.

"Sándor Ferenczi", disse Jones. "Que surpresa, rapaz. Mas você não foi convidado, não é? Por Hall, quero dizer, para expor seu trabalho na Clark?"

"Não", respondeu Ferenczi, "mas…"

"E Abraham Brill", continuou Jones, correndo os olhos pelo salão como se esperasse encontrar outros conhecidos. "Como estamos? Ainda com apenas três pacientes?"

"Quatro", disse Brill.

"Bem, considere-se alguém de sorte, rapaz", respondeu Jones. "Eu estou tão abarrotado de pacientes em Toronto que não tenho um minuto para pôr a caneta no papel. Não, tudo que tenho na fila é meu manuscrito para a *Neurology*, uma coisinha para a *Insanity* e a conferência que fiz em New Haven que Prince deseja publicar. E você, Brill, alguma coisa saindo?"

As observações de Jones produziram uma atmosfera menos que jovial. Brill assumiu uma expressão de pretenso desapontamento. "Receio que apenas o livro de Freud sobre a histeria", ele disse.

Os lábios de Jones se moveram, mas nada foi dito.

"Sim, somente a minha tradução de Freud", prosseguiu Brill. "O meu alemão está mais enferrujado do que eu imaginava, mas está pronta."

O semblante de Jones refletiu alívio. "Freud não precisa de tradução para o alemão, seu tratante", ele disse, rindo alto. "Freud escreve em alemão. Ele precisa de um tradutor para o *inglês*."

"Sou *eu* o tradutor para o inglês", disse Brill.

Jones pareceu confuso. Ele se voltou para Freud. "Você... você não... você autorizou que Brill o traduzisse?" E para Brill: "O seu inglês está à altura, rapaz? Afinal, você *é* um imigrante".

"Ernest", disse Freud, "você está demonstrando ciúmes."

"Eu?", respondeu Jones. "Ciúmes de Brill? Como seria possível?"

Nesse momento, um garoto que trazia uma bandeja de prata anunciou o nome de Brill. Sobre a bandeja havia um envelope. Com um ar de importância, Brill deu um centavo de gorjeta ao garoto. "Eu sempre quis receber um telegrama num hotel", ele disse, animado. "Eu quase enviei um para mim mesmo ontem, só para saber como seria a sensação."

Quando, porém, Brill tirou a mensagem do envelope, suas feições se transformaram. Ficaram paralisadas. Ferenczi tomou a missiva das mãos dele e a mostrou para nós. O telegrama dizia:

IAHWEH FEZ CHOVER SOBRE SODOMA E GOMORRA ENXOFRE E FO-GO PONTO E EIS QUE VIU A FUMAÇA SUBIR DA TERRA COMO A FU-MAÇA DE UMA FORNALHA PONTO MAS A MULHER DE LÓ OLHOU PA-RA TRÁS E CONVERTEU-SE NUMA ESTÁTUA DE SAL PONTO ANTES QUE SEJA TARDE PARE

"De novo", sussurrou Brill.

"Eu acho", respondeu Jones, "que não há razão para parecer que vimos um fantasma. É claramente de algum fanático religioso. A América é cheia deles."

"Como eles sabiam que eu estaria aqui?", Brill respondeu, sem se tranqüilizar.

O prefeito George McClellan morava na Row, em um dos casarões senhoriais de inspiração grega que ladeavam a Washington Square. Ao deixar sua casa cedo, na quarta-feira de manhã, McClellan se surpreendeu ao ver o legista Hugel correndo em sua direção vindo do parque do outro lado da rua. Os dois cavalheiros se encontraram entre as colunas coríntias que emolduravam a porta da frente da casa do prefeito.

"Hugel", disse McClellan, "o que você está fazendo aqui? Bom Deus, homem, você parece não dormir há dias."

"Eu tinha de ter certeza de encontrá-lo", exclamou o legista exaltado. "Foi Banwell."

"O quê?"

"George Banwell matou a garota Riverford", disse Hugel.

"Não seja ridículo", respondeu o prefeito. "Eu conheço Banwell há vinte anos."

"Desde o instante em que eu entrei no apartamento", disse Hugel, "ele tentou obstruir a investigação. Ele ameaçou me retirar do caso. Ele tentou evitar a autópsia."

"Ele conhece o pai da moça, por Deus."

"Por que isso impediria uma autópsia?"

"A maioria das pessoas, Hugel, não apreciaria que o corpo da filha fosse serrado."

Se o prefeito tencionava fazer uma alusão à sensibilidade de Hugel, o legista não reagiu a ela. "Ele se encaixa com a descrição do assassino em todos os aspectos. Ele mora no edifício dela, é um amigo da família, para quem ela abriria a porta, e ele fez com que o apartamento todo fosse limpo antes que Littlemore pudesse examiná-lo."

"Você já o tinha examinado", corrigiu o prefeito.

"De modo algum", disse Hugel. "Eu examinei apenas o dormitório. Littlemore deveria examinar o resto do apartamento."

"Banwell sabia que Littlemore iria lá? Você o avisou?"

"Não", grunhiu o legista. "Mas como o senhor explica o pânico dele ante a visão da senhorita Acton na rua ontem?" Ele repassou ao prefeito um relato dos acontecimentos do dia anterior narrados a ele por Littlemore. "Banwell tentou fugir porque pensou que ela o identificaria como seu agressor."

"Bobagem", foi a resposta do prefeito. "Ele me encontrou no hotel logo depois. Você sabe que os Banwell e os Acton são amigos muito próximos? Harcourt e Mildred Acton estão na casa de veraneio de George agora."

"O senhor quer dizer que ele conhece os Acton?", interpelou Hugel. "Bem, isso prova tudo! Ele é o único que conhece as duas vítimas."

O prefeito olhou para o legista, impassível. "O que é isso em seu paletó, Hugel? Parece ovo."

"É ovo." Hugel esfregou a lapela com um lenço amarelado. "Aqueles arruaceiros do outro lado do parque o atiraram em mim. Temos de prender Banwell imediatamente."

O prefeito balançou a cabeça. O lado sul da Washington Square não era agradável e McClellan não havia conseguido livrar o canto sudoeste do parque de uma gangue de rapazes para quem a proximidade da casa do prefeito devia representar um incentivo adicional para as traquinagens. McClellan passou pelo legista, em direção ao carro a cavalo que o esperava. "Estou surpreso com você, Hugel. Especulações e mais especulações."

"Não será especulação quando o senhor tiver outro assassinato nas mãos."

"George Banwell não matou a senhorita Riverford", disse o prefeito.

"Como o senhor sabe?"

"Eu *sei*", respondeu o prefeito, conclusivo. "Não quero ouvir mais uma palavra sobre essa calúnia ridícula. Agora vá para casa. Você não tem condições para se apresentar em seu escritório nesse estado. Descanse. É uma ordem."

O edifício que Littlemore encontrou na Oitava Avenida, 782 — onde Chong Sing supostamente morava, no apartamento 4C — era um imóvel de cinco andares, sujo, encardido, com pernas de porco cheirosas bem fritas e carcaças gotejantes de pato penduradas nas janelas do segundo andar, atrás das quais havia um restaurante chinês. Debaixo do restaurante, no nível da rua, havia uma bicicletaria lúgubre, cujo proprietário era branco. Todas as outras pessoas, dentro e em volta do edifício — as velhas que se apressavam em entrar e sair pela porta de entrada, o homem que fumava um longo cachimbo na sacada, os rostos que espiavam pelas janelas dos andares mais altos —, eram chinesas.

Quando o detetive começou a subir o terceiro lance de escadas sem iluminação, um homem pequeno, numa longa túnica, surgiu das sombras e bloqueou a passagem. O homem tinha uma barba em tufos, uma trança pendente nas costas e dentes da cor de ferrugem recente. Littlemore parou. "Você está na direção errada", disse o chinês, sem rodeios. "Restaurante atrás. Segundo andar."

"Eu não estou procurando o restaurante", respondeu o detetive. "Estou procurando o senhor Chong Sing. Mora no quarto andar. Você o conhece?"

"Não." O chinês continuou barrando a passagem de Littlemore. "Nenhum Chong Sing cima."

"Você quer dizer que ele não está, ou que ele não mora aqui?"

"Nenhum Chong Sing cima", repetiu o chinês. Ele pressionou as pontas dos dedos no peito de Littlemore. "Você vai embora."

Littlemore forçou a passagem e continuou a subir a escadaria estreita que estalava sob seus pés. O cheiro gorduroso de carne o acompanhava. Ao percorrer o corredor fumarento do quarto andar — sem janelas e escuro, a despeito da manhã clara —, ele viu olhos que o observavam de portas entreabertas. No apartamento 4C ninguém respondeu. Littlemore pensou ter ouvido alguém que descia apressado uma escada nos fundos. Primeiro, o aroma de carne frita estimulou o apetite do detetive; agora, nos andares mais altos, sem ar, misturado a anéis de fumaça de ópio, ele o nauseou.

Quando o prefeito chegou à prefeitura, a sra. Neville o informou de que o sr. Banwell estava ao telefone. McClellan pediu que ela passasse a ligação.

"George", disse George Banwell, "é George."

"Por George, é mesmo", disse George McClellan, completando um jogo que eles haviam iniciado havia quase vinte anos, quando membros novatos do Manhattan Club.

"Só queria que você soubesse que eu consegui localizar Acton ontem à noite", disse Banwell. "Contei-lhe as terríveis notícias. Ele está voltando às pressas hoje de manhã. Deverá chegar ao hotel até o meio-dia. Vou encontrá-lo lá."

"Excelente", disse McClellan. "Irei me juntar a vocês."

"Nora lembrou de alguma coisa?"

"Não", disse o prefeito. "O legista, porém, tem um suspeito. Você."

"Eu?", exclamou Banwell. "Eu não gostei daquela doninha desde o momento em que o vi."

"O sentimento aparentemente foi recíproco."

"O que você disse a ele?"

"Eu lhe disse que não foi você", respondeu o prefeito.

"E o corpo de Elizabeth?", perguntou Banwell. "Riverford está me escrevendo sobre ele a cada minuto."

"Nós perdemos o corpo, George", disse o prefeito.

"O quê?"

"Você sabe dos problemas que eu tive com o necrotério. Espero recuperá-lo. Você pode segurar Riverford por mais um dia?"

"Segurá-lo?", repetiu Banwell. "A filha dele foi assassinada."

"Você pode tentar?", perguntou o prefeito.

"Com os demônios", disse Banwell. "Vou ver o que posso fazer. Por falar nisso, quem são esses — esses *especialistas* que cuidam de Nora?"

"Eu não lhe contei?", respondeu o prefeito. "São terapeutas. Parece que podem curar a amnésia só com conversa. Coisa fascinante, na verdade. Eles fazem com que os pacientes lhes contem todo tipo de coisas."

"Que tipo de coisas?", perguntou Banwell.

"De *todo* tipo", respondeu McClellan.

O legista Hugel, obedecendo às ordens do prefeito, voltou para casa, os dois andares superiores de uma pequena construção de madeira na rua Warren. Lá, ele se deitou em sua cama cheia de protuberâncias, mas não dormiu. A luz estava muito forte e os gritos dos caminhoneiros muito altos, mesmo com um travesseiro na cabeça.

A casa em que Hugel morava ficava no limite exterior do Market District, na baixa Manhattan. Quando ele alugou os quartos, o bairro era uma vizinhança residencial agradável; por volta de 1909 fora invadido pelos armazéns e fábricas de produtos manufaturados. Hugel não se mudou. Com o salário de legista, ele não podia se permitir dois andares inteiros de uma casa numa região mais elegante da cidade.

Hugel detestava seus quartos. Os tetos apresentavam as mesmas manchas repulsivas de água, de bordas marrons, que ele tinha de suportar em seu escritório. Ele não conseguia apagar o rosto de George Banwell da mente. Praguejou amargurado para si mesmo. Ele era o legista da cidade de Nova York. Por que seu terno tinha de ser tão maltrapilho, comparado ao corte fino, sob medida, do paletó de Banwell?

Os indícios contra Banwell eram amplamente suficientes para prendê-lo. Por que o prefeito não via isso? Desejaria poder ele próprio prender Banwell. O legista não tinha autoridade para efetuar uma prisão; desejaria tê-la. Hugel reviu tudo de novo. Tinha de haver alguma coisa mais. Tinha de haver uma maneira de se fazer a história toda se encaixar. Se o assassino de Elizabeth Riverford tinha roubado o corpo do necrotério porque nele havia uma prova, que prova seria? De súbito, ele teve uma inspiração. Havia esquecido das fotografias que tirara no apartamento da srta. Riverford. Não seria possível que uma delas revelasse o indício que faltava?

Hugel saiu da cama e se vestiu apressado. Ele mesmo podia revelá-las: embora raramente a usasse, tinha sua própria câmara escura junto ao necrotério. Não, seria mais seguro se Louis Riviere, o especialista fotográfico do departamento, fizesse o trabalho.

Às nove horas, fui ao quarto da srta. Acton. Não havia ninguém lá. Por sorte, busquei me informar na recepção, onde encontrei um recado à minha espera, em que a srta. Acton me comunicava que estaria de volta ao quarto às onze: eu poderia procurá-la a essa hora, caso desejasse.

Do ponto de vista analítico, estava tudo errado. Primeiro, eu não estava "à procura" da srta. Acton. Segundo, não era o paciente, mas o médico que deveria controlar os horários.

Nesse caso, eu procurei a srta. Acton às onze. Ela estava confortavelmente empoleirada no sofá, exatamente como na manhã anterior, tomando chá, ladeada por um par de portas francesas que se abriam para a sacada. Sem erguer os olhos, a srta. Acton me convidou a sentar. Isso também me irritou. Ela estava muito à vontade. O ambiente analítico deveria ser um consultório — o meu consultório —, e eu deveria estar no comando.

Depois ela ergueu os olhos, e fiquei totalmente desconcertado. Ela estava trêmula e muito agitada. "Para quem o senhor contou?", ela perguntou, não acusadora, mas angustiada. "O que... o senhor Banwell fez para mim?"

"Somente para o doutor Freud. Por quê? O que aconteceu?"

Ela trocou um olhar com a sra. Biggs, que exibiu um pedaço de papel, dobrado em dois, que em seguida me entregou. Nele se lia, a caneta: *Morda a língua.*

"Um garoto", disse a srta. Acton, aflita, "na rua... ele largou isso na minha mão e saiu correndo. O senhor acha que foi o senhor Banwell que me atacou?"

"A senhorita acha?"

"Eu não sei, eu não sei. Por que não consigo lembrar? O senhor não pode me fazer lembrar?", ela implorou. "E se ele estiver lá fora me observando? Por favor, doutor, não pode me ajudar?"

Eu não tinha visto a srta. Acton assim. Era a primeira vez em que ela de fato pedia a minha ajuda. Também era a primeira vez desde a chegada ao hotel que ela parecia realmente amedrontada. "Eu posso tentar", respondi.

A sra. Biggs já sabia o bastante para deixar o quarto por conta própria desta vez. Coloquei a mensagem ameaçadora na mesinha de café e fiz a garota se deitar, embora ela claramente não gostasse da idéia. Ela estava tão agitada que mal podia ficar parada.

"Senhorita Acton", retomei, "pense em três anos atrás, antes do incidente na cobertura. A senhora estava com a sua família, na casa de campo dos Banwell."

"Por que o senhor está me perguntando isso?", ela explodiu. "Eu quero me lembrar do que aconteceu dois dias atrás, não três anos atrás."

"A senhorita não quer se lembrar do que aconteceu há três anos?"

"Não foi isso que eu quis dizer."

"Foi o que disse. O doutor Freud acredita que a senhora pode ter visto alguma coisa então — alguma coisa que tenha esquecido —, alguma coisa que a impede de se lembrar agora."

"Eu não me esqueci de nada", ela retrucou.

"Então a senhorita viu alguma coisa."

Ela ficou em silêncio.

"A senhorita não tem do que se envergonhar, senhorita Acton."

"Pare de dizer isso!", gritou a garota, com uma fúria totalmente inesperada. "Do que *eu* teria de me envergonhar?"

"Eu não sei."

"Vá embora."

"Senhorita Acton."

"Vá embora. Eu não gosto do senhor. O senhor não é inteligente."

Eu não me movi. "O que a senhorita viu?" Como ela não respondesse e olhasse com determinação em outra direção, eu me levantei e arrisquei. "Sinto muito, senhorita Acton, eu não posso ajudá-la. Gostaria de poder."

Ela respirou profundamente. "Eu vi o meu pai com Clara Banwell."

"A senhorita pode descrever o que viu?"

"Oh, está bem."

Eu me sentei.

"Há uma grande biblioteca no primeiro andar", ela disse. "Eu muitas vezes não conseguia dormir, e nessas horas era para lá que eu ia. Na biblioteca eu podia ler à luz da lua, sem precisar acender uma vela. Numa noite, a porta da biblioteca estava escancarada. Eu sabia que havia alguém lá dentro. Pus o olho na abertura da porta. O meu pai estava sentado na cadeira do senhor Banwell, de frente para mim, na mesma cadeira em que eu sempre me sentava. Eu podia vê-lo à luz da lua, mas a cabeça dele estava jogada para trás de um modo repulsivo. Clara estava de joelhos diante dele. O vestido dela estava aberto. Havia caído abaixo de sua cintura. As costas dela estavam completamente nuas. Ela tem costas lindas, doutor, perfeitamente brancas, sem marcas, a mesma pele branca pura que vemos em... em... e com a forma de uma ampulheta, ou de um violoncelo. Ela estava... não sei como descrever... fazendo um movimento ondulante. A cabeça dela subia e descia num ritmo lento. Eu não via as mãos dela. Acho que estavam à sua frente. Uma ou duas vezes ela atirou os cabelos sobre o ombro, mas continuou a subir e a descer. Era hipnótico. Naturalmente, à época eu não compreendi o que testemunhava. Achei o movimento dela bonito, como uma onda suave lambendo a praia. Mas eu sabia muito bem que faziam alguma coisa errada." "Prossiga."

"Depois meu pai começou a fazer uma espécie de ruído repugnante, áspero. Eu me perguntei como Clara podia suportar aquele som. Mas ela não apenas o suportou. Ele parecia fazer com que ela acelerasse a ondulação, mais determinada. Ele agarrou os braços da cadeira. Ela subia e descia com mais rapidez. Tenho certeza de que eu estava fascinada, mas não queria olhar mais. Subi na ponta dos pés para o meu quarto."

"E depois?"

"Não há depois. Acabou." Olhamos um para o outro. "Eu espero que a sua curiosidade esteja satisfeita, doutor Younger, porque eu não creio que a minha amnésia tenha sido curada."

Eu tentei pensar com intensidade, psicanaliticamente, no episódio que a srta. Acton acabara de descrever. Tinha a forma de um trauma, mas havia um problema. A srta. Acton não parecia ter sido traumatizada. "A senhorita teve algum problema físico depois?", eu perguntei. "Perda da voz?"

"Não."

"Uma paralisia de alguma parte do corpo? Um resfriado?"

"Não."

"O seu pai descobriu que a senhorita o viu?"

"Ele é estúpido demais para isso."

Eu ponderei o que ela dissera. "Quando a senhorita pensa na amnésia, agora mesmo, o que lhe vem à mente?".

"Nada", ela disse.

"Nunca há nada em nossas mentes."

"O senhor disse isso da última vez!", ela exclamou zangada — e caiu no silêncio. Ela me fixou com os olhos azuis. "Existe apenas uma coisa que o senhor fez", ela disse, "que chegou a me fazer pensar que talvez pudesse me ajudar, e ela não tem nada a ver com todas as suas perguntas."

"E que coisa foi essa?"

Ela baixou o olhar. "Não sei se deveria lhe dizer."

"Por quê?"

"Oh, não importa. Foi na delegacia de polícia."

"Eu examinei o seu pescoço."

Ela falou em voz baixa, virando a cabeça. "Sim. Quando o senhor tocou a minha garganta pela primeira vez, por um segundo eu quase vi alguma coisa — uma imagem, uma lembrança. Não sei o que era."

A novidade era inesperada, mas não carecia de lógica. O próprio Freud tinha descoberto que um toque físico podia despertar memórias reprimidas. Eu havia empregado a mesma técnica com Priscilla. Possivelmente, a amnésia da srta. Acton era também suscetível a essa forma de tratamento. "A senhorita gostaria de tentar algo parecido de novo?", perguntei.

"Eu senti medo", ela disse.

"Provavelmente vai sentir de novo."

Ela assentiu. Aproximei-me dela e estendi a palma da mão. Ela começou a tirar o xale. Eu lhe disse que não era necessário; eu tocaria a sua fronte, não a garganta. Ela se surpreendeu. Eu expliquei que tocar a fronte era um dos métodos do dr. Freud para evocar lembranças. Ela não pareceu satisfeita, mas disse que eu deveria prosseguir. Devagar, eu coloquei a palma da minha mão sobre a sua testa. Não houve reação. Eu perguntei se lhe vinha algum pensamento.

"Somente que a sua mão está muito fria, doutor", ela respondeu.

"Sinto muito, senhorita Acton, mas parece que devemos retomar a conversa. O toque não teve resultado." Eu me sentei de novo. Ela parecia aflita. "Pode me dizer uma coisa?", eu continuei. "A senhorita disse que as costas da senhora Banwell — as costas nuas — eram brancas como alguma coisa que já tinha visto antes. Mas não disse o quê."

"E o senhor gostaria de saber?"

"Foi por isso que perguntei."

"Saia", ela disse, sentando.

"Como assim?"

"Saia!", ela gritou, e atirou o pote de cubos de açúcar em mim. Em seguida, ela se pôs de pé e fez o mesmo com o pires e a xícara. Ou melhor, estes ela não atirou; ela os jogou por cima do ombro, com toda a força. Por sorte, os dois objetos partiram em direções opostas, o pires voou pela minha esquerda, a xícara planou alto e à minha direita, quebrando-se em vários pedaços quando atingiu a parede. A srta. Acton pegou o bule de chá.

"Não faça isso", eu disse.

"Eu o odeio."

Eu continuei firme. "A senhorita não me odeia. Odeia o seu pai por tê-la vendido para Banwell — em troca da esposa dele."

Se eu pensei que a reação da garota teria sido desabar em lágrimas no sofá, me enganei. Ela se atirou sobre mim como uma fera felina, brandindo o bule. Ele me atingiu no ombro esquerdo. A força foi impressionante; ela tinha uma força tremenda para o seu tamanho. A tampa do bule voou. Água fervente caiu no meu braço. Doeu, na verdade, muito — a água escaldante, não o bule —, mas eu não me mexi nem esbocei nenhuma reação. Isso, imagino, a enfureceu. Ela brandiu o bule na minha direção de novo, desta vez contra minha cabeça.

Eu era tão mais alto que ela que não tive de fazer mais que recuar um pouco. O bule errou o alvo, e eu agarrei a srta. Acton pelo braço. O ímpeto a fez girar, de modo que ela me deu as costas. Eu prendi os braços dela com firmeza contra sua cintura e a trouxe para junto de mim.

"Solte-me", ela disse. "Solte-me ou vou gritar."

"E daí? A senhorita vai dizer que eu a agredi?"

"Vou contar até três", ela respondeu agressiva. "Solte-me ou vou gritar. Um, dois, tr..."

Eu agarrei a garganta dela, interrompendo a fala. Não deveria tê-lo feito, mas o meu sangue fervera. Sufoquei toda possibilidade de ela gritar, mas produzi também um efeito colateral inesperado. Toda a tensão do corpo dela se esvaiu. Ela largou o bule. Os olhos se arregalaram, desorientados, com as íris cor de safira dardejando velozes para frente e para trás. Eu não sabia o que era mais estranho: a agressão contra mim ou a transformação súbita. Eu a soltei imediatamente.

"Eu o vi", ela sussurrou.

"A senhorita se lembra?", eu perguntei.

"Eu o vi", ela repetiu. "Agora foi embora. Acho que estava amarrada. Não podia me mexer. Oh, por que não consigo lembrar?" Ela se voltou de repente e me encarou. "Faça-o de novo."

"O quê?"

"O que acabou de fazer. Eu vou me lembrar, tenho certeza."

Devagar, sem tirar os olhos de mim, ela abriu o xale, revelando a garganta escoriada. Prendeu a minha mão direita entre seus dedos delicados e a levou ao pescoço, como da primeira vez em que eu a vira. Toquei a pele macia sob o queixo, cuidando para evitar as cicatrizes repulsivas.

"Pensou em alguma coisa?", eu perguntei.

"Não", ela sussurrou. "O senhor tem de fazer o que fez antes."

Eu não respondi. Não sabia se ela se referia ao que eu fizera na delegacia de polícia ou ao que fizera havia um instante.

"Me estrangule", ela disse.

Eu não fiz nada.

"Por favor", ela disse. "Me estrangule."

Pus meu dedo e o polegar no lugar de seu pescoço onde se viam as marcas avermelhadas. Ela mordeu o lábio, deve ter sentido dor. Com as cicatrizes cobertas, não havia sinal da agressão. Havia somente o pescoço delicadamente inclinado. Eu apertei a garganta dela. Seus olhos se fecharam no mesmo instante. "Mais forte", ela disse com suavidade. Com a mão esquerda eu firmei a base da coluna dela. Com a direita eu a sufoquei. As costas se arquearam, a cabeça caiu para trás. Ela agarrou a minha mão com força, mas não tentou retirá-la. "A senhorita vê alguma coisa?", eu perguntei. Ela balançou a cabeça sem forças, com os olhos ainda fechados. Eu a trouxe para mais perto, apertei o pescoço com mais força. A respiração ficou presa na garganta dela, e depois parou por completo. Os lábios, escarlates, se separaram.

Não é fácil para mim confessar as reações inteiramente impróprias que me assaltaram. Eu nunca tinha visto uma boca tão perfeita. Os lábios, discretamente intumescidos, tremiam. A pele era da mais perfeita cor creme. O cabelo longo cintilava, como água caindo dourada pela luz do sol. Eu a trouxe para ainda mais perto. Uma das mãos dela se apoiava sobre o meu peito. Não sei quando ou como ela chegou lá.

De repente, eu me dei conta de seus olhos azuis olhando nos meus. Quando se haviam aberto? Ela balbuciava uma palavra. Eu não tinha percebido. A palavra era *pare*.

Soltei a garganta dela, esperando que ela ofegasse, desesperada. Mas não aconteceu. Em vez disso, ela disse, com tanta suavidade que eu mal a ouvi: "Beije-me".

Sou obrigado a reconhecer que não sei como reagiria ao convite. Porém, houve naquele instante uma batida forte, súbi-

194

ta, na porta, seguida pelo ruído de uma chave que girava frenética na fechadura. Eu a soltei imediatamente. Em um segundo ela pegou o bule do chão e o pôs sobre a mesa, de onde agarrou o bilhete que eu deixara lá. Nós dois fixamos a porta.

"*Eu me lembro*", ela sussurrou, apressada, para mim, enquanto a maçaneta virava. "*Eu sei quem foi.*"

12.

Ao meio-dia da mesma manhã, 1º de setembro, Carl Jung foi levado para almoçar por Smith Ely Jelliffe — editor, médico e professor de doenças mentais na Universidade Fordham — num clube na parte alta da Quinta Avenida, com vista para o parque. Freud não foi convidado; como também não o foram Ferenczi, nem Brill, nem Younger. A exclusão deles não incomodou Jung. Era outro marco, ele sentia, de seu estatuto internacional crescente. Um homem menos magnânimo exultaria diante de tal coisa, esfregaria o convite no nariz dos demais. Porém ele, Jung, levava o dever caritativo a sério, e assim ele o escondeu.

Era doloroso, entretanto, ter de esconder tantas coisas. Havia começado já no primeiro dia, após a partida de Bremen. Jung, na realidade, não tinha mentido, naturalmente. Isso, dizia para si, ele jamais faria. Mas não era culpa sua; obrigavam-no a dissimular.

Por exemplo, Freud e Ferenczi haviam reservado cabines de segunda classe no *George Washington*. Ele tinha culpa? Para não envergonhá-los, fora obrigado a dizer que quando comprara a passagem havia somente cabines de primeira classe disponíveis. Depois acontecera o sonho na primeira noite a bordo. A verdadeira mensagem dele era óbvia — de que ele superava Freud em discernimento e reputação —, e assim, por uma preocupação com o orgulho suscetível de Freud, ele afirmara que os ossos que descobrira no sonho pertenciam à sua esposa, e não a Freud. Na verdade, ele havia acrescentado inteligentemente que os ossos pertenciam não somente a sua esposa mas à irmã dela: ele queria ver como Freud reagiria a isso, levando-se em conta os esqueletos no próprio armário de Freud. Eram trivialidades, mas prepararam o terreno para a dissimulação muito maior que se tornara necessária desde a chegada à América.

O almoço no clube de Jelliffe foi muito gratificante. Nove ou dez homens sentavam-se à mesa oval. Mesclada à conversa científica inteligente e a um clarete excelente, houve uma boa dose de humor de ribalta, que Jung sempre apreciava. O movimento pelo sufrágio das mulheres foi o alvo principal da zombaria. Um dos homens perguntou se alguém já tinha encontrado uma sufragista que ele pudesse imaginar na cama. A resposta unânime foi negativa. Alguém deveria avisar essas damas, outro cavalheiro disse, que ainda que obtivessem o voto, ele não significaria que alguém pudesse dormir com elas. Todos concordaram em que a melhor cura para uma mulher que demandava o sufrágio seria uma boa e saudável prestação de serviços; o tratamento, porém, era tão repulsivo que em vez dele seria melhor lhes conceder o voto.

Jung estava em seu ambiente. Ao menos uma vez não sentia a necessidade de se fingir menos rico do que era. Não sentia a obrigação de negar a descendência. Depois da refeição os membros passaram a um fumatório, onde a conversa prosseguiu acompanhada de conhaque. As fileiras dos convivas rarearam aos poucos até que Jung ficou só com Jelliffe e três homens mais velhos. Um dos cavalheiros fez então um sinal sutil; Jelliffe se levantou no mesmo instante para sair. Jung se levantou também, imaginando que a partida de Jelliffe indicava a sua própria despedida. Porém, Jelliffe lhe comunicou que os três cavalheiros queriam trocar breves palavras com ele a sós e que um carro o levaria quando tivessem terminado.

Na realidade, Jelliffe não era de fato um membro do clube. Ele aspirava pertencer a ele. Os homens com autoridade sobre a sociedade e sobre a admissão de sócios eram os três que ficaram com Jung. Tinham sido eles que haviam dito a Jelliffe que trouxesse Jung consigo naquele dia.

"Sente-se, doutor Jung", disse o homem que dispensara Jelliffe, apontando com um gesto de uma de suas mãos elegantes na direção de uma poltrona confortável.

Jung tentou lembrar o nome do cavalheiro, mas ele havia se encontrado com tantos, e estava tão desabituado a vinho no almoço que não conseguiu.

"É Dana", o homem disse, solícito, com as sobrancelhas escuras destacadas do cabelo prateado. "Charles Dana. Eu estava justamente falando de você, Jung, com o meu bom amigo Ochs no *Times*. Ele quer escrever uma história sobre você."

"Uma história?", perguntou Jung. "Não compreendo."

"Relacionada às conferências que organizamos para você na Fordham na semana que vem. Ele quer lhe entrevistar. Ele propõe uma breve biografia — duas páginas inteiras. Você se tornará bem famoso. Eu não sabia se você concordaria e disse a ele que lhe perguntaria."

"Bem", respondeu Jung, "eu... eu não..."

"Existe apenas um obstáculo. Ochs" — Dana pronunciava *Oaks* — "receia que você seja um freudiano. Não quer o artigo dele associado com um... com um... bem, você sabe o que dizem sobre Freud."

"Um degenerado maníaco por sexo", disse o homem imponente à direita, alisando as costeletas.

"Freud de fato acredita no que escreve?", perguntou o terceiro cavalheiro, um sujeito com uma calvície incipiente. "Que toda garota que ele trata tenta seduzi-lo? Ou o que ele diz sobre fezes — fezes, por Deus. Ou sobre homens delicados que desejam sexo pelo ânus?"

"E o que dizer de rapazes que desejam penetrar as próprias mães?", completou o homem imponente, com um semblante de extrema aversão.

"E sobre Deus?", perguntou Dana, socando o tabaco do cachimbo. "Deve ser difícil para você, Jung."

Jung não sabia ao certo a que se referiam. Ele não respondeu.

"Eu o conheço, Jung", disse Dana. "Eu sei quem você é. Um suíço. Um cristão. Um homem da ciência, como nós. E um homem de paixões. Alguém que age segundo os desejos. Um homem que precisa de mais de uma mulher para crescer. Não há por que esconder essas coisas aqui. Os assim chamados homens que não agem, que permitem que os desejos ulcerem como feridas, cujos pais foram mascates, que sempre se sentiram inferiores a nós — somente eles poderiam sonhar fantasias tão vis, bestiais, que teorizam Deus e o homem no esgoto. Deve ser duro para você associar-se a isso."

Jung achava cada vez mais difícil absorver o fluxo de palavras. O álcool devia ter subido à cabeça dele. O cavalheiro parecia conhecê-lo, mas como? "Às vezes é", respondeu Jung, devagar.

"Eu não sou nem um pouco anti-semita. Basta perguntar a Sachs, aqui." Ele apontou o homem calvo à sua esquerda. "Ao contrário, admiro os judeus. O segredo deles é a pureza racial, um princípio que eles compreenderam muito melhor que nós. É o que os fez a grande raça que são." Nada transpareceu no homem indicado como Sachs; o homem imponente simplesmente cerrou os lábios carnudos. Dana continuou. "Mas no domingo passado, quando eu ergui os olhos para o nosso Salvador sangrando e imaginei esse judeu vienense dizendo que a nossa paixão por ele é sexual, ficou difícil rezar. Muito. Imagino que você tenha se deparado com dificuldades semelhantes. Ou são os discípulos de Freud obrigados a deixar a igreja?"

"Eu vou à igreja", respondeu, desajeitado, Jung.

"Quanto a mim", disse Dana, "não posso dizer que compreendo isso: esse furor pela psicoterapia. Os Emmanuels, o New Thought, o mesmerismo, o doutor Quackenbos..."

"Quackenbos", pigarreou o de costeletas.

"Eddyismo", Dana prosseguiu, "psicanálise — são todos cultos, a meu ver. Porém, metade das mulheres da América corre por aí pedindo por isso, e é melhor que não bebam da fonte errada. Beberão da sua, acredite, depois de lerem sobre você no *Times*. Bem, o resumo disso tudo é o seguinte: nós podemos torná-lo o psiquiatra mais famoso da América, mas Ochs não pode escrever sobre você a não ser que deixe claro em suas conferências na Fordham — inequivocamente claro — que não concorda com as obscenidades freudianas. Boa tarde, doutor Jung."

A batida na porta do quarto de hotel da srta. Acton prosseguiu enquanto a maçaneta girava para um lado e outro. Por fim, a porta se abriu, e por ela entraram cinco pessoas, três das quais eu reconheci. O prefeito McClellan, o detetive Littlemore e George Banwell; os outros dois eram um cavalheiro e uma senhora evidentemente ricos.

O homem parecia estar próximo dos cinqüenta, de pele clara, mas queimado de sol e descascando, com um queixo pontudo, uma leve calvície e uma bandagem de gaze branca sobre quase todo o olho esquerdo. De pronto ficou claro que ele era pai da srta. Acton, embora as longas pernas graciosas no corpo dela parecessem afeminadas nele, e os traços suavemente femininos nela passassem pouca confiabilidade nele. A mulher, que julguei ser a mãe da srta. Acton, tinha no máximo um metro e cinqüenta de altura. Era mais gorda que o marido, exibia um bocado de jóias, pintura no rosto, e usava sapatos de saltos perigosamente altos, talvez para adicionar alguns centímetros à sua altura. Quem sabe tivesse sido atraente um dia. Ela falou primeiro, aos gritos: "Nora, sua menina deplorável, sem sorte! Estou angustiada desde que ouvi a notícia monstruosa. Estamos a caminho há horas. Harcourt, você vai ficar aí parado?".

O pai de Nora pediu desculpas à mulher corpulenta, estendeu os braços para ela e a levou com cuidado para uma cadeira, onde ela desabou com um suspiro de exaustão. O prefeito me apresentou a Acton e à esposa, Mildred. Eles tinham acabado de chegar ao lobby quando alguém telefonou à recepção para se queixar do barulho no quarto da srta. Acton. Eu lhes garanti que estávamos seguros, desejando que a xícara não estivesse em pedaços junto da parede oposta. Eles estavam de costas para ela; acho que não a viram.

"Tudo vai ficar bem agora, Nora", disse o sr. Acton. "O prefeito me disse que não apareceu nada na imprensa, graças a Deus."

"Por que eu te dei ouvidos?", Mildred Acton perguntou à filha. "Disse que jamais deveríamos deixar você sozinha em Nova York. Eu não disse, Harcourt? Você viu o que aconteceu? Pensei que fosse morrer quando ouvi. Biggs! Onde está aquela Biggs? Ela vai fazer as suas malas. Temos de tirar você daqui, Nora, imediatamente. Eu acho que o estuprador está aqui, neste hotel. Tenho sensibilidade para essas coisas. No instante em que entrei, senti os olhos dele em mim."

"Em você, querida?", perguntou Acton.

Não posso dizer que notei na srta. Acton a afeição calorosa ou a sensação de proteção que esperaria ver numa garota que recebe os pais depois de uma separação longa e acidentada. Também não podia culpá-la, por conta do teor dos comentários feitos para ela até então. O estranho era que a srta. Acton ainda não havia dito uma única palavra. Ela havia esboçado falar por diversas vezes, mas nenhum dos esforços tinha resultado em fala. Nessa hora, as maçãs de seu rosto foram tomadas por um fluxo violento de sangue. Então eu percebi: a garota tinha perdido a voz de novo. Ou assim eu pensava, até que a srta. Acton disse em voz baixa e impassível: "Eu não fui violentada, mamãe".

"Quieta, Nora", respondeu o pai. "Essa palavra não se diz."

"Não há como você saber, pobre menina!", exclamou a mãe. "Você não se lembra do crime. Você nunca vai saber."

Esse foi o momento em que, se estivesse inclinada para tal, a srta. Acton poderia ter dito que recuperara a lembrança do crime. Não foi o que ela fez. Em vez disso, a garota respondeu: "Vou ficar aqui no hotel para continuar o meu tratamento. Não quero ir para casa".

"Você está ouvindo o que ela disse?", gritou a mãe.

"Eu não vou me sentir segura em casa", disse a srta. Acton. "O homem que me agrediu pode estar me esperando lá. Senhor McClellan, o senhor mesmo falou isso no domingo."

"A garota tem razão", respondeu o prefeito. "Ela está muito mais segura no hotel. O assassino não sabe que ela está aqui."

Eu sabia que aquilo não era verdade por causa da mensagem que a srta. Acton tinha recebido na rua. Ela obviamente também o sabia. Na realidade, às palavras do prefeito eu vi a mão direita dela se cerrar; um pedaço da mensagem aparecia em seu punho. Ainda assim ela não disse nada. Em vez disso, olhou de McClellan para os pais, como se ele tivesse justificado a sua posição. Ocorreu-me que ela evitava o olhar do sr. Banwell.

Banwell encarava Nora com uma expressão peculiar. Fisicamente, ele dominava os demais. Era mais alto que todos no quarto, com exceção de mim, e tinha o peito em forma de barril. O cabelo escuro estava alisado para trás com uma espécie de ungüento e branqueava de maneira atraente nas têmporas. Seu olhar se fixava em Nora. Pode parecer ridículo, e outro observador com certeza o negaria, mas a melhor maneira de descrever a sua expressão é dizer que, a meu ver, ele parecia desejar atacá-la. Ele então falou, e sua voz não denunciou nenhum sentimento dessa natureza. "Com certeza, o melhor é tirar Nora da cidade", ele disse, num tom que exprimia uma preocupação rude, mas genuína com a segurança dela. "Por que não na minha casa de campo? Clara pode levá-la."

"Eu prefiro ficar aqui", disse Nora olhando para baixo.

"De verdade?", respondeu Banwell. "A sua mãe acha que o assassino está no hotel. Como você pode ter certeza de que ele não a está observando neste exato momento?"

O rosto da srta. Acton ficou vermelho enquanto Banwell falava com ela. Para mim, seu corpo todo parecia enrijecido de medo.

Eu anunciei que ia sair. A srta. Acton ergueu os olhos para mim, angustiada. Eu acrescentei, como se acabasse de me lembrar de alguma coisa: "Ah, senhorita Acton, a sua prescrição — para o sedativo que mencionei. Aqui está". Tirei um receituário do bolso, preenchi-o rapidamente e o estendi para ela. Nele, escrevera: *Foi Banwell?*

Ela viu a mensagem. Assentiu para mim, discreta, mas segura.

"Por que você não me dá isso?", perguntou Banwell, fixando os olhos em mim. "Meu funcionário pode correr para a farmácia agora mesmo."

"Muito bem", respondi. Da mão da srta. Acton eu peguei meu bilhete. Entreguei o outro a ele. "Veja se o seu homem pode encontrar isto."

Banwell a leu. Eu esperava que ele a amassasse e me encarasse perigosamente, revelando-se como o vilão em algum romance barato. Em vez disso, ele exclamou: "Que diabo é isto: *Morda a língua*? É melhor que tenha uma explicação, meu jovem".

"Isto é um aviso que a senhorita Acton recebeu na rua hoje de manhã", eu disse, "como o senhor bem sabe, senhor Banwell, uma vez que o escreveu." Seguiu-se um silêncio de espanto. "Senhor prefeito, senhor Littlemore: este homem é o criminoso que os senhores estão procurando. A senhorita Acton lembrou da agressão minutos antes de os senhores chegarem. Recomendo que o prendam imediatamente."

"Como ousa?", disse Banwell.

"Quem é essa... essa pessoa?", perguntou Mildred Acton, referindo-se a mim. "De onde ele vem?"

"Doutor Younger", disse o prefeito McClellan, "o senhor não avalia a gravidade de uma acusação falsa. Retire-a. Se a senhorita Acton lhe disse isso, sua memória está lhe pregando uma peça."

"Senhor prefeito, senhor...", começou o detetive Littlemore.

"Não agora, Littlemore", disse o prefeito, calmo. "Doutor, o senhor vai retirar a acusação, oferecer suas desculpas ao senhor Banwell e nos contar o que a senhorita Acton lhe disse."

"Mas excelência...", disse o detetive.

"Littlemore!", o prefeito urrou, tão furioso que fez Littlemore recuar um passo. "Você não me ouviu?"

"Prefeito McClellan", eu interrompi, "eu não compreendo. Acabo de lhe dizer que a senhorita Acton se lembrou da agressão. O seu próprio detetive parece ter alguma confirmação a acrescentar. A senhorita Acton identificou categoricamente o senhor Banwell como seu agressor."

"Temos apenas a sua palavra, doutor... se é isso que o senhor é", disse Banwell. Ele olhou firme para a srta. Acton; me pareceu que ele trabalhava intensamente para conter uma emoção poderosa. "Nora, você sabe perfeitamente que eu não lhe fiz nada. Diga a eles, Nora."

"Nora", disse a mãe da garota, "diga a este jovem que ele está equivocado."

"Nora, querida?", disse o pai.

"Diga-lhes, Nora", disse Banwell.

"Eu não vou dizer", respondeu a garota, mas foi só o que ela falou.

"Senhor prefeito", eu disse, "o senhor não pode permitir que a senhorita Acton seja interrogada pelo homem que a atacou — um homem que assassinou outra garota."

"Younger, eu estou convencido da sua boa intenção", respondeu o prefeito. "Mas você está errado. George Banwell e eu estávamos juntos no domingo à noite, quando Elizabeth Riverford foi assassinada. Ele esteve comigo — você está ouvindo, *comigo* — a noite toda até a madrugada da segunda-feira. A duzentas e cinqüenta milhas da cidade. Ele não podia ter matado ninguém."

Na biblioteca, depois da partida de Jung, anéis de fumaça flutuavam na direção do teto. Uma criada retirou os copos, substituiu os cinzeiros e depois saiu silenciosa.

"Nós o temos?", perguntou o homem calvo, a quem se referiam como Sachs.

"Com certeza", respondeu Dana. "Ele é mais fraco do que eu supunha. E agora temos mais que o suficiente para destruí-lo em qualquer eventualidade. Ochs tem as suas observações, Allen?"

"Oh sim", respondeu o cavalheiro imponente de lábios grossos. "Ele vai publicá-las no mesmo dia em que entrevistar o suíço."

"E Matteawan?", perguntou Sachs.

"Deixe isso comigo", respondeu Dana. "Resta apenas bloquear seus outros modos de disseminação. Coisa que até amanhã estará feita."

205

* * *

Mesmo depois de ouvir o prefeito eximi-lo, eu não conseguia admitir a inocência de Banwell. Subjetivamente, eu diria. Objetivamente não tinha elementos para descrer ou protestar. Nora se recusou a ir para casa. O pai dela suplicou. A mãe estava indignada ante o que chamou de obstinação da garota. O prefeito resolveu a situação. Agora que tinha visto a mensagem, disse, ele tinha claro que o hotel não era mais seguro. Mas podia providenciar segurança para a casa dela. Na verdade, seria mais segura que um grande hotel com suas muitas entradas. Posicionaria policiais fora da casa dos Acton, na frente e atrás, dia e noite. Além disso, ele lembrou à srta. Acton que ela ainda era menor de idade: de acordo com a lei, ele deveria cumprir os desejos do pai, mesmo contra a vontade dela.

Eu pensei que a srta. Acton fosse explodir de alguma maneira. Em vez disso, ela cedeu, mas somente sob a condição de que fosse autorizada a prosseguir o tratamento médico na manhã seguinte. "Especialmente", ela acrescentou, "agora que eu sei que a minha memória não é confiável." Ela disse isso com aparente sinceridade, mas não havia como saber se fazia uma crítica à não-confiabilidade de sua memória ou se reprovava aqueles que se recusavam a confiar nela.

Depois disso ela não olhou para mim, nem uma única vez. A descida silenciosa de elevador foi torturante, mas a srta. Acton se conteve com a dignidade que faltava à mãe, que parecia encarar tudo com que se deparava como uma afronta pessoal. Marcou-se uma hora para a minha visita à casa deles em Gramercy Park no dia seguinte cedo, e eles partiram de automóvel para o centro da cidade. McClellan fez o mesmo. Banwell, com uma última olhada, nada benevolente, em minha direção, saiu em uma carruagem a cavalo, deixando o detetive Littlemore comigo, na calçada.

Ele se voltou para mim. "Ela lhe disse que foi Banwell?"

"Sim", eu disse.

"E o senhor acredita nela, não?"

"Sim."

"Posso lhe perguntar uma coisa?", disse Littlemore. "Digamos que uma garota perca a memória. Ela se esvazia. Em seguida, a memória volta. Você pode confiar nela quando ela volta? Pode apostar nela?"

"Não", eu respondi. "Poderia ser falsa. Poderia ser uma fantasia confundida com uma lembrança."

"Mas o senhor acredita nela?"

"Sim."

"Então, o que acha, doutor?"

"Eu não sei o que acho", eu disse. "Posso *lhe* fazer uma pergunta, detetive? O que você ia dizer para o prefeito no quarto da senhorita Acton?"

"Eu apenas queria lembrá-lo de que o legista Hugel — encarregado do caso — também pensava que Banwell fosse o assassino."

"Pensava?", eu perguntei. "Você quer dizer que ele não pensa mais?"

"Bem, ele não pode, não depois do que o prefeito acabou de dizer", respondeu Littlemore.

"Banwell não poderia ter atacado a senhorita Acton ainda que um outro tivesse matado a outra garota?"

"Não", respondeu o detetive. "Temos provas. Foi o mesmo sujeito nas duas vezes."

Eu voltei para o hotel, inseguro de mim, de minha paciente, de minha situação. Seria concebível que McClellan encobrisse Banwell? Estaria Nora segura em casa? O recepcionista chamou o meu nome. Havia uma carta para mim, recém-entregue. Era de G. Stanley Hall, presidente da Universidade Clark. A carta era longa — e profundamente perturbadora.

* * *

Fora do Hotel Manhattan, o detetive Littlemore se dirigiu para o ponto de táxi.

Do velho condutor da noite anterior, Littlemore soube que o homem de cabelos pretos — que deixou o Balmoral à meia-noite do domingo — havia entrado num táxi vermelho e verde, movido a gasolina, em frente ao Hotel Manhattan. A informação dizia muito para o detetive. Havia apenas uma década, todo táxi em Manhattan era puxado a cavalo. Em 1900, cem táxis motorizados se deslocavam pela cidade, mas eram movidos a eletricidade. Sobrecarregados pelas baterias de quatrocentos quilos, os táxis elétricos eram populares, porém pesados; os passageiros ocasionalmente tinham de descer e ajudar a empurrar quando escalavam uma subida íngreme. Em 1907, a Companhia de Táxis de Nova York lançou a primeira frota de carros de aluguel a gasolina, equipados com taxímetros que permitiam que os ocupantes vissem a tarifa. Esses táxis fizeram sucesso instantâneo, ou melhor, fizeram sucesso com a classe mais favorecida, a única que podia pagar o custo de cinqüenta centavos a milha — e logo ultrapassaram em número todos os outros táxis, elétricos e a cavalo, na cidade. Sempre se reconhecia um Táxi da Cidade de Nova York, por conta de suas cores vermelha e verde características.

Vários desses veículos estavam estacionados no ponto do Hotel Manhattan. Os condutores recomendaram que Littlemore tentasse a garagem Allen na rua 57, entre a Décima Primeira e a Décima Segunda Avenida, onde a Companhia de Táxis de Nova York tinha sua sede e onde ele poderia descobrir com facilidade quem trabalhava no turno do cemitério no domingo. O detetive teve sorte. Duas horas depois, ele tinha respostas. Um motorista chamado Luria tinha pegado um homem de cabelos pretos em frente ao Hotel Manhattan depois da meia-noite no domingo anterior. Luria se lembrava com clareza porque o homem não viera do hotel, mas de um cavalo de sela. Littlemore também descobriu para onde o homem de cabelos pretos tinha ido e ele próprio seguiu para este destino — uma casa particular. Lá, a sorte o deixou.

A casa ficava na rua 40, quase junto à Broadway. Era um imóvel de dois andares, com uma aldrava enfeitada e cortinas vermelhas espessas nas janelas. Littlemore teve de bater cinco ou seis vezes antes que uma jovem atraente atendesse. A garota estava bem pouco vestida para um meio de tarde. Quando Littlemore explicou que era um detetive da polícia, ela revirou os olhos e lhe pediu que esperasse.

Fizeram-no entrar em uma sala de estar com grossos tapetes orientais no chão, uma exibição deslumbrante de espelhos nas paredes e um excesso de veludo púrpura nos estofados. O odor de tabaco e álcool aderia às dobras das cortinas. Um bebê chorava no andar de cima. Cinco minutos mais tarde, outra mulher, mais velha e bem gorda, com um vestido cor de clarete, desceu a escada acarpetada de vermelho.

"Você é bastante corajoso", disse a mulher, que se apresentou como Susan Merrill — sra. Susan Merrill. De um cofre de parede, escondido atrás de um espelho, ela retirou uma caixa-forte e a abriu com uma chave. Contou cinqüenta dólares. "Aqui. Agora caia fora. Eu já estou atrasada."

"Eu não quero o seu dinheiro, madame", disse Littlemore.

"Oh, não me diga. Vocês me enojam, todos vocês. Greta, volte aqui." A garota pouco vestida entrou, preguiçosa, bocejando. Embora fossem três e quinze, ela estava de fato dormindo antes de Littlemore bater na porta. "Greta, o detetive não quer o nosso dinheiro. Leve-o para o quarto verde. Seja rápido, senhor."

"Eu também não estou aqui para isso, madame", disse Littlemore. "Eu só quero lhe fazer uma pergunta. Há um sujeito que veio aqui tarde da noite, no domingo. Eu estou tentando encontrá-lo."

A sra. Merrill observou o detetive, hesitante. "Oh, então você quer os meus fregueses? O que você vai fazer, achacá-los também?"

"A senhora deve conhecer alguns policiais bem ruins", disse Littlemore.

"Existe algum diferente?"

"Uma garota foi morta no domingo à noite", Littlemore respondeu. "O sujeito que a matou também a chicoteou. Amarrou a moça e a cortou um bocado. Depois ele a estrangulou. Eu quero esse sujeito. É isso."

A mulher envolveu os ombros com o robe vermelho. Recolocou o dinheiro na caixa-forte e a fechou. "Ela era uma mulher de rua?"

"Não", disse o detetive. "Rica. Morava em um edifício elegante na parte norte da cidade."

"Bem, que coisa, não? O que isso tem a ver comigo?"

"O sujeito que veio aqui", Littlemore respondeu. "Nós achamos que ele pode ser o assassino."

"Você tem alguma idéia, detetive, de quantos homens passam por aqui em um domingo à noite?"

"Esse sujeito devia estar sozinho. Alto, cabelos pretos, carregando uma maleta preta, ou sacola ou coisa parecida."

"Greta, você se lembra de alguém assim?"

"Deixe-me pensar", refletiu, sonhadora, Greta. "Não. Ninguém."

"Bem, o que você quer de mim?", disse a sra. Merrill. "Você ouviu o que ela disse."

"Mas o sujeito veio para cá, madame. O táxi o deixou bem na frente da sua porta."

"Deixou? Isso não significa que ele tenha entrado. Não sou a única casa na quadra."

Littlemore assentiu devagar. Ele teve a impressão de que Greta estava um pouco blasé demais e a sra. Merrill um pouco ansiosa demais para vê-lo sair.

13.

Ela tinha pedido que eu a beijasse. Eu estava atravessando a cidade pela rua 42, mas na minha fantasia eu continuava a ver os lábios entreabertos de Nora Acton. Eu continuava sentindo sua garganta macia entre as minhas mãos. Eu a ouvia sussurrar aquelas duas palavras. A carta do presidente Hall estava no bolso do meu colete. Eu deveria ter um único pensamento em mente: como lidar com a ruína potencial não apenas da conferência da semana seguinte na Clark, mas de toda a reputação do dr. Freud, ao menos na América. Tudo o que eu conseguia enxergar, porém, eram a boca e os olhos fechados da srta. Acton.

Eu não me enganara. Eu sabia quais eram os sentimentos dela por mim. Eu os tinha visto antes, muitas vezes. Uma das minhas pacientes de Worcester, uma garota chamada Rachel, costumava insistir em se despir até a cintura em toda sessão analítica. A cada vez ela oferecia uma razão nova: uma batida cardíaca irregular, uma costela que ela receava que estivesse quebrada, uma dor latejante na base das costas. E Rachel era apenas

212

uma entre muitas. Em todos esses casos eu nunca resistira à tentação — porque nunca me sentira tentado. Ao contrário, a emergência das maquinações sedutoras em minhas analisandas me parecia macabra.

Se as minhas pacientes fossem mais atraentes, eu duvido que o comportamento delas me inspiraria os mesmos sentimentos nocivos. Eu não sou particularmente virtuoso. Mas essas mulheres não eram atraentes. A maioria delas era velha o suficiente para ser a minha mãe. O desejo delas me causava repulsa. Rachel era diferente. Ela era atraente: pernas longas, olhos escuros — um pouco próximos demais — e um corpo que se poderia chamar de bom, ou mais que bom. Mas ela era agressivamente neurótica, o que nunca me excitou.

Eu costumava imaginar outras garotas, mais bonitas, me consultando. Costumava imaginar acontecimentos indescritíveis — mas não impossíveis — no meu consultório. Depois aconteceu que sempre que uma nova paciente psicanalítica vinha me consultar pela primeira vez, eu me via avaliando a sua aparência. O resultado foi que comecei a sentir aversão a mim mesmo, a ponto de me perguntar se deveria continuar a posar de analista. Eu não havia assumido nenhuma paciente nova durante todo o verão — até a chegada da srta. Acton.

E agora ela me convidara a beijá-la. Não havia como esconder de mim mesmo o que eu desejaria fazer com ela. Eu nunca experimentara um desejo tão violento de subjugar, de possuir. Duvidava muito que estivesse entre as garras da contratransferência. Para ser franco, eu tinha sentido o mesmo desejo no instante em que pusera os olhos na srta. Acton. Mas para ela a situação era claramente diferente. Ela não só se recuperava do trauma de uma agressão física. Mais que isso, a garota estava sofrendo de uma transferência das mais virulentas.

Ela havia exibido todos os sinais de desagrado por mim até o momento em que sentiu o retorno das lembranças reprimidas, desencadeado pela pressão que eu aplicara em seu pescoço. Naquele momento, eu me tornei para ela uma espécie de figura dominadora. Antes disso, desagrado era um termo suave. Ela me odiava; ela o dissera. Depois daquele momento, ela desejava se entregar a mim — ou assim imaginava. Porque era claro como uma notícia de jornal, embora lamentasse admitir, que o amor que ela sentia, caso pudesse se chamar de amor, era um artefato, uma ficção criada pela intensidade do encontro analítico.

Embora não tenha lembrança de haver cruzado a Sexta ou a Sétima Avenida vi-me de repente no meio da Times Square. Fui para o jardim de cobertura do Hammerstein's Victoria, onde encontraria Freud e os demais para o almoço. O jardim de cobertura era um teatro em si mesmo, com um palco elevado, sacadas, camarotes, e um telhado próprio a quinze metros de altura. O espetáculo, uma apresentação de corda bamba, ainda acontecia. A artista da corda bamba era uma garota francesa de boina, que usava um vestido azul-celeste e meias azuis. A cada vez que ela atirava para o lado seu pára-sol para manter o equilíbrio, as mulheres bem-vestidas na platéia gritavam em uníssono. Eu nunca entendi por que platéias reagem dessa maneira: certamente a pessoa na corda bamba apenas simula estar em perigo.

Não consegui encontrar os outros. Estava obviamente atrasado; deviam ter seguido adiante. Assim, voltei para o edifício de Brill em Central Park West, para onde eu sabia que eles possivelmente voltariam. Ninguém respondeu à campainha. Atravessei a rua e sentei em um banco, bastante solitário, com o Central Park atrás de mim. Da minha maleta, tirei a carta de Hall. Depois de relê-la ao menos meia dúzia de vezes, eu por fim a deixei de lado e passei a ler outra coisa — creio que não seja necessário dizer qual era.

* * *

"Já estão prontas?", perguntou o legista Hugel a Louis Riviere, chefe do setor de fotografia, no porão da central de polícia.

"Estou passando o verniz agora", gritou Riviere, debruçado sobre uma pia em sua câmara escura. "Mas eu deixei as chapas com você às sete da manhã", Hugel reclamou. "Com certeza estão prontas."

"Fique tranqüilo, por favor", disse Riviere, acendendo uma luz. "Entre. Você pode olhá-las."

Hugel entrou na câmara escura e se deteve sobre as imagens úmidas com uma excitação nervosa. Ele as percorreu rapidamente, uma a uma, separando as que não o interessavam. Em seguida ele parou, fitando um *close* do pescoço da garota, que mostrava uma marca circular especialmente proeminente.

"O que é isso na garganta dela?", ele perguntou.

"Uma escoriação, não?", disse Riviere.

"Nenhuma escoriação comum seria tão perfeitamente circular", respondeu o legista, tirando os óculos e trazendo a imagem para bem perto de seu rosto. A fotografia exibia uma mancha circular, granulosa, preta, sobre um pescoço quase branco. "Louis, onde está sua lente?"

Riviere trouxe o que parecia ser um dosador de vidro invertido. O legista o agarrou, colocou-o sobre a fotografia onde se via a mancha escura e pôs os olhos sobre ele. "Eu o peguei!", gritou. "Eu o peguei!"

De fora da câmara escura chegou a voz do detetive Littlemore. "O que foi, senhor Hugel?"

"Littlemore", disse Hugel, "você está aqui, ótimo."

"O senhor pediu que eu viesse."

"Sim, e agora você vai saber a razão", disse o legista, gesticulando para que Littlemore olhasse pela lente de aumento de

Riviere. O detetive obedeceu. Aumentadas, as linhas granulosas no interior do círculo preto formavam uma imagem mais nítida.

"Diga", disse Littlemore, "aquilo são letras?"

"São", respondeu o legista, triunfante. "Duas letras."

"Existe algo de engraçado nelas", prosseguiu Littlemore. "Não parecem em ordem. A segunda poderia ser um *J*. A primeira... eu não sei."

"Elas não parecem em ordem porque estão invertidas, senhor Littlemore", disse o legista. "Louis, explique ao detetive por que as letras estão invertidas."

Riviere olhou através do vidro. "Estou vendo: duas letras, entrelaçadas. Se estão invertidas, então a da direita, que Monsieur Littlemore chamou de *J*, não é um *J*, mas sim um *G*."

"Correto", disse o legista.

"Mas por que", Riviere perguntou, "as letras estariam invertidas?"

"Porque, cavalheiros, é uma marca deixada no pescoço da garota pelo prendedor da gravata do assassino." Hugel fez uma pausa para efeito dramático. "Lembrem-se de que o assassino usou a própria gravata de seda para estrangular a garota. Ele foi inteligente o bastante para levar a gravata da cena do crime. Mas ele cometeu um erro. Na gravata, quando ele cometeu o crime, estava o prendedor — um prendedor gravado com o monograma dele. Por sorte, o prendedor ficou em contato direto com a pele macia, sensível, da garganta da garota. Devido à pressão extrema e prolongada, o monograma imprimiu a marca no pescoço dela, como quando um anel apertado deixa um sulco no dedo. Essa marca, cavalheiros, registra as iniciais do assassino, claras como se ele nos tivesse deixado o cartão de visita, só que numa imagem espelhada. A letra à direita é um *G* invertido porque *G* é a primeira inicial do homem que matou Elizabeth Riverford. A letra da esquerda é um *B* invertido, porque esse homem era George Banwell. Agora sabemos por que ele teve de roubar o corpo dela do necrotério. Ele viu a escoriação reveladora no pescoço e sabia que eu acabaria por decifrá-la. O que ele não previu foi que o roubo do corpo seria inútil — por conta dessa fotografia!"

"Senhor Hugel?", disse o detetive Littlemore.

O legista deu um suspiro. "Devo explicar de novo, detetive?"

"Não foi Banwell, senhor Hugel", disse Littlemore. "Ele tem um álibi."

"Impossível", disse Hugel. "O apartamento dele fica no mesmo andar do mesmo edifício. O assassinato aconteceu entre a meia-noite e as duas da manhã de um domingo. Banwell teria voltado de qualquer compromisso antes dessa hora."

"Ele tem um álibi", repetiu Littlemore, "e que álibi. Ele esteve com o prefeito durante toda a noite de domingo até a manhã de segunda-feira — fora da cidade."

"O quê?", disse o legista.

"Há outra falha na sua argumentação", interveio Riviere. "O senhor não tem tanta familiaridade com fotografias quanto eu. Foi o senhor mesmo que tirou estas fotografias?"

"Sim", respondeu o legista, franzindo o cenho. "Por quê?"

"Essas chapas são ferrótipos. Muito ultrapassadas. Você deu sorte de eu ter um suprimento de sulfato de ferro. A imagem que o senhor tem aqui difere da realidade. Esquerda é direita e direita é esquerda."

"O quê?", disse Hugel de novo.

"Uma imagem invertida. Assim, se a marca no pescoço da garota é o inverso do monograma real, a fotografia é o inverso do inverso."

"Uma dupla inversão?", perguntou Littlemore.

"Um duplo negativo", disse Riviere. "E um duplo negativo é um positivo. Isso significa que esta imagem mostra o monograma como ele era, e não o seu inverso."

"Não pode ser", gritou Hugel, mais ofendido que incrédulo, como se Littlemore e Riviere estivessem deliberadamente procurando roubá-lo.

"Mas sem dúvida o é, senhor Hugel", disse Riviere.

"Então aquilo *era* um *J*", disse o detetive Littlemore. "O sujeito se chama Johnson ou coisa parecida. Qual é a primeira letra?"

Riviere olhou pelo vidro de novo. "Não parece com nenhuma letra. Mas é possível que seja um *E*, eu diria — ou não, quem sabe um *C*."

"Charles Johnson", disse o detetive.

O legista permaneceu onde estava, repetindo: "Não pode ser".

Por fim um táxi estacionou junto do prédio de Brill, e os quatro homens — Freud, Brill, Ferenczi e Jones — desceram. Contaram que haviam ido ao cinema depois do almoço, para assistir a um filme de polícia e bandido com perseguições alucinantes. Ferenczi não conseguia parar de falar nisso. Na verdade, Brill me contou, ele havia saltado do assento quando uma locomotiva pareceu avançar diretamente sobre a platéia; era o seu primeiro filme.

Freud me perguntou se eu queria passar uma hora no parque com ele para fazer um relato sobre a srta. Acton. Eu disse que era o que eu mais queria, mas algo diferente havia surgido. Eu recebera notícias desagradáveis pelo correio.

"Você não é o único", disse Brill. "Jones acabou de receber um telegrama hoje de manhã de Morton Prince de Boston. Ele foi preso ontem."

"Doutor Prince?" Eu estava chocado.

"Sob acusação de obscenidade", continuou Brill. "A obscenidade em questão: dois artigos que ele ia publicar descrevendo curas de histeria conseguidas por meio do método psicanalítico."

"Eu não me preocuparia com Prince", disse Jones. "Ele foi prefeito de Boston uma vez, vocês sabem. Ele vai se arranjar."

Morton Prince nunca fora prefeito de Boston — seu pai havia sido —, mas Jones foi tão categórico que eu não quis constrangê-lo. Em vez disso, perguntei: "Como a polícia poderia saber o que Prince planejava publicar?".

"Exatamente o que nos perguntávamos", disse Ferenczi.

"Eu nunca confiei em Sidis", acrescentou Brill, referindo-se ao médico do conselho editorial do periódico de Prince. "Mas devemos lembrar que estamos falando de Boston. Eles são capazes de prender um sanduíche de peito de peru se ele não estiver vestido adequadamente. Prenderam aquela garota australiana — Kellerman, a nadadora — porque o traje de banho dela não cobria os joelhos."

"Receio que as minhas notícias sejam ainda piores, cavalheiros", eu disse, "e elas dizem respeito diretamente ao doutor Freud. As conferências da semana que vem não estão confirmadas. O doutor Freud foi atacado pessoalmente — ou melhor, seu nome foi atacado — em Worcester. Nem sei dizer quanto lamento ser eu o portador da mensagem."

Eu me pus a resumir, na medida do possível, a carta do presidente Hall, sem detalhar as acusações sórdidas contra Freud. Um agente que representava uma família extremamente rica de Nova York havia se encontrado com Hall na véspera, e oferecera uma doação à Universidade Clark que Hall descreveu como "muito generosa". A família estava disposta a financiar um hospital para distúrbios mentais e nervosos de cinqüenta leitos; pagaria o edifício e todo o equipamento mais moderno, a enfermagem, o corpo clínico e salários suficientes para atrair os melhores neurologistas de Nova York e Boston.

"Isso custaria meio milhão de dólares", disse Brill.

"Bem mais", eu respondi. "Com isso nos tornaríamos a principal instituição psiquiátrica da nação de uma hora para a outra. Superaríamos a McLean."

"Quem é a família?"

"Hall não diz", respondi para Brill.

"Mas isso é permitido?", perguntou Ferenczi. "Uma família privada pode pagar uma universidade pública?"

"Chamam isso de filantropia", respondeu Brill. "É devido a ela que as universidades americanas são tão ricas. E é por isso que elas logo vão superar as maiores universidades européias."

"Besteira", vomitou Jones. "Nunca."

"Prossiga, Younger", disse Freud. "Não há nada de errado no que você nos disse até aqui."

"A família estipulou duas condições", continuei. "Um membro da família aparentemente é um médico bem conhecido, com opiniões sobre psicologia. A primeira condição impõe que a psicanálise não possa ser praticada no novo hospital ou ensinada em nenhuma instância do currículo da Clark. A segunda determina que as conferências do doutor Freud na semana que vem sejam canceladas. De outro modo, a doação beneficiará outro hospital — em Nova York."

Seguiram-se diversas exclamações de espanto e de condenação. Somente Freud permaneceu estóico. "O que Hall disse que vai fazer?", ele perguntou.

"E isso não é tudo", eu disse. "Nem o pior. O presidente Hall também recebeu um dossiê sobre o doutor Freud."

"Continue, por Deus", Brill me repreendeu. "Não brinque de esconde-esconde."

Eu expliquei que o dossiê pretendia documentar episódios de comportamento licencioso — na verdade criminoso — da parte de Freud. Disseram ao presidente Hall que a conduta fal-

220

tosa de Freud seria logo relatada pela imprensa de Nova York. A família tinha certeza de que Hall, depois de ler o conteúdo, concordaria em que a presença de Freud na Clark deveria ser cancelada pelo bem da universidade. "O presidente Hall não mandou o documento em si", eu disse, "mas a carta dele resume as acusações. Posso lhe entregar a carta, doutor Freud? O presidente Hall me pediu especificamente para lhe dizer que o senhor tinha o direito de ser informado de tudo que se alegou contra o senhor."

"Simpático da parte dele", observou Brill.

Não sei por quê — talvez porque fosse o portador da carta —, mas eu me sentia responsável pelo desastre que se desenrolava. Era como se eu tivesse convidado Freud para a Clark pessoalmente, apenas para destruí-lo. Eu não me angustiava somente pela sorte de Freud. Eu tinha razões egoístas para não querer ver destruído o homem sobre cuja autoridade eu fundamentara muitas das minhas próprias crenças — na verdade, tanto da minha própria vida. Nenhum de nós é santo, mas de certa forma, havia anos, eu assumira a crença de que Freud era diferente de nós. Imaginei que ele (diferente de mim), por meio de uma percepção psicológica apurada, havia ascendido a um plano acima das tentações mais vulgares. Eu esperava, por Deus, que as acusações na carta de Hall fossem falsas, mas elas continham uma riqueza de detalhes que as fazia soar verdadeiras.

"Eu não preciso ler a carta a sós", disse Freud. "Conte-nos o que se disse contra mim. Não tenho segredos perante nenhum dos presentes."

Comecei pela menor das acusações. "Dizem que o senhor não é casado com a mulher com quem vive, embora a apresente ao mundo como sua esposa."

"Mas este não é Freud", gritou Brill. "É Jones."

"Não entendi", respondeu Jones, indignado.

"Ora vamos, Jones", disse Brill. "Todos sabem que você não é casado com Loë."

"Freud não ser casado", disse Jones, olhando por cima do ombro esquerdo. "Que absurdo."

"Que mais?", perguntou Freud.

"Que o senhor foi despedido do emprego em um hospital respeitado", continuei, incomodado, "porque não parava de discutir fantasias sexuais com meninas de doze e treze anos que estavam no hospital para o tratamento de condições puramente físicas, não nervosas."

"Mas é de Jones que estão falando!", exclamou Brill. Jones havia adquirido um interesse repentino e minucioso pela arquitetura do prédio de Brill.

"Que o senhor foi processado pelo marido de uma de suas pacientes e levou um tiro de outro", eu disse.

"Jones de novo!", Brill gritou.

"Que o senhor mantém um caso sexual no momento", prossegui, "com a sua criada adolescente."

Brill olhou de Freud para mim, para Ferenczi, para Jones, que agora olhava para o céu, e estudava os padrões migratórios das espécies aviárias de Manhattan. "Ernest?", disse Brill. "Você certamente não está nisso. Diga que não."

Jones produziu uma série de ruídos musicais de quem limpava a garganta, porém sem emitir uma resposta verbal.

"Você é repulsivo", Brill disse para Jones. "Realmente repulsivo."

"As acusações acabaram, Younger?", perguntou Freud.

"Não, senhor", eu respondi. A alegação final era a pior de todas. "Há mais uma: de que o senhor está atualmente envolvido em outro relacionamento sexual, desta vez com uma paciente sua, uma garota russa de dezenove anos, estudante de medicina. Dizem que o caso é tão notório que a mãe da garota lhe escreveu, implorando para que não desonrasse a filha. O dossiê pretende reproduzir a carta que o senhor escreveu para a mãe em resposta. Em sua carta, ou no que dizem ser a sua carta, o senhor pede dinheiro à mãe em troca de... de deixar de ter relações sexuais com a paciente." Depois que terminei, ninguém falou por um bom tempo.

Por fim, Ferenczi explodiu: "Mas esse é Jung, por Deus!".

"Sándor", Freud interveio, severo.

"Jung escreveu isso?", perguntou Brill. "Para a mãe de uma paciente?"

Ferenczi pôs a mão sobre a boca. "Oops", ele disse. "Mas Freud, você não pode deixar que pensem que se trata de você. Vão contar aos jornais. Já posso imaginar as manchetes."

Eu também podia: FREUD INOCENTADO DE TODAS AS ACUSAÇÕES.

"Bem", Brill refletiu sombrio, "estamos sendo atacados em Boston, em Worcester e em Nova York ao mesmo tempo. Não pode ser coincidência."

"Qual é o ataque em Nova York?", perguntou Ferenczi.

"A coisa do Jeremias e de Sodoma e Gomorra", respondeu Brill irritado. "As duas mensagens não foram as únicas que recebi. Houve muitas outras."

Ficamos todos surpresos e pedimos que Brill se explicasse.

"Tudo teve início logo depois que comecei a traduzir o livro de Freud sobre a histeria", ele disse. "Como eles sabiam o que eu fazia é um mistério. Mas na semana em que comecei, recebi a primeira mensagem, e a coisa foi piorando desde então. Aparecem quando eu menos espero. Estou sendo ameaçado, tenho certeza disso. Sempre se trata de uma passagem bíblica assassina — sempre sobre judeus e luxúria e fogo. Me faz pensar num *pogrom*."

* * *

Ninguém tentou impedir Littlemore desta vez, quando ele subiu as escadas na Oitava Avenida, 782. Era noite — hora do jantar no restaurante, de onde chegavam gritinhos em cantonês, pontuados pelo sibilo de pedaços de frango mergulhados em óleo fervente. Littlemore, que não havia comido desde a manhã, não acharia nada mal um pouco de *chop-suey* de porco. Sentiu olhos sobre ele em todos os andares, mas não viu ninguém. Ouviu alguém correndo por um corredor acima dele e vozes sussurradas. No apartamento 4C sua batida teve o mesmo resultado de antes: nada, a não ser o som de passos apressados que se distanciavam descendo a escadaria dos fundos.

Littlemore olhou para o relógio. Acendeu um cigarro para combater os odores que pairavam no corredor, esperando encontrar Betty a tempo de convidá-la para jantar. Alguns minutos depois, o policial Jack Reardon apareceu atropelando-se pelas escadas e trazendo a reboque um chinês assustado, em atitude submissa. "Exatamente como o senhor previu, detetive", disse o policial Reardon. "Despencou pela porta de trás como se estivesse com a calça pegando fogo."

Littlemore examinou o miserável Chong Sing. "Não quer falar comigo, senhor Chong, não é?", ele perguntou. "Que tal darmos uma olhada no seu apartamento? Abra."

Chong Sing era muito mais baixo que Littlemore ou Reardon. Era atarracado, com um nariz largo e achatado, e a pele enrugada. Gesticulava, perdido, tentando indicar que não falava inglês.

"Abra", Littlemore ordenou, batendo na porta trancada.

O chinês tirou uma chave e abriu a porta. O apartamento de um quarto era um modelo de ordem e limpeza. Não havia um grão de poeira ou uma xícara de chá fora de lugar. Dois catres baixos, com acolchoados gastos, aparentemente cumpriam a tripla função de camas, sofás e mesas. Não havia nada nas paredes. Diversos conjuntos de varetas de incenso ardiam a um canto e emprestavam um cheiro acre penetrante ao ar quente, parado.

"Tudo limpo para nós", disse Littlemore, assimilando o lugar. "Bem pensado. Mas falta um ponto." Erguendo o queixo, Littlemore apontou para o alto. Chong Sing e o policial olharam para cima. No teto baixo havia um borrão enegrecido, de quase um metro de comprimento, sobre cada um dos catres.

"O que é aquilo?", perguntou o policial.

"Mancha de fumaça", respondeu Littlemore. "Ópio, Jack; você nota alguma coisa engraçada na janela?"

Reardon olhou para a única janela do quarto, que estava fechada. "Não. O que há com ela?"

"Está fechada", respondeu Littlemore. "Trinta e sete graus, e a janela está fechada. Veja o que há lá fora."

Reardon abriu a janela e se debruçou sobre um exaustor estreito. Voltou com a mão cheia de objetos que encontrou debaixo do parapeito: uma lamparina a óleo, meia dúzia de cachimbos longos, tigelas e uma agulha. Chong Sing pareceu muito confuso, balançava a cabeça, olhava do detetive para o policial e de novo para o detetive.

"Você tem um comércio de ópio aqui, não é, senhor Chong?", disse o detetive. "Alguma vez você subiu ao apartamento da senhorita Riverford no Balmoral?"

"Hã?", disse Chong Sing, encolhendo os ombros, perdido.

"Como você ficou com os sapatos sujos de lama vermelha?", persistiu o detetive.

"Hã?"

"Jack", disse Littlemore, "leve o senhor Chong à cela na 47. Diga ao capitão Post que ele é um traficante de ópio."

Quando Reardon o pegou pelo braço, Chong por fim falou. "Espere. Eu conto. Eu só moro no apartamento de dia. Eu não conheço ópio. Nunca vi ópio."

"Tá", disse Littlemore. "Leve-o daqui, Jack."

"O.k., O.k.", disse Chong. "Eu conto quem vende ópio. O.k.?"

"Leve-o daqui", disse o detetive.

À visão das algemas de Reardon, Chong gritou: "Espere! Eu conto mais. Eu lhe mostro uma coisa. Senhor me segue corredor. Eu mostro o que procura".

A voz de Chong mudara. Ele agora parecia verdadeiramente amedrontado. Littlemore fez sinal para que Reardon deixasse Chong seguir à frente deles no corredor escuro e estreito. De dois andares abaixo, ainda se ouvia o estrépito do restaurante, e à medida que seguiam o chinês pelo hall, para além da escadaria, Littlemore começou a ouvir os sons dissonantes, metálicos, de música chinesa de cordas. O cheiro de carne ficou mais forte. Todas as portas estavam abertas para permitir que os moradores observassem os acontecimentos — todas as portas menos uma. A porta solitária fechada pertencia ao quarto que ficava na extremidade do corredor. Ali, Chong parou. "Dentro", ele disse. "Dentro."

"Quem mora aqui?", perguntou o detetive.

"Meu primo", disse Chong. "Leon. Ele mora aqui antes. Agora ninguém."

A porta estava trancada. Não houve resposta aos golpes de Littlemore, mas no momento em que o detetive se aproximou o suficiente para bater com as juntas da mão, ele se deu conta de que o cheiro opressivo de carne não vinha do restaurante. Pegou dois pequenos palitos de metal do bolso. Littlemore era hábil com portas trancadas. Abriu aquela em pouco tempo.

O quarto, embora idêntico em tamanho, contrastava em tudo o mais com o de Chong Sing. Enfeites vermelhos espalhafatosos ornavam todas as superfícies. Uma dúzia de vasos, grandes e pequenos, se espalhava pelo recinto, a maioria deles entalhados na forma de dragões e demônios. No batente da janela havia uma caixa de ruge laqueada, com um espelho redondo de rosto equilibrado atrás dela; sobre uma penteadeira, uma estatueta da Virgem com o Menino. Quase todo centímetro de parede estava coberto de fotografias emolduradas, todas elas representando um homem chinês que contrastava por inteiro com Chong Sing. O homem das fotografias era alto e extraordinariamente atraente, com um nariz aquilino e uma compleição agradável, límpida. Usava um sobretudo americano, camisa e gravata. Quase todos os retratos mostravam o homem com mulheres jovens — diferentes mulheres jovens.

Entretanto, o que mais chamava atenção era um objeto único, maciço, plantado bem no centro do quarto: um grande baú fechado. Era o tipo de baú usado por viajantes ricos, com laterais de couro e dobradiças de metal. Tinha as seguintes dimensões: meio metro de altura, meio de profundidade e um metro e meio de comprimento. Rolos de corda de campanha apertados o fechavam.

O ar estava fétido. Littlemore mal conseguia respirar. A música chinesa vinha do quarto bem acima deles; o detetive tinha dificuldade de pensar. O baú parecia, improvavelmente, ondular na atmosfera densa. Littlemore abriu seu canivete. Reardon também tirou o dele. Juntos, sem palavras, aproximaram-se da arca e começaram a serrar as cordas pesadas. Uma multidão de chineses, muitos com lenços apertados contra a boca, se juntou à entrada para observar.

"Guarde a faca, Jack", disse Littlemore para Reardon. "Apenas vigie Chong."

O detetive se ocupou das cordas. Quando cortou a última volta, a tampa do baú se abriu com força. Reardon recuou com um salto, pela surpresa ou pela explosão do gás malcheiroso que escapou de dentro do baú. Littlemore cobriu a boca com a manga da camisa, mas ficou onde estava. Dentro da arca havia três coisas: um chapéu de mulher encimado por um pássaro empalhado, uma grossa pilha de cartas e envelopes amarrados com barbante e o corpo dobrado de uma mulher jovem, intensamente decomposto, vestido somente em roupas de baixo, com um pingente de prata no peito e uma gravata branca de seda enrolada com firmeza em torno do pescoço.

Reardon não vigiava mais Chong Sing. Em vez disso, estava prestes a desmaiar. Percebendo a situação, Chong se esgueirou, porta afora, em meio à multidão de chineses que murmuravam.

Subimos, penosamente, em silêncio, os quatro lances de escada para o apartamento de Brill, cada um de nós se perguntando, imagino, como responderia às dificuldades em Worcester. Tínhamos duas horas antes de um jantar festivo ao qual Smith Jelliffe, o editor de Brill, tinha nos convidado. No quinto andar, Ferenczi fez um comentário sobre um cheiro estranho de folhas ou papéis queimados. "Quem sabe alguém está cremando uma pessoa morta na cozinha?", ele sugeriu bem-intencionado.

Brill abriu a porta. O que viu lá dentro era inesperado.

Estava nevando no apartamento de Brill — ou assim parecia. Uma poeira branca fina pairava pela sala, rodopiava nas correntes de ar criadas pela porta aberta; o chão estava coberto com a coisa. Todos os livros de Brill, as mesas, os batentes das janelas e as cadeiras também estavam cobertos. Havia cheiro de fogo por todo o lugar. Rose Brill estava no meio da sala com uma vassoura e um pano de pó, coberta da cabeça aos pés com uma crosta branca, varrendo o máximo que podia.

"Acabei de chegar", ela gritou. "Feche a porta, pelo amor de Deus. O que é isso?"

Eu peguei um pouco da coisa nas mãos. "São cinzas", eu disse.

"Você deixou alguma coisa cozinhando?", Ferenczi perguntou.

"Nada", ela respondeu, espanando os grânulos brancos dos olhos.

"Alguém fez isso", disse Brill. Ele andou pelo quarto em transe, com as mãos estendidas à frente, agarrando e abanando alternadamente as cinzas. De súbito, voltou-se para Rose. "Olhe para ela. Olhe para ela."

"O que foi?", perguntou Freud.

"Ela é um pilar de sal."

Quando o capitão Post chegou com reforços da delegacia da rua 47 West, ele ordenou — a despeito das objeções do detetive Littlemore — a prisão de meia dúzia de chineses da Oitava Avenida 782, entre eles o gerente do restaurante e dois fregueses que tiveram o azar de subir para ver a causa da comoção. O corpo foi transportado para o necrotério e iniciou-se uma dupla caçada humana.

O primeiro pensamento de Littlemore foi o de que teria encontrado o corpo desaparecido de Elizabeth Riverford, mas a decomposição já estava muito avançada. Littlemore não era patologista, mas duvidava que a srta. Riverford, assassinada no domingo à noite, pudesse ter apodrecido tanto até a quarta-feira. O sr. Hugel, pensou Littlemore, saberia com certeza.

Nesse meio-tempo, o detetive examinou as cartas encontradas no baú. Eram cartas de amor, mais de trinta delas. Todas começavam por *Querido Leon*; todas vinham assinadas *Elsie*. Vizinhos discordaram quanto ao nome do morador do quarto. Alguns o chamavam de Leon Ling; outros diziam que era William Leon. Ele dirigia um restaurante em Chinatown, mas ninguém o via havia um mês. Falava um inglês excelente e usava somente ternos americanos. Littlemore examinou as fotografias penduradas nas paredes. Os ocupantes do edifício confirmaram que o homem nos retratos era Leon, mas não sabiam ou não queriam dizer quem eram as mulheres. Littlemore notou que todas as mulheres eram brancas. Em seguida notou algo mais.

O detetive pegou uma das fotografias. Ela mostrava Leon de pé, sorrindo, entre duas mulheres jovens muito atraentes. Primeiro, o detetive pensou que talvez estivesse enganado. Quando se convenceu do contrário, pôs o retrato no bolso do colete, combinou de encontrar o capitão Post no dia seguinte e deixou o edifício.

O ar da noite estava desconfortavelmente quente e opressivo, mas parecia um jardim celestial comparado ao cubículo de onde Littlemore saíra. Passava das cinco quando ele chegou ao apartamento de Betty. Ela não estava em casa. A mãe tentou, freneticamente, fazer o detetive entender onde "Benedetta" estava, mas como a mulher falava italiano, e rápido, ele não entendeu nada. Por fim, um dos irmãos menores de Betty veio à porta e traduziu. Betty estava presa.

Tudo que a sra. Longobardi sabia — porque uma garota judia simpática havia lhe contado — era que tinha havido algum problema na fábrica onde Betty começara a trabalhar naquele dia. Algumas garotas haviam sido levadas, inclusive Betty. "Levadas?", perguntou Littlemore. "Para onde?"

A mãe não sabia.

Littlemore correu para a estação de metrô da rua 59. Ficou de pé durante todo o trajeto para o centro, agitado demais para se sentar. Na central de polícia ele soube que grevistas haviam atacado uma das grandes confecções de Greenwich Village, piqueteiros tinham quebrado janelas e a polícia tinha prendido algumas dúzias dos piores para limpar as ruas. Todos os arruaceiros estavam presos. Os homens estavam detidos num castelo de detenção maciço conhecido como Tombs e as mulheres em Jefferson Market.

14.

Nos anos 1870, uma projeção vitoriana extravagante do gótico primitivo se ergueu em um terreno triangular na esquina da rua 10 com a Sexta Avenida, num contraste incongruente com a vizinhança operária esquálida. O novo tribunal policromático era uma confusão de telhados de caída íngreme, com espigões e pináculos emergentes de cada patamar e ângulo; a torre de vigia, coroada por um pequeno torreão de cinqüenta metros, exibia um grande relógio em seus quatro lados. Uma cadeia de cinco andares, no mesmo estilo, ladeava o tribunal, e à cadeia se juntava outro grande edifício que abrigava um mercado. No conjunto, o lugar era conhecido como Jefferson Market; o conceito era de que instituições da lei e da ordem não deviam ser excluídas daquelas ligadas à vida cotidiana. De dia, casos criminais de grande importância eram julgados no tribunal de Jefferson Market. De noite, o mesmo tribunal se transformava na corte noturna da cidade, onde se processavam casos de imoralidade. Como resultado, a cadeia de Jefferson Market era ocupada em grande parte por prostitutas que aguardavam julgamento e punição. Foi ali, naquela cadeia, que Littlemore encontrou uma Betty esgotada, porém ilesa, na quarta-feira à noite.

Ela estava em uma grande cela apinhada no porão. Havia cerca de vinte e cinco a trinta mulheres detidas ali, de pé sobre pequenas saliências do piso ou sentadas em longos bancos que acompanhavam as paredes.

A cela era dividida entre duas categorias de prisioneiras. Havia cerca de quinze mulheres jovens em uniformes de trabalho como Betty — de saia simples, escura e sem estampas, naturalmente até os tornozelos, e blusa branca de mangas compridas. Estas detidas eram da fábrica de blusas onde Betty estivera empregada havia meio dia. Algumas das garotas não tinham mais que treze anos.

Suas colegas eram outra dúzia de mulheres, de diversas idades e bem mais coloridas nos cosméticos e roupas que usavam. A maioria falava alto, visivelmente à vontade, familiarizando-se com o ambiente. Uma delas, porém, falava mais alto que as demais, queixava-se aos guardas e exigia saber como uma mulher em seu estado podia ser mantida presa. Littlemore a reconheceu de imediato; tratava-se da sra. Susan Merrill. Era a única com um lugar para sentar, cedido a ela, respeitosamente, pelas outras. Sobre seus ombros tinha um embrulho vermelho, em seus braços, um bebê adormecido, sereno, apesar do barulho.

O distintivo de Littlemore permitiu que ele entrasse na cadeia, mas não foi suficiente para que libertasse Betty. Ficaram a alguns centímetros um do outro, separados pelas barras de ferro, que iam do chão ao teto, e se falaram em voz baixa. "Seu primeiro dia de trabalho, Betty", Littlemore disse, "e você entrou em greve?"

Ela não tinha entrado em greve. Quando Betty chegara à fábrica de manhã, fora diretamente ao nono andar e se juntara a cem outras garotas que costuravam. Havia, porém, ao menos cinqüenta bancadas vazias em frente a máquinas de costura ociosas. No dia anterior, cento e cinqüenta costureiras haviam sido demitidas por serem "simpatizantes do sindicato". Naquela noite, em resposta, o Sindicato Internacional das Trabalhadoras da Indústria do Vestuário convocara uma greve contra a fábrica de Betty. Na manhã seguinte, um pequeno bando de funcionárias e sindicalizadas se reunira na rua, gritando para as trabalhadoras nos andares acima delas.

"Elas nos chamaram de fura-greve", explicou Betty. "Agora eu sei por que me empregaram tão rápido — estavam substituindo as garotas sindicalizadas. Eu não podia ser uma fura-greve, Jimmy, podia?"

"Acho que não", disse Littlemore, "mas por que elas queriam fazer greve?"

"Oh, você não acreditaria. Primeiro, aquilo é quente como uma fornalha. Depois, eles cobram aluguel das garotas — por tudo: armários, máquinas de costura, agulhas, bancos. Você não ganha metade do pagamento que eles prometem. Jimmy, havia uma garota que trabalhou vinte e duas horas na semana passada e ganhou três dólares. Três dólares! Isso é... isso é... quanto é isso?"

"Quatro centavos por hora", disse Littlemore. "Isso não é nada bom."

"E também não é o pior. Eles trancam todas as portas para manter as garotas trabalhando, você não pode nem ir ao banheiro."

"Bem, Betty, você devia ter saído, e só. Você não tinha de ir fazer piquete, com gente quebrando janelas e tudo o mais."

Betty ficou entre indignada e confusa. "Eu não fiz nenhum piquete, Jimmy."

"Bem, então por que a prenderam?"

"Porque eu saí. Eles *disseram* que seríamos presas se saíssemos, mas eu não acreditei neles. E ninguém estava quebrando janelas. Os policiais simplesmente batiam nas pessoas."

"Não eram policiais."

"Oh, sim, eram sim."

"Meu Deus", disse Littlemore. "Preciso tirar você daqui." Ele chamou um dos guardas e explicou que Betty era sua garota e não participara da greve, estava presa por engano. Às palavras "minha garota", Betty olhou fixamente para o chão e sorriu embaraçada.

O guarda, um amigo de Littlemore, respondeu, desculpando-se, que tinha as mãos amarradas. "Não sou eu", Jimmy, ele disse. "Você tem de falar com Becker."

"Beck?", perguntou Littlemore, com os olhos brilhando. "Beck está aqui?"

O guarda levou Littlemore pelo corredor para uma sala onde cinco homens bebiam, fumavam e jogavam um carteado barulhento sob uma lâmpada elétrica piscante. Um deles era o sargento Charles Becker, um homem de cabeça de hidrante, dono de um barítono poderoso. Becker, um veterano de quinze anos da corporação, cuidava da jurisdição mais infestada de depravações de Manhattan, o Tenderloin, onde ficavam os cassinos e bordéis resplandecentes da cidade, inclusive o de Susan Merrill, misturados aos palácios e teatros de revista mais pomposos. A presença de Becker na cadeia era um golpe de sorte para Littlemore, que havia passado seis meses como patrulheiro na equipe dele.

"Olá, Beck", chamou Littlemore.

"Littlemouse!", ribombou Becker, dando as cartas. "Rapazes, apresento o meu irmãozinho detetive do centro. Jimmy, estes são Gyp, Whitey, Lefty e Dago — você se lembra de Dago, não?"

"Dago", disse o detetive.

"Há uns dois ou três anos", Becker disse para os colegas, referindo-se a Littlemore, "esse rapaz resolveu uma encrenca para mim. Encontrou o suspeito, que paga o preço desde então. Eles sempre pagam. O que está fazendo aqui, Jimmy, observando aves?"

Becker o escutou, assentindo, sem tirar os olhos da mesa de pôquer. Com o rugido de um homem que saboreia uma grande exibição de magnanimidade, ele ordenou aos guardas que libertassem a gata do detetive. Littlemore agradeceu a Becker profundamente e correu de volta para a cela, onde apanhou Betty. A caminho da saída, Littlemore enfiou a cabeça na sala de carteado e agradeceu a Becker de novo. "Ei, Beck", ele disse. "Pode ser mais um favor?"

"Fale, irmãozinho", respondeu Becker.

"Há uma senhora lá com um bebê. Alguma chance de soltá-la também?"

Becker apagou o cigarro. A voz dele continuou informal, mas a animação dos colegas de Becker de súbito se interrompeu. "Uma senhora?", perguntou Becker.

Littlemore sabia que alguma coisa estava errada, mas não sabia o que era.

"Ele está falando de Susie, chefe", disse Gyp, cujo nome real era Horowitz.

"Susie? Susie Merrill não está na minha cadeia, está, Whitey?", disse Becker.

"Está, chefe", respondeu Whitey, cujo nome real era Seidenschner.

"Você tem alguma coisa com Susie, Jimmy?"

"Não, Beck", disse Littlemore. "Eu só pensei... no bebê e tal..."

"Ahã", disse Becker.

"Esqueça", Littlemore observou. "Quero dizer, se ela..."

Becker urrou para que os guardas soltassem Susie. Ao comando, ele acrescentou diversos xingamentos selecionados, que exprimiam revolta com o fato de ele ter um bebê preso em sua cadeia, e em seguida gritou que, se houvesse "algum bebê" na detenção no futuro, ele deveria ser levado diretamente para ele. Essa observação produziu um tumulto de risadas de sua equipe. Littlemore decidiu que seria melhor sair. Agradeceu a Becker pela terceira vez — dessa vez sem obter resposta — e levou Betty embora.

A rua 10 estava quase deserta. Uma brisa soprava do oeste. Na escadaria da prisão, à sombra do edifício vitoriano maciço, Betty parou. "Você conhece aquela mulher?", ela perguntou. "A mulher com o bebê?"

"De certa forma."

"Mas Jimmy, ela é... ela é uma cafetina."

"Eu sei", disse Littlemore, rindo. "Estive na casa dela."

Betty deu um tapa na mandíbula do detetive.

"Oh", disse Littlemore. "Eu só fui lá para fazer algumas perguntas sobre o assassinato da Riverford. É só isso."

"Oh, Jimmy, por que você não disse?", perguntou Betty. Ela pôs as mãos no rosto e depois no dele. Sorriu. "Sinto muito."

Abraçaram-se. Ainda se abraçavam um minuto mais tarde quando as pesadas portas de carvalho da cadeia se abriram rangentes e um feixe de luz caiu sobre eles. Susan Merrill apareceu na soleira, carregando o bebê e um enorme chapéu. Littlemore a ajudou a transpor a porta. Betty pediu para segurar o bebê, cujo nome era Fannie, que a mulher mais velha entregou de bom grado.

"Então foi você que me soltou", Susie disse para Littlemore. "Suponho que imagine que eu lhe devo alguma coisa agora?"

"Não, madame."

Susie inclinou a cabeça para dar uma olhada melhor no detetive. Retomando o bebê de Betty, ela disse, num sussurro tão baixo que Littlemore mal pôde ouvi-la. "Você vai acabar sendo morto."

Nem Littlemore nem Betty responderam.

"Eu sei quem você está procurando", Susie continuou, com as palavras quase inaudíveis. "18 de março de 1907."

"O quê?"

"Eu sei quem, e eu sei o quê. Você não sabe, mas eu sei. Mas eu não faço nada de graça."

"O que aconteceu em 18 de março de 1907?"

"Você descobre. E você o *pega*", ela sibilou, com uma dose de veneno tão violenta que ela pôs uma mão sobre o rosto do bebê como que para protegê-lo.

"O que aconteceu nesse dia?", pressionou de novo Littlemore.

"Pergunte no vizinho", sussurrou Susie Merrill, antes de desaparecer na escuridão.

Rose nos varreu do apartamento — uma bondade da parte dela. Ela certamente não queria ver Freud envolvido com a limpeza. Quanto a Brill, ele parecia entorpecido como um soldado com síndrome de DaCosta. Ele não viria para o jantar, disse, e pediu que nos desculpássemos por ele.

Jones tomou o metrô para o hotel, que era mais central e menos caro que o nosso, enquanto Freud, Ferenczi e eu decidimos caminhar para o Manhattan, cortando caminho pelo parque. É extraordinário como à noite pode ser vazio o maior parque de Nova York. Primeiro trocamos hipóteses sobre a incrível cena no apartamento de Brill; em seguida, Freud perguntou a Ferenczi e a mim como ele deveria responder à carta do presidente Hall.

Ferenczi declarou que conviria mandar uma negativa de imediato, de preferência por telegrama, explicando que a conduta imprópria atribuída a Freud era na verdade praticada por Jones e Jung. A única questão, segundo Ferenczi, era se Hall acreditaria na nossa palavra.

"Você conhece Hall, Younger", disse Freud. "Qual é a sua opinião?"

"O presidente Hall acreditaria na nossa palavra", respondi, dando a entender que aceitaria a minha. "Mas andei me perguntando, doutor Freud, se isso não seria precisamente o que eles esperam que o senhor faça."

"Quem?", perguntou Ferenczi.

"Quem quer que esteja por trás disso", eu disse.

"Não estou acompanhando", disse Ferenczi.

"Percebo o que Younger quer dizer", respondeu Freud. "Quem fez isso, seja quem for, deve saber que as alegações dizem respeito a Jones e Jung, e não a mim. Assim, eles me induzem a incriminar os meus amigos, ao que Hall não poderá mais dizer que está diante de meros rumores. Ao contrário, eu terei corroborado a acusação, e Hall será obrigado a tomar as medidas apropriadas. Possivelmente ele vai impedir Jones e Jung de falar na semana que vem. Eu mantenho as minhas conferências à custa de comprometer dois dos meus seguidores — os dois mais bem situados para divulgar as minhas idéias para o mundo."

"Mas você não pode não dizer nada", protestou Ferenczi, "como se fosse a parte culpada."

Freud refletiu. "Nós vamos negar as acusações — mas é tudo que faremos. Vou enviar uma breve carta para Hall expondo os fatos: sou casado, nunca fui demitido de nenhum hospital, nunca atiraram em mim, e assim por diante. Younger, isso vai lhe criar uma situação incômoda?"

Eu entendi a pergunta. Ele queria saber se eu me sentiria obrigado a comunicar a Hall que, ao passo que Freud era inocente, Jones e Jung não o eram. Naturalmente, eu não faria nada parecido. "De modo algum, senhor", eu respondi. "Muito bem", Freud concluiu. "Depois disso, deixamos por conta de Hall. Se em nome dessa 'doação generosa' o presidente da Associação Americana de Psicologia estiver pronto para impedir que as verdades da psicanálise sejam ensinadas em sua universidade, você vai me desculpar, Younger, ele não é um aliado que valha a pena, e a América pode ir para o inferno." "O presidente Hall jamais vai aceitar as condições deles", eu disse, com mais convicção do que na verdade tinha.

Fora da prisão de Jefferson Market, Betty Longobardi teve três palavras para Jimmy Littlemore. "Vamos sair daqui." Littlemore não se sentia tão ansioso para ir embora. Ele levou Betty ao longo da Sexta Avenida, com seu rio de homens e mulheres fluindo para o norte na volta para casa depois do trabalho. Na esquina, a uns poucos passos da entrada do tribunal, Littlemore parou e não se mexia. Sob o barulho ensurdecedor de um trem de superfície, contou a Betty, excitado, sobre o dia agitado que tivera.

"Ela disse que você acabará sendo morto, Jimmy", foi a resposta de Betty, que expressava menos admiração pelos sucessos de Littlemore do que ele esperara.

"Ela também disse que deveríamos perguntar no vizinho", ele respondeu. "Deve ser o tribunal. Venha; está aberto."

"Eu não quero."

"É um tribunal, Betty. Nada pode acontecer num tribunal."

De volta ao prédio, Littlemore mostrou o distintivo para o porteiro, a ele lhes disse onde ficava o arquivo, mas acrescentou que em sua opinião não haveria ninguém lá àquela hora. Depois de subir dois lances de escada e de abrir caminho por um labirinto de corredores vazios, Littlemore e Betty chegaram a uma porta que dizia REGISTROS. A porta estava trancada, a sala atrás dela, escura. Arrombar e entrar não era o *modus operandi* habitual do detetive, mas, devido às circunstâncias, ele se sentiu justificado. Betty olhava em volta, nervosa. Littlemore forçou a fechadura. Bateu a porta atrás de si e acendeu uma lâmpada. Viram-se em um pequeno escritório com uma grande mesa. Havia uma saída pelos fundos. Estava destrancada; abria-se para uma sala de dimensões maiores. Ali ele encontrou armários e mais armários com gavetas etiquetadas. "Não há datas", disse Betty. "Somente letras."

"Deve haver um calendário", disse Littlemore. "Sempre existe um calendário. Espere, vou encontrá-lo."

Não levou muito tempo. Ele voltou para a mesa, onde havia duas máquinas de escrever, mata-borrões, vidros de tinta — e uma pilha de livros encadernados em couro, cada um deles com mais de meio metro de largura. Littlemore abriu o primeiro. Cada página representava um dia na vida da Corte Suprema de Nova York, com seus processos, Partes I a III. As páginas que Littlemore folheou indicavam todas as datas de 1909. Ele abriu o segundo livro, que se revelou o calendário de 1908, e em seguida o terceiro. Virando as páginas, ele logo chegou a 18 de março de 1907. Viu dúzias de linhas de nomes e números de casos, anotadas por uma mão experiente, a pena e tinta, muitas vezes riscadas ou sobrescritas. Ele leu em voz alta:

"*Dez e quinze da manhã, dia do calendário, Parte III: Wells v. Interborough R. T. Co. Truax, J. O.k., Wells.* Temos de encontrar Wells." Ele passou correndo por Betty de volta para o arquivo, onde em uma gaveta assinalada com W ele achou o caso de *Wells v. IRT*: um conjunto de três páginas presas com clipe. Ele as examinou. "Isto não é nada", disse. "Talvez algum acidente de metrô. Nem chegaram ao tribunal."

Ele voltou ao livro. "*Bernstein v. o mesmo*", ele leu. "*Mensinub v. o mesmo. Selxas v. o mesmo.* Nossa, deve haver ao menos vinte desses casos contra o IRT. Acho que temos de examinar todos eles."

"Talvez não seja o que estamos procurando, Jimmy. Não há nada mais?"

"*Dez e quinze da manhã, acordo processual: Tarbles v. Tarbles. Um divórcio?*"

"Isso é tudo?", perguntou Betty.

"*Dez e meia da manhã, acordo processual, Parte I, Processo criminal (continuação do processo de janeiro). Fitzgerald, J. Povo v. Harry K. Thaw*".

Eles se olharam. Betty e Littlemore reconheceram o nome na hora, como qualquer um em Nova York e quase qualquer um no país naquela época. "É ele...", disse Betty.

"... que matou o arquiteto no Madison Square Garden", completou Littlemore. Em seguida, ele se deu conta de por que Betty havia parado: podiam-se ouvir passadas pesadas embaixo, no hall.

"Quem será?", ela sussurrou.

"Apague a luz", Littlemore instruiu Betty, que estava junto da lâmpada. Ela estendeu a mão sob a cúpula e remexeu nervosamente nos botões, mas o resultado de seu esforço foi o acendimento de outro bulbo. Os passos se detiveram. Em seguida recomeçaram, e agora sem dúvida se aproximavam da sala de registros.

"Oh, não", disse Betty. "Vamos nos esconder no depósito."

"Eu não acho bom", disse Littlemore.

As passadas se aproximaram, depois se detiveram. A maçaneta girou e a porta se abriu. Entrou um homem baixo, de chapéu e um terno de três peças de aspecto barato, cujo bolso interno na altura do peito formava uma protuberância, como se ele portasse uma arma. "Não há banheiro por aqui?", ele perguntou.

"Segundo andar", disse Littlemore.

"Obrigado", disse o homem, batendo a porta atrás de si.

"Venha", disse Littlemore, voltando para a sala de arquivos. O caso do *Povo v. Thaw* ocupava uma boa dúzia de gavetas. Littlemore encontrou a transcrição do julgamento: havia milhares de páginas em blocos de dez centímetros de espessura presos por elásticos. A transcrição era ilegível em alguns lugares, com letras desiguais, sem pontuação, e frases inteiras de palavras adulteradas. Na data de 18 de março de 1907 havia somente cinqüenta ou sessenta páginas. Littlemore, folheando-as, logo chegou a diversas páginas que pareciam diferentes das outras: claramente datilografadas, organizadas em parágrafos separados, bem pontuadas.

"Um depoimento", ele disse.

"Oh, meu Deus", respondeu Betty. "Olhe." Ela apontava para as palavras *agarrou-me pela garganta* e *chicote*.

Littlemore voltou apressado para a primeira página do depoimento. Era datada de 27 de outubro de 1903 e começava por *Evelyn Nesbit, sob juramento, diz...*

"Essa é a mulher de Thaw, a vedete", disse Betty. Evelyn Nesbit havia sido descrita por mais de um autor enamorado da época como a garota mais bonita que já existira. Ela se casara com Harry Thaw em 1905, um ano antes de Thaw ter matado Stanford White.

"Antes de ser a esposa dele", disse Littlemore. Continuaram a ler:

Moro no hotel Savoy, na Quinta Avenida com a rua 59, na cidade de Nova York. Tenho dezoito anos de idade, tendo nascido no dia de Natal do ano de 1884.

Durante vários meses antes de junho de 1903, estive internada no hospital Bell's na rua 33 West, onde fui operada de apendicite, e durante o mês de junho fui para a Europa a pedido de

Henry Kendall Thaw. O sr. Thaw e eu viajamos pela Holanda, paramos em diversos lugares para tomar trens de conexão e em seguida fomos para Munique, Alemanha. Depois viajamos através das montanhas da Baviera, e finalmente chegamos ao Tirol austríaco. Durante todo esse tempo o citado Thaw e eu éramos conhecidos como marido e mulher, e éramos representados pelo citado Thaw, e conhecidos pelo nome de sr. e sra. Dellis.

"A víbora", disse Betty.

"Bem, ao menos ele se casou com ela mais tarde", disse Littlemore.

Depois de viajarmos juntos por cerca de cinco ou seis semanas, o citado Thaw alugou um castelo no Tirol austríaco, situado a cerca de meio caminho na encosta de uma montanha muito isolada. O castelo deve ter sido construído há séculos, pois os quartos e janelas eram todos à moda antiga. Ganhei um banheiro para o meu uso pessoal.

Na primeira noite, eu estava muito cansada e fui para a cama logo depois do jantar. De manhã, tomei café com o citado Thaw. Depois do café-da-manhã, o sr. Thaw disse que desejava me contar algo, e pediu para ir ao meu quarto. Eu entrei no quarto, quando o citado Thaw, sem nenhuma provocação, me agarrou pela garganta e arrancou o robe do meu corpo. O citado Thaw estava numa condição terrivelmente excitada. Os olhos faiscavam e ele tinha um chicote de couro na mão direita. Ele me segurou e me atirou na cama. Eu estava indefesa e tentei gritar, mas o citado Thaw colocou os dedos na minha boca e tentou me sufocar.

Depois, sem nenhuma provocação, e sem a menor razão, ele começou a me infligir uma série de golpes intensos e violentos com o chicote. Ele me agrediu com tanta brutalidade que a minha pele ficou cheia de cortes e escoriações. Eu pedi que ele desistisse, mas ele se recusou. Parava mais ou menos a cada minuto para descansar, e em seguida recomeçava o ataque.

Eu temia desesperadamente pela minha vida, os criados não ouviam os meus gritos, porque a minha voz não se espalhava pelo grande castelo, e, assim, eles não podiam vir em meu socorro. O citado Thaw ameaçou me matar, e por causa do ataque brutal, que eu descrevi, eu não conseguia me mexer.

Na manhã seguinte, Thaw de novo veio ao meu quarto e ministrou um castigo semelhante ao do dia anterior. Ele pegou um chicote de couro de boi e bateu na minha pele nua cortando a pele e me deixando quase desacordada. Eu perdi os sentidos e não sei quanto tempo depois eu recuperei a consciência.

"Que horror", disse Betty. "Mas ela se casou com ele... Por quê?"

"Pelo dinheiro, eu suponho", disse Littlemore. Ele folheou o depoimento de novo. "Você acha que é isso? O que Susie queria que nós encontrássemos?"

"Deve ser, Jimmy. É o mesmo que aconteceu com a pobre senhorita Riverford."

"Eu sei", disse Littlemore. "Mas isto é um depoimento. Susie parece ser alguém que tem conhecimento de depoimentos?"

"O que você quer dizer? Não pode ser uma coincidência."

"Por que ela se lembraria do dia, do dia exato em que esse depoimento foi lido no julgamento? Não faz sentido. Eu acho que há alguma coisa mais." Littlemore se sentou no chão, enquanto lia a transcrição. Betty suspirou impaciente. De súbito o detetive deu um grito. "Espere um minuto. Aqui vamos nós. Olhe para o *P* aqui, Betty. Este é o promotor, senhor Jerome, fazendo perguntas. Agora veja quem é a testemunha, que dá as respostas."

No lugar indicado pelo detetive, a transcrição dizia:

P. *Qual é o seu nome?*

R. *Susan Merrill.*

P. *Diga qual é o seu trabalho, por favor.*

R. *Eu tenho uma casa de tolerância para cavalheiros na rua 43.*

P. *A senhora conhece Harry K. Thaw?*

R. *Sim, eu conheço.*

P. *Quando a senhora o encontrou pela primeira vez?*

R. *Em 1903. Ele me procurou para reservar quartos. O que acabou fazendo.*

P. *Para quê, ele explicou?*

R. *Ele disse que estava contratando jovens para trabalhar no teatro.*

P. *Ele levou visitas para seus quartos?*

R. *Em geral moças jovens com cerca de quinze anos. Elas diziam que queriam trabalhar no teatro.*

P. *Aconteceu algo estranho em alguma das vezes em que uma dessas garotas apareceu?*

R. *Sim. Uma garota tinha ido para o quarto dele. Um pouco mais tarde, eu ouvi gritos e corri para o quarto. Ela estava amarrada ao pé da cama. Ele tinha um chicote na mão direita, pronto para golpeá-la. Ela estava toda cheia de vergões.*

P. *O que ela vestia?*

R. *Muito pouco.*

P. *O que aconteceu depois?*

R. *Ele ficou furioso e saiu correndo. Ela me disse que ele estava tentando assassiná-la.*

P. *A senhora pode descrever o chicote?*

R. *Era um chicote de cães. Naquela ocasião.*

P. *Houve outras ocasiões?*

R. *Numa outra vez havia duas garotas. Uma delas estava despida, a outra vestida com pouca roupa. Ele as açoitava com um chicote de montaria de mulher.*

P. *A senhora alguma vez falou com ele sobre esse assunto?*

R. *Sim. Eu lhe disse que elas eram todas garotas novas e ele não tinha o direito de chicoteá-las.*

P. *Que explicação ele deu para o que fazia?*

R. *Ele não deu nenhuma explicação. Ele disse que elas precisavam daquilo.*

P. *A senhora alguma vez avisou a polícia?*

R. *Não*

P. *Por quê?*

R. *Ele disse que se eu o fizesse ele me mataria.*

15.

"Venha", disse Freud, mudando de assunto, enquanto atravessávamos o parque no caminho da casa de Brill para o hotel. "Vamos ver como você anda se saindo com a senhorita Nora." Eu hesitei, mas Freud me assegurou de que eu podia falar diante de Ferenczi com a mesma liberdade com que falava com ele, de modo que recontei toda a história em detalhes: a relação ilícita entre o sr. Acton e a sra. Banwell, vista por Nora aos catorze anos, que Freud havia, de certa forma, previsto; a crise da garota no quarto do hotel, dirigida contra mim; a aparente recuperação da memória dela; a identificação de George Banwell como seu agressor; e a súbita chegada do próprio Banwell, juntamente com os pais da garota e o prefeito, que forneceu o álibi para Banwell.

Ferenczi, após declarar a repulsa pela natureza do ato sexual que a sra. Banwell praticara com Harcourt Acton — uma reação que me pareceu difícil de entender, vinda de um psicanalista —, perguntou por que Banwell não poderia ter atacado Nora Acton, ainda que não tivesse assassinado a outra garota.

248

Expliquei que eu tinha questionado o detetive sobre o mesmo ponto e que aparentemente havia evidências físicas que provavam que os dois ataques haviam sido executados pelo mesmo homem.

"Deixemos os problemas forenses para a polícia, não?", disse Freud. "Se a análise puder ajudar a polícia, muito bem. Se não, iremos ao menos ajudar a paciente. Eu tenho uma pergunta para você, Younger. Primeiro, você não acha que há algo de estranho na afirmativa de Nora quando ela diz que viu a senhora Banwell com o pai e não compreendeu à época exatamente o que presenciava?"

"A maioria das garotas americanas de catorze anos seria ignorante nesse aspecto, doutor Freud."

"Eu compreendo isso", Freud respondeu. "Mas não foi isso que eu quis dizer. Ela deu a entender que *agora* compreendia o que tinha testemunhado, não foi?"

"Sim."

"Você esperaria que uma garota de dezessete anos fosse mais bem informada que uma de catorze?"

Eu começava a entender a argumentação dele.

"Como", perguntou Freud, "ela sabe agora o que não sabia então?"

"Ontem ela sugeriu", respondi, "que lê livros de conteúdo explícito."

"Ah, sim, é verdade, muito bom. Bem, temos de pensar mais nisso. Mas por agora, a minha segunda pergunta é: diga-me Younger, por que ela se voltou contra você?"

"O senhor quer dizer, por que ela atirou a xícara e o pires em mim?"

"Sim", disse Freud.

"E o atingiu com o bule de chá fervente", acrescentou Ferenczi.

Eu não tinha resposta.

"Ferenczi, você pode esclarecer ao nosso amigo?"

"Eu também estou nas trevas", respondeu Ferenczi. "Ela está apaixonada por ele. Até aí é óbvio."

Freud se dirigiu a mim. "Pense de novo. O que você disse a ela imediatamente antes de ela se tornar tão violenta com você?"

"Eu tinha acabado de tocá-la na fronte", eu disse, "o que não deu certo. Eu me sentei. Pedi que ela completasse uma analogia que havia começado antes. Ela comparava a brancura das costas da senhora Banwell a alguma outra coisa, mas ela a interrompeu. Pedi a ela que completasse a idéia."

"Por quê?", perguntou Freud.

"Porque, doutor Freud, o senhor escreveu que toda vez que um paciente começa uma frase, mas a interrompe e não termina, estamos diante de uma repressão."

"Bom rapaz", disse Freud. "E como Nora respondeu?"

"Ela mandou que eu saísse. Sem aviso. E depois começou a atirar coisas em mim."

"Assim, sem razão?", perguntou Freud.

"Sim."

"Então?"

De novo eu não tinha resposta.

"Nunca lhe ocorreu que Nora teria ciúmes de qualquer demonstração de interesse seu por Clara Banwell? Especialmente por suas costas nuas?"

"Interesse pela senhora Banwell?", eu repeti. "Eu nunca vi a senhora Banwell."

"O inconsciente não leva tais delicadezas em conta", disse Freud. "Considere os fatos. Nora havia acabado de descrever Clara Banwell praticando felação no pai, testemunhada por ela aos catorze anos. Esse ato é naturalmente repugnante para qualquer pessoa decente; ele nos enche da maior aversão. Mas Nora não exibe nenhuma aversão, a despeito de dar a entender que compreende inteiramente a natureza do ato. Ela chega a dizer que achou os movimentos da senhora Banwell atraentes. Agora, é bem improvável que Nora presenciasse a cena sem um intenso ciúme. Uma garota passa por maus bocados para suportar a própria mãe: ela jamais permitirá que outra mulher desperte a paixão do pai sem um ressentimento amargo contra a intrusa. Nora, portanto, invejava Clara. Ela queria realizar a felação no pai. O desejo foi reprimido; ela o alimenta desde então."

Um instante antes, eu havia intimamente criticado Ferenczi por expressar repulsa ante um ato sexual "anormal" — repulsa que eu, por alguma razão, não compartilhava, a despeito da observação de Freud sobre o que todas as pessoas decentes sentiriam. Eu vinha dizendo a mim mesmo que todas as lições da psicanálise minavam a desaprovação da sociedade aos assim chamados desvios sexuais. Agora, porém, eu me via assaltado por um sentimento semelhante. O desejo que Freud atribuía à srta. Acton me revoltava. A repulsa é tão reconfortante; parece uma prova moral. É difícil nos livrarmos de qualquer sentimento moral ancorado na repulsa. Não podemos fazê-lo sem pôr em risco todo o nosso senso de certo e de errado, como se perdêssemos um suporte que sustenta toda a construção.

"Ao mesmo tempo", Freud prosseguiu, "Nora criou um plano para seduzir o senhor Banwell, para se vingar de Clara. Foi por isso que, algumas semanas depois, Nora concordou em se encontrar sozinha com Banwell numa cobertura para assistir aos fogos. Foi por isso que ela também caminhou com ele sozinha às margens de um lago romântico dois anos depois. Ela provavelmente o encorajou com sinais de interesse o tempo todo, como pode fazer com facilidade qualquer mulher bonita. Como ele deve ter se surpreendido quando ela o rejeitou — não uma vez, mas duas."

"Rejeitou porque o verdadeiro objeto de desejo era o pai", Ferenczi interveio. "Mas, ainda assim, por que ela atacou Younger?"

"Sim, por quê, Younger?", perguntou Freud.

"Porque estou no lugar do pai?"

"Exatamente. Quando você a analisa, você fica no lugar dele. É a reação transferencial previsível. Como resultado, o desejo inconsciente de Nora é gratificar Younger com a boca e a garganta. Essa fantasia a preocupava quando Younger se aproximou para tocar na sua testa. Ele nos disse, você se lembra, que naquele momento ela começou a abrir o xale. O gesto representava o convite para que Younger se aproveitasse dela. Aqui, posso acrescentar, está também a explicação de por que tocar a garganta dela teve sucesso, ao contrário do toque na testa. Mas Younger recusou o convite, ao dizer a ela que deixasse o xale no lugar. Ela se sentiu rejeitada."

"Ela parecia ofendida", eu disse. "Eu não sabia por quê."

"Não se esqueça", continuou Freud, "de que ela tem uma vaidade natural pelos ferimentos que sofreu. Não fosse assim, não usaria o xale. Ela já estava sensível à sua reação à visão das costas e do pescoço dela. Quando você lhe disse que ficasse com o xale, você a ofendeu. E quando, pouco depois, você levantou o tema das costas de Clara Banwell, foi como se dissesse: 'Estou interessado em Clara, não em você. Eu quero ver as costas de Clara, não as suas'. Assim, você sem querer recapitulou o ato de traição do pai, provocando na garota a fúria repentina, aparentemente inexplicável. Por isso o ataque violento — seguido de um desejo de lhe dar a garganta e a boca."

"Irrefutável", disse Ferenczi, balançando a cabeça, admirado.

Ao entrar na sala de visitas da casa em Gramercy Park, Nora Acton disse à mãe que não dormiria em seu quarto naquela noite. Em vez disso, ficaria no pequeno gabinete do primeiro andar. Dali, ela poderia ver o guarda postado fora da casa. De outro modo, ela disse, não se sentiria segura.

Essas foram as primeiras palavras que Nora dirigiu a algum dos pais desde que deixaram o hotel. Quando chegaram em casa, ela tinha ido direto ao seu quarto. O dr. Higginson havia sido chamado, mas Nora se recusou a vê-lo. Ela também se recusou a jantar, afirmando que não estava com fome. Isso não era verdade; na realidade, ela não comera desde a manhã, quando a sra. Biggs lhe preparara o café.

Mildred Acton, reclinada no sofá da sala de visitas, dizendo-se exausta, disse à filha que ela não estava sendo nada razoável. Com um policial vigiando a porta da frente e outro a dos fundos, como haveria qualquer perigo? Em todo caso, passar a noite no gabinete estava fora de questão. Os vizinhos a veriam. O que eles pensariam? A família deveria fazer tudo para agir como se não tivesse acontecido uma desgraça.

"Mãe", disse Nora, "como você pode dizer que eu fui desgraçada?"

"Bem, eu não disse nada disso. Harcourt, eu disse algo assim?"

"Não, querida", disse Harcourt Acton, junto de uma mesa de centro. Ele examinava cinco semanas de correio acumulado. "É claro que não."

"Eu disse especificamente que devemos agir como se você *não tivesse sido* desgraçada", esclareceu a mãe.

"Mas eu não fui", disse a garota.

"Não seja boba, Nora", aconselhou a mãe.

Nora suspirou. "O que você tem no olho, pai?"

"Oh... foi um acidente de pólo", explicou Acton. "Eu me machuquei com o meu próprio taco. Estúpido de minha parte. Você se lembra da minha antiga retina descolada? É o mesmo olho. Não consigo ver coisa alguma com ele agora. Isso é que é azar, não?"

Ninguém respondeu à pergunta.

"Bem", disse Acton, "nada comparado ao seu, Nora, é claro. Eu não quis dizer..."

"Não sente aí!", gritou a sra. Acton para o marido, prestes a se afundar numa poltrona. "Não, aí não. Mandei arrumar as poltronas pouco antes de sairmos."

"Mas onde eu devo me sentar?", perguntou Acton.

Nora fechou os olhos. Virou-se para sair.

"Nora", disse sua mãe. "Qual era o nome da sua faculdade?"

A garota parou, com todos os músculos tensos. "Barnard", ela respondeu.

"Harcourt, temos de falar com eles amanhã de manhã bem cedo."

"Por que você tem de falar com eles?", perguntou Nora.

"Para dizer que você não irá para lá, é claro. É impossível agora. O doutor Higginson disse que você precisa descansar. Para começar, eu nunca a aprovei. Uma faculdade para moças! Nunca ouvimos sobre nada parecido no meu tempo."

Nora ficou vermelha. "Você não pode."

"Como assim?", disse a sra. Acton.

"Eu quero ter uma educação."

"Você ouviu isso? Ela está me chamando de inculta", disse a sra. Acton para o marido. "Esses copos não, Harcourt, use os que estão em cima."

"Pai?", perguntou Nora.

"Bem, Nora", disse Acton, "temos de considerar o que é melhor para você."

Nora olhou para os pais com um ódio indisfarçado. Saiu da sala às pressas e subiu as escadas, sem parar no segundo andar, onde ficava o próprio quarto, nem no terceiro, mas para o quar-

254

to andar, com o teto baixo e as dimensões pequenas. Lá ela correu diretamente para o quarto da sra. Biggs, atirou-se na cama da velha e enterrou a cabeça na almofada grosseira. Se o pai não lhe permitisse ir para Barnard, disse à sra. Biggs, ela fugiria. A sra. Biggs fez o possível para confortar a garota. Uma boa noite de sono, ela disse, seria revigorante. Era quase meia-noite quando, por fim, Nora concordou em ir para a cama. Para ter certeza de que ela se sentiria segura, a sra. Biggs cuidou para que o sr. Biggs pusesse uma cadeira na porta do quarto de Nora, com instruções para que não saísse dali durante a noite toda.

O velho criado não abandonou o posto nenhuma vez naquela noite, embora caísse no sono em pouco tempo. Os policiais também ficaram de plantão. Assim, foi surpreendente que na escuridão da noite a garota de repente sentisse um lenço masculino pressionado com força contra sua boca e o fio gélido e afiado de uma lâmina em seu pescoço.

Por nunca ter visitado a casa de Jelliffe, eu não estava preparado para a sua extravagância. A palavra *apartamento* era inadequada, a não ser que alguém tivesse em mente a frase *apartamento real*, como Versalhes, por exemplo, que era, evidentemente, a moradia que Jelliffe tencionava evocar. Porcelanas chinesas azuis, estátuas de mármore branco e pernas primorosamente torneadas — pernas highboy, pernas davenport, pernas credenza — expostas em todos os cantos. Se Jelliffe pretendia passar aos convidados uma impressão de riqueza pessoal, ele o conseguia.

Eu já conhecia Freud bem o suficiente para ver que ele sentia repulsa; o nativo de Boston em mim teve a mesma reação. Ferenczi, ao contrário, era naturalmente subjugado pela opulência. Antes do jantar, eu o ouvi trocando gracejos com duas convidadas mais velhas na sala de Jelliffe, onde os empregados nos ofereceram entradas em bandejas de ouro, não de prata. Em seu terno branco, Ferenczi era o único homem presente que não usava preto. A situação não parecia lhe causar o menor desconforto. "Tanto ouro", ele disse admirado para as senhoras: no teto alto acima de nós, havia cenas celestiais de gesso folheadas a ouro, "me lembra a nossa ópera, construída por Ybl, em Budapest. Vocês a conhecem?"

Nenhuma das senhoras a conhecia. Na verdade, elas se confessaram confusas. Ferenczi não acabara de lhes dizer que era húngaro?

"Sim, sim", disse Ferenczi. "Oh, vejam aquele pequeno querubim no canto, com as uvas minúsculas penduradas na boca. Não é adorável?"

Freud estava ocupado em conversar com James Hyslop, professor aposentado de lógica da Columbia, que exibia no ouvido uma corneta do tamanho de um alto-falante de vitrola antiga. Jelliffe se reunira a Charles Loomis Dana, o ilustre neurologista e, diferentemente do nosso anfitrião, um integrante dos círculos da minha tia Mamie. Em Boston, os Dana são a realeza: *Sons of Liberty*, íntimos dos Adams e assim por diante. Eu conhecia uma prima distante de Dana, uma srta. Draper, de Newport, onde ela mais de uma vez fizera o teatro vir abaixo no papel de um velho alfaiate judeu. Jelliffe me lembrava um senador alegre, manipulador. Aparentava grande superioridade, ostentava suas proporções impressionantes como se corpulência fosse o mesmo que masculinidade.

Jelliffe me puxou para o seu grupo, que ele brindava com histórias sobre o célebre paciente, Harry Thaw, que aparentemente vivia como um rei no hospital onde estava confinado. Jelliffe chegou a dizer que trocaria de lugar com Thaw sem pensar duas vezes. O que eu tirei dessas observações foi que Jelliffe se deleitava com a fama de ser o psiquiatra de Thaw. "Vocês podem imaginar?", ele acrescentou. "Há um ano nós atestamos a sua insanidade para livrá-lo de assassinato. Agora ele quer que juremos pela sua sanidade para tirá-lo do asilo! E nós o libertaremos!" Jelliffe riu estrepitosamente, com o braço em volta do ombro de Dana. Muitos dos ouvintes o acompanharam; Dana não. Cerca de uma dúzia de convidados, no todo, se espalhava pela sala, mas eu entendi que se aguardava a chegada de mais um. Logo o mordomo abriu as portas e acompanhou uma mulher para a sala.

"Senhora Clara Banwell", ele anunciou.

"O senhor pode analisar qualquer pessoa, doutor Freud?", perguntou a sra. Banwell, quando os convidados passaram para a sala de jantar de Jelliffe. "O senhor pode me analisar?"

Em certas ocasiões sociais, homens por outro lado dignos e sérios passam a se comportar como atores num palco, representam na fala, atuam nos gestos. A razão é invariavelmente uma mulher. Clara Banwell produziu esse efeito nos convidados masculinos de Jellliffe. Ela tinha vinte e seis anos, a pele de uma brancura de uma princesa japonesa empoada. Tudo nela era perfeitamente constituído. A silhueta era primorosa. O cabelo era escuro como uma floresta, os olhos verdes cor do mar, com o brilho de uma inteligência refinada, provocadora. Uma pérola oriental iridescente pendia de cada orelha, e uma pérola rosa, grande, incrustada em um ninho de diamantes e platina, pendia de uma corrente de prata no pescoço. Quando ela esboçava um sorriso — e ela não fazia senão esboçá-lo — os homens caíam a seus pés. Em 1909, ao serem chamados para a mesa, os convidados de um jantar americano elegante formavam uma procissão em pares, cada mulher enlaçada ao braço de um homem. A sra. Banwell não pegou no braço de Freud. Ela lar-

257

gou os dedos suavemente sobre o pulso de Younger no momento decisivo, mas ainda conseguia se dirigir a Freud, cativando a atenção do grupo todo enquanto o fazia.

Naquela manhã, Clara Banwell havia voltado do campo para a cidade no mesmo carro que o sr. e a sra. Harcourt Acton. Jelliffe tinha cruzado com ela por acaso no lobby do edifício em que moravam. No instante em que soube que o marido, o sr. George Banwell, estaria ocupado, ele implorou para que Clara fosse a seu jantar naquela noite. Ele lhe assegurou que acharia os convidados muito interessantes. Jelliffe achava Clara Banwell totalmente irresistível — e o marido igualmente insuportável.

"O que as mulheres querem", Freud respondeu à pergunta dela enquanto ocupávamos nossos assentos à mesa cintilante de cristal, "é um mistério, tanto para o analista como para o poeta. Seria bom se a senhora nos explicasse, senhora Banwell, embora não possa. Vocês são o problema, mas não são mais capazes de solucioná-lo que nós, pobres homens. Agora, o que os *homens* querem é quase sempre claro. O nosso anfitrião, por exemplo, em vez da colher, pegou a faca por engano."

Todas as cabeças se voltaram para a figura corpulenta, sorridente, de Jelliffe, à cabeceira da mesa. Era verdade. Ele tinha a faca — não a faca de pão, mas a faca de jantar — na mão direita. "O que isso significa, doutor Freud?", perguntou uma mulher mais velha.

"Significa que a senhora Banwell despertou os impulsos agressivos do nosso anfitrião", disse Freud. "Essa agressividade, nascida de uma circunstância de competição sexual compreensível para todos, levou a mão para o instrumento errado, revelando desejos inconscientes para ele próprio."

Houve um murmúrio em volta da mesa.

"Um ponto, um ponto, eu confesso", gritou Jelliffe com um bom humor sem constrangimento, brandindo a faca na direção de

Clara, "a não ser, é claro, quando ele diz que os desejos em questão eram inconscientes." A maneira civilizada de lidar com o escândalo provocou um surto de risadas aprovadoras por todo lado.

"Em contraste", Freud continuou, "meu bom amigo Ferenczi aqui está prendendo o guardanapo meticulosamente na gola, como se pusesse um babador numa criança. Ele está apelando para o seu instinto materno, senhora Banwell."

Ferenczi olhou em torno da mesa com uma perplexidade bem-humorada: somente então ele percebeu que estava só nesse modo particular de usar o guardanapo.

"O senhor conversou longamente com o meu marido antes do jantar, doutor Freud", disse a sra. Hyslop, uma matrona sentada ao lado de Jelliffe. "O que o senhor descobriu sobre ele?"

"Professor Hyslop", respondeu Freud, "o senhor pode confirmar algo para mim? O senhor não mencionou o primeiro nome de sua mãe para mim, mencionou?"

"O que foi?", disse Hyslop, erguendo a corneta.

"Nós não falamos sobre a sua mãe, falamos?", perguntou Freud.

"Falar de mamãe?", repetiu Hyslop. "De modo algum."

"O nome dela era Mary", disse Freud.

"Como o senhor sabe?", gritou Hyslop. Olhou acusador em volta da mesa. "Como ele sabe disso? Eu não lhe falei o nome de mamãe."

"O senhor certamente falou", disse Freud, "sem sabê-lo. O enigma para mim é o nome de sua mulher. Jelliffe me disse que é Alva. Confesso que tinha previsto uma variante de Mary. Tinha quase certeza disso. Assim, eu tenho uma pergunta para lhe fazer, senhora Hyslop, se me permite. O seu marido por acaso a chama por algum apelido?"

"Bem, meu nome do meio é Maria", disse uma sra. Hyslop surpresa, "e ele sempre me chamou de Marie."

Ante a confissão, Jelliffe deixou escapar uma interjeição, e Freud recebeu uma salva de palmas.

"Eu acordei encatarrada hoje de manhã", interveio uma matrona em frente de Ferenczi. "No final do verão. Isso significa alguma coisa, doutor Freud?"

"Catarro, madame?", Freud fez uma pausa para refletir. "Algumas vezes um catarro é, receio, apenas catarro."

"Mas as mulheres são realmente tão misteriosas?", retomou Clara Banwell. "Eu penso que o senhor está sendo muito generoso com o meu sexo. O que as mulheres querem é a coisa mais simples do mundo." Ela se voltou para o jovem de cabelos escuros, de extrema boa aparência à direita dela, cuja gravata-borboleta branca estava ligeiramente torta. Ele não havia dito nada até então. "O que o senhor acha, senhor Younger? O senhor pode dizer o que quer uma mulher?"

Stratham Younger sentia dificuldade de avaliar Clara Banwell. Ele tinha problemas também em separar a idéia da sra. George Banwell do sr. George Banwell, que Younger não conseguia deixar de imaginar como um assassino, a despeito da desculpa arranjada pelo prefeito. Embora não soubesse disso, ele estava lutando para afastar de sua mente a imagem recorrente das adoráveis costas nuas da sra. Banwell, ondulando suavemente ao luar enquanto jogava os cabelos sobre os ombros.

Younger acreditava que Nora era a mulher mais bonita que já tinha visto. Porém, Clara Banwell era quase tão atraente quanto ela, ou ainda mais. O desejo no homem, diz Hegel, também começa por um desejo do desejo do outro. Era impossível um homem olhar para Clara Banwell sem desejar que ela o escolhesse, o protegesse, quisesse alguma coisa dele. Jelliffe, por exemplo, se atiraria de bom grado sobre uma espada se Clara se dispusesse a agraciá-lo com esse pedido. A caminho da sala de jantar, quando o braço de Clara se apoiou no seu, Younger sentiu o

260

toque em todo o seu ser. Mas havia algo nela que o afastava também. Talvez fosse o encontro com Harcourt Acton. Younger não se considerava um puritano, porém a idéia da sra. Banwell satisfazendo um homem de aparência tão frágil o intrigava.

"Tenho certeza, senhora Banwell", ele respondeu, "que um esclarecimento seu sobre o tema da mulher seria muito mais interessante que uma tentativa minha."

"Eu *poderia* lhe dizer, imagino, como as mulheres de fato se sentem sobre os homens", disse Clara, convidativa. "Ao menos sobre os homens que as interessam. O senhor gostaria?" Ouviu-se um crescendo de aprovação em volta da mesa; ao menos entre os convidados masculinos. "Mas eu não vou fazê-lo, a não ser que vocês homens prometam dizer como de fato se sentem em relação às mulheres." A negociação foi prontamente fechada por aclamação geral, embora Younger segurasse a língua, assim como Charles Dana na extremidade da mesa.

"Bem, já que os senhores me obrigam, cavalheiros", disse Clara. "Vou confessar o nosso segredo. As mulheres são inferiores aos homens. Eu sei que é retrógrado da minha parte dizer isso, mas negá-lo é tolice. Todas as riquezas da humanidade, materiais e espirituais, são criações de homens. As nossas altas cidades, a nossa ciência, a arte e a música — tudo foi construído, descoberto, pintado e composto por vocês homens. As mulheres sabem disso. Não podemos deixar de ser dominadas por homens mais fortes, e não podemos deixar de nos ressentir por isso. O amor de uma mulher por um homem é metade paixão animal e metade ódio. Quanto mais uma mulher ama um homem, mais ela o odeia. Para valer a pena, um homem deve ser superior à mulher; se ele for superior a ela, parte dela deve odiá-lo. É somente na beleza que superamos vocês, portanto, não é de admirar que veneremos a beleza acima de tudo. É por isso que uma mulher", ela completou, "se vê diante de um grande perigo na presença de um homem bonito."

A platéia estava hipnotizada, reação à qual Clara Banwell não estava desacostumada. Younger teve a impressão de que ela tinha lhe lançado um olhar muito passageiro quando finalizava as suas observações — ele não foi o único homem à mesa que teve esta impressão —, mas disse a si mesmo que era imaginação sua. Também ocorreu a Younger que a sra. Banwell podia ter acabado de explicar os extremos selvagens de emoções conflitantes que a mãe dele teria demonstrado em relação a seu pai. O pai de Younger se matara em 1904; a mãe não se casara de novo. Ele se perguntava se a sua mãe havia sempre amado e odiado seu pai do modo descrito pela sra. Banwell.

"A inveja é certamente a força predominante na vida mental das mulheres, senhora Banwell", disse Freud. "É por isso que as mulheres têm tão pouco senso de justiça."

"Os homens não são invejosos?", perguntou Clara.

"Os homens são ambiciosos", ele respondeu. "Sua inveja deriva principalmente dessa fonte. A inveja de uma mulher, ao contrário, é sempre erótica. A diferença pode ser vista nos devaneios. Todos nós temos devaneios, é claro. Os homens, porém, têm dois tipos de devaneios: eróticos e ambiciosos. Os devaneios de uma mulher são exclusivamente eróticos."

"Tenho certeza de que os meus não são", declarou a mulher gorda encatarrada.

"Eu acho que o doutor Freud está certo", disse Clara Banwell, "em todos os sentidos, mas em especial sobre a ambição dos homens. O meu marido, George, por exemplo. Ele é o homem perfeito. Não é nada bonito. Mas é atraente, vinte anos mais velho que eu, bem-sucedido, forte, determinado, destemido. Por todas essas razões eu o amo. Ele não tem a menor consciência de que eu existo a partir do instante em que estou fora do campo de visão dele; sua ambição tem essa força. Por isso eu o

262

odeio. A natureza me obriga. A conseqüência feliz, entretanto, é que sou livre para fazer o que bem entendo — por exemplo, estar aqui hoje de noite em um dos jantares adoráveis de Smith —, e George não vai nem ficar sabendo que saí do apartamento."

"Clara", respondeu Jelliffe, "estou ofendido. Você nunca me disse que tinha tanta liberdade."

"Disse que sou livre para fazer o que *eu* quero, Smith", respondeu Clara, "não o que você quer." As risadas foram de novo generalizadas. "Bem, agora confessei. O que dizem os homens? Não desprezam eles em segredo os laços de fidelidade marital? Não, Smith, por favor; eu sei o que você pensa. Eu gostaria de uma opinião mais objetiva. Doutor Freud, o casamento é algo bom?"

"Para a sociedade ou para o indivíduo?", respondeu Freud.

"Para a sociedade, o casamento é sem dúvida benéfico. Mas o peso da moralidade civilizada é grande demais para muitos. Há quanto tempo é casada, senhora Banwell?"

"Casei com George quando eu tinha dezenove anos", Clara respondeu, e a imagem de Clara Banwell aos dezenove anos na noite de núpcias ocupou a mente de vários convidados — não somente dos homens. "Isso soma sete anos."

"Nesse caso a senhora sabe o bastante", Freud continuou, "se não pela própria experiência, pela dos amigos, para não se surpreender com o que digo. A cópula satisfatória não dura muito na maioria dos casamentos. Depois de quatro ou cinco anos, o casamento tende a falir completamente nesse aspecto, e isso significa também o fim da comunhão espiritual. Como resultado, na maior parte dos casos, o casamento acaba em desapontamento, tanto espiritual como físico. O homem e a mulher são atirados de volta, do ponto de vista psicológico, ao estado pré-marital — com apenas uma diferença. São mais pobres. Mais pobres pela perda de uma ilusão."

Clara Banwell fixou Freud atentamente. Por um instante ela ficou em silêncio.

"O que ele está dizendo?", o velho professor Hyslop gritou, tentando aproximar a corneta de Freud.

"Ele está justificando o adultério", respondeu Charles Dana, falando pela primeira vez. "O senhor sabe, doutor Freud, à parte os truques de salão, é o seu foco nas doenças da frustração sexual que me surpreende. O nosso problema não é certamente o fato de reprimirmos muito a licenciosidade sexual; nós a reprimimos pouco."

"Âhn", disse Freud.

"Um bilhão de pessoas vive hoje na Terra. Um bilhão. E o número aumenta geometricamente. Como elas devem viver, doutor Freud? O que vão comer? Milhões inundam as nossas costas todos os anos: os mais pobres, os menos inteligentes, os mais inclinados à criminalidade. A nossa cidade é quase anárquica por causa deles. As nossas cadeias estão explodindo. Eles se reproduzem como moscas. E nos roubam. Não podemos culpá-los; se um homem é pobre demais para alimentar os filhos, ele deve roubar. E no entanto, doutor Freud, se compreendo as suas idéias, o senhor parece preocupado apenas com os males da repressão sexual. Eu imaginaria que um cientista deveria se preocupar mais com os perigos da emancipação sexual."

"O que você propõe, Charles, um fim para a imigração?", perguntou Jelliffe.

"Esterilização", respondeu Dana, vermelho, levando o guardanapo à boca. "O mais vil dos fazendeiros sabe que não deve permitir que o pior de seu rebanho cruze. Os homens foram criados iguais tanto quanto o gado. Se o gado pudesse cruzar livremente, teríamos carne de muito má qualidade. Todo imigrante sem meios, neste país, deveria ser esterilizado."

"Não involuntariamente, Charles, com certeza?", perguntou a sra. Hyslop.

"Ninguém os obriga a vir para cá, Alva", ele respondeu. "Ninguém os obriga a ficar. Como podemos chamá-la de involuntária? Se eles desejam se reproduzir, deixem-nos partir. Involuntário é ter de suportar o ataque de sua prole incapaz, que resulta em mendigos e ladrões. Eu concedo uma exceção, é claro, para aqueles capazes de passar num teste de inteligência. Sopa esplêndida, Jelliffe, uma tartaruga de verdade, não é? Oh, eu sei, vocês vão todos dizer que sou cruel e desalmado. Mas estou apenas tirando a fertilidade deles. O doutor Freud tiraria algo muito mais importante."

"O que seria?", perguntou Clara.

"A moral", respondeu Dana. "Que espécie de mundo teríamos, doutor Freud, se as suas opiniões se generalizassem? Posso quase imaginá-lo. As classes mais baixas desprezariam a 'moral civilizada'. A gratificação se transformaria no Deus. Todos se uniriam para rejeitar a disciplina e a abnegação, sem as quais a vida não tem dignidade. O povo se rebelaria; e por que não o fariam? E o povo, o que ele vai querer quando as regras da civilização forem suprimidas? O senhor acha que vão querer somente sexo? Vão querer novas regras. Vão querer obedecer a algum novo louco. Vão querer sangue — o seu sangue, provavelmente, doutor Freud, se a história serve como lição. Vão querer se provar superiores, como sempre fazem os inferiores. E vão querer matar para prová-lo. Imagino derramamento de sangue numa escala nunca vista. O senhor acabaria com a moralidade civilizada — a única coisa que mantém a brutalidade do homem sob controle. O que o senhor oferece em troca, doutor Freud? O que vai pôr no lugar?"

"Somente a verdade", disse Freud.

"A verdade de Édipo?", disse Dana.

"Entre outras", disse Freud.

"Ele teve muitos benefícios com ela."

* * *

Uma vela bruxuleava junto da cama de Nora Acton. A luz vinda do Gramercy Park brincava pálida em suas cortinas. A iluminação era insuficiente para conferir uma silhueta ao homem cuja presença Nora sentia, mais do que via, em seu quarto. Ela quis gritar, mas a sua mente não comandava o corpo. Havia de certa forma se separado — a mente — e vagava por conta própria. Ela parecia flutuar sobre a cama, subia na direção do teto, deixava o pequeno corpo vestido num robe na cama debaixo dela. Agora ela viu o agressor com clareza, mas de cima. Olhando para baixo, para si mesma, ela o viu retirar o lenço do rosto dela. Olhando para baixo, ela o viu encostar um batom vermelho de mulher em sua boca indefesa, adormecida. Por que ele pintaria os lábios dela? Ela gostava da aparência deles; ela sempre se perguntara. O que o homem faria em seguida? De cima, Nora o viu acender um cigarro na chama da vela junto da cama, colocar um joelho sobre a sua figura deitada, e apagar o cigarro diretamente em sua pele, bem embaixo, a somente um ou dois centímetros de sua parte mais íntima.

O corpo dela se retraiu sob o joelho que a comprimia. Ela o viu de cima; ela se viu retrair-se. Como se sentisse dor. Mas ela não sentia, não? Observando tudo de cima, ela não sentia nada. E se ela, ao se observar, não sentia dor, então não havia dor — não havia ninguém para senti-la —, ou havia?

QUARTA PARTE

16.

Vou ter de agir como se não a amasse, como se não tivesse nenhum sentimento por ela. Assim eu me dizia enquanto fazia a barba na quinta-feira de manhã. Às dez e meia eu devia me apresentar na casa dos Acton para retomar a análise de Nora. Eu sabia que podia tê-la para mim. Mas isso seria exploração, manipulação, aproveitar-se da vulnerabilidade terapêutica — violaria o juramento que eu fizera ao me tornar médico.

É impossível descrever as idéias que me vêm à mente quando imagino a garota, e eu a imagino a cada instante em que estou acordado. Bem, não impossível, mas desaconselhável. O que literalmente não consigo descrever é o vazio em meus pulmões quando estou privado de sua presença. É como se agonizasse de desejo por ela.

Sinto-me como Hamlet, paralisado. Com uma diferença: sinto que vou morrer se não agir, ao passo que Hamlet sente que vai morrer se o fizer. Para Hamlet, *ser* é *não* agir. Agir é morrer; é *não ser*:

269

Ser ou não ser, essa é que é a questão:
Será mais nobre suportar na mente
As flechadas da trágica fortuna,
Ou tomar armas contra um mar de escolhos
E, enfrentando-os, vencer? Morrer...

Em outras palavras, *ser* é simplesmente *sofrer* o destino, não fazer nada e, assim, viver, enquanto *não ser* é agir, *tomar armas e morrer*. Porque agir significa morrer, Hamlet diz que sabe por que não agiu: o medo da morte, conclui seu solilóquio, ou de *alguma coisa depois da morte*, fez dele um covarde e embaraçou seu desejo.

Assim, para Hamlet, *ser* é estagnação, sofrimento, covardia, inação, ao passo que *não ser* se liga a coragem, empreendimento, ação. Ou assim todos sempre entenderam a fala. Mas eu não tenho certeza. Sim, ao final, quando por fim age contra o tio, Hamlet vai morrer. Talvez ele saiba que é esse o seu destino. Mas ser não pode ser equiparado à inação. Vida e ação são por demais unidas. *Ser* não pode significar *não fazer nada*. Não pode. Hamlet está paralisado porque para ele agir de certa forma se equiparou a não ser — e essa equação falsa, a equivalência espúria, nunca foi inteiramente compreendida.

Mas por causa de Freud, eu não posso mais pensar em Hamlet sem pensar em Édipo, e receio que alguma coisa semelhante começou a atormentar meus sentimentos pela srta. Acton. Se Freud estiver certo sobre o desejo da srta. Acton de sodomizar o próprio pai, eu creio que não o suportaria. Sei que é completamente irracional de minha parte. Se Freud estiver certo, todos têm desejos análogos. Ninguém tem como evitá-los, e ninguém deve ser denunciado por isso. Ainda assim, no momento em que me ocupo de fazer conjecturas sobre o caso da srta. Acton, eu perco a minha capacidade de amá-la. Perco inteiramente meu apego ao amor: como podem seres humanos ser amados se trazemos em nós desejos tão repugnantes?

A manhã da quinta-feira começou tumultuada na casa dos Acton. Nora acordou com o nascer do dia, saltou da cama, abriu a porta com força e caiu de cabeça sobre o sr. Biggs, que dormia na cadeira diante da porta do quarto. A notícia se espalhou, o alarme soou. A srta. Acton tinha sido atacada durante a noite. Os dois patrulheiros postados fora da casa subiram e desceram as escadas, fizeram barulho, e nada conseguiram. Dr. Higginson foi chamado mais uma vez. O velho médico bem-intencionado, visivelmente perturbado pela repetida vitimização de Nora, e constrangido pela localização de sua queimadura, deu à garota um creme que ela poderia passar sempre que necessário. Ele em seguida saiu, balançando a cabeça, assegurando à família que ela não sofrera nenhum outro ferimento. Mais policiais chegaram à cena. O detetive Littlemore, que adormecera à sua mesa na noite anterior, chegou às oito.

O detetive encontrou Nora e os pais aflitos no quarto da garota. Agentes uniformizados examinavam o piso acarpetado e as janelas. Littlemore entregou seu equipamento de varredura a um dos homens e o orientou para ver se encontrava alguma impressão digital aproveitável na maçaneta da porta, nos pés da cama, no batente da janela. Nora estava sentada a um canto da cama, o centro imóvel do redemoinho, ainda de robe, com os cabelos desarrumados, os olhos entorpecidos e sem nada compreender. Sua narrativa dos fatos foi ouvida repetidas vezes.

Fora George Banwell, ela dizia a cada vez. Fora George Banwell com um cigarro e uma faca durante a noite. Ninguém ia prender George Banwell? A pergunta provocou protestos angustiados do sr. e da sra. Acton. Não poderia ter sido George, diziam; não poderia ser. Como Nora poderia ter tanta certeza no meio da noite?

Littlemore tinha um problema. Ele desejava ter mais alguma evidência contra Banwell além do testemunho da garota. Afinal, a memória da srta. Acton não era exatamente confiável. Pior, ela mesma admitia que não pudera ver de fato o homem em seu quarto na noite passada; estava muito escuro. O que dizia, e Littlemore desejava que não o tivesse dito assim, era que "ela simplesmente sabia" que era Banwell. Se Littlemore prendesse Banwell, o prefeito não ia gostar. Sua excelência não gostaria nem mesmo que Banwell fosse intimado para um interrogatório.

Tudo considerado, o detetive achou que seria melhor esperar pelas ordens do prefeito. "Se não se incomoda, senhorita Acton", ele disse, "eu poderia lhe fazer uma pergunta?"

"Vá em frente", ela disse.

"A senhorita conhece um William Leon?"

"Quem?"

"William Leon", disse Littlemore. "Um chinês. Também conhecido como Leon Ling."

"Não conheço nenhum chinês, detetive."

"Talvez isso reavive a sua memória, senhorita", disse o detetive. Do colete ele tirou uma fotografia e a entregou à garota. Era fotografia que ele retirara do apartamento de Leon, que retratava o chinês com duas jovens. Uma delas era Nora Acton.

"Onde você conseguiu isso?", a garota perguntou.

"Se pudesse apenas me dizer quem ele é", disse Littlemore. "É muito importante. Ele pode ser perigoso."

"Eu não sei. Nunca soube. Ele insistiu em tirar uma foto comigo e com Clara."

"Clara?"

272

"Clara Banwell", disse Nora. "É ela aqui, ao lado dele. Ele era um dos chineses de Elsie Sigel."

Os dois nomes eram muito interessantes para o detetive Littlemore. Ele agora sabia que a outra mulher no retrato era a esposa de George Banwell. Mais que isso, a não ser que William Leon tivesse uma queda por Elsies, ele acabava de identificar a autora das cartas encontradas no baú — e, possivelmente, a garota morta junto delas.

"Elsie Sigel", Littlemore repetiu, enquanto pegava a fotografia da srta. Acton e a guardava de novo no colete. "A senhorita poderia me falar sobre ela? Uma garota judia?"

"Deus do céu, não", disse Nora. "Elsie trabalhava como missionária. O senhor deve ter ouvido falar dos Sigel. O avô dela era bem famoso. Há uma estátua dele no Riverside Park."

Littlemore assobiou intimamente. O general Franz Sigel era de fato famoso, um herói da guerra civil que se tornara político popular em Nova York. Em seu funeral, em 1902, vinte e cinco mil nova-iorquinos prestaram homenagem ao velho, enterrado de uniforme. Não era de se esperar que as netas de generais da guerra civil escrevessem cartas de amor para gerentes de restaurantes chineses. Não se esperava, em absoluto, que escrevessem cartas para chineses. Ele perguntou qual era a ligação da srta. Sigel com William Leon.

Nora lhe contou o pouco que sabia. Na primavera passada, ela e Clara haviam oferecido serviço voluntário para uma das associações de caridade do sr. Riis. Tinham visitado famílias que moravam em imóveis de aluguel por todo o Lower East Side, oferecendo ajuda. Num domingo, em Chinatown, cruzaram com Elsie Sigel dando uma aula sobre a Bíblia. Um aluno dela tinha uma câmera fotográfica. Nora se lembrava bem dele, porque era muito diferente dos outros — muito mais bem-vestido e também falava melhor. Foi pela sua aparente amizade com Elsie que Clara e ela acharam que não podiam recusar os pedidos insistentes para que tirassem uma fotografia.

"A senhorita sabe onde a Elsie Sigel mora?", perguntou Littlemore.

"Não, mas eu duvido que a encontre em casa, detetive", disse Nora. "Elsie fugiu com um rapaz em julho. Para Washington, é o que todos dizem."

Littlemore assentiu. Agradeceu a Nora; em seguida perguntou ao sr. Acton se havia um telefone que ele pudesse usar. Ao falar com a central de polícia, ele deu instruções para que fossem localizados os pais de uma tal Elsie Sigel, neta do general Franz Sigel. Se os Sigel confirmassem que não viam a filha desde julho, eles deveriam ser levados para o necrotério.

Ao voltar para o quarto de Nora, Littlemore encontrou apenas Nora e a sra. Biggs. O último policial deixava o quarto naquele instante: disse a Littlemore que não havia encontrado nenhuma impressão nas janelas ou nos pés da cama. Quanto às maçanetas, muita gente havia entrado ou saído. A sra. Biggs tentava pôr ordem na confusão deixada pelos patrulheiros; Nora estava exatamente como quando ele tinha saído. Littlemore examinou o quarto. "Senhorita Acton", ele disse, "como acha que o homem entrou na noite passada?"

"Bem, ele deve... bem, eu não sei."

Era, Littlemore refletiu, certamente um enigma. Havia apenas duas portas na casa dos Acton, uma na frente e outra atrás. Haviam sido guardadas durante a noite toda por dois patrulheiros corpulentos, que juravam que ninguém tinha passado por elas. Era verdade que o velho Biggs havia adormecido ao lado do interruptor. Isso foi reconhecido por todos. Mas, esperto, Biggs tinha apoiado a cadeira na porta do quarto da garota; por isso ela caíra sobre ele de manhã. Teria sido difícil alguém passar por Biggs sem despertá-lo.

Poderia o intruso ter entrado por uma janela? O quarto de Nora era no segundo andar. Não havia uma maneira óbvia pela qual o homem pudesse ter escalado a casa, e, porque o quarto dava para o parque, qualquer um que tentasse tal feito estaria bem visível para o guarda postado na frente da casa. Poderia o invasor ter descido pelo telhado? Talvez. O telhado era acessível dos edifícios adjacentes. Mas os vizinhos juraram que *suas* casas não tinham sido invadidas na noite passada. Além disso, parecia a Littlemore que um homem grande teria tido bastante dificuldade para se espremer por uma das janelas de Nora.

Foi enquanto o detetive Littlemore inspecionava as janelas — que não mostravam sinais de entrada ou de saída de alguém — que a história de Nora começou a revelar imprecisões. A primeira foi a descoberta, pela sra. Biggs, de um cigarro apagado no cesto de lixo de Nora. O cigarro tinha marcas de batom. A sra. Biggs pareceu muito surpresa. O detetive também.

"Ele é seu, senhorita?", ele perguntou.

"É claro que não", disse Nora. "Eu não fumo. E nem tenho batom."

"O que a senhorita tem nos lábios agora?", perguntou Littlemore.

Nora tocou os lábios com as mãos. Somente então ela se lembrou de que Banwell passara batom nela. De algum modo, ela havia esquecido desse fato curioso. O episódio todo parecia tão indistinto, tão estranhamente nebuloso em sua mente. Ela contou ao detetive o que Banwell havia feito. Disse que ele devia ter posto batom no cigarro também e o atirara no cesto antes de sair. Ela não mencionou o aspecto mais singular da lembrança: o de que vira Banwell do alto e não de baixo. Mas ela insistiu em que não possuía nenhuma maquiagem.

275

"Importa-se se eu der uma olhada em seu quarto, senhorita Acton?", perguntou Littlemore.

"Os seus homens estão examinando o meu quarto há uma hora", ela respondeu.

"Importa-se?"

"Está bem."

Nenhum dos patrulheiros havia vasculhado os pertences pessoais de Nora. Foi o que fez Littlemore. Na gaveta mais baixa da penteadeira, ele encontrou diversos itens cosméticos, entre eles pó de arroz, um frasco de perfume e um batom. Havia também um maço de cigarros.

"Não são meus", disse Nora. "Não sei de onde vieram."

Littlemore trouxe os agentes de volta para um exame mais rigoroso. Alguns minutos depois, numa estante mais alta do armário da garota, escondido sob uma pilha de malhas de inverno, um policial encontrou algo inesperado. Um pequeno chicote de cabo curvo. Littlemore não tinha familiaridade com práticas medievais de flagelação, mas mesmo ele era capaz de notar que essa espécie particular de chicote permitiria alcançar lugares de difícil acesso — tais como as costas do chicoteador.

Foi bom não termos prendido Banwell, pensou Jimmy Littlemore.

Entretanto, o detetive não soube o que pensar quando outro policial lhe mostrou o que descobrira no quintal dos fundos. O patrulheiro tinha subido na árvore para ver se era possível alguém passar dela para o telhado. Não era, mas, ao descer, o agente viu o que lhe pareceu ser uma moeda: um pequeno círculo de metal brilhante em uma reentrância do tronco, a cerca de trinta centímetros do chão — invisível de baixo. Ele entregou o objeto a Littlemore: um prendedor de gravata masculina, redondo e de ouro, com um fio de seda branco preso na lingüeta. As iniciais no prendedor eram *GB*.

276

* * *

Desta vez, Brill estava atrasado para o café-da-manhã. Quando apareceu, o aspecto era assustador: com a barba por fazer, sobressaltado, com um dos colarinhos virado para cima. Rose, ele disse para Freud, Ferenczi e para mim, havia tido insônia durante a noite toda. Havia uma hora, ele tinha lhe dado um pouco de láudano; ele também mal dormira. Disse que precisava falar conosco em particular. Assim, nós quatro subimos ao quarto de Freud, deixando um recado para Jones e outro para Jung — embora nenhum de nós soubesse se Jung estava no hotel.

"Não posso fazê-lo", explodiu Brill, quando chegamos ao quarto de Freud. "Sinto muito, mas não posso. Eu já contei para Jelliffe." Ele se referia, aparentemente, à tradução do livro de Freud. "Se fosse apenas eu, eu lhes garanto — mas não posso pôr Rose em perigo. Ela é tudo que eu tenho. Vocês entendem, não é?"

Fizemos com que ele se sentasse. Quando se acalmou o bastante para falar com coerência, Brill tentou nos persuadir de que as cinzas em sua casa estavam ligadas aos telegramas bíblicos que ele vinha recebendo. "Vocês a viram", ele disse, referindo-se de novo a Rose. "Eles a tranformaram num pilar de sal. Estava no telegrama, e aconteceu."

"Alguém os enviou deliberadamente à sua casa?", perguntou Ferenczi. "Por quê?"

"Como um aviso", respondeu Brill.

"De quem?"

"Das mesmas pessoas que prenderam Prince em Boston. Das mesmas pessoas que estão tentando impedir as conferências de Freud na Clark."

"Como eles sabem onde você mora?", disse Ferenczi.

"Como eles sabem que Jones dorme com a empregada?", respondeu Brill.

"Não devemos tirar conclusões precipitadas", disse Freud, "mas é certamente verdade que alguém conseguiu uma grande quantidade de informações íntimas sobre nós."

Brill retirou um envelope do colete, e dele tirou um quadrado irregular de papel queimado, com alguma coisa datilografada. Via-se nele claramente um *ü* (com trema). A um espaço ou dois à sua direita havia uma letra que poderia ser um *H* maiúsculo. Não se via nada mais.

"Encontrei isso em minha sala", disse Brill. "Queimaram o meu manuscrito. O manuscrito de Freud. E puseram as cinzas no meu apartamento. Da próxima vez vão incendiar o prédio inteiro. Está no telegrama: 'uma chuva de fogo'; 'pare antes que seja tarde'. Se eu publicar o livro de Freud, eles vão matar Rose e a mim."

Ferenczi discordou dele, argumentou que seus medos eram desproporcionais aos fatos, mas Freud interrompeu. "Seja qual for a explicação, Abraham", ele disse, pondo uma mão no ombro de Brill, "deixemos o livro de lado por enquanto. O livro não é tão importante para mim quanto você."

Brill abaixou a cabeça e pôs a mão sobre a de Freud. Pensei que ele fosse chorar. Naquele instante, um camareiro bateu na porta e entrou com uma bandeja de café e doces encomendada por Freud. Brill se endireitou. Aceitou uma xícara de café. Parecia enormemente aliviado pelas últimas observações de Freud, como se tivesse se livrado de um grande peso. Assoando o nariz, disse num tom bem diferente — seu tom semi-sério, familiar: "De qualquer modo, não é comigo que você tem de se preocupar. E Jung? Você sabe, Freud, que Ferenczi e eu acreditamos que Jung seja psicótico? É a nossa opinião médica séria. Diga a ele, Sándor".

"Bem, eu não diria psicótico", Ferenczi respondeu. "Mas vejo evidências de um possível colapso."

"Bobagem", disse Freud. "Que evidências?"

"Ele está ouvindo vozes", respondeu Ferenczi. Ele se queixa de que o piso de Brill está macio sob os seus pés. A fala é entrecortada. E diz para todo mundo que encontra que o pai foi falsamente acusado de assassinato."

"Posso imaginar explicações para isso tudo que não uma psicose", disse Freud. Eu via que ele tinha algo em particular em mente, mas não entrou em detalhes. Eu me perguntava se devia levantar a interpretação surpreendente de Jung sobre o sonho do conde Thun de Freud, mas me preocupava que ele talvez não o tivesse contado a Brill e Ferenczi. Não seria necessário.

"E além disso, ele diz que você sonhou com ele há dez anos", gritou Brill. "O homem está louco."

Freud respirou fundo e respondeu. "Cavalheiros, vocês sabem tão bem quanto eu que Jung tem certas crenças sobre clarividência e ocultismo. Fico feliz de que compartilhem o meu ceticismo sobre o assunto, mas Jung não é o único a ter uma visão mais ampla."

"Uma visão mais ampla", disse Brill. "Se eu tivesse tamanha visão, você diria que eu estava delirando. Ele tem uma visão mais ampla do complexo de Édipo também. Ele não aceita mais a etiologia sexual, você sabe."

"Você gostaria que fosse assim", respondeu Freud calmo, "para que eu o descartasse. Jung aceita a teoria sexual sem reservas. Na verdade, ele vai apresentar um caso de sexualidade infantil na Clark na semana que vem."

"Sério? Você lhe perguntou o que ele pretende dizer na Fordham?"

Freud não respondeu, mas encarou Brill.

"Jelliffe me disse que ele e Jung andaram conversando sobre o assunto, e Jung está muito preocupado com a superestimação do papel do sexo nas psiconeuroses. Esta foi sua palavra: *superestimação*."

"Bem, é claro que ele não deseja superestimar isso", disse Freud ríspido. "Eu também não quero superestimar. Escutem, vocês dois. Eu sei que vocês têm sofrido com o anti-semitismo de Jung. Ele me poupa, o que o leva a incomodá-los com isso com mais energia. Também estou bem a par — eu lhes asseguro — das dificuldades de Jung com a teoria sexual. Mas vocês não podem esquecer: foi mais difícil para ele me seguir do que para vocês. Vai ser mais difícil para Younger, aqui, também. Um gentio tem de superar uma resistência interior muito maior. E Jung não é apenas um cristão, ele é filho de pastor."

Ninguém disse nada, de modo que eu arrisquei uma objeção. "Sinto muito, doutor Freud, mas que importância tem alguém ser cristão ou judeu?"

"Meu filho", respondeu Freud, rude, "você me lembra uma novela do irmão de James; como ele se chama?"

"Henry, senhor?"

"Sim, Henry." Se imaginei que Freud fosse falar mais em resposta à minha pergunta, eu me enganei. Em vez disso, ele se voltou para Ferenczi e Brill. "Vocês prefeririam que a psicanálise fosse uma questão judaica? É claro que é injusto que eu promova Jung quando outros estão comigo há mais tempo. Mas nós judeus devemos estar preparados para suportar certo grau de injustiça se quisermos abrir caminho no mundo. Não há outra escolha. Se meu nome fosse Jones, vocês poderiam ter certeza de que as minhas idéias, a despeito de tudo, se depararniam com menos resistência. Vejam Darwin. Ele desautorizou o Gênesis e é aclamado como herói. Somente um gentio poderá conduzir a psicanálise à terra prometida. Temos de conservar Jung junto à *die Sache*. Todas as nossas esperanças dependem dele."

As palavras que Freud falou em alemão significavam *a causa*. Eu não sabia por que ele não usara o inglês. Durante vários minutos ninguém disse nada. Ocupamo-nos do café-da-manhã.

Brill, porém, não comeu. Mordia as unhas. Imaginei que não haveria mais discussões sobre Jung, mas me enganava de novo. "E o que acha dos sumiços dele?", perguntou Brill. "Jelliffe me disse que Jung saiu do Balmoral antes da meia-noite no domingo, mas o recepcionista aqui jura que Jung não voltou ao hotel antes das duas. São duas horas sem justificativa depois da meia-noite. No dia seguinte, Jung afirma que estava em seu quarto, cochilando, a tarde toda, mas o recepcionista diz que ele esteve fora até de noite. Você bateu na porta de Jung na segunda de manhã, Younger. Eu também, com força e longamente. Não acho que ele estivesse lá. Onde ele estava?"

Eu interrompi. "Desculpe. Você acabou de dizer que Jung esteve no Balmoral no domingo à noite?"

"Sim", respondeu Brill. "No prédio de Jelliffe. Você esteve lá na noite passada."

"Oh", eu disse. "Eu não tinha percebido."

"Percebido o quê?", perguntou Brill.

"Nada", eu disse. "Apenas uma coincidência estranha."

"Que coincidência?"

"A outra garota — a garota assassinada — foi morta no Balmoral." Eu me mexi na cadeira, desconfortável. "No domingo à noite. Entre a meia-noite e as duas."

Brill e Ferenczi se entreolharam.

"Cavalheiros", disse Freud, "não sejam ridículos."

"E Nora foi agredida na segunda-feira à noite", observou Brill. "Onde?"

"Abraham", disse Freud.

"Ninguém está acusando ninguém", respondeu Brill inocentemente, mas com uma expressão excitada. "Estou apenas perguntando a Younger onde fica a casa de Nora."

"Em Gramercy Park", eu respondi.

"Cavalheiros, eu não quero mais continuar com isso", declarou Freud.

Outra batida na porta; Jung em pessoa entrou. Trocamos cumprimentos — formais, como era de se esperar. Jung, que não pareceu notar nosso desconforto, pôs açúcar no café e perguntou se tínhamos apreciado o jantar na casa de Jelliffe.

"Oh, Jung", Brill interrompeu, "você foi visto na segunda-feira."

"Como assim?", respondeu Jung.

"Você nos disse", admoestou Brill, "que passou a tarde de segunda-feira dormindo no quarto. Mas você foi visto na cidade."

Freud, balançando a cabeça, foi até a janela. Abriu-a completamente.

"Eu nunca disse que estive em meu quarto a tarde toda", respondeu Jung com indiferença.

"Estranho", disse Brill. "Eu juraria que sim. Isso me faz lembrar, Jung, estamos pensando em visitar Gramercy Park hoje. Imagino que não virá conosco."

"Entendo", disse Jung.

"Entende o quê?", perguntou Brill.

"Por que não diz logo?", retrucou Jung.

"Não consigo imaginar de que está falando", respondeu Brill. Ele procurava deliberadamente parecer um ator ruim fingindo ignorância sem sucesso.

"Então eu fui visto em Gramercy Park", respondeu Jung com frieza. "O que você vai fazer. Me denunciar à polícia?" Ele se voltou para Freud. "Bem, uma vez que a sua intenção ao me trazer para cá parece que foi a de me interrogar, perdoe-me, mas não posso tomar o café com você." Ele abriu a porta para sair e encarou Brill. "Não me envergonho de nada."

Devido à fama do falecido general Sigel, a polícia não teve dificuldade em localizar o endereço de sua neta Elsie. Morava com os pais na avenida Wadsworth, perto da rua 180. Um agente da delegacia de Washington Heights, enviado à residência, acompanhou o sr. e a sra. Sigel, com a sobrinha Mabel, ao edifício Van den Heuvel. Lá, em uma sala de espera do necrotério, eles encontraram o detetive Littlemore.

Deles ele soube que Elsie, de dezenove anos, havia de fato desaparecido havia cerca de um mês, após uma visita à avó Ellie, no Brooklin. Nos primeiros dias depois do desaparecimento, os Sigel receberam um telegrama de Elsie, vindo de Washington, D.C., informando que estava lá com um jovem, evidentemente casada. Ela pedia que os pais não se preocupassem com ela, assegurava que estava bem e prometia voltar para casa no outono. Os pais guardaram o telegrama, que mostraram para o detetive. Ele tinha de fato sido mandado de um hotel na capital, com o nome de Elsie no final, mas naturalmente não havia como se certificar de que fora ela a remetente. O sr. Sigel ainda não tinha contactado a polícia, na esperança de ter novas notícias da filha e preocupado em evitar um escândalo.

Littlemore mostrou aos Sigel as cartas do baú de William Leon. Eles reconheceram a letra. Em seguida o detetive lhes mostrou o pingente de prata encontrado na moça morta e o chapéu com o pássaro. Nem o sr. nem a sra. Sigel tinham visto os objetos antes — e na verdade afirmaram categoricamente que não pertenciam a Elsie —, mas Mabel os contradisse. O pingente era dela; ela o tinha dado a Elsie em junho.

Littlemore chamou o sr. Sigel de lado e disse que seria melhor ele dar uma olhada no corpo encontrado no apartamento de Leon. No andar de baixo, no necrotério, de início o sr. Sigel não pôde identificar o cadáver; estava decomposto demais. Sombrio, ele disse ao detetive que saberia a verdade se olhasse os dentes; o dente canino esquerdo da filha apontava na direção errada. Como o do pequeno corpo em decomposição sobre a placa de mármore. "É ela", disse o sr. Sigel em voz baixa.

283

Quando os dois homens voltaram à sala de espera, o sr. Sigel lançou um olhar pétreo e acusador à esposa. A mulher deve ter compreendido; ela caiu em prantos. Levou muito tempo para se acalmar. Em seguida, o marido contou a história. A sra. Sigel fazia o trabalho do Senhor em Chinatown. Durante anos ela labutara para converter os chineses pagãos ao cristianismo. Em dezembro passado, começara a levar Elsie consigo para a casa missionária. Elsie se engajara no trabalho com uma paixão que encantava a mãe, mas incomodava o pai. A despeito da forte desaprovação do sr. Sigel, a garota logo passou a ir sequiosa, sozinha, para Chinatown várias vezes por semana a fim de ministrar seus próprios cursos bíblicos dominicais. Um de seus alunos mais ávidos, o sr. Sigel lembrou com amargura, ousara ir à casa deles alguns meses antes. O sr. Sigel não sabia o nome dele. Littlemore lhe mostrou uma fotografia de William Leon; o pai fechou os olhos e assentiu.

Depois que os Sigel deixaram o necrotério, para suportar como pudessem a desgraça e o escândalo — repórteres já os esperavam do lado de fora —, o detetive Littlemore se perguntou onde estava o sr. Hugel. Littlemore imaginara que o legista quisesse realizar a autópsia pessoalmente e ouvir o relato dos Sigel. Mas o legista não estava lá. Em vez disso, um de seus médicos assistentes, o dr. O'Hanlon, examinara o corpo. Ele comunicou a Littlemore que a srta. Sigel havia sido estrangulada, que devia estar morta havia três ou quatro semanas e que o legista Hugel estava lá em cima, em sua sala, demonstrando um total desinteresse pelo caso.

17.

A excepcional Clara Banwell, usando um vestido verde que combinava com os olhos, despia a igualmente excepcional, e à beira do desespero, Nora Acton — acalmando-a, confortando-a, tranqüilizando-a. Ao chegar à casa pouco depois da saída de Littlemore, Clara havia delicadamente feito com que todos deixassem o quarto de Nora, tanto a polícia como a família. Quando Nora estava nua, Clara preparou para ela um banho frio, ajudando-a a entrar na banheira. Soluçando, Nora implorou que Clara a deixasse falar: haviam acontecido tantas coisas.

Clara pôs dois dedos sobre os lábios de Nora. "Shh", ela disse. "Não fale, querida. Feche os olhos."

Nora obedeceu. Gentilmente, Clara deu banho na garota, lavou seus cabelos e fez compressa em suas cicatrizes com uma toalha macia e úmida.

"Eles não acreditam em mim", disse Nora, segurando as lágrimas.

"Eu sei. Deixe estar." Clara tentava consolar a garota abalada, e pediu à sra. Biggs, que andava para lá e para cá no corredor, que trouxesse a pomada que o dr. Higginson havia deixado.

"Clara?"

"Sim."

"Por que você não veio antes?"

"Shh", respondeu Clara, resfriando a sobrancelha de Nora.

"Agora estou aqui."

Mais tarde, depois de escoada a água do banho, Nora recostou-se na banheira, seu torso agora enrolado numa toalha branca, os olhos ainda fechados. "O que você está fazendo, Clara?", ela perguntou.

"Depilando você. Precisamos limpar essa queimadura horrível. Além disso, vai ficar mais bonita assim." Clara pôs a mão de Nora sobre sua região mais delicada, como que para protegê-la. "Isso", ela disse. "Aperte, querida." Clara colocou a própria mão forte sobre a de Nora, mantendo uma pressão firme e mudando de posição vez ou outra, para que pudesse fazer o seu trabalho. "Nora. George esteve comigo ontem durante a noite toda. A polícia me perguntou e eu tive de lhes contar. Você precisa dizer a eles agora. De outro modo, vão te levar embora. Eles já estão em negociações com um sanatório."

"Eu não me incomodaria com um sanatório", disse Nora.

"Não seja boba. Você não preferiria vir comigo para o campo? É isso que vamos fazer, querida. Você e eu, só as duas, como nós gostamos. Vamos poder falar sobre tudo lá." Clara acabou de passar a navalha. Ela passou na queimadura de Nora a pomada sedativa deixada pelo médico. "Mas você precisa dizer para eles."

"Dizer o quê?"

"Bem, que você mesma fez isso tudo a você. Você estava muito brava com nós todos: com George, com a sua mãe e seu pai, até mesmo comigo. Você estava tentando se vingar de nós."

"Não, eu jamais ficaria brava com você."

"Oh, querida, nem eu com você." Clara voltou a prestar atenção às duas lacerações nas coxas de Nora. Passou nelas também a pomada do médico, movimentando os dedos em círculos delicados. "Mas você precisa falar com eles agora. Diga como lamenta por tudo. Você vai se sentir muito melhor. E depois poderá vir comigo pelo tempo que quiser."

Nem mesmo o legista, um homem de temperamento genioso, passava da fúria à exultação e ao desânimo com a rapidez com que o fez ao ouvir o relato do detetive Littlemore sobre os acontecimentos na casa dos Acton naquela manhã. Littlemore havia procurado fazer o legista se interessar em Elsie Sigel, mas Hugel pusera o assunto de lado. O legista soubera do alarido na casa dos Acton por um dos meninos de recados. Daí a sua ira. Por que tinham avisado Littlemore e não ele? Depois, ao ouvir a história de Nora, Hugel soltou gritos de "Ah!" e "Agora nós o pegamos!" e "Eu te disse, não disse?". Por fim, ao saber da descoberta do batom, dos cigarros e do chicote escondidos no quarto da garota, ele afundou de novo na cadeira.

"Acabou", disse Hugel em voz baixa. Seu rosto foi ficando carrancudo. "A garota deve ser descartada."

"Não, espere, senhor Hugel. Ouça isto." Littlemore contou ao legista a descoberta do prendedor de gravata.

Hugel mal registrou a novidade. "Muito pouco, e muito tarde", disse com amargura. Ele grunhiu com desgosto. "Eu acreditei em tudo que ela disse. A garota deve ser descartada, você ouviu?"

"O senhor acha que ela é louca."

O legista respirou fundo. "Eu o parabenizo, detetive, pela lógica precisa. O caso Riverford-Acton está concluído. Informe o prefeito. Eu não vou falar com ele."

O detetive piscou sem compreender. "O senhor não pode encerrar o caso, senhor Hugel."

"Não há caso", disse o legista. "Eu não posso abrir um processo de assassinato sem um corpo de delito. Você compreende? Não há assassinato sem um corpo. E eu não posso entrar com um processo por agressão sem uma agressão. Ou nós vamos indiciar a senhorita Acton por agredir a si mesma?"

"Espere, senhor Hugel, eu não lhe contei. Lembra-se do homem de cabelos pretos? Eu descobri para onde ele foi. Primeiro ao Hotel Manhattan — que tal? —, e depois a um bordel na rua 40. Assim, eu também fui ao bordel, e a dona me indicou a pista de Harry Thaw, que..."

"Do que você está falando, Littlemore?"

"Harry Thaw, o sujeito que matou Stanford White."

"Eu sei quem é Harry Thaw", disse o legista, contendo-se bastante.

"O senhor não vai acreditar, mas se o chinês não for o assassino, eu acho que o nosso sujeito pode ser Harry Thaw."

"Harry Thaw."

"Ele escapou, lembra? Foi inocentado", disse Littlemore.

"Bem, em seu julgamento, houve esse depoimento de sua esposa e..."

"Você vai envolver Harry Houdini nisso também?"

"Houdini? Houdini é o artista das fugas, senhor Hugel."

"Eu sei quem é Houdini", disse o legista, muito baixo.

"Por que o meteria nisso?", perguntou Littlemore.

"Porque Harry Thaw está numa cela trancada, detetive. Ele não foi inocentado. Ele está encarcerado no hospital estadual de Matteawan para criminosos portadores de insanidade mental."

"Está? Pensei que tivesse saído. Mas então... então ele não pode ser o sujeito."

"Não."

"Eu não entendo. Essa senhora da casa para onde foi o homem de cabelos pretos..."

"*Esqueça do homem de cabelos pretos!*", explodiu o legista. "De qualquer modo ninguém me escuta. Eu escrevo um relatório; ninguém o lê. Eu decido que alguém deve ser preso; a minha decisão é ignorada. Estou encerrando o caso."

"Mas os fios", respondeu Littlemore. "Os cabelos. Os ferimentos. O senhor disse, o senhor mesmo disse."

"O que foi que eu disse?"

"O senhor disse que o mesmo sujeito que matou a senhorita Riverford atacou Nora Acton. O senhor disse que havia provas. Isso significa que a senhorita Acton não inventou tudo. *Houve* uma agressão, senhor Hugel. *Há* um caso. *Alguém* atacou a senhorita Acton na segunda-feira."

"O que eu disse, detetive, foi que a evidência material fazia pensar que o agressor pudesse ser a mesma pessoa nos dois casos, não que havia uma prova. Leia o meu relatório."

"O senhor não acha que a senhorita Acton — o senhor não acha que a senhorita Acton se chicoteou, acha?"

O legista olhou para a frente com os olhos lentos, insones. "Repulsivo", ele disse.

"Mas e o prendedor de gravata? O senhor disse que havia um prendedor com as iniciais de Banwell. É exatamente o que procurava, senhor Hugel."

"Littlemore, você tem ouvidos? Você ouviu Riviere. A impressão no pescoço de Elizabeth Riverford não era *GB*. Eu errei", resmungou Hugel irritado. "Cometi um erro depois do outro."

"Então o que fazia o prendedor na árvore?"

"Como vou saber?", berrou Hugel. "Por que você não pergunta para ela? Nós não temos nada. Nada. Somente essa garota infernal. Nenhum júri do país acreditaria nela agora. Ela mesma provavelmente pôs o prendedor na árvore. Ela é — ela é uma psicopata. Ela tem de ser descartada."

* * *

Sándor Ferenczi, sorrindo e acenando de modo encorajador com a cabeça, saiu de costas pela porta do quarto de Jung, como um cortesão que se retira da presença real. Ele tinha, com certo desconforto, transmitido o pedido de Freud para se encontrar com Jung a sós. "Diga que vou encontrá-lo em dez minutos", respondera Jung. "Com prazer."

Ferenczi contava com um suíço implacável, muito ressentido, e não com o Jung sereno que o cumprimentou. Ferenczi teria de dizer a Freud que a mudança de temperamento de Jung lhe parecera estranha. Mais que isso, ele teria de dizer a Freud o que Jung fazia.

Centenas de pedregulhos e pequenas pedras, juntamente com uma braçada de galhos quebrados e de grama cortada, se espalhavam pelo chão do quarto de Jung. Ferenczi não imaginava de onde teriam aparecido, possivelmente de terrenos baldios onde havia construções, e que pareciam existir por todos os lados em Nova York. Jung estava sentado de pernas cruzadas no chão, brincando com aqueles materiais. Ele tinha removido toda a mobília do hotel — poltronas, luminárias, mesa de centro — do caminho, para abrir um amplo vazio no piso. Nesse espaço, ele havia construído uma cidade de pedras, com dúzias de pequenas casas em volta de um castelo. Cada casa tinha o próprio terreno de grama em tufos nos fundos: quem sabe uma horta ou um quintal. No centro do castelo, Jung procurava fixar um galho em forma de forquilha, com longas lâminas de grama amarradas nele, mas não conseguia firmá-lo de pé. Era por isso, imaginou Ferenczi, que Jung precisava de mais dez minutos. Desde que, Ferenczi acrescentou para si, a demora não tivesse nenhuma relação com o revólver largado sobre o criado-mudo de Jung.

* * *

É certamente impossível uma casa possuir um semblante, mas eu poderia jurar o contrário quando me aproximei da casa de pedra calcária dos Acton, em Gramercy Park, no final da manhã de quinta-feira. Antes que alguém abrisse a porta, eu sabia que algo nela estava errado.

A sra. Biggs me fez entrar. Sua loquacidade habitual havia desaparecido. A mulher estava, literalmente, espremendo as mãos. Num sussurro angustiado, ela me contou que fora tudo culpa dela. Ela estava somente fazendo a limpeza, disse. Nunca o teria mostrado a ninguém se soubesse.

Aos poucos a sra. Biggs se acalmou, e por ela eu soube dos acontecimentos terríveis, inclusive da descoberta do cigarro denunciador. Ao menos, a sra. Biggs acrescentou aliviada, a sra. Banwell estava lá. Era evidente que a velha criada considerava Clara Banwell capaz de assumir as coisas com mais competência que os próprios pais da moça. A sra. Biggs me deixou na sala de estar. Quinze minutos depois, Clara Banwell entrou.

A sra. Banwell estava pronta para sair. Ela usava um chapéu simples, com um véu diáfano, e trazia um guarda-sol fechado que devia ter custado muito caro, a julgar pelo cabo iridescente. "Perdoe-me, doutor Younger", ela disse. "Não quero atrasar o seu encontro com Nora. Mas eu poderia ter uma palavra com o senhor antes de sair?"

"Certamente, senhora Banwell."

Enquanto ela tirava o chapéu e o véu, não pude deixar de notar o comprimento e a espessura de seus cílios, atrás dos quais brilhavam os olhos inteligentes. Ela não era uma das ninfas da sra. Wharton, "submetida às convenções da sala de estar". Antes, as convenções a iluminavam. Era como se toda a moda tivesse sido escolhida para exibir o seu corpo, as suas cores, os seus olhos. Eu não decifrava a expressão dela; parecia tão orgulhosa quanto vulnerável.

"Eu agora sei o que Nora lhe contou", ela disse. "Sobre mim. Ontem à noite eu não sabia."

"Sinto muito", respondi. "São os riscos não invejáveis da prática médica."

"O senhor parte do princípio de que os pacientes lhe contam a verdade?"

Eu não disse nada.

"Bem, nesse caso, *é* verdade", ela disse. "Nora me viu com o pai dela, exatamente como descreveu. Mas como o senhor sabe disso, quero que saiba o resto. Eu não agi sem o conhecimento do meu marido."

"Eu lhe asseguro, senhora Banwell..."

"Por favor, não. O senhor acha que eu quero me justificar." Ela pegou uma fotografia sobre a lareira: era Nora aos treze ou catorze anos de idade. "Eu já passei da necessidade de me justificar, doutor. O que eu quero lhe dizer é pelo bem de Nora, não por mim. Lembro de quando se mudaram de volta para esta casa. George a reconstruiu para eles. A beleza de Nora era chocante, mesmo à época. E tinha apenas catorze anos. Sentíamos que por uma vez as deusas deixaram de lado as diferenças e a fizeram juntas como um presente para Zeus. Eu não tenho filhos, doutor."

"Entendo."

"Será? Não tenho filhos porque o meu marido não permite que eu tenha. Ele diz que estragariam o meu corpo. Nós nunca tivemos uma relação sexual... normal, meu marido e eu. Nenhuma vez. Ele não permite."

"Talvez ele seja impotente."

"George?" Ela pareceu achar a idéia divertida.

"É difícil acreditar que um homem possa se conter deliberadamente ante as circunstâncias."

"Creio que isso seja um cumprimento, doutor. Bem, George não se contém. Ele faz com que eu o satisfaça de... de uma maneira diferente. Para as relações comuns ele recorre a outras mulheres. O meu marido deseja muitas das jovens que encontra, e ele as tem. Ele queria Nora. Acontece que o pai de Nora me queria. Assim, George encontrou uma maneira de conseguir o que queria. Ele me obrigou a seduzir Harcourt Acton. É claro que eu não estava autorizada a fazer com Harcourt o que me era proibido com o meu próprio marido. Isso explica o que Nora viu."

"O seu marido acreditava que ele podia fazer com que Acton prostituísse a própria filha?"

"Na verdade, Harcourt não tinha de oferecer Nora, doutor. Tudo o que meu marido precisava era que Harcourt achasse que a sua própria felicidade dependia tanto de mim que ele relutaria, relutaria profundamente em que acontecesse qualquer cisão entre a família dele e a nossa. Dessa forma, quando fosse o caso, ele se faria de cego e surdo."

Eu compreendi. Depois que a sra. Banwell começara a ter relações com o sr. Acton, George Banwell assediara Nora pela primeira vez. Evidentemente, a estratégia funcionou. Quando Nora se queixou ao pai e pediu que ele mandasse Banwell embora, o sr. Acton escolheu desacreditá-la e repreendê-la — como se, Nora me contara, ela tivesse feito alguma coisa errada. E, de fato, fizera: ela havia ameaçado a sua combinação preciosa com a sra. Banwell.

"O senhor deve estar pensando o que significa", acrescentou a sra. Banwell, "para um homem como Harcourt Acton, a materialização do que ele apenas imaginou em sonhos — na verdade, o que ele jamais teve coragem nem de sonhar. Eu realmente acredito que o homem faria qualquer coisa que eu pedisse."

Senti uma pressão estranha bem abaixo do meu esterno.

"O seu marido conseguiu o que ele queria?"

"O senhor está perguntando por razões profissionais, doutor?"

"Naturalmente."

"Naturalmente. A resposta, acredite, é não. Ainda não, em todo caso." Ela recolocou a fotografia de Nora em seu lugar sobre a lareira, ao lado de um retrato dos pais da garota. "Seja como for, doutor, Nora sabe que eu sou... infeliz no casamento. Eu acredito que ela agora está tentando me salvar."

"Como?"

"Nora tem uma imaginação muito fértil. Você não pode se esquecer disso: mesmo que para seus olhos masculinos Nora pareça uma mulher, um troféu pronto a ser possuído, ela ainda é uma criança. Uma criança cujos pais nunca compreenderam nem um pouco. Uma filha única. Nora viveu quase toda a vida em um mundo próprio."

"Você disse que ela estava tentando salvá-la. Como?"

"Ela é capaz de acreditar que pode acabar com George contando para a polícia que ele a agrediu. Ela pode até acreditar que seja verdade. Provavelmente sobrecarregamos a pobre coitada, e ela está delirando."

"Ou quem sabe o seu marido a agrediu de fato."

"Não digo que ele seja incapaz de fazê-lo. Longe disso. O meu marido é capaz de quase qualquer coisa. Mas, neste caso, acontece que não foi ele. George chegou em casa ontem à noite logo depois que eu voltei da festa. Eram onze e meia. Nora diz que não subiu ao seu quarto antes de quinze para a meia-noite."

"O seu marido pode ter saído de casa durante a noite, senhora Banwell."

"Sim, eu sei, ele pode ter saído numa outra noite, mas na noite passada ele não saiu. Ele estava muito ocupado, veja bem, comigo. Durante a noite toda." Ela sorriu, um sorriso discreto, irônico, perfeito, e esfregou um dos pulsos inconscientemente. As mangas longas escondiam os pulsos, mas ela notou que eu olhava para eles. Respirou profundamente. "O senhor pode ver."

Ela se aproximou muito de mim, tanto que eu senti a presença dos diamantes que brilhavam em suas orelhas e o perfume intenso de seus cabelos. Ela subiu um pouco as mangas e revelou escoriações dolorosas, recentes, nos dois pulsos. Eu ouvi dizer que existem homens que amarram mulheres por prazer. Não tenho certeza de que fosse esse o significado da pele lacerada que a sra. Banwell me mostrou, mas certamente foi a imagem que me veio à mente.

Ela riu com leveza. O som era estranho, nada amargo. "Eu sou uma mulher desonrada e, ao mesmo tempo, virgem, doutor. O senhor já ouviu falar de coisa parecida?"

"Senhora Banwell, eu não sou advogado, mas creio que a senhora tem argumentos mais que suficientes para um divórcio. Na verdade, a senhora talvez nem seja legalmente casada, uma vez que nunca houve uma consumação."

"Divórcio? O senhor não conhece George. Ele preferiria me matar a me deixar ir embora." Ela sorriu de novo. Eu não pude deixar de imaginar como seria beijar a sua boca e seus olhos. "E quem me desejaria, doutor, ainda que eu fosse embora? Que homem me tocaria, se soubesse o que eu fiz?"

"Qualquer homem", eu disse.

"O senhor é bondoso, mas está mentindo." Ela ergueu os olhos para mim. "O senhor está mentindo cruelmente. O senhor poderia me tocar neste exato instante. Mas jamais o faria."

Eu fitei os traços perfeitos, impecáveis, encantadores. "Não, senhora Banwell, eu jamais o faria. Mas não pelas razões que menciona."

Naquele instante, Nora Acton apareceu na porta.

* * *

O andar do detetive Littlemore, depois da conversa com o legista, carecia da vivacidade habitual. A notícia de que Harry Thaw continuava preso em um asilo havia sido um golpe. Desde que lera a transcrição do julgamento de Thaw, Littlemore imaginara que o caso poderia ser maior do que se pensava e que talvez ele estivesse prestes a desvendá-lo. Agora, ele nem sabia se existia um caso.

O detetive tinha construído um conceito muito bom acerca do sr. Hugel, a despeito de todas as explosões e idiossincrasias. Littlemore tinha certeza de que Hugel poderia resolver o caso. Não se espera da polícia que simplesmente desista. Em especial o legista. Ele era esperto demais.

Littlemore acreditava na corporação policial. Estava nela havia oito anos, desde que mentira a idade para se tornar um patrulheiro de rondas. Fora seu primeiro emprego de verdade, e se apegou a ele. Adorava morar no alojamento da polícia quando se alistou. Gostava de comer com os outros guardas, ouvir as suas histórias. Sabia que existiam algumas maçãs podres, mas ele achava que eram exceções. Se alguém lhe dissesse, por exemplo, que seu herói, o sargento Becker, extorquia todos os bordéis e cassinos do Tenderloin em troca de proteção, Littlemore pensaria que se tratava de uma piada. Se alguém lhe dissesse que o novo comissário de polícia participava do esquema, ele diria que era loucura. Em síntese, o detetive admirava os superiores na corporação, e Hugel o decepcionara.

Porém Littlemore nunca se voltava contra alguém que o desapontasse. A sua reação era contrária. Ele queria trazer o legista de volta a bordo. Ele tinha de fazer ou de encontrar alguma coisa que convencesse o legista de que o caso continuava vivo. Hugel estava concencido de que Banwell era o criminoso desde o início; talvez estivesse certo o tempo todo.

Na verdade, Littlemore acreditava no prefeito McClellan mais do que no legista Hugel, e o prefeito fornecera a Banwell um álibi sólido para a noite em que a srta. Riverford fora morta. Porém, talvez Banwell tivesse um cúmplice. O próprio Banwell não tinha contratado Chong Sing para trabalhar na lavanderia do Balmoral? E agora parecia que o assassino da srta. Riverford talvez não fosse o agressor da srta. Acton: era o que o sr. Hugel acabara de lhe dizer. Então quem sabe o cúmplice de Banwell tivesse matado a srta. Riverford e Banwell tivesse atacado a srta. Acton. Ocorreu a Littlemore que, baseado nessa teoria, Hugel teria cometido um engano. Mas, embora tivesse muita consideração pelos poderes do legista, o detetive não o tinha como infalível. E Hugel, Littlemore pensou, não se importaria de estar enganado quanto a um detalhe se estivesse certo em relação à coisa como um todo.

Assim, o detetive, recuperando a agilidade do andar, sabia que tinha trabalho pela frente. Primeiro, ele subiu a rua para a central de polícia e encontrou Louis Riviere na câmara escura no porão. Littlemore perguntou a Riviere se ele poderia fazer uma imagem reversa da fotografia que mostrava a marca no pescoço de Elizabeth Riverford. O francês lhe disse que voltasse no final do dia para apanhá-la. "E você pode também ampliá-la para mim, Louie?", Littlemore perguntou.

"Por que não?", respondeu Riviere. "O sol está bonito."

Em seguida, o detetive se dirigiu para o centro da cidade. Ele tomou o trem para a rua 42 e de lá caminhou para a casa de Susie Merrill. Ninguém atendeu, de modo que ele se posicionou uma quadra abaixo da casa, do outro lado da rua. Uma hora depois, a corpulenta Susie saiu, usando mais um de seus chapéus enormes, que exibia uma salada de frutas. Littlemore a seguiu até o Child's Lunch Room na Broadway. Ela se sentou sozinha em uma mesa. Littlemore esperou que ela fosse servida para ver se alguém mais apareceria. Quando a sra. Merrill atacava o prato de virado de carne enlatada, Littlemore se esgueirou para o assento à frente dela.

"Olá, Susie", ele disse. "Encontrei... o que você queria que eu encontrasse."

"O que você está fazendo aqui? Saia. Eu lhe disse para me deixar fora disso."

"Não, você não disse."

"Bem, estou dizendo agora", disse Susie. "Você quer que nós sejamos mortos?"

"Por quem, Susie? Thaw está numa casa de loucos no norte do estado."

"Ah é?"

"É."

"Eu acho que então ele não pode ser o seu assassino", ela observou.

"Acho que não."

"Então não temos nada para conversar, não é?"

"Não me deixe na mão, Susie."

"Se você quer que o matem, eu não me importo, mas me deixe fora disso." A sra. Merrill se levantou, pôs trinta centavos sobre a mesa: cinco centavos pelo café, vinte pelo virado de carne com ovo, e mais cinco para a garçonete. "Tenho um bebê em casa", ela disse.

Littlemore agarrou o braço dela. "Pense bem, Susie, eu quero respostas, e vou voltar atrás delas."

298

18.

Clara Banwell não demonstrou nada do desconforto que senti diante do olhar gelado de Nora. Preenchendo o ambiente com um fluxo fácil de palavras, ela se despediu, agindo para o mundo como se eu e ela não tivéssemos sido apanhados numa proximidade excessiva. Estendeu a mão para mim, beijou Nora no rosto e, solícita, acrescentou que não precisávamos acompanhá-la até a porta; não queria retardar mais o tratamento de Nora. Segundos depois, eu ouvi a porta da frente se fechar atrás dela. Nora estava de pé no mesmo lugar que a sra. Banwell ocupara minutos antes. Eu não tinha por que reparar na aparência dela, dados os acontecimentos aflitivos da noite anterior, mas não pude evitá-lo. Era absurdo. Alguém poderia percorrer muitas milhas em Nova York — como eu fizera naquela manhã — ou passar um mês na estação Grand Central, e jamais ver uma única mulher de beleza física extraordinária. Porém, num intervalo de cinco minutos, duas delas haviam estado diante de mim na sala de estar dos Acton. Mas quão diferentes eram.

Nora não usava adornos, nada de jóias, nada de tecidos bordados. Não usava guarda-sol; não tinha véu. Vestia uma blusa branca simples, de mangas até os cotovelos, enfiada na cintura impossivelmente fina em uma saia plissada azul-celeste. A gola da blusa era suavemente cavada, revelando a estrutura delicada das clavículas e do pescoço longo e encantador. O pescoço estava agora quase sem marcas, com as escoriações apagadas. O cabelo loiro vinha preso para trás, como sempre, num rabo-de-cavalo que chegava quase à cintura. Ela era apenas, como a sra. Banwell tinha dito, uma garota. A juventude bradava de cada uma das superfícies e curvas, sobretudo da cor das maçãs do rosto e dos olhos, que irradiavam a esperança, o frescor e, eu acrescentaria, a fúria da juventude.

"Eu o odeio mais do que qualquer pessoa que conheci", ela me disse.

Assim, eu fora agora, mais do que nunca, guindado à posição de seu pai. Como se conduzida por um destino inexorável ela havia surpreendido a mim e a Clara Banwell aproximados em um escritório, exatamente como ela descobrira o pai e Clara Banwell numa relação em outro escritório havia três anos. A diferença importante — de que não havia nada entre a sra. Banwell e eu — ela evidentemente não levou em conta. Não era surpreendente. Não era para mim que ela olhava furiosa nessa hora. Olhava para o pai, vestido com as minhas roupas. Se buscasse consolidar a transferência analítica, eu não poderia ter imaginado um estratagema melhor. Se esperasse levar a análise dela a um clímax, eu não poderia ter desejado uma conjunção mais feliz de acontecimentos. Eu agora tinha a oportunidade — e o dever — de procurar mostrar para Nora a transposição equivocada que ocorria na mente dela, para que pudesse reconhecer como o ódio que ela imaginava sentir por mim era, na realidade, a ira, deslocada, pelo pai.

Em outras palavras, fui obrigado a soterrar as minhas próprias emoções. Eu tinha de esconder o menor traço de sentimento que pudesse nutrir por ela, a despeito do quanto fosse genuíno, ou avassalador. "Nesse caso estou em desvantagem, senhorita Acton" respondi, "porque eu a amo mais do que qualquer pessoa que já conheci." Um silêncio perfeito nos envolveu durante vários batimentos cardíacos.

"O senhor me ama?", ela perguntou.

"Sim."

"Mas o senhor e Clara estavam..."

"Nós não estávamos. Eu juro."

"Não estavam?"

"Não."

Nora começou a respirar com dificuldade. Com muita dificuldade: suas roupas não eram apertadas, mas ela parecia vestir alguma coisa debaixo delas que dava essa impressão. A respiração se concentrava inteiramente na porção superior de seu peito. Com a preocupação de que pudesse desmaiar, eu a levei para a porta da frente e a abri. Ela precisava de ar. Do outro lado da rua se via o bosque variegado de Gramercy Park. Nora parou do lado de fora. Sugeri que os pais dela deveriam ser avisados caso ela fosse sair.

"Por quê?", ela me perguntou. "Nós poderíamos simplesmente ir até o parque."

Atravessamos a rua e, junto de um dos portões de ferro batido, Nora tirou da bolsa uma chave dourada e preta. Houve um instante de desconforto quando a ajudei a transpor o portão: eu tinha de decidir se lhe ofereceria o meu braço enquanto caminhávamos. Consegui não fazê-lo.

Do ponto de vista terapêutico, eu estava numa grande encrenca. Não temia por mim, embora fosse notório que os meus sentimentos pela garota parecessem não se deixar afetar pelo fato de que ela talvez fosse instável ou tivesse uma doença mental. Se Nora de fato se queimara, havia duas possibilidades. Ou ela o fizera a partir de uma deliberação consciente e mentia para o mundo, ou o fizera num estado dissociado, hipnóide ou sonambúlico, destacado do restante de sua consciência. No limite, eu acho que preferia a primeira alternativa, embora nenhuma delas fosse atraente. Eu não lamentava ter revelado meus sentimentos por ela. As circunstâncias me obrigaram. Mas se a declaração do meu amor por ela fora um gesto honrado, agir de acordo com ela seria o contrário. Um patife da pior espécie não se aproveitaria de uma garota no estado dela. Eu tinha de encontrar uma maneira de lhe dizer isso. Eu tinha de me livrar do papel de amante em que acabara de cair e procurar me tranformar em seu médico de novo.

"Senhorita Acton", eu disse.

"O senhor não poderia me chamar de Nora, doutor?"

"Não."

"Por quê?"

"Porque ainda sou seu médico. A senhorita não pode ser Nora para mim. A senhorita é minha paciente." Não tinha certeza de como ela reagiria, mas prossegui. "Diga-me o que aconteceu na noite passada. Não, espere: a senhorita disse ontem no hotel que a lembrança da agressão da segunda-feira havia voltado. Primeiro, conte o que lembra sobre ela."

"Eu preciso?"

"Sim."

Ela perguntou se poderíamos nos sentar, e encontramos um banco em um canto isolado. Ela disse que ainda não sabia como tudo havia começado ou como as coisas tinham acontecido. Essa parte da lembrança ainda faltava. Ela se lembrava de estar amarrada na escuridão do quarto dos pais. Achava-se de pé, amarrada pelos pulsos a alguma coisa acima dela. Vestia apenas a calcinha. Todas as persianas e cortinas estavam fechadas. O homem estava atrás dela. Ele tinha atado uma peça macia de tecido — talvez de seda — em torno de sua garganta e a apertava com tanta força que ela não conseguia respirar, muito menos gritar. Ele também a golpeava com uma espécie de correia ou chicote. Doía muito, mas não era insuportável — parecia mais um espancamento. Era a seda em volta da garganta que a apavorava: ela pensava que ele pretendia matá-la. Mas toda vez que ela se via a ponto de perder os sentidos, ele relaxava ligeiramente a gravata, o bastante para permitir que ela respirasse de novo.

Ele passou a bater nela com muito mais força. A dor se tornou tão intensa que ela pensou que não suportaria. Em seguida, ele largou o chicote, postou-se tão perto dela que ela sentia a respiração ofegante em seus ombros, e pôs a mão nela. Ela não disse onde, e eu não perguntei. Ao mesmo tempo, uma parte de seu corpo — "uma parte dura", ela disse — tocou nos quadris dela. O homem emitiu um som desagradável, e depois cometeu um erro; a gravata em volta de sua garganta de repente afrouxou. Ela respirou profundamente e gritou — gritou com toda força e pelo tempo mais longo possível. Ela deve ter desmaiado. A lembrança seguinte era da sra. Biggs a seu lado.

Nora manteve a compostura enquanto contava isso tudo, as mãos entrelaçadas no colo. Sem mudar de atitude, ela perguntou: "O senhor sente repulsa por mim?".

"Não", eu disse. "Na sua lembrança, o homem era Banwell?"

"Eu achava que sim. Mas o prefeito disse..."

"O prefeito disse que Banwell esteve com ele no domingo à noite, quando a *outra* garota foi assassinada. Se a sua lembrança é de que o agressor era Banwell, deve dizê-lo."

"Eu não sei", disse Nora, queixosa. "Eu acho que sim. Não sei. Ele ficou atrás de mim o tempo todo."

303

"Fale sobre a noite passada", eu disse.

Ela despejou a história do intruso no quarto dela. Desta vez, ela disse, tinha certeza de que era Banwell. Ao final, porém, ela desviou o rosto de mim uma vez mais. Havia alguma coisa que ela não dizia? "Eu nem tenho batom", ela concluiu sincera. "E a coisa horrível que eles encontraram no meu armário. Onde eu teria arranjado aquilo?"

Eu observei o óbvio: "A senhorita está usando maquiagem agora". Havia um leve brilho em seus lábios, e um pálido toque de blush nas maçãs do rosto.

"Mas isso é de Clara!", ela gritou. "Ela passou a maquiagem em mim. Disse que ficaria bem."

Ficamos em silêncio durante algum tempo.

Por fim, ela falou. "O senhor não acredita numa palavra do que eu disse."

"Eu não acredito que mentiria para mim."

"Mas eu mentiria", ela respondeu. "Eu já menti."

"Quando?"

"Quando disse que o odiava", ela respondeu, depois de uma longa pausa.

"Diga-me o que está deixando de falar."

"O que o senhor quer dizer?", ela perguntou.

"Há alguma coisa mais sobre a noite passada... alguma coisa que a faz duvidar de si mesma."

"Como o senhor sabe?", ela interpelou.

"Simplesmente fale."

Relutante, ela confessou que o episódio tinha um aspecto inexplicável. A perpectiva dela, enquanto via os acontecimentos se desenrolarem, não era a de seus próprios olhos, mas de um lugar acima dela e do intruso. Ela na verdade se via deitada na cama como se fosse uma observadora da cena, não a vítima. "Como isso é possível, doutor?", ela soluçou suavemente. "Não é possível, não?"

304

Eu queria consolá-la, mas o que eu tinha a dizer provavelmente não seria reconfortante. "A senhorita descreve o modo como às vezes vemos as coisas em sonhos." "Mas se eu sonhei, como foi que me queimei?", ela sussurrou. "Não fui eu que fiz a queimadura, fui? Fui eu?" Eu não podia responder. Concebia um cenário ainda pior. Poderia ela também ter infligido os ferimentos terríveis — o primeiro conjunto de ferimentos — em si própria? Eu tentei imaginá-la passando uma faca ou uma navalha ao longo da pele macia, fazendo com que ela sangrasse. Parecia ser impossível acreditar nisso.

Do centro longínquo da cidade, um rugido de vozes humanas de súbito irrompeu numa grande aclamação distante. Nora perguntou o que seria. Eu disse que provavelmente eram os grevistas. Os líderes sindicais haviam prometido uma marcha na seqüência de um distúrbio trabalhista no centro da cidade na véspera. Um ativista conhecido chamado Gompers jurara que promoveria uma greve que paralisaria as fábricas da cidade.

"Eles têm todo o direito de fazer greve", disse Nora, claramente ansiosa por mudar de assunto. "Os capitalistas deveriam se envergonhar de si próprios, ao empregar essas pessoas sem lhes pagar o suficiente para que alimentem suas famílias. O senhor viu as casas em que eles moram?"

Ela me descreveu como, na primavera passada, Clara Banwell e ela haviam visitado as famílias nos imóveis do Lower East Side. Tinha sido idéia de Clara. Fora assim, disse Nora, que ela encontrara Elsie Sigel com o chinês sobre quem o detetive Littlemore andara fazendo perguntas.

"Elsie Sigel?", repeti. Tia Mamie havia mencionado a srta. Sigel para mim na festa de gala. "Que fugiu para Washington?"

"Sim", disse Nora. "Eu achei muito estúpido da parte dela se dedicar a um trabalho missionário enquanto as pessoas morrem por falta de comida e abrigo. E Elsie trabalhava somente com homens, enquanto são as mulheres e crianças os que sofrem de verdade." Clara, Nora me explicou, tinha feito questão de visitar as famílias em que os homens haviam fugido ou sido mortos em acidentes de trabalho. Clara e Nora conheceram muitas famílias assim, e passavam horas nas casas delas. Nora cuidava dos pequenos enquanto Clara se aproximava das mulheres e das crianças maiores. Passaram a visitar as famílias uma vez por semana, e lhes entregavam comida e outros gêneros necessários. Por duas vezes elas tinham levado bebês para o hospital, e os salvaram de doenças graves e até da morte. Uma vez, Nora me contou mais sombria, uma garota desapareceu; Clara e ela visitaram todas as delegacias de polícia e hospitais do centro, e por fim encontraram a garota no necrotério. O médico responsável dissera que a garota havia sido estuprada. A mãe da garota não tinha ninguém que a confortasse ou ajudasse; Clara fez as duas coisas. Nora tinha visto uma miséria inconcebível naquele verão, mas também — ou assim eu imaginei — um amor familiar caloroso antes desconhecido para ela.

Quando terminou, Nora e eu ficamos sentados, olhando um para o outro. Sem rodeios, ela disse: "O senhor me beijaria, se eu lhe pedisse?".

"Não me peça, senhorita Acton", eu disse.

Ela pegou a minha mão e a levou para junto dela, tocando a maçã do rosto com a ponta dos meus dedos.

"Não", eu disse com aspereza. Ela me soltou na hora. Era tudo culpa minha. Eu lhe tinha dado todas as razões para acreditar que poderia tomar aquela espécie de liberdade. Agora eu puxara o tapete debaixo dela. "Precisa acreditar em mim", eu disse. "Não há nada que eu desejaria mais. Mas não posso. Estaria me aproveitando da senhorita."

"Eu quero que o senhor se aproveite de mim", ela disse.

"Não."

"Porque eu tenho dezessete anos?"

"Porque é minha paciente. Escute. Os sentimentos que a senhorita acha que tem por mim — não deve acreditar neles. Não são reais. São um produto da análise. Acontece a todos os pacientes que passam pela psicanálise."

Ela olhou para mim como se eu estivesse brincando. "O senhor acha que as suas perguntas estúpidas me fizeram *gostar* do senhor?"

"Pense bem. Em um momento sente indiferença por mim. Depois, ódio. Depois ciúmes. Depois... alguma outra coisa. Mas não é por mim. Não é devido a nada que eu tenha feito. Não é pelo que eu sou. Como poderia ser? A senhorita não me conhece. Não sabe nada sobre mim. Todos esses sentimentos vêm de um outro lugar, da sua vida. Emergem por causa das perguntas estúpidas que eu faço. Mas pertencem a outro lugar. São sentimentos que tem por outra pessoa, não por mim."

"O senhor acha que eu estou apaixonada por outra pessoa? Por quem? Não por George Banwell?"

"Poderia ter sido."

"Nunca." Ela assumiu uma expressão verdadeira de repulsa. "Eu o detesto."

Aproveitei a oportunidade. Eu odiava fazê-lo — porque contava que a partir disso ela me visse com aversão —, e o momento não era propício, mas ainda assim era a minha obrigação. "O doutor Freud tem uma teoria. Ela pode se aplicar à senhorita."

"Que teoria?" Ela estava ficando cada vez mais contrariada.

"Devo lhe avisar que é de extremo mau gosto. Ele acredita que todos nós, desde uma idade muito precoce, abrigamos — secretamente, desejamos —, bem, no seu caso, ele acredita que

307

quando a senhorita viu a senhora Banwell com o seu pai, quando a viu ajoelhada diante do seu pai e... fazendo... nele..."

"O senhor não precisa dizer", ela interrompeu.

"Ele acredita que tenha sentido ciúmes."

Ela me fitou com o olhar vazio.

Eu tinha dificuldade de falar com clareza. "Diretamente, fisicamente enciumada. O que eu quero dizer é que o doutor Freud acredita que quando a senhorita viu o que a senhora Banwell fazia com o seu pai, desejou ser aquela com quem... que a senhorita teve fantasias de ser quem..."

"Pare", ela gritou. Ela pôs as mãos sobre os ouvidos.

"Sinto muito."

"Como ele pode saber disso?" Ela estava horrorizada. Agora, as mãos dela cobriam sua boca.

Eu notei sua reação. Ouvi as palavras dela. Mas tentei acreditar que não fosse verdade. Eu queria dizer: *Devo estar ouvindo coisas; eu na verdade pensei por um instante que a senhorita perguntou como Freud sabia.*

"Eu nunca disse isso para ninguém", ela sussurrou, toda vermelha. "Para ninguém. Como ele poderia saber?"

Eu só pude fitá-la, inexpressivo, como ela tinha feito pouco antes.

"Oh, eu sou *desprezível*!", ela gritou. E saiu correndo, de volta para casa.

Depois de sair do Child's, Littlemore caminhou até a delegacia da rua 47, para ver se Chong Sing ou William Leon haviam sido presos. Sim, na verdade os dois tinham sido detidos — cem vezes, disse irritado para o detetive o capitão Post. Horas depois da divulgação da descrição do criminoso, chegaram dúzias de ligações, de toda a cidade e mesmo de Jersey, de pessoas que afirmavam ter visto Chong. Em relação a Leon foi ainda pior. Todo chinês de terno e gravata era William Leon.

"Jack Reardon passou o dia correndo pela cidade como se a cabeça dele tivesse sido cortada", disse o capitão Post, referindo-se ao oficial que, por ter estado presente com Littlemore quando o corpo da srta. Sigel havia sido descoberto, era o único homem de Post que havia realmente visto o esquivo Chong Sing. Reardon fora enviado a delegacias de polícia por toda a cidade, sempre que outro "sr. Chong" era identificado, e em todos os lugares Reardon descobria mais uma prisão equivocada. "Não é bom. Prendemos metade de Chinatown, e ainda não os pegamos. Tive de dizer aos rapazes que dispensassem novas prisões. Você quer ir atrás de algum destes?"

Post atirou para Littlemore um registro de denúncias não investigadas de Chong Sing e William Leon. O detetive examinou a lista, correndo os dedos pelas anotações à mão. Ele se deteve no meio da página, no ponto em que uma descrição de uma linha chamou sua atenção. Dizia: *Canal com River. Chinês visto trabalhando nas docas. Parece combinar com a descrição do suspeito Chong Sing.*

"Você tem um carro?", perguntou Littlemore. "Eu quero dar uma olhada neste aqui."

"Por quê?"

"Porque há lama vermelha nas docas", respondeu o detetive.

Littlemore dirigiu o único carro de polícia do capitão Post para o centro, acompanhado por um homem de uniforme. Eles viraram na rua Canal e seguiram por ela até a margem leste da cidade, onde as torres imensas, recém-construídas, da ponte Manhattan se erguiam do rio East. Littlemore parou na entrada do canteiro de construção e correu os olhos pelos trabalhadores.

"Lá está ele", disse o detetive, apontando. "É ele."

Teria sido difícil deixar de notar Chong Sing: um chinês solitário, conspícuo em meio a um bando de operários brancos

309

e negros. Conduzia um carrinho de mão cheio de blocos de carvão em brasa.

"Vá direto até ele", Littlemore orientou o policial. "Se ele correr, eu o pego."

Chong Sing não correu. Ao ver o policial ele simplesmente abaixou a cabeça e continuou a empurrar o carrinho. Quando o policial pôs a mão nele, Chong se entregou sem resistir. Outros trabalhadores pararam e acompanharam a prisão rotineira, mas ninguém interferiu. Quando o guarda voltou ao carro de polícia onde o detetive Littlemore esperava, os homens tinham voltado ao trabalho como se nada tivesse acontecido.

"Por que o senhor fugiu ontem, senhor Chong?"

"Eu não fugir", disse Chong. "Eu trabalhar. Vê? Eu trabalhar."

"Eu vou ter de acusá-lo como cúmplice de assassinato. O senhor compreende o que isso significa? O senhor pode ser enforcado." Littlemore fez um gesto para esclarecer o significado do que dissera.

"Eu não sei de nada", declarou o chinês. "Leon foi embora. Depois cheiro veio do quarto de Leon. É só isso."

"Com certeza", disse o detetive. Littlemore fez com que o guarda levasse Chong Sing para a Tombs. O detetive ficou lá. Ele queria dar uma olhada melhor nas docas. As peças do quebra-cabeça se reconfiguravam na cabeça do detetive — e começavam a se encaixar. Littlemore sabia que ia encontrar lama na base da ponte Manhattan, e tinha um palpite de que George Banwell teria pisado nela.

Todos sabiam que Banwell construía as torres da ponte Manhattan. Quando o prefeito McClellan entregou o contrato à American Steel Company de Banwell, os jornais de Hearst denunciaram corrupção, condenaram o prefeito por favorecer um velho amigo e previram, com certo prazer, atrasos, quebras e sobrepreços. Na verdade, Banwell não só erguera as torres dentro do orçamento, mas em tempo recorde. Ele havia supervisionado pessoalmente a construção — fato que deu a idéia a Littlemore. Littlemore andou na direção do rio, misturando-se à massa de homens. Ele era capaz de se misturar a qualquer um, desde que quisesse. Littlemore era bom em parecer à vontade, porque se sentia à vontade, sobretudo quando as coisas começavam a se encaixar. Chong Sing trabalhava para George Banwell em dois empregos. Não era interessante? O detetive chegou ao píer central abarrotado de gente a tempo da troca de turnos. Centenas de homens sujos, de botas, desciam do píer, enquanto uma longa fila de outros esperava para tomar o elevador que descia para o caixão. O zumbido das turbinas e a palpitação mecânica constante enchiam o ar com um ritmo furioso.

Se alguém perguntasse a Littlemore como ele sabia que havia algum problema, alguma insatisfação no ar, ele não saberia responder. Ao entabular conversas com alguns homens, ele logo soube do final infeliz de Seamus Malley. O pobre Malley era, disseram os homens, mais uma vítima da doença do caixão; quando abriram a porta do elevador havia algumas manhãs, encontraram-no morto, com sangue ressecado escorrido dos ouvidos e da boca.

Os homens se queixavam com amargura do caixão, que eles chamavam "a caixa" ou "o esquife". Alguns achavam-no amaldiçoado. Quase todos tinham males que atribuíam a ele. A maioria se dizia feliz porque o trabalho estava quase terminado, mas os mais velhos riam e respondiam que eles logo sentiriam falta dos dias de sacos de areia — *saco de areia* era a expressão que definia um trabalhador do caixão — quando deixassem de receber o salário. "Que salário?", respondeu um dos rapazes. Três dólares por doze horas de trabalho merecem o nome de salário?

"Vejam Malley", ele disse. "Não podia nem pagar por um teto com o nosso 'pagamento'. Foi por isso que morreu. Eles o mataram. Estão matando todos nós." Porém um outro respondeu que Malley tinha um teto sim; ele também tinha uma esposa — e *por isso* passava as noites na caixa.

Littlemore, observando trilhas de lama vermelha por todo o píer, ajoelhou-se para amarrar os sapatos e, disfarçadamente, colheu algumas amostras. Perguntou se o sr. Banwell costumava ir ao píer. A resposta foi afirmativa. Na verdade, disseram-lhe, o sr. Banwell fazia ao menos uma viagem diária para o caixão a fim de inspecionar o trabalho. Algumas vezes, a própria excelência, o prefeito, descia com ele.

O detetive perguntou como era trabalhar para Banwell. O inferno, responderam. Os homens concordaram em que Banwell não se importava com quantos deles morriam no caixão, desde que assim o trabalho andasse mais depressa. O dia anterior fora a primeira vez em que eles se recordavam de Banwell ter demonstrado alguma preocupação pela vida deles.

"Como assim?", perguntou Littlemore.

"Ele disse para que nós esquecêssemos da janela cinco."

As "janelas", os homens disseram para Littlemore, eram as calhas de entulho do caixão. Cada uma tinha um número, e a janela cinco ficara atulhada no início da semana. Normalmente, o patrão — Banwell — teria ordenado que limpassem o bloqueio imediatamente, um trabalho que os homens de areia detestavam porque exigia uma manobra difícil, perigosa, com ao menos um homem no interior da janela quando ela era inundada. Na véspera, pela primeira vez, Banwell lhes dissera que não se preocupassem. Um homem sugeriu que o patrão estivesse amolecendo. Os outros o negaram; disseram que Banwell não via por que correr riscos com a ponte quase terminada.

Littlemore digeriu a informação. Em seguida, foi até o elevador.

O ascensorista — um velho enrugado sem um fio de cabelo na cabeça — estava sentado num banco dentro do elevador. O detetive lhe perguntou quem havia trancado o elevador dois dias antes, na noite em que Malley morrera.

"Eu o tranquei", disse o velho, com ar de proprietário.

"O elevador estava aqui em cima no píer quando você o trancou naquela noite, ou estava lá embaixo?"

"Aqui em cima, é claro. Você não é muito rápido, hein rapaz? Como pode o meu elevador estar lá embaixo se eu estou aqui em cima?"

A pergunta era boa. O elevador era operado manualmente. Somente um homem dentro dele podia fazê-lo subir ou descer. Assim, quando o ascensorista terminava a última corrida da noite, o elevador estava necessariamente no píer. Mas se o homem havia feito uma boa pergunta para Littlemore, o detetive respondeu com uma melhor. "Então como foi que ele subiu até aqui?"

"O quê?"

"O sujeito morto", disse Littlemore. "Malley. Ele ficou embaixo na terça de noite depois que todos os demais subiram?"

"Isso mesmo." O velho balançou a cabeça. "Idiota. Não foi a primeira vez. Eu disse que ele não devia. Eu disse."

"E ele foi encontrado bem aqui no seu elevador, no píer, na manhã seguinte?"

"Isso mesmo. Morto como um peixe. O sangue dele ainda pode ser visto. Eu tentei limpá-lo nos últimos dois dias e não consegui. Lavei-o com sabão, lavei-o com soda. Você está vendo?"

"Então como foi que ele subiu?", perguntou de novo o detetive.

19.

Carl Jung se apresentou empertigado no quarto de Freud. Usava uma roupa formal. Nada em sua atitude sugeria um homem que acabava de brincar com varetas e pedras no chão de seu quarto de hotel. Freud, de colete e mangas de camisa, pediu que o convidado se pusesse à vontade. O instinto lhe dizia que a conversa seria decisiva. Jung decididamente não parecia bem. Freud não dava crédito às acusações de Brill, mas começava a concordar que Jung poderia estar se distanciando de sua órbita.

Jung, Freud sabia, era mais inteligente e criativo que todos os outros seguidores — o primeiro com o potencial de abrir novos caminhos. Porém, Jung sem dúvida tinha um complexo de pai. Quando, em uma das cartas mais antigas, Jung pedira a Freud uma fotografia dele, e dissera que a "apreciaria" muito, Freud se sentiu envaidecido. Mas quando ele pediu explicitamente a Freud que não o considerasse um igual e sim um filho, Freud se preocupou. Disse a si mesmo à época que teria de tomar um cuidado especial.

Ocorreu a Freud que, até onde ele sabia, Jung não tinha outros amigos homens. Ou melhor, Jung se cercava de mulheres, muitas mulheres — mulheres demais. Nisso residia outra dificuldade. Se levasse em conta o comunicado de Hall, Freud não podia mais evitar uma conversa com Jung sobre a garota que escrevera e afirmara ser sua paciente e amante. Freud tinha visto a carta irresponsável que Jung havia escrito para a mãe da garota. Além de tudo, havia o relato de Ferenczi sobre o estado do quarto de Jung no hotel.

O único ponto a respeito do qual Freud não tinha receios era a crença de Jung nos princípios fundamentais da psicanálise. Nas cartas pessoais e nas horas de conversas privadas, Freud havia testado, provocado, sondado. Não havia dúvida. Jung acreditava plenamente na etiologia sexual. E ele chegara a essa convicção da melhor maneira possível, superara o próprio ceticismo depois de ver as hipóteses de Freud confirmadas repetidas vezes na prática clínica.

"Nós sempre falamos livremente um com o outro", disse Freud. "Podemos fazê-lo de novo?"

"É o que eu mais gostaria", disse Jung. "Sobretudo agora que eu me libertei da sua autoridade paterna."

Freud procurou não parecer surpreso. "Bom, bom. Café?"

"Não, obrigado. Sim. Aconteceu ontem quando você optou por ocultar a verdade do seu sonho sobre o conde Thun para preservar a sua autoridade. Veja o paradoxo. Você temia perder a autoridade; como conseqüência, você a perdeu. Você se importou mais com a autoridade do que com a verdade. Mas é melhor assim. A sua causa só vai prosperar a partir da minha independência. Na realidade, já está prosperando. Eu resolvi o problema do incesto!"

Desse jorro de palavras Freud se apegou a duas. "*Minha causa?*"

"O quê?"

"Você disse 'sua *causa*'", Freud repetiu.

"Eu não disse."

"Disse sim. Foi a segunda vez."

"Bem, ela *é* sua... não é?... Sua *e* minha. Vai ficar infinitamente mais forte agora. Você não está me ouvindo? Eu resolvi o problema do incesto."

"O que você quer dizer com *resolvi?*", disse Freud. "Que problema?"

"Sabemos que o filho crescido não deseja de fato a mãe sexualmente, com as veias varicosas e seios caídos. Isso é óbvio para qualquer um. Nem o deseja a criança pequena, que não tem noção da penetração. Por que então a neurose adulta gira com tanta freqüência em torno do complexo de Édipo, como confirmam os seus casos e os meus? A resposta me veio em um sonho na noite passada. O conflito adulto *reativa o material infantil*. A libido suprimida do neurótico é forçada a voltar a seus canais infantis — como você sempre disse! —, onde encontra a mãe, que um dia teve tanto valor para ele. A libido se fixa nela, sem que a mãe tenha sido jamais desejada."

As observações causaram uma reação física curiosa em Sigmund Freud. Ele experimentou um fluxo de sangue nas artérias que circundavam seu córtex cerebral, que ele sentiu como um peso na cabeça. Engoliu em seco e disse: "Você está negando o complexo de Édipo?".

"De modo algum. Como poderia? Eu inventei o termo."

"O termo *complexo* é seu", disse Freud. "Você está mantendo o complexo mas negando o *Édipo*."

"Não!", gritou Jung. "Eu estou preservando todas as suas percepções fundamentais. Os neuróticos têm um complexo de Édipo. As neuroses deles fazem com que acreditem que desejaram a mãe sexualmente."

"Você está dizendo que na realidade não existem desejos incestuosos verdadeiros. Ao menos entre as pessoas saudáveis."

"Nem mesmo entre os neuróticos! É maravilhoso. O neurótico desenvolve um complexo de mãe porque sua libido é forçada a percorrer os canais infantis. Assim, o neurótico oferece a si mesmo uma razão delirante para se castigar. Ele se sente culpado por um desejo que nunca teve."

"Entendo. O que então causa a sua neurose?", perguntou Freud.

"O conflito presente. Qualquer desejo que o neurótico não admita. Qualquer tarefa da vida que ele não se disponha a enfrentar."

"Ah, o conflito presente", disse Freud. Sua cabeça não estava mais pesada. Em vez disso, ele experimentava uma leveza singular. "Então não há razão para se explorar o passado sexual do paciente. Ou, na verdade, a infância como um todo."

"Exatamente", disse Jung. "Eu nunca pensei assim. De uma perspectiva puramente clínica, é o conflito presente que deve ser revelado e trabalhado. O material sexual reativado da infância pode ser explorado, mas é um engodo, uma armadilha. É o esforço do paciente para fugir da neurose. Estou escrevendo tudo agora. Você verá como a psicanálise vai ganhar muito mais adeptos se reduzir o papel da sexualidade."

"Oh, eliminá-lo completamente... assim teremos ainda mais sucesso", disse Freud. "Posso lhe fazer uma pergunta? Se o incesto não é de fato desejado, por que ele é tabu?"

"Tabu?"

"Sim", disse Freud. "Por que haveria uma proibição do incesto em todas as sociedades humanas que já existiram, se ninguém o desejava?"

"Porque... porque... muitas coisas que não são sexualmente desejadas são tabu."

"Cite uma."

"Bem, muitas coisas. Há uma longa lista", disse Jung.

"Cite uma."

"Bem..., por exemplo, os cultos dos animais pré-históricos, os totens, eles... ah..." Jung não conseguiu terminar a frase.

"Posso lhe perguntar uma coisa mais?", disse Freud. "Você disse que a percepção lhe veio pela interpretação de um sonho. Eu me pergunto que sonho foi esse. Quem sabe não possa haver uma outra interpretação?"

"Eu não disse que foi pela interpretação de um sonho", respondeu Jung. "Eu disse *num* sonho. Na verdade, eu não estava completamente adormecido."

"Não entendo", disse Freud.

"Você sabe das vozes que ouvimos à noite, pouco antes de cair no sono. Eu me treinei em percebê-las. Uma delas fala comigo a partir de uma sabedoria ancestral. Eu o vi. Ele é um velho, um gnóstico egípcio... na verdade, uma quimera... chamado Philemon. Foi ele que me revelou o segredo."

Freud não respondeu.

"Eu não tenho receio dos seus sinais de incredulidade", disse Jung. "Há mais coisas no céu e na Terra, *herr* professor, do que as sonhadas na sua psicologia."

"Imagino que sim. Mas ser guiado por uma voz, Jung?"

"Talvez eu esteja lhe dando uma impressão errada", respondeu Jung. "Eu não aceito a palavra de Philemon sem razões. Ele baseou o argumento numa exegese de cultos primitivos à mãe. Eu lhe asseguro que no início não acreditei nele. Expus diversas objeções, e ele conseguiu responder a cada uma delas."

"Você conversa com ele?"

"A minha inovação teórica obviamente não agrada a você."

"Eu me preocupo com a fonte", disse Freud.

"Não. Você está preocupado com as suas teorias", disse Jung, com uma visível indignação crescente. "Assim você muda de assunto e tenta me atrair para uma discussão sobre o sobrenatural. Eu não vou ser ludibriado. Tenho razões objetivas."

"Fornecidas a você por um espírito?"

"Só porque você nunca vivenciou tais fenômenos, não quer dizer que eles não existam."

"Isso eu aceito", disse Freud, "mas tem de haver provas, Jung."

"Eu o vi, estou lhe dizendo!", gritou Jung. "Por que isso não constitui uma prova? Ele chorou ao me descrever como os faraós apagaram os nomes dos pais das estelas monumentais — fato que eu não conhecia, mas que mais tarde confirmei. Quem é você para dizer o que é uma prova e o que não é? Você toma como certa a sua conclusão: ele não existe; portanto o que eu vejo e escuto não conta como prova."

"O que *você* ouve. Não se trata de uma prova Carl, se apenas uma pessoa pode ouvi-la."

Um som estranho começou a emanar de trás do sofá em que Freud se sentava: um rangido ou um gemido, como se houvesse alguma coisa que tentava sair da parede. "O que é isso?", perguntou Freud.

"Não sei", disse Jung.

O rangido se tornou mais alto até que inundou o quarto. Quando chegou ao que parecia ser um ponto de ruptura, deu vez a um estrépito de alguma coisa que se estilhaçava, como um bramido de trovão.

"Que diabos?", disse Freud.

"Eu conheço esse som", disse Jung. Seus olhos assumiram um brilho triunfal. "Eu ouvi esse som antes. *Aí* está a sua prova! Aconteceu uma exteriorização catalítica."

"Uma o quê?"

"Um fluxo no interior da psique que se manifesta por meio de um objeto externo", explicou Jung. "Eu causei esse som!"

319

"Oh, Jung, vamos", disse Freud. "Eu acho que pode ter sido um tiro."

"Você está enganado. E para prová-lo, vou causá-lo de novo... neste instante!"

No momento em que Jung pronunciou a declaração extraordinária, o gemido recomeçou. Da mesma forma, ele se intensificou até chegar a um pico insuportável e em seguida irrompeu em um estampido tremendo.

"O que você diz agora?", perguntou Jung.

Freud não disse nada. Ele tinha desmaiado e escorregava do sofá.

O detetive Littlemore, voltando às pressas das docas da rua Canal, reconstruiu tudo. Era o primeiro assassinato que ele desvendava. O sr. Hugel se sentiria no paraíso.

Não fora Harry Thaw de modo algum; fora George Banwell, do início ao fim. Banwell havia matado a srta. Riverford e roubara o corpo dela do necrotério. Littlemore imaginou Banwell dirigindo-se para a margem do rio, arrastando o corpo morto para o píer e descendo o elevador para o caixão. Banwell teria a chave para abrir a porta do elevador. O caixão era o lugar perfeito para se desembaraçar de um corpo.

Porém Banwell teria imaginado que estava sozinho no caixão. Devia ter se espantado ao descobrir Malley. Como Banwell poderia explicar a vinda no meio da noite com um cadáver a reboque? Não havia como explicar, e, assim, Banwell tivera de matá-lo.

O bloqueio na janela cinco, e a reação de Banwell a ele, selava a prova. Ele não desejaria que alguém descobrisse o que obstruía a janela cinco, desejaria?

O detetive vislumbrou tudo enquanto corria ofegante ao longo da rua Canal — tudo, exceto o grande carro preto e vermelho, um Stanley Steamer, que o seguia devagar a meia quadra de distância. Em sua mente, quando atravessava a rua, Littlemore imaginou a promoção a tenente; viu o próprio prefeito condecorando-o; viu Betty admirando seu novo uniforme; mas não viu o súbito arranque do Steamer. Não viu o veículo dar uma ligeira guinada para atingi-lo mortalmente, e, claro, não pôde se ver sendo atirado para cima, com as pernas atingidas pelo pára-lama do carro.

O corpo jazia estendido na rua Canal quando o carro acelerou em direção à Segunda Avenida. Entre os espectadores horrorizados, alguns gritaram imprecações para o motorista fugitivo. Havia um patrulheiro na esquina. Ele correu para Littlemore, que, caído, teve força suficiente para murmurar alguma coisa no ouvido do policial. O patrulheiro franziu o cenho, e depois assentiu. Levou dez minutos, mas por fim apareceu uma ambulância a cavalo. Não se preocuparam em encontrar um hospital; preferiram levar o corpo do detetive diretamente para o necrotério.

Jung agarrou Freud por debaixo dos braços e o deitou no sofá. Freud, de súbito, pareceu a Jung velho e impotente, com a temível faculdade de julgamento agora claudicante, como os braços e pernas pendentes. Freud recobrou os sentidos em alguns segundos. "Como deve ser doce", ele disse, "morrer."

"Você está doente?"

"Como você fez aquilo? Aquele barulho?"

Jung deu de ombros.

"Eu vou reconsiderar a parapsicologia — você tem a minha palavra", disse Freud. "O comportamento de Brill. Sinto muito. Ele não fala por mim."

"Eu sei."

"Durante um ano eu impus a você uma demanda muito grande para que me mantivesse informado de suas realizações", disse Freud. "Eu sei disso. Vou retirar o excesso de libido, eu lhe prometo isso também. Mas estou preocupado, Carl. Ferenczi viu a sua... cidade."

"Sim, eu encontrei um modo novo de reavivar as lembranças da infância. Por meio da brincadeira. Eu costumava construir cidades inteiras quando era garoto."

"Entendo." Freud se sentou, com um lenço na testa. Aceitou um copo de água de Jung.

"Permita-me analisá-lo", disse Jung. "Eu posso ajudá-lo."

"Me analisar? Ah, o meu desmaio. Você acha que foi neurótico?"

"É claro."

"Concordo", disse Freud. "Mas eu já sei a causa."

"A sua ambição. Fez você ficar cego, terrivelmente cego. Como eu estive."

Freud respirou profundamente. "Cego, você quer dizer, ao meu receio de ser destronado, ao meu ressentimento ante o seu sucesso, aos meus esforços irrestritos de diminuí-lo?"

Jung se surpreendeu. "Você sabia?"

"Eu sabia o que você ia dizer", disse Freud. "O que eu fiz para merecer a acusação? Eu não o favoreci a cada momento, não encaminhei meus próprios pacientes para você, não o mencionei, não lhe dei crédito? Não fiz tudo ao meu alcance por você, mesmo ao preço de ferir velhos amigos, atribuindo a você posições que eu poderia ter preservado para mim?"

"Porém você subestima a coisa mais importante: as minhas descobertas. Eu resolvi o problema do incesto. É uma revolução. Entretanto, você a menospreza."

Freud esfregou as pálpebras. "Eu lhe asseguro que não. Aprecio a enormidade dela muito bem. Você nos contou um sonho que teve a bordo do *George Washington*. Você se lembra? Você está no fundo de um porão ou caverna, muitos andares abaixo da terra. Você vê um esqueleto. Você disse que os ossos pertenciam à sua esposa, Emma, e à irmã dela."

"Imagino que sim", disse Jung. "Por quê?"

"Você imagina?"

"Sim, eu imagino. O que tem isso?"

"De quem eram os ossos na verdade?"

"O que você quer dizer?", perguntou Jung.

"Você estava mentindo."

Jung não respondeu.

"Vamos", disse Freud, "depois de vinte anos vendo pacientes prevaricarem, você acha que eu não sei dizer?"

Jung continuou sem responder.

"O esqueleto era o meu, não era?", disse Freud.

"E se fosse?", disse Jung. "O sonho me dizia que eu o superava. Eu queria poupar os seus sentimentos."

"Você queria que eu estivesse morto, Carl. Você me transformou no seu pai, e agora você me quer morto."

"Entendo", disse Jung. "Eu vejo o que você pretende. As minhas inovações teóricas são uma tentativa de derrubá-lo. É o que você sempre diz, não? Se alguém discorda de você, só pode ser por um sintoma neurótico. Uma resistência, um desejo edípico, um parricídio — tudo menos uma verdade objetiva. Perdoe-me, eu devo ter sido contaminado por um desejo de ser compreendido intelectualmente ao menos uma vez. Não diagnosticado, apenas compreendido. Mas talvez com a psicanálise isso não seja possível. Talvez a função real da psicanálise seja insultar e mutilar os outros por meio do sussurro sutil de seus complexos — como se eles explicassem alguma coisa. Que teoria assombrosa!"

"Ouça o que você está dizendo, Jung. Ouça a sua voz. Eu lhe peço apenas que considere a possibilidade, apenas a possibilidade de que o seu *complexo paterno* — em suas próprias palavras — esteja em jogo aqui. Seria terrivelmente lamentável fazer um pronunciamento público sobre pontos de vista cuja motivação real você compreenderá somente mais tarde."

"Você me perguntou se poderíamos falar honestamente", disse Jung. "Eu gostaria. Você é transparente para mim. Eu conheço o seu jogo. Você esquadrinha os sintomas dos outros todos, todos os lapsos, sempre voltado aos seus pontos fracos, transforma todos em crianças, enquanto você permanece no topo, e se delicia com a autoridade do pai. Ninguém tem coragem de dar um puxão na barba do mestre. Bem, eu não sou nem um pouco neurótico. Não fui eu que desmaiei. Não sou incontinente. Você disse uma coisa verdadeira hoje: o seu desmaio foi neurótico. Sim, eu sofri de uma neurose — *a sua*, não a minha. Eu acho que você *odeia* os neuróticos; acho que a análise é a sua válvula de escape. Você nos transforma a todos em filhos, espera por uma expressão de agressão da nossa parte — de cuja ocorrência você tem certeza —, e em seguida você salta, aos gritos de Édipo ou de desejo de morte. Bem, eu não ligo a mínima para os seus diagnósticos."

Houve um silêncio perfeito no quarto.

"É claro que você vai tomar isso tudo como crítica", disse Jung, com um tom de desprezo na voz, "mas eu falo por amizade."

Freud pegou um charuto.

"É para o seu próprio bem", disse Jung. "Não o meu."

Freud esvaziou o copo de água. Sem acender o charuto, ele se levantou e caminhou para a porta do quarto. "Nós analistas temos um entendimento entre nós", ele disse. "Ninguém tem de sentir nenhum embaraço ante a própria neurose. Porém, jurar que alguém é o retrato da saúde, enquanto exibe um comportamento anormal, sugere uma completa falta de percepção da própria doença. Sinta-se livre. Poupe-me da sua amizade. Até logo."

Freud abriu a porta para que Jung saísse. Nisso, Jung fez uma observação final. "Você vai ver o que isso significa para você. O resto é silêncio."

Gramercy Park estava estranhamente frio e calmo. Eu fiquei no banco durante muito tempo depois que ela saiu correndo, olhando para a sua casa, em seguida para a velha casa do meu tio Fish na esquina, que eu costumava visitar quando menino. Tio Fish nunca nos deixou usar a chave do parque. De início, fiquei com a impressão confusa de que, como Nora havia levado a chave para casa, eu não conseguiria sair. Depois pensei que a chave serviria para entrar, não para sair.

Embora fosse para mim odioso de todas as formas, fui por fim obrigado a reconhecer a verdade da teoria do Édipo de Freud. Eu resistira a ela durante muito tempo. Na verdade, muitos dos meus pacientes tinham apresentado confissões às quais eu poderia ter imposto uma interpretação edípica. Porém nunca um paciente meu havia admitido, sem rodeios, sem um verniz interpretativo, desejos incestuosos.

Nora admitira o dela. Eu esperaria admirar o seu conhecimento sobre si mesma. Mas eu sentia uma repulsa irredimível.

Entra para um convento. Eu pensava na injunção repetida de Hamlet para Ofélia, logo depois do *ser ou não ser*, para que ela fosse para um convento. Desejaria ela *conceber pecadores?*, ele pergunta. *Sejas casta como o gelo... não escaparás à calúnia.* Pintaria ela o rosto? *Deus vos deu uma face e vós vos fabricais outra.*

Penso que o raciocínio do meu coração era o seguinte: eu sabia que não suportaria tocar em Nora a partir de então. Eu mal suportava pensar nela — daquela forma. Mas por nada nesse mundo eu suportaria a idéia de um outro homem tocando-a. Eu sei como a minha reação era irracional. Nora não era responsável pelo que eu sentia. Não fora ela a escolher ter desejos incestuosos, fora? Eu sabia disso, mas o saber não mudava nada. Eu me levantei do banco, passando as mãos no cabelo. Fiz um esforço para me concentrar nos aspectos médicos do caso. Eu ainda era o médico dela. Do ponto de vista clínico, a admissão de Nora de que havia testemunhado do alto a agressão da noite passada era muito mais importante que o reconhecimento dos desejos edípicos. Eu lhe dissera que tais experiências eram comuns nos sonhos, porém, quando combinadas com a queimadura real de cigarro na pele dela, o relato se aproximava mais da psicose. Ela provavelmente precisava mais do que análise. Muito possivelmente, ela deveria ser hospitalizada. Levada a um sanatório.

Apesar disso, eu não conseguia me convencer de que ela havia infligido a si própria a primeira série de ferimentos — as chicotadas brutais que sofrera na segunda-feira. Eu também não estava disposto a reconhecer com certeza que a agressão da noite passada fora uma alucinação. Uma lembrança associada ao curso médico lampejava na minha cabeça.

A Universidade de Nova York ficava a apenas algumas quadras na direção do centro. Descobri que o portão para o Gramercy Park estava de fato trancado. Tive de pular — e me senti, inexplicavelmente, como um criminoso ao fazê-lo.

Caminhando pela Washington Square, passei sob o arco monumental de Stanford White e refleti sobre como o amor é mortífero. O que mais não teria construído o grande arquiteto se não tivesse levado o tiro de um marido ciumento enlouquecido, o mesmo homem que Jelliffe procurava libertar do hospício? Mais adiante ficava a excelente biblioteca da Universidade de Nova York.

Comecei pelo trabalho do professor James sobre o óxido nitroso, que eu conhecia bem de Harvard, mas não encontrei nada ali que se encaixasse com a descrição. Os textos gerais sobre anestesiologia eram todos igualmente inúteis. Assim, eu me voltei para a literatura sobre o psiquismo. O catálogo tinha um verbete sobre PROJEÇÃO ASTRAL, mas ele se revelou um exemplo de desvario teosófico. Em seguida achei uma dúzia de verbetes sobre BILOCAÇÃO. Por meio deles, depois de um par de horas de exploração, encontrei por fim o que buscava.

Tive sorte: Durville oferecia diversas referências sobre aparições em seu livro recém-publicado. Bozzano havia relatado um caso muito sugestivo, e Osty um caso ainda mais claro na *Revue Métapsychique* de maio-junho. Mas foi um caso que encontrei em Battersby que acabou com todas as dúvidas. Battersby citava o seguinte relato:

Eu me debatia com tal violência que as duas enfermeiras e o especialista não conseguiam me conter... A minha lembrança seguinte é de um grito penetrante, e eu me vi no ar olhando para baixo, para a cama sobre a qual se debruçavam as enfermeiras e o médico. Eu tinha consciência de que eles procuravam impedir os gritos em vão; na verdade eu os ouvi dizendo: "Senhorita B., senhorita B., não grite assim. A senhorita está assustando os outros pacientes". Ao mesmo tempo, eu sabia muito bem que estava destacada do meu corpo que gritava, e nada podia fazer para impedi-lo.

Eu não tinha o número de telefone do detetive Littlemore, mas sabia que ele trabalhava na nova central de polícia no centro. Se não o encontrasse lá em carne e osso, poderia ao menos deixar uma mensagem.

20.

No edifício Van den Heuvel, um menino de recados subiu correndo para o gabinete do legista Hugel para anunciar que uma ambulância acabara de deixar outro corpo no necrotério. Impassível, o legista despediu o menino, mas o rapaz não ia embora. Não era um corpo qualquer, ele disse, era o corpo do detetive Littlemore. O legista, cercado de caixas e papéis soltos empilhados pelo chão, praguejou e desceu correndo para o porão, mais depressa que o próprio menino. O corpo de Littlemore não estava no necrotério. Estava na antecâmara do laboratório onde Hugel realizava as autópsias. O detetive havia sido transportado em uma maca e deitado sobre uma das mesas de operação. Os homens da ambulância já tinham ido embora.

Hugel e o menino de recados ficaram paralisados ante a visão do corpo retorcido do detetive. Hugel agarrou o ombro do menino com força.

"Meu Deus", disse o legista. "É tudo culpa minha."

O menino deu um grito.

"Martinho do cacete Lutero!", disse Hugel.

O detetive se sentou e alisou as lapelas do paletó. No rosto do legista, ele viu uma mistura, em partes aproximadamente iguais, de aflição incipiente e de fúria que se intensificava. "Desculpe, senhor Hugel", ele disse encabulado. "Eu apenas julguei que nós poderíamos ter um ás na manga se o sujeito que queria me matar pensasse que tinha conseguido."

O legista começou a se afastar. Littlemore saltou da mesa; no momento em que tocou o piso, ele deu um grito de dor. A perna direita estava muito pior do que ele imaginara. Seguiu no encalço de Hugel, enquanto descrevia a teoria sobre a morte de Seamus Malley.

"Absurdo", foi a resposta de Hugel. Ele continuou a subir as escadas, recusando-se a se voltar para Littlemore, que mancava atrás dele. "Por que Banwell, ao matar esse Malley, arrastaria o corpo para dentro do elevador? Para ter companhia na subida?"

"Talvez Malley tenha morrido na subida do elevador."

"Oh, entendo", disse o legista. "Banwell o mata no elevador, depois o deixa lá para aumentar a probabilidade de ser detido por dois assassinatos. Banwell não é estúpido, detetive. É um homem calculista. Se tivesse feito o que você diz, ele teria tomado o elevador de volta para o caixão e se livrado de Malley da mesma forma que você afirma que ele se livrou da garota Riverford."

"Mas a lama, senhor Hugel, eu esqueci de lhe contar sobre a lama..."

"Eu não quero ouvir", disse o legista. Eles tinham chegado ao seu gabinete. "Não quero mais falar sobre o assunto. Procure o prefeito, por que não o procura? Com certeza você vai ter nele uma platéia disponível. Eu lhe disse, o caso está encerrado."

Littlemore piscou e balançou a cabcça. Ele notou as pilhas de documentos e as caixas espalhadas pelo piso do gabinete do legista. "Está indo para algum lugar, senhor Hugel?"

"Na verdade, estou", disse o legista. "Estou largando este emprego."

"Largando?"

"Não posso trabalhar nessas condições. As minhas conclusões não são respeitadas."

"Mas para onde vai, senhor Hugel?"

"Você acha que esta é a única cidade que precisa de um médico legista?" Hugel percorreu com os olhos as caixas de arquivos esparramadas em seu gabinete. "Na verdade, eu sei de uma vaga aberta em Cleveland, no Ohio. As minhas opiniões serão respeitadas lá. Vão me pagar menos, é claro, mas isso não importa; eu já tenho uma boa quantia guardada. Ninguém vai poder reclamar dos meus arquivos, detetive. O meu sucessor vai encontrar um sistema perfeitamente organizado — criado por mim. Você sabe em que condições estava o necrotério antes de eu vir para cá?"

"Mas senhor Hugel", disse o detetive.

Nesse instante, Louis Riviere e Stratham Younger apareceram no corredor. "Monsieur Littlemore!", gritou Riviere. "Ele está vivo!"

"Infelizmente", concordou o legista. "Senhores, se não se incomodam, tenho que trabalhar."

Clara Banwell se refrescava em um banho quando ouviu a porta da frente bater. Era um banho turco, com azulejos azuis mudéjares da Andaluzia, instalados no apartamento dos Banwell a um pedido especial de Clara. Enquanto a voz do marido urrava o nome dela no hall de entrada, ela se enrolou apressada em duas toalhas de banho brancas, uma para o corpo e outra para o cabelo.

Ainda pingando, Clara encontrou o marido na sala de estar de doze metros, com um copo na mão, olhando para o rio Hudson. Servia-se de bourbon com gelo. "Venha cá", disse Banwell do outro lado da sala, sem se voltar. "Você a viu?"

"Sim." Clara ficou onde estava.

"E?"

"A polícia acha que ela mesma se machucou. Acreditam que ela está louca ou tentando se vingar de você."

"O que você lhes disse?"

"Que você esteve em casa a noite toda."

Banwell grunhiu. "O que ela diz?"

"Nora é muito frágil, George. Eu acho..."

O som de uma garrafa de uísque batendo sobre o tampo de vidro da mesa a interrompeu. A mesa não rachou, mas o álcool espirrou da boca da garrafa. George Banwell se virou e encarou a mulher. "Venha cá", ele disse de novo.

"Eu não quero."

"Venha cá."

Ela obedeceu. Quando ela chegou perto dele, ele olhou para baixo.

"Não", ela disse.

"Sim."

Ela abriu o cinto do marido. Enquanto retirava o cinto das passadeiras da calça, ele se serviu de mais uma dose. Ela lhe deu a tira de couro preto. Em seguida, ela ergueu as mãos, juntando as palmas. Banwell passou o cinto em torno dos pulsos dela, prendeu o fecho e o apertou. Ela estremeceu.

Ele a puxou para si e tentou beijar seus lábios. Ela permitiu que ele beijasse apenas os cantos da boca, virando o rosto para um lado e para o outro. Ele enterrou a cabeça em seu pescoço nu; ela encheu a boca de ar. "Não", ela disse.

Ele a forçou a se ajoelhar. Embora presa pelo cinto, ela podia mover as mãos o suficiente para abrir a calça do marido. Ele arrancou a toalha branca de seu corpo.

Algum tempo depois, George Banwell estava sentado sobre a escrivaninha, inteiramente vestido, bebericando bourbon, enquanto Clara, nua, estava ajoelhada no chão, de costas para o marido.

"Diga-me o que ela disse", ele ordenou, soltando a gravata.

"George", Clara ergueu os olhos para ele, "será que isso não poderia acabar agora? Ela é apenas uma menina. Como ela pode ainda lhe fazer mal?"

Ela logo percebeu que as palavras haviam alimentado, e não refreado, a ira latente do marido. Ele se pôs de pé, abotoando a roupa. "Apenas uma menina", repetiu.

O francês devia ter uma queda pelo detetive Littlemore. Ele o beijou nas duas bochechas.

"Preciso brincar de morto mais vezes", disse Littlemore.

"Você nunca foi tão gentil comigo, Louie."

Riviere enfiou uma pasta grande nos braços do detetive. "Saiu perfeita", ele disse. "Eu mesmo me surpreendi, na verdade. Não esperava tanto detalhe na ampliação. Muito estranho." Com isso, o francês saiu, avisando que se tratava de um *au revoir*, não um *adieu*.

Eu agora estava sozinho com o detetive. "Você... se fez de morto?", perguntei.

"Foi só uma brincadeira. Quando voltei a mim, estava numa ambulância, e pensei que seria engraçado."

Eu refleti. "E foi?"

Littlemore olhou em volta. "Bem engraçado", ele disse. "Diga, o que *você* está fazendo aqui?"

Eu contei para o detetive que tinha feito uma descoberta potencialmente importante sobre o caso da srta. Acton. De repente, porém, percebi que não tinha certeza de como deveria colocar as coisas. Nora tinha vivido uma espécie de bilocação — o fenômeno de parecer estar em dois lugares ao mesmo tempo. Dos meus dias de Harvard eu me lembrava vagamente de ter lido sobre bilocação relacionada a alguns dos primeiros experimentos com os novos anestésicos que tanto modificaram a medicina cirúrgica. A minha pesquisa o confirmara: eu agora estava convencido de que alguém dera clorofórmio a Nora. De manhã não haveria cheiro e nenhum efeito tardio significativo.

O meu problema era que Nora havia confessado a mim que não tinha dito ao detetive Littlemore nada sobre o modo estranho como vivenciara o acontecimento. Ela tivera receio de que ele não acreditasse nela. Eu decidi ser direto: "Há algo que a senhorita Acton não lhe disse sobre a agressão da noite passada. Ela a assistiu — ou melhor, ela vivenciou tanto a sua participação quanto a observação da cena — como se estivesse de fora". Ao ouvir as minhas próprias palavras lúcidas, eu me dei conta de que havia escolhido a explicação menos acessível, a menos convincente possível. A expressão no rosto do detetive não ajudou a mudar em nada essa impressão. Acrescentei: "Como se ela flutuasse sobre a própria cama".

"Flutuasse sobre a própria cama?", repetiu Littlemore.

"Exato."

"Clorofórmio!", ele disse.

Eu fiquei estupefato. "Como diabos você sabe disso?"

"H. G. Wells. É meu preferido. Ele tem essa história em que exatamente a mesma coisa acontece a um sujeito operado depois de receber clorofórmio."

"Eu acabei de perder uma tarde na biblioteca."

"Não, não perdeu", disse o detetive. "Você pode sustentar... cientificamente, quero dizer... a coisa da flutuação pelo clorofórmio?"

"Sim. Por quê?"

"Escute, guarde isso por um segundo, está bem? Eu tenho de verificar algo enquanto estamos aqui. Você pode vir comigo?" Littlemore saiu correndo pelo corredor e pelas escadas abaixo, mancando bastante. Sobre os ombros, explicou. "Hugel tem alguns microscópios de verdade lá embaixo."

No porão, entramos em um pequeno laboratório forense, com quatro mesas de tampo de mármore e um equipamento médico de excelente qualidade. Dos bolsos, o detetive tirou três pequenos envelopes, cada um deles contendo pedaços de terra ou barro vermelho. Uma das amostras, ele me explicou, vinha do apartamento de Elizabeth Riverford, outra do porão do Balmoral e a terceira da ponte Manhattan — de um píer que pertencia a George Banwell. Ele comprimiu as três amostras entre três lâminas de vidro separadas, que em seguida colocou sob dois microscópios diferentes. Ele mudou de um para o outro rapidamente. "Elas batem", ele disse, "todas as três. Eu sabia."

Em seguida, ele abriu a pasta de Riviere. A imagem, eu agora via, mostrava o pescoço de uma garota marcado por uma mancha redonda escura, granulada. Era, se eu entendera bem o detetive, o que talvez não tivesse acontecido, uma imagem invertida do retrato de uma marca encontrada no pescoço da srta. Riverford. Littlemore examinou a fotografia com cuidado, comparando-a a um prendedor de gravata de ouro que ele tirou de outro bolso. Ele me mostrou o prendedor — tinha as iniciais GB — e pediu que eu o comparasse com a fotografia.

Obedeci. Com o prendedor na mão, vi o contorno da insígnia de uma ligadura inconfundivelmente semelhante na mancha escura redonda na fotografia. "São iguais", eu disse.

"Sim", disse Littlemore, "quase idênticas. O único problema é que de acordo com Riviere elas não deveriam ser iguais. Deveriam ser opostas. Eu não entendo. Sabe onde encontramos o prendedor? No quintal dos Acton. Para mim, o prendedor prova que Banwell esteve na casa dos Acton e subiu numa árvore, quem sabe para chegar à janela da senhorita Acton." Ele se sentou em uma cadeira, a perna direita visivelmente muito dolorida para que continuasse de pé. "O senhor ainda acha que foi Banwell, não é doutor?"

"Sim."

"O senhor tem de vir comigo para o gabinete do prefeito."

Smith Ely Jelliffe, confortavelmente acomodado em um assento de primeira fila no Hippodrome, o maior teatro coberto do mundo, soluçava silenciosamente. O mesmo fazia a maioria dos seus companheiros de platéia. O espetáculo que tanto os comovia era a marcha solene das mergulhadoras, sessenta e quatro ao todo, para o lago de seis metros de profundidade que era parte do palco gigante do Hippodrome. (A água do lago era real; debaixo d'água, receptáculos de ar e corredores subterrâneos propiciavam uma rota de fuga por trás do palco.) Quem podia reprimir as lágrimas enquanto as adoráveis e honradas garotas de maiô desapareciam na água encapelada, para nunca mais verem a Terra, condenadas a se apresentar para sempre para o rei marciano em seu circo tão distante de casa?

O luto de Jelliffe encontrava consolo no fato de saber que ele veria duas das garotas de novo — e logo. Meia hora depois, com uma mergulhadora de salto alto em cada braço, Jelliffe entrou a passos largos, com uma considerável satisfação, numa sala de jantar com colunatas do Murray's Roman Gardens na rua 42. Atrás de Jelliffe seguiam duas longas estolas cor-de-rosa, de cada uma de suas garotas. À sua frente, as colunas maciças com folhagens de gesso do Garden se elevavam até o teto, a trinta metros de altura, onde estrelas elétricas piscavam e uma lua curva cruzava o firmamento em uma trajetória pouco natural. Uma fonte pompeana de três andares se exibia no centro do restaurante, enquanto imagens *trompel'oeil* de donzelas nuas faziam travessuras em todas as paredes.

Em termos de peso, Jelliffe valia pelas duas mergulhadoras juntas. Ele acreditava que a corpulência da meia-idade fazia dele um homem muito chamativo — a saber, para o sexo feminino. Ele sentia um prazer especial com as mergulhadoras porque estava ansioso para causar uma boa impressão naquela noite. Jantava com o Triunvirato. Eles nunca o tinham convidado para jantar antes. A sua maior proximidade com o círculo íntimo era o almoço ocasional no clube. Porém, o seu valor de mercado havia crescido claramente com as ligações com os novos psicoterapeutas.

Jelliffe não precisava de dinheiro. Ele queria renome, estima, posição, prestígio — todas coisas que o Triunvirato poderia lhe dar. Haviam sido eles, por exemplo, que lhe encaminharam os advogados de Harry Thaw, proporcionando o primeiro gosto da fama. O dia mais grandioso de sua vida foi o dia em que o seu retrato apareceu nos jornais de domingo, nomeando-o como "um dos alienistas mais ilustres do estado".

O Triunvirato também tinha adquirido um interesse surpreendente em sua editora. Eram obviamente homens progressistas. Primeiro, haviam-no impedido de aceitar qualquer artigo que mencionasse a psicanálise, mas a atitude deles mudara. Havia cerca de um ano, instruíram Jelliffe para que lhes enviasse resumos de todos os artigos que mencionassem Freud, e o notificavam depois sobre aqueles que sancionavam. O Triunvirato recomendara que ele publicasse Jung. Eles o encorajaram a aceitar a tradução do livro de Freud por Brill quando parecia que Morton Prince em Boston o publicaria em seu lugar. Na verdade, eles haviam contratado um editor para Jelliffe a fim de ajudá-lo a polir a tradução de Brill.

Jelliffe tinha ponderado com astúcia o número de garotas que levaria para o jantar. Garotas eram sua especialidade. Ele cimentara muitas ligações sociais e profissionais com esse tipo de argamassa. Conhecia todos os melhores estabelecimentos para cavalheiros. Uma vez perguntado, ele sempre recomendava o Players Club em Gramercy Park. O Triunvirato nunca lhe fizera nenhuma solicitação. Quando, porém, o convidaram para se reunir a eles no Roman Gardens, Jelliffe intuiu que a ocasião era propícia. Como todo homem na cidade sabia, no andar de cima do Gardens havia vinte e quatro apartamentos de solteiro, luxuosamente mobiliados, cada um deles com uma cama de casal, banheiro individual e uma garrafa de champanhe no gelo. Primeiro Jelliffe tinha imaginado quatro garotas e quatro quartos, mas, ao refletir, isso lhe pareceu pobre, amador. Assim, ele garantiu dois de cada: o detalhe da troca, sentiu, acrescentaria tempero ao assado.

Jelliffe causou de fato uma forte impressão, mas diferente da pretendida. Levado à alcova privada onde o Triunvirato tinha sua mesa, o *bon vivant* e suas damas se depararam com um *froideur* inequívoco da parte dos três cavalheiros sentados. Nenhum deles chegou a se levantar. Jelliffe, sem conseguir detectar a razão, cumprimentou galhardamente os anfitriões, pediu cadeiras adicionais para o *maître* e anunciou que duas suítes de solteiro aguardavam a todos depois do jantar. Com um gesto de uma mão elegante, o dr. Charles Dana desconsiderou o pedido de cadeiras adicionais. Jelliffe por fim compreendeu a irritação e murmurou às garotas que seria melhor elas esperarem por ele no andar de cima.

Pouco depois, o Triunvirato obteve de Jelliffe a informação de que Abraham Brill tinha, sem aviso, adiado indefinidamente a publicação do livro de Freud. Pena, disse Dana. E sobre as conferências de Jung em Fordham? Jelliffe relatou que os planos para as conferências de Fordham caminhavam bem — e que o *New York Times* o procurara para marcar uma entrevista com Jung.

Dana se voltou para o sujeito imponente com as costeletas. "Starr, você não foi entrevistado pelo *Times* também?"

Sugando uma ostra, Starr disse que havia sim sido entrevistado e que havia sim sido bastante franco na entrevista. A conversa em seguida se voltou para Harry Thaw, em relação a quem Jelliffe foi aconselhado, sem que houvesse margem para dúvida, a não fazer mais experimentos.

Quando o jantar terminou, Jelliffe temia não ter deixado claras as suas intenções. Dana e Sachs nem lhe apertaram a mão quando saíram. Porém, o abatimento melhorou quando Starr, que ficara atrás dos demais, perguntou se ele tinha ouvido bem quando Jelliffe dissera que reservara dois quartos no andar de cima. Jelliffe confirmou. O par de cavalheiros corpulentos se olhou, ambos imaginando uma garota de revista numa estola, reclinada junto de uma garrafa fechada de champanhe no gelo. Starr expressou a opinião de que as coisas pagas não deviam ser desperdiçadas.

"Você perdeu a cabeça, detetive?", perguntou o prefeito McClellan atrás das portas fechadas de seu gabinete na quinta-feira de manhã.

Littlemore havia requisitado uma equipe para descer ao caixão da ponte Manhattan a fim de investigar a janela emperrada. Ele e eu estávamos sentados diante da mesa do prefeito. McClellan estava agora de pé.

"Senhor Littlemore", disse McClellan, com a voz nada encorajadora (ele tinha claramente herdado o tom militar do pai), "eu prometi um metrô a esta cidade, e o entreguei. Eu prometi a Times Square a esta cidade, e a entreguei. Eu prometi a ponte Manhattan, e, por Deus, vou entregá-la ainda que seja a última droga de coisa que eu faça no cargo. O trabalho na ponte não deve ser retardado em nenhuma circunstância — nem por um único minuto. E em nenhuma circunstância se deve perturbar George Banwell. Você me ouviu?"

"Sim, senhor", disse Littlemore.

"Elizabeth Riverford foi morta há quatro dias, e, até onde eu sei, tudo que você fez desde então foi perder o maldito corpo."

"Na verdade, eu encontrei um corpo, excelência", disse Littlemore, retraído.

"Oh, sim, a senhorita Sigel", disse McClellan, "que atualmente me dá mais trabalho que a senhorita Riverford. Você viu os jornais da tarde? Está em todos eles. Como pode o prefeito desta cidade permitir que uma garota de boa família seja encontrada no baú de um chinês? — como se eu fosse pessoalmente responsável! Esqueça George Banwell, detetive. Encontre esse tal de William Leon para mim."

"Excelência, com todo respeito", disse Littlemore, "eu penso que há uma ligação entre os casos Sigel e Riverford. E eu acho que o senhor Banwell está envolvido nos dois."

McClellan cruzou os braços. "Você acha que esse Leon não é o assassino da senhorita Sigel?"

"Acho que é possível que não seja, senhor."

O prefeito respirou fundo. "Senhor Littlemore, o seu senhor Chong — o homem que você prendeu — confessou uma hora atrás. Seu primo Leon matou a senhorita Sigel no mês passado numa crise de ciúmes, depois que ele a viu com outro chinês. A polícia esteve na casa deste outro homem onde encontrou mais cartas da senhorita Sigel. Leon a estrangulou até a morte. Chong testemunhou. Ele ajudou a colocar o corpo no baú de Leon. Está bem? Está satisfeito?"

"Não tenho certeza, senhor", disse Littlemore.

"Bem, seria muito bom que estivesse. Eu quero respostas. Onde está Leon? A senhorita Acton foi atacada ou não na noite passada? Ela foi atacada alguma vez? Eu tenho de fazer o trabalho de todo mundo? E deixe-me lhe dizer mais uma coisa, detetive", disse McClellan. "Se você ou outro qualquer vier ao meu gabinete tagarelando que Elizabeth Riverford foi assassinada pelo único homem que eu sei que não podia tê-la matado, eu vou demitir vocês todos. Fui claro?"

"Sim senhor, excelência, senhor", respondeu o detetive.

Graças aos céus fomos liberados. No corredor, eu disse: "Ao menos o prefeito está inteiramente do nosso lado".

"*Eu* não perdi o corpo da senhorita Riverford", objetou Littlemore, exibindo uma raiva incomum. "O que aconteceu com todo mundo? Eu tenho um prendedor de gravata, o barro, uma morte inexplicada no canteiro do sujeito, ele combina com a descrição do legista, fica apavorado ao ver a senhorita Acton, ela nos diz que ele a atacou, e nós não podemos nem descer para ver o que está bloqueando a rampa de lixo submersa do sujeito?"

Eu argumentei que se Banwell não estava na cidade na noite em que Elizabeth Riverford fora assassinada, ele obviamente não podia tê-la matado.

"Sim, mas talvez ele tenha um cúmplice", respondeu Littlemore. "Sabe alguma coisa sobre doença descompressiva, doutor?"

"Sim, por quê?"

"Porque eu sei o que devo fazer", disse Littlemore, cuja claudicação se tornara pior, "mas não posso fazê-lo sozinho. O senhor pode me ajudar?"

Quando ouvi a proposta do detetive, ela de início me pareceu o plano mais estúpido que já tinha ouvido. Ao refletir, porém, comecei a pensar diferente.

✳ ✳ ✳

Nora Acton estava no telhado de sua casa. Uma brisa agitava as finas mechas de cabelo que pendiam sobre sua fronte. Ela via o Gramercy Park todo, inclusive o banco onde, havia várias horas, estivera sentada com o dr. Younger. Ela duvidava que voltaria a se sentar lá com ele de novo.

Ela não suportava ficar dentro de casa. O pai estava trancado no escritório. Nora tinha uma idéia do que ele fazia lá. Não era trabalho: seu pai não tinha trabalho. Anos atrás, ela havia encontrado o esconderijo secreto de livros do pai. De livros revoltantes. Fora, dois patrulheiros guardavam novamente as portas da frente e de trás. Tinham deixado a casa de manhã. Agora, estavam de volta.

Nora se perguntou se morreria caso saltasse do telhado. Achou que não. A garota voltou para dentro da casa e desceu para a cozinha. Remexeu numa gaveta funda e encontrou uma das facas de trinchar da sra. Biggs. Ela a levou para cima e a pôs debaixo do travesseiro.

O que ela faria? Não podia contar a verdade a ninguém, e não podia mais mentir. Ninguém acreditaria nela. Ninguém acreditava nela.

Nora não pretendia usar a faca de cozinha contra si própria. Não desejava morrer. Entretanto, ela poderia tentar se defender se ele viesse de novo.

QUINTA PARTE

21.

Littlemore se ocupou do cadeado enquanto eu ficava atrás dele. Deviam ser cerca de duas da manhã. O meu trabalho era vigiar, mas eu não via nada na escuridão. Eu também não ouvia nada graças ao bramido mecânico que sufocava todos os demais sons. Em vez disso, eu me peguei admirando o dossel de estrelas acima de nós. Ele o abriu em menos de um minuto. O elevador era inesperadamente grande. Littlemore fechou a porta, e nos vimos encerrados na cabine mal iluminada. Duas chamas a gás iluminavam o suficiente para permitir que Littlemore manejasse a alavanca de operações. Com um solavanco, o detetive e eu começamos a descida lenta para o caixão.

"O senhor tem certeza de que está bem?", perguntou Littlemore. Uma das duas chamas azuis se refletia em seus olhos — e a outra nos meus, imagino. Não se via mais nada. Os motores que roncavam sobre nós reiteravam uma batida profunda e constante, como se abríssemos caminho ao longo da artéria aorta de uma corrente sangüínea gigantesca. "Não é tarde demais. Ainda podemos voltar."

345

"Você tem razão", eu disse. "Vamos voltar."

O elevador parou com um tranco. "O senhor tem certeza?", perguntou Littlemore.

"Não. Eu estava brincando. Vamos, leve-nos para baixo."

"Obrigado", ele disse.

Ele me lembrava alguém, Littlemore, mas eu não conseguia saber quem. Depois, lembrei: quando eu era criança, os meus pais nos levavam para o campo em todos os verões — não para o "chalé" da tia Mamie em Newport, mas para um chalé de verdade de nossa propriedade perto de Springfield, sem água corrente. Eu gostava muito da pequena casa. Tinha um grande amigo lá, Tommy Nolan, que morava durante o ano todo numa fazenda próxima. Tommy e eu costumávamos caminhar quilômetros e mais quilômetros ao longo das cercas de madeira que separavam as fazendas. Eu não pensava em Tommy havia muito tempo.

"O que você acha que o prefeito vai fazer com você quando descobrir?", perguntei.

"Me despedir", disse Littlemore. "Você está sentindo os ouvidos? Prenda o nariz e expire. É assim que você os desentope. O meu pai me ensinou."

Eu tinha um truque diferente. Entre as muitas aptidões inúteis que tenho está a capacidade de controlar voluntariamente os músculos do ouvido interno que abrem as trompas de Eustáquio. O ritmo do elevador era de uma lentidão torturante. Mal nos deslocávamos. "Quanto tempo leva para descer?", perguntei.

"Cinco minutos, o sujeito me disse", respondeu o detetive.

"Papai conseguia ficar debaixo d'água por mais de dois minutos."

"Parece que você se dava bem com ele."

"Com o meu pai? Ainda me dou. É o melhor homem que conheço."

"E a sua mãe?"

"A melhor mulher", disse Littlemore. "Faria qualquer coisa por ela. Meu amigo, eu costumava imaginar que se encontrasse uma garota como mamãe eu casaria com ela numa fração de segundo."

"É engraçado você dizer isso."

"Até eu encontrar Betty", disse Littlemore. "Ela era a criada da senhorita Riverford. A primeira vez em que a vi — o quê, três dias atrás? — logo fiquei louco por ela. Louco, louco. Ela não tem nada de mamãe. Italiana. Um tanto temperamental, eu acho. Ela me deu uma pancada ontem à noite que ainda estou sentindo."

"Ela bateu em você?"

"Sim. Achou que eu estava aprontando por aí", disse o detetive. "Três dias, e eu já não posso andar por aí. Você é capaz de contar uma melhor?"

"Talvez. A senhorita Acton me acertou com um bule fervente ontem."

"Ai", disse Littlemore. "Eu vi o pires no chão."

Um ruído sibilante começou dentro do elevador, à medida que ele deslocava o ar do poço. O ronco dos motores na superfície parecia mais distante — uma pulsação surda, mais sensível que audível.

"Eu tive uma paciente, uma garota, há muito tempo", eu disse. "Ela me contou... ela me contou... que queria fazer sexo com o pai."

"O quê?"

"Você me ouviu", eu disse.

"Isso é nojento."

"Não é?"

"É a coisa mais nojenta que já ouvi", disse o detetive.

"Bem, eu..."

"É melhor calarmos a boca."

"*Está bem.*" Minha voz saiu muito mais alta do que eu pretendia; o eco ressoou interminável na cabine do elevador. "Desculpe", eu disse.

"Não faz mal. Foi minha culpa", respondeu Littlemore, embora não fosse.

Teria sido impossível meu pai falar daquele jeito. Ele nunca revelava o que sentia. O meu pai vivia segundo um princípio simples: nunca mostrar dor deliberadamente. Durante muito tempo eu pensei que dor devia ser a única coisa que ele sentia — porque se houvesse alguma outra coisa, pensava, ele poderia expressá-la sem violar seu princípio. Somente mais tarde compreendi. Todo sentimento é doloroso, de um modo ou de outro. A felicidade mais extraordinária é uma ferroada no coração, e o amor — o amor é uma crise da alma. Portanto, dados os seus princípios, o meu pai não podia mostrar nenhum sentimento. Não só não podia mostrar o *que* ele sentia, mas não podia mostrar *que* sentia.

A minha mãe odiava a natureza não comunicativa dele — ela diz que ao final foi isso que o matou —, porém, estranhamente, era o que eu mais admirava nele. Na noite em que ele acabou com a própria vida, seu comportamento durante o jantar não foi diferente do habitual. Eu também dissimulo, todos os dias da minha vida, reeditando pela metade o princípio do meu pai, embora não represente a metade dele nem sequer cinqüenta por cento tão bem quanto ele. Havia muito tempo decidira: diria o que sinto, mas jamais exibiria emoção de nenhuma outra maneira. É o que eu pretendo dizer com *metade*. Para falar a verdade, eu não acredito realmente na expressão dos sentimentos a não ser por meio da linguagem. Todas as outras formas de expressão são modalidades de representação. São todas espetáculo. São todas parecidas.

Hamlet diz algo semelhante. É praticamente a primeira coisa que ele diz na peça. A mãe lhe pergunta por que ele parece tão desanimado com a morte do pai. "Parece, senhora?", ele responde. "Eu não conheço 'parece'." Ele em seguida deprecia todas as expressões visíveis de aflição: o "casaco negro" e a "solene roupa preta, as lágrimas culposas nos falsos olhos". Essas manifestações, ele diz, "essas parecem, [...] são ações que o homem representa".

"Meu Deus!", eu disse no escuro. "Meu Deus. Eu já sei."

"Eu também!", exclamou Littlemore, com a mesma ansiedade. "Eu sei como ele matou Elizabeth Riverford, embora estivesse fora da cidade. Banwell, quero dizer. Ela estava *com* ele. Ninguém mais sabia. O prefeito não sabia. Banwell a matou onde quer que estivesse — certo? —, em seguida levou o corpo dela de volta para o apartamento, a amarrou, e fez parecer que o assassinato acontecera lá. Não sei como não pensei nisso antes. Era nisso que o senhor estava pensando?"

"Não."

"Não? No que era então, doutor?"

"Não importa", eu disse. "Algo em que eu vinha pensando havia muito tempo."

"O que era?"

Inexplicavelmente, decidi que tentaria lhe explicar. "Você ouviu falar no *ser ou não ser*?"

"Como em *esta é a questão*?"

"Sim."

"Shakespeare. Todo mundo conhece", disse Littlemore. "O que significa? Eu sempre quis saber."

"É o que acabei de descobrir."

"Vida ou morte, certo? Ele vai se matar ou coisa parecida?"

"É o que todos sempre pensaram", eu disse. "Mas não é nada disso."

A resposta me veio num único instante: inteira, luminosa, como o sol que reaparece depois de uma tempestade. Naquela hora, porém, o elevador chegou ao final da descida, e parou com um solavanco. Havia uma comporta de ar que tínhamos de abrir.

Littlemore se ajoelhou para girar as válvulas de pressão, próximas do piso. Por elas entraram fortes jatos de ar. O cheiro era característico: seco e úmido ao mesmo tempo. A pressão se tornou insuportável. A minha cabeça começou a latejar. Os olhos pareciam querer entrar no meu cérebro. Aparentemente, o detetive sofria dos mesmos sintomas; expirou com força pelo nariz, enquanto o fechava. Eu temia que ele rompesse um tímpano. Entretanto, ele conseguiu, aos poucos, como eu, se acostumar à pressão. Abrimos a porta do caixão.

Nora Acton se levantou da cama às duas e meia da manhã, incólume, porém incapaz de dormir. Pela janela, ela via o policial que patrulhava a calçada. Ao todo, naquela noite havia três: um na frente, um nos fundos, e um, que chegara ao cair da noite, no telhado. À luz de uma vela, Nora escreveu uma breve carta, redigida pela mão delicada num pedaço de papel branco. A carta foi posta num envelope que ela endereçou e selou. Em seguida, desceu e enfiou o envelope na fenda da caixa de correio junto da porta da frente. O correio vinha duas vezes por dia. O carteiro apanharia a carta antes das sete da manhã; seria entregue bem antes do meio-dia.

Eu não fazia idéia de como seria imenso. Chamas de gás azuis salpicavam as paredes do caixão, lançando teias bruxuleantes de luz e sombra sobre as vigas no alto e no piso empoçado. Do elevador, descemos uma rampa íngreme. Littlemore teve dificuldades, fazia caretas a cada vez que punha peso sobre a perna direita. Chegamos ao cruzamento de meia dúzia de pranchas de madeira que irradiavam em todas as direções. À distância, viam-se compartimentos e mais compartimentos.

"Quanto tempo temos, doutor?", perguntou Littlemore. "Vinte minutos", eu disse. "Depois disso temos de descomprimir durante a subida."

"Está bem. Nós queremos a janela cinco. Os números devem estar nelas. Vamos nos dividir."

O detetive partiu, mancando muito, em uma direção, e eu em outra. No início, tudo era silêncio, um silêncio sinistro e cavernoso, pontuado somente por gotas de água que ecoavam e pelas passadas irregulares de Littlemore, que se distanciava. Em seguida, me dei conta de um rumor muito grave, como o grunhido de uma besta enorme. Vinha, eu pensei, do próprio rio: um som de águas profundas.

O caixão estava estranhamente vazio. Eu esperava encontrar máquinas, furadeiras — sinais de trabalho e escavação. Em vez disso, havia apenas alavancas e pás quebradas esparsas, abandonadas entre rochas espalhadas e poças de água escura. Passei para uma grande câmara, mas ela devia ser uma das internas, pois não vi nenhuma das calhas de detritos que Littlemore chamara de janelas. Uma prancha cedeu sob o meu sapato. O ruído foi seguido pelo que pareceu ser uma agitação de pequenos passos. Poderia haver ratos lá embaixo, a trinta metros da superfície?

A agitação cessou tão abruptamente que não tive certeza se fora real ou imaginária. Penetrei em outra câmara, vazia como a anterior. A passagem sobre tapumes chegou ao fim. Agora eu tinha de pisar em poças de água no chão enlameado, e cada chapinhar era amplificado por ecos. No salão seguinte, uma série de grandes placas de aço, a alguns centímetros do chão, revestia a parede oposta; eu havia encontrado as janelas. Uma sucessão de correntes desenhava cordões que pendiam das laterais e de entre as janelas. A primeira trazia gravado o número sete.

A seguinte tinha um seis. Quando eu me inclinei para olhar a última, uma mão agarrou o meu ombro.

"Nós a encontramos, doutor", disse o detetive.

"Por Deus, Littlemore", eu disse. Ele soltou a placa de número cinco e empurrou a alavanca para cima. Ela se ergueu como uma cortina, desaparecendo na parede de madeira acima dela. No interior havia um espaço do tamanho de um túmulo, de meio metro de altura e dois metros de comprimento, revestido de ferro por todos os lados, cheio de pedras, trapos e detritos. A parede oposta do compartimento era, claramente, uma escotilha exterior que dava para o rio: uma das correntes com certeza a abriria.

"Não há nada aqui", eu disse.

"Não deveria haver", respondeu Littlemore. Com uma dificuldade considerável, ele se sentou e começou a tirar os sapatos. "Muito bem, assim que eu entrar, você fecha a janela e a inunda. Você me dá um minuto, doutor, exatamente um minuto, e em seguida..."

"Espere... você vai entrar na água?"

"Claro que vou", ele disse, subindo as pernas da calça. "O corpo dela está do lado de fora da escotilha externa. Tem de estar. Eu vou puxá-la para dentro. Em seguida você me tira de lá e nós voltamos para casa."

"Com a sua perna?"

"Eu estou bem."

"Você mal pode andar", eu disse. Nadar já teria sido difícil, pelo estado da perna dele — eu temia uma pequena fratura —, mas debater-se com detritos ou um corpo morto debaixo d'água, a trinta metros de profundidade, era fora de questão. Uma corrente mais forte o arrastaria.

"É a única alternativa", disse Littlemore.

"Não, não", eu disse. "Eu vou."

"De jeito nenhum", disse o detetive. Ele se agachou para se espremer no interior do compartimento, mas não conseguiu dobrar a perna direita. Ele se virou e tentou, em vão, se esgueirar para o compartimento de costas. Olhou para mim, impotente. "Ah, saia daí", eu disse. "De qualquer modo é você que sabe manejar essa geringonça."

Assim, espantosamente, um minuto depois, a pessoa espremida dentro da janela era eu, despido até a cintura, sem meias e sem sapatos. Examinei o compartimento o melhor que pude, sabedor de que em um instante estaria imerso em água fria. No teto havia uma alavanca de ferro. Segurei nela com força. Tubos de borracha se projetavam das paredes. Disse a mim mesmo que me aventuraria na água pelo menor tempo possível. Passados sessenta segundos, Littlemore reabriria a janela. Eu tinha uma forte suspeita de que não encontraria nenhum corpo a ser puxado para dentro. Agora a teoria de Littlemore parecia totalmente implausível. As chapas da janela eram muito pesadas e maciças. Eu não via como o corpo de uma garota poderia obstruir sua operação.

Littlemore fez uma verificação final. A escotilha interna, atrás de mim, caiu fechada com um estrondo. De tão completa, a escuridão era desorientadora. De algum modo não me dera conta de que estaria no escuro. O rumor do rio do lado de fora era muito mais intenso e ecoava na minha cela. Ouvi um baque na parede, o sinal de Littlemore de que ele abriria — ou tentaria abrir — a escotilha externa.

Naquele instante, senti um medo terrível. Devíamos ter testado a janela primeiro. Sabíamos que havia algo de errado com ela. E se Littlemore não conseguisse abrir a janela de novo depois que eu fosse lançado na água? Esmurrci a parede para que Littlemore parasse. Mas ou ele não ouviu ou interpretou o sinal como um assentimento ao dele. Pois se seguiram o rangido de correntes e o choque súbito de água insuportavelmente fria. O compartimento todo se inundou e fui atirado para fora, sem que pudesse resistir, nas profundezas do rio.

Fora da cerca de ferro batido que cercava Gramercy Park, havia um homem alto, de cabelos escuros, nas sombras. Eram três da manhã. O parque estava vazio, iluminado aqui e ali por lâmpadas a gás espalhadas por ele. A maioria das casas das cercanias estava às escuras, embora em uma delas — a sede do Players Club — houvesse luzes acesas e música. A igreja Calvary estava negra e silenciosa, o campanário se erguia como uma massa de trevas.

O homem de cabelos escuros observava o policial que patrulhava a frente da casa dos Acton. No pequeno círculo de luz formado por um poste da rua, Carl Jung viu o policial conversar com outro, que depois de alguns minutos partiu e dobrou a esquina de uma ruela que aparentemente levava aos fundos da casa. Jung pesou as possibilildades. Depois de alguns minutos, deu meia-volta e, frustrado, retornou ao Hotel Manhattan.

Littlemore teve de súbito um pensamento horrível. Haviam lhe dito que a janela cinco não funcionava direito. Ocorreu-lhe uma imagem de Younger debaixo d'água, batendo desesperadamente no casco do caixão, com os olhos esbugalhados, enquanto ele, Littlemore, do lado de dentro, sacudia desesperado as correntes. Como ele pudera ter concordado em não ir ele mesmo?

Depois de exatamente um minuto, Littlemore manobrou as roldanas numa sucessão rápida, ajustou a janela e fechou a escotilha externa. O mecanismo funcionou com perfeição. Ele abriu a escotilha interna. Jorraram litros de água. Por isso ele esperava. Entretanto, ele não esperava o que encontrou no interior do compartimento: nada.

"Oh, não", disse Littlemore. "Oh, não."

Ele fechou a janela, abriu a escotilha externa, contou dez segundos e reverteu o processo. Abriu a janela. Mais água: nada de Younger. Numa aflição louca, Littlemore fez tudo de novo, mas agora com uma diferença. Rezou. Com todo o empenho e força, rezou para encontrar o médico no interior da janela. "Por favor, meu Deus", ele implorou. "Faça com que ele apareça. Esqueça tudo o mais. Faça com que ele apareça."

Pela terceira vez Littlemore abriu a placa de aço da janela cinco, encharcando os sapatos e a barra da calça. Desta feita o compartimento estava bem lavado. As quatro paredes de metal brilhavam. Mas ele continuava vazio.

O detetive consultou o relógio: haviam passado dois minutos e um quarto. O recorde de seu pai fora exatamente aquele — dois minutos e quinze segundos —, mas o pai flutuava, sem fazer força, numa lagoa quente e calma. O dr. Younger jamais sobreviveria por tanto tempo. Littlemore sabia disso, mas não podia se conformar. Entorpecido, mecanicamente, ele executou os movimentos uma quarta vez e uma quinta, todas com o mesmo resultado. Caiu de joelhos, fitando o compartimento de metal vazio. Ele não notou a dor na perna. Percebeu, mas continuou imóvel, quando a armação de um milhão de toneladas do caixão sofreu um abalo forte acima dele. O abalo foi seguido de um rangido — um rangido metálico prolongado —, também bem acima de sua cabeça. Era como se a cobertura do caixão tivesse sido atingida pelo fundo de um submarino de passagem. Littlemore não se mexeu.

Quando o ruído cessou, porém, ele se deu conta de um outro som. Um som fraco. Uma batida. Littlemore olhou em volta; não conseguiu identificar sua origem. Ele engatinhou para

355

a esquerda, prendendo a respiração, sem ousar ter esperanças. As batidas vinham de trás da placa de aço da janela seis. De joelhos, Littlemore destravou a placa e a abriu. Outro aguaceiro jorrou, diretamente no rosto do detetive ajoelhado, e pela janela despencou um grande baú preto, que o derrubou de costas. O baú foi seguido pela cabeça de Stratham Younger, com uma mangueira de borracha na boca.

A água que entrava não parou completamente; continuou a escorrer pela janela como se viesse de uma banheira transbordante. Littlemore, com o baú sobre o estômago, olhou mudo para o médico. Younger cuspiu a mangueira.

"Tu-tu-tubos de re-respiração", disse o médico, com dificuldade para falar. Sentia tanto frio que não controlava os dentes e os lábios. "No interior das ja-janelas."

"Mas por que você não voltou pela número cinco?"

"N-não era possível", disse Younger batendo os dentes. "A escotilha externa n-não abriu o suficiente. A s-seis estava aberta."

Livrando-se do baú, Littlemore disse: "Você o encontrou, doutor! Você o encontrou! Olhe para isso!". O detetive limpava a lama do baú. "É igual ao que encontramos no quarto de Leon!"

"Abra", disse Younger, com a cabeça ainda emergindo da janela seis.

Littlemore ia responder que os fechos do baú estavam trancados quando outro abalo tremendo atingiu o caixão, seguido de novo pelo rangido metálico acima deles.

"O que foi isso?", perguntou Younger.

"Eu não sei", disse Littlemore, "mas é a segunda vez. Vamos. Vamos andando."

"Um pequeno problema", disse Younger, que não se movera da janela, da qual ainda escorria água. "O meu pé está preso."

A escotilha externa da janela seis havia se fechado como uma armadilha para ursos sobre o tornozelo de Younger. Era

356

por isso que a água continuava a correr para dentro pela parte inferior da janela: a escotilha externa ficara escancarada, e o pé de Younger se projetava no rio. Com a perna livre, Younger empurrou a escotilha externa com toda a força, mas ela não saiu do lugar.

"Não faça esforço", disse Littlemore, e se dirigiu mancando para as correntes na parede. "Eu vou abri-la para você. Dême um segundo."

"Cuidado", respondeu Younger. "Vai entrar uma tonelada de água."

"Eu vou fechá-la de novo no instante em que você puser o pé para dentro. Pronto? Lá vai. Ah, não." Littlemore puxou a corrente em vão. Ela não saía do lugar. "Talvez não se possa abrir a escotilha externa a não ser que se feche primeiro a interna. Ponha a cabeça de volta."

Younger obedeceu, relutante. Levou a cabeça de volta para a janela seis e prendeu a mandíbula no tubo de respiração, preparado para outro dilúvio. Mas desta vez Littlemore não conseguiu fechar a escotilha interna. Puxou a alavanca com toda a força, mas a placa não desceu. Talvez, Younger sugeriu, a escotilha interna fosse inoperante enquanto a externa estivesse aberta.

"Mas as duas estão abertas", disse Littlemore.

"Então as duas estão inoperantes."

"Grande", disse o detetive. Littlemore tentou soltar o tornozelo de Younger. Tentou puxá-lo e girá-lo. Não obteve nenhum sucesso; apenas provocou vários espasmos de dor intensa.

"Littlemore."

"Sim?"

"Por que as luzes estão se apagando?"

Uma fileira inteira de chamas a gás azuis do outro lado do compartimento havia diminuído da intensidade de tochas para a de chamas tremulantes de um fósforo. Em seguida, elas se apagaram por completo. "Alguém está desligando o gás", disse o detetive, esgueirando-se para fora da janela.

Uma vez mais, um ruído terrível e desagradável de metal em atrito contra madeira veio de cima deles. Agora, o rangido terminou com um clangor, seguido de uma visão e de um som inteiramente novos. Littlemore e Younger olharam para cima, para as vigas mal iluminadas; ouviram o que pareceu ser a aproximação estrondosa de uma locomotiva de metrô. Em seguida eles a viram: uma coluna de água, talvez de meio metro de diâmetro, caía, elegante, do teto. Quando atingiu o chão, ela fez um barulho colossal, explodindo em todas as direções. O rio East jorrava para dentro do caixão.

"Minha nossa", disse Littlemore.

"Santo Deus!", acrescentou Younger.

O rio East não apenas jorrava no compartimento em que estavam. De meia dúzia de aberturas espalhadas pelo caixão, cataratas semelhantes se despejavam. O ruído era ensurdecedor.

Eis o que se passava: o trabalho na ponte Manhattan havia terminado. Fora essa a razão pela qual Younger não vira máquinas nem ferramentas. O plano sempre fora inundar o caixão depois de completada a obra. Havia pouco tempo, porém, George Banwell decidira, de súbito, acelerar as coisas. Tarde da noite ele acordara dois de seus engenheiros com novas ordens. Seguindo as ordens, os engenheiros foram ao canteiro da rua Canal e ligaram motores havia muito inoperantes.

Os motores controlavam o que era em essência um sistema de esguichos embutido na cobertura de seis metros de espessura do caixão. Em razão das dinamitações feitas no caixão, os projetistas se preocuparam com a possibilidade de um incêndio. A preocupação se mostrou justificada: o caixão havia se incendiado uma vez e fora salvo pela inundação das câmaras internas.

Três camadas de chapas de metal tiveram de ser abertas para permitir a entrada de água; era o que causara os três ruídos distintos de atrito.

A inundação chegava à altura das canelas e subia ininterrupta. Younger se esforçou mais para livrar o pé, mas não teve êxito. "Isso vai ser desagradável", ele disse. "Você não tem uma faca?" Littlemore procurou o canivete e o entregou, impaciente. Younger olhou desaprovador para a lâmina de sete centímetros. "Não serve."

"Para quê?", gritou o detetive. Eles mal se ouviam em meio ao estrondo da inundação.

"Achei que poderia cortá-lo fora", urrou Younger.

"Cortar fora o quê?". A água chegava aos joelhos e subia com mais velocidade.

"O meu pé", disse o médico. Olhando para a faca de Littlemore ele continuou: "Acho que deveria me matar. Seria melhor que me afogar".

"Dê-me isso", disse o detetive, arrancando o canivete da mão de Younger. A água que subia estava agora a centímetros do fundo da janela. "O tubo de respiração. Use-o."

"Está bem. Boa idéia", disse Younger, recolocando a mangueira na boca. De imediato, ele a retirou de novo. "Quer saber? Eles fecharam o ar."

Littlemore agarrou outra mangueira e a testou. Os resultados não foram diferentes.

"Bem, detetive", disse Younger, se erguendo, "eu acho que é uma boa hora para você..."

"Cale a boca", respondeu Littlemore. "Nem fale nisso. Eu não vou a lugar algum."

"Não seja estúpido. Pegue o baú e volte para o elevador."

"Eu não vou a lugar algum", repetiu Littlemore.

Younger estendeu o braço e agarrou Littlemore pela camisa, puxou-o para perto, e sussurrou com força em seu ouvido. "Nora. Eu a abandonei. Não acreditei nela, e a abandonei. Eles vão se livrar dela... ou Banwell vai matá-la."

"Doutor."

"Não me chame de doutor", disse Younger. "Você precisa salvá-la. Escute. Eu posso morrer. Você não me obrigou a descer aqui: eu queria ver a prova. Você é o único que acredita nela agora. Você precisa acertar as coisas. Você *precisa*. Salve-a. E diga a ela... oh, deixe para lá. Caia fora!"

Younger empurrou Littlemore com tanta força que o detetive cambaleou para trás e caiu na água. Levantou-se. A água que subia havia transbordado sobre o fundo da janela. Littlemore olhou para o médico longamente, em seguida se virou e se afastou como pôde, passando pela catarata e em meio à água que batia na altura das coxas. Desapareceu.

"Você esqueceu do baú!", gritou Younger atrás dele, mas o detetive não pareceu ouvi-lo. A inundação passava da metade da janela. Com um grande esforço, Younger conseguiu manter a cabeça três ou quatro centímetros acima da água. Em seguida, Littlemore reapareceu. Nos braços ele trazia um cano de um metro e meio de comprimento e uma grande pedra.

"Littlemore!", gritou Younger. "Volte!"

"Já ouviu falar em Arquimedes?", disse o detetive. "Empuxo."

Ele nadou na direção de Younger e ajeitou a pedra na janela, que agora estava cheia quase até a borda. Mergulhando a cabeça na água que se avolumava, Littlemore encaixou uma extremidade do cano sob a escotilha externa, junto do tornozelo preso de Younger, e posicionou o restante do cano sobre a pedra, como uma alavanca. Com as duas mãos ele pressionou a extremidade livre do cano. Lamentavelmente, o único efeito foi o de fazer a pedra escorregar sob o cano. "Droga", disse Littlemore, saindo da água.

Os olhos de Younger ainda estavam acima da água, mas a boca não. Nem o nariz. Ele ergueu uma sobrancelha para Littlemore.

"Xi", disse o detetive. Ele respirou fundo e mergulhou de novo. Recolocou a pedra e a mangueira, e puxou a mangueira com força para baixo. Desta vez a pedra ficou no lugar, mas a escotilha externa continuou imóvel. Littlemore saltou para fora da água o máximo que podia e caiu com todo o peso sobre a alavanca. Porém a mangueira de chumbo estava muito corroída, e o peso de Littlemore a partiu em dois. No instante que precedeu a ruptura da mangueira, entretanto, a escotilha externa da janela se moveu um pouco para cima — o suficiente para livrar o pé de Younger.

Os dois homens saíram da água ao mesmo tempo, mas Littlemore engasgava e se debatia furiosamente com as duas mãos, enquanto Younger mal se movimentava na água. Ele encheu os pulmões de ar e disse: "Foi dramático, não foi?".

"De nada", respondeu Littlemore, endireitando-se.

"Como está a perna?", perguntou o médico.

"Bem. Como está o seu pé?"

"Bem", disse Younger. "O que você acha de sair desse inferno?"

Arrastando o baú enquanto abriam caminho em meio a colunas de água que despencavam, eles voltaram à câmara central. A rampa íngreme para o elevador estava submersa até a metade. Água jorrava do elevador também, corria pela rampa e criava uma cortina em torno da cabine. Entretanto, atrás da cortina, o elevador em si parecia seco.

Juntos, Littlemore e Younger conseguiram empurrar e arrastar o baú pela rampa, içá-lo para o elevador e rolar eles próprios para dentro. Com falta de ar, Younger fechou a porta de ferro. De súbito, tudo pareceu quieto. A inundação do caixão era um bramido surdo do lado de fora. Dentro do elevador, os jatos de gás azuis estavam acesos. Littlemore disse: "Vamos subir". Ele girou a alavanca de operações para a posição de subida — e nada aconteceu. Ele tentou de novo. Nada. "Que surpresa!", disse Littlemore.

Younger subiu no baú e bateu no teto, produzindo um som semelhante ao de um tambor de água. "O poço todo está inundado", ele disse.

"Olhe", disse o detetive, apontando acima de onde o médico estava, "há uma escotilha no teto."

Era verdade: no centro do teto do elevador havia um par de grandes painéis articulados.

"E ali está o que a abre", disse Younger indicando uma corrente grossa na parede, com uma alavanca de madeira vermelha pendurada na ponta. Ele saltou do baú e agarrou a alavanca. "Vamos subir, detetive... um pouco mais depressa do que descemos."

"Não!", gritou Littlemore. "Você ficou louco? Você sabe quanto deve pesar toda a água que está em cima de nós? A única maneira de não nos afogarmos é sermos esmagados antes."

"Não. Esta é uma cabine pressurizada", disse Younger. "Superpressurizada. No instante em que eu abrir a escotilha, você e eu vamos subir pelo poço como um gêiser."

"Você está brincando comigo", disse Littlemore.

"E preste atenção. Você tem de expirar durante toda a subida. Sugiro que grite. De verdade. Se prender a respiração, ainda que por alguns segundos, os seus pulmões vão explodir como balões."

"E se ficarmos presos nos cabos do elevador?"

"Nesse caso nos afogaremos", disse Younger.

"Belo plano."

"Aceito sugestões."

362

Uma abertura de vidro na porta do elevador permitiu que Littlemore visse o caixão. Estava quase completamente escuro. Jorrava água por todos os lados. O detetive engoliu em seco. "E o baú?"

"Vamos levá-lo conosco". O baú tinha duas alças de couro. Cada um deles pegou uma alça. "Não se esqueça de gritar, Littlemore. Pronto?"

"Acho que sim."

"Um, dois... *três*." Younger puxou a alavanca vermelha. Os painéis do teto se abriram na hora, e dois homens, gritando por suas vidas, arrastando um grande baú, se projetaram pelo poço inundado do elevador acima como se tivessem sido lançados por um canhão.

22.

O amplo vestíbulo do apartamento de cobertura dos Banwell no Balmoral tinha um piso de mármore branco leitoso com veios prateados, em cujo centro uma incrustação verde-escura elaborada formava um *GB* entrelaçado. Esse *GB* propiciava ao sr. George Banwell uma enorme satisfação toda vez que ele o via; gostava de ter as iniciais em tudo que possuía. Clara Banwell as detestava. Uma vez, ela ousou colocar no vestíbulo um tapete oriental caro, e explicou ao marido que o mármore era tão polido que os convidados corriam o risco de escorregar. No dia seguinte, o vestíbulo estava vazio. Clara nunca mais viu o tapete, não falaram nele desde então, nem ela nem o marido.

Às dez horas da manhã de sexta-feira, um mordomo recebeu, nesse vestíbulo, a correspondência dos Banwell. Um envelope trazia a bela letra curvilínea de Nora Acton. O destinatário era a sra. Clara Banwell. Infelizmente para Nora, George Banwell ainda estava em casa. Por sorte, era hábito de Parker, o mordomo, oferecer a correspondência à sra. Banwell primeiro, precisamente o que ele fez naquela sexta-feira de manhã. Infe-

364

lizmente, Clara tinha a carta de Nora na mão quando Banwell entrou no quarto.

Clara, de costas para a porta, sentiu a presença do marido atrás dela. Ela se voltou para saudá-lo, segurando a carta de Nora às costas. "George", ela disse. "Você ainda está aqui."

Banwell examinou a mulher detidamente. "Use-o com outro", ele respondeu.

"Usar o quê?"

"Esse ar inocente. Eu me lembro dele de quando você se apresentava no palco."

"Eu pensei que você gostasse de como eu ficava no palco", disse Clara.

"E gosto mesmo. Mas sei o que significa." George Banwell se aproximou da esposa, pôs os braços em volta dela e arrancou-lhe a carta das mãos.

"Não", disse Clara. "Você só vai se irritar."

Ler a correspondência de outra pessoa nos propicia o gosto de violentar duas pessoas ao mesmo tempo, o remetente e o destinatário. Quando Banwell viu que a carta era de Nora, o gosto se tornou ainda mais doce. O momento perdeu a doçura, porém, quando ele começou a apreender o conteúdo da carta.

"Ela não sabe de nada", disse Clara.

Banwell continuou a ler, com a expressão cada vez mais dura.

"De qualquer maneira, ninguém acreditaria nela, George."

George Banwell estendeu a carta para a mulher.

"Por quê?", Clara perguntou em voz baixa, pegando a carta.

"Por que o quê?"

"Por que ela o odeia tanto?"

O dia nascia quando Littlemore e eu finalmente voltamos ao carro de polícia que esperava por nós a algumas quadras ao sul da ponte Manhattan. Nós dois havíamos sido projetados para cima pelo poço do elevador e para o ar livre por uns bons três metros antes de cairmos de novo na água. Não tínhamos chegado ao alto. Tivemos de nos agarrar aos cabos do elevador, gelados e exaustos, até que a água subisse o bastante para nos atirar ao píer. Ali, pusemos o baú num barco a remo — o mesmo em que havíamos chegado ao píer na noite anterior. Por sorte, a corrente estava a nosso favor; acho que nenhum de nós teria sido capaz de remar. Aportamos alguns minutos mais tarde, onde o carro nos esperava. Tinha a sensação de que Littlemore havia quebrado algumas regras ao nos conseguir o carro de polícia, mas isso era problema dele.

Eu disse ao detetive que devíamos telefonar para os Acton; não podíamos perder um minuto. Eu tinha um pressentimento terrível de que alguma coisa havia acontecido na casa durante a noite. O detetive nos conduziu, encharcados, para a delegacia. Esperei no carro enquanto Littlemore entrava mancando. Ele voltou depois de alguns minutos: tudo estava calmo na casa dos Acton. Nora estava bem.

Da delegacia de polícia, fomos ao apartamento de Littlemore na rua Mulberry. Lá vestimos roupas secas — o detetive me emprestou um paletó que caía mal — e bebemos cerca de um litro de café quente cada um. Fomos de carro até o necrotério. Sugeri que quebrássemos a parte de cima do baú trancado com um machado, mas, daquele momento em diante, Littlemore estava decidido a seguir as normas. Ele mandou um rapaz buscar os serralheiros, e nós esperamos, com os cabelos ainda molhados, andando para cima e para baixo impacientes. Ou melhor, eu andava, depois de ter limpado e enfaixado meu tornozelo. Littlemore sentou-se sobre uma mesa de operações e apoiou a perna ferida. O baú jazia a seus pés. Estávamos sós. Littlemore esperava encontrar o legista, que eu encontrara na véspera, mas o cavalheiro não estava lá.

366

Eu devia ter deixado Littlemore. Eu devia ter ido ao encontro do dr. Freud e de meus outros convidados no hotel. Hoje, sexta-feira, era o nosso último dia inteiro em Nova York. Partiríamos todos para Worcester no dia seguinte à noite, mas eu queria ver o baú aberto. Se a garota Riverford estivesse dentro dele, certamente provaria que Banwell era seu assassino, e Littlemore poderia finalmente prendê-lo.

"Diga, doutor", Littlemore se manifestou, "você poderia dizer por um cadáver se alguém foi estrangulado até a morte?" O detetive me levou à sala refrigerada do necrotério. Ele encontrou e descobriu o corpo parcialmente embalsamado da srta. Elsie Sigel. Littlemore já tinha me contado o que sabia sobre ela.

"Essa garota não foi estrangulada", eu disse.

"Então o senhor Hugel tinha razão. Isso significa que Chong Sing está mentindo. Como você sabe?"

"Não há edema no pescoço", respondi. "E veja este pequeno osso aqui; está intacto. Ele normalmente quebra quando alguém é estrangulado. Não há nenhuma evidência de trauma traqueal ou esofágico. Pouco provável. Mas parece uma asfixia."

"Qual é a diferença?"

"Ela morreu por falta de oxigênio. Mas não por estrangulamento."

Littlemore fez uma careta. "Você quer dizer que alguém a fechou no baú enquanto estava viva, e assim ela sufocou?"

"Parece", eu disse. "Estranho. Você está vendo as unhas dela?"

"Elas me parecem normais, doutor."

"É isso que é estranho. Estão lisas nas pontas, íntegras."

Littlemore compreendeu na hora. "Ela não resistiu", ele disse. "Ela não tentou sair."

Nós nos entreolhamos.

"Clorofórmio", disse o detetive.

Naquele momento bateram na porta do laboratório. Os serralheiros, Samuel e Isaac Friedlander, chegaram. Com um instrumento que parecia uma foice de jardim avantajada, eles cortaram os dois fechos nos ferrolhos do baú. Littlemore os fez assinar uma declaração que atestava suas ações e os instruiu para que esperassem a fim de testemunhar o conteúdo. Respirando fundo, ele abriu a tampa.

Não havia cheiro. A primeira coisa que vi foi uma coleção confusa, um amontoado denso de roupas molhadas, decoradas com lantejoulas. Em seguida, Littlemore apontou para uma massa de cabelos pretos emaranhados. "Aí está ela", ele disse. "Isso não vai ser nada agradável."

Vestindo um par de luvas, Littlemore agarrou os cabelos e os ergueu — e a mão saiu com um punhado de cabelos enrodilhados, ensopados, pendurados entre os dedos.

"Ele a retalhou", disse um dos Friedlander.

"Cortou-a em pedaços", disse o outro.

"Eca", disse Littlemore, rangendo os dentes e atirando a massa de cabelos sobre a mesa. Depois ele os agarrou de novo. "Espere um minuto. Isso é uma peruca."

O detetive começou a esvaziar o baú, um item após outro, registrando cada objeto em um inventário e colocando tudo em sacos ou outros recipientes. Além da peruca, havia vários pares de sapatos de salto alto, uma coleção considerável de lingerie, meia dúzia de robes de noite, um tesouro em jóias e artigos de toucador, uma estola de mink, um casaco leve de mulher — mas nenhuma mulher.

"Que diabos?", perguntou Littlemore, coçando a cabeça. "Onde está a garota? Deve haver outro baú. Doutor, você não deve ter visto o outro baú."

Expus ao detetive o que eu pensava sobre essa hipótese.

* * *

Littlemore me acompanhou à rua excessivamente iluminada. Perguntei ao detetive o que ele faria a seguir. Seu plano, ele disse, era explorar o baú e tudo que havia nele em busca de uma ligação com Banwell ou com a garota assassinada. Talvez a família Riverford em Chicago pudesse identificar algum pertence da garota. "Se eu conseguir associar o nome de Elizabeth Riverford a somente um daqueles colares, eu o peguei", disse o detetive. "Quero dizer, quem se não Banwell poderia pôr as coisas dela em um baú debaixo da ponte Manhattan no dia seguinte ao assassinato dela? Por que ele o faria se não fosse o assassino?"

"Por que ele o faria se *fosse* o assassino?", eu perguntei.

"Por que o faria se não fosse?"

"Esta é uma conversa produtiva", observei.

"Está bem, eu não sei por quê." O detetive acendeu um cigarro. "Você sabe, há muita coisa nesse caso que eu não entendo. Durante algum tempo pensei que o assassino fosse Harry Thaw."

"O Harry Thaw?"

"Sim. Eu ia dar o maior furo que um detetive já conseguiu. Depois descobri que Thaw está trancafiado numa fazenda esquisita no norte do estado."

"Eu não diria que ele está trancafiado, exatamente." Expliquei o que sabia de Jelliffe: que as condições de confinamento de Thaw eram relaxadas, na melhor das hipóteses. Littlemore quis saber a fonte da minha informação. Eu lhe contei que Jelliffe era um dos principais especialistas psiquiátricos de Thaw e que, segundo sabia, a família de Thaw parecia pagar os salários de toda a equipe do hospital.

O detetive parou. "Esse nome — Jelliffe. Eu o conheço de algum lugar. Por acaso ele não mora no Balmoral?"

"Mora, sim. Jantei na casa dele duas noites atrás."

"Filho-da-puta", disse Littlemore.

"Acho que é a primeira vez que o ouço praguejar, detetive."

"Eu acho que foi a minha primeira vez. Até logo, doutor."

Ele coxeou de volta para o edifício o mais rápido que pôde, e me agradeceu de novo, sobre os ombros, enquanto desaparecia. Descobri que não tinha dinheiro. A minha carteira estava na calça pendurada num varal na janela da cozinha de Littlemore. Por sorte, encontrei uma moeda no bolso do detetive. Por sorte de novo, acordei quando o meu trem entrou na estação de metrô Grand Central; não fosse assim, não sei onde teria parado.

Em uma casa de dois andares da rua 40, junto da Broadway, o detetive Littlemore bateu furiosamente a aldraba decorada. Em um instante, a porta foi aberta por uma garota que o detetive nunca tinha visto. "Onde está Susie?", ele perguntou.

A garota, através de um cigarro que ela não tirava da boca, disse apenas que a sra. Merrill não estava. Ao ouvir vozes femininas no corredor, Littlemore entrou na sala de estar. Havia meia dúzia de garotas na sala toda espelhada, em diferentes estágios de nudez, sendo o preto e o escarlate os tons preferidos das poucas roupas que vestiam. No centro estava quem Littlemore procurava. "Olá, Greta", ele disse.

Ela piscou para ele, mas não respondeu. Como várias das outras garotas, ela ainda usava os trajes da noite anterior. Mas parecia decididamente menos sonhadora que antes.

"Ele esteve aqui no fim de semana passado, não esteve?", perguntou o detetive.

Greta continuou sem responder.

"Você sabe de quem estou falando", disse Littlemore. "De Harry."

"Nós conhecemos muitos Harrys", disse uma delas.

"Harry Thaw", disse o detetive.

Greta fungou. Somente então Littlemore notou que ela chorava. Ela tentou se conter, mas não resistiu e escondeu o rosto num lenço. As outras garotas se juntaram em volta dela na hora, com palavras de consolo.

"É você, não é, Greta?", disse Littlemore. "Foi você que ele chicoteou. Ele fez isso de novo no domingo?" Littlemore formulou a pergunta para todas as garotas. "Thaw a machucou? Foi isso que aconteceu?"

"Oh, deixe ela em paz", disse a garota com o cigarro na boca.

Além do lenço, Greta apertava um pano cor-de-rosa com pequenos fios rosados pendentes de uma extremidade. Era um babador. O detetive se deu conta de que o som de choro de bebê, tão lancinante em sua visita anterior, não se ouvia nesse dia.

"O que aconteceu com o bebê?", ele perguntou.

Greta ficou lívida.

Littlemore arriscou. "O que aconteceu a seu bebê, Greta?"

"Por que eu não pude ficar com ela?", Greta explodiu, sem dirigir as palavras a ninguém em particular. Ela voltou a soluçar. As demais fizeram o possível para confortá-la, mas ela estava inconsolável. "Ela nunca fez mal a ninguém."

"Alguém levou o bebê dela?", perguntou Littlemore.

Greta escondeu o rosto de novo. Uma das outras garotas falou. "Susie a levou. Muito malvada, na minha opinião. Ela tem uma família em Hell's Kitchen. Ela nem diz a Greta quem são eles."

"Ela também está cobrando Greta por isso", acrescentou outra. "Três dólares por semana. Não é justo."

"E eu aposto que Susie só está lhes pagando um dólar e cinqüenta", comentou a fumante, maliciosa.

"Eu não me importo com o dinheiro", disse Greta. "Eu só quero a Fannie. Quero ela de volta."

371

"Talvez eu possa trazê-la", disse Littlemore.

"Você pode?", disse Greta esperançosa.

"Posso tentar."

"Eu faço o que você quiser", disse Greta implorando. "Qualquer coisa."

Littlemore considerou a possibilidade de arrancar informações de uma mulher cujo bebê havia acabado de lhe ser tirado. "Não vai custar nada", ele disse, pondo o chapéu. "Diga a Susie que vou voltar."

Ele mal havia chegado à porta da frente quando ouviu a voz de Greta às suas costas. "Ele *esteve* aqui", ela disse. "Ele chegou por volta da uma da manhã."

"Thaw?", disse Littlemore. "No domingo passado?"

Greta assentiu. "Você pode perguntar a todas as garotas. Ele parecia um louco. Perguntou por mim. Sempre fui a preferida. Eu disse a Susie que não queria, mas ela não se importou. Ela começou a exigir dele todo o dinheiro que ele deve a ela para nós ficarmos quietas, mas ele só riu alto e..."

"Que dinheiro para ficarem quietas?"

"O dinheiro para que nós não testemunhássemos no julgamento e não contássemos as coisas que ele fazia conosco. Susie ganhou centenas. Ela dizia a ele que era para nós, mas ficava com tudo. Nunca vimos um centavo. Mas a mãe dele parou de pagar depois que ele foi enviado para longe. Por isso Susie estava revoltada. Ela disse que ele teria de pagar em dobro e adiantado antes de me ter. Ela o fez prometer que seria delicado. Mas ele não foi." O olhar distante de Greta voltou, como se ela descrevesse acontecimentos que tivessem acontecido a outra pessoa. "Depois que se despiu, ele tirou os lençóis da cama e disse que ia me amarrar, como costumava fazer. Eu pedi que ele fosse embora ou então... Ele disse: 'Ou então o quê?', e ria feito um louco. Em seguida disse: 'Você não sabe que sou louco? Posso fazer o que quiser. O que vão fazer comigo, me trancafiar?'. E foi nessa hora que Susie entrou. Acho que ela estava escutando o tempo todo."

"Não, não estava", interveio uma das garotas, uma vez que o grupo havia se juntado no hall. "*Eu* estava ouvindo. Eu disse a Susie o que ele ia fazer. Então Susie entrou. Ele sempre teve um medo mortal dela. Claro que ela não faria nada se Thaw tivesse pagado adiantado, como ela havia pedido. Mas você devia ver como ele saiu correndo de lá, como um ratinho."

"Ele veio para o meu quarto", disse outra garota, "gemendo e agitando os braços como um menininho. Em seguida Susie entrou e o espantou de novo."

A garota com o cigarro tinha o final da história. "Ela o perseguiu por toda a casa. Sabe onde ela o pegou? Atrás da geladeira. Roendo as unhas. Susie o pegou pela orelha, arrastou-o para o hall e o atirou na rua, como o saco de lixo que ele é. Foi por isso que ela foi presa. Becker veio alguns dias depois."

"Becker?", perguntou Littlemore.

"Sim, Becker", foi a resposta. "Nada acontece sem que Becker saiba."

"Vocês testemunhariam que Thaw esteve aqui no domingo passado?", perguntou Littlemore.

Nenhuma delas respondeu, até que Greta disse: "Eu vou, se você encontrar a minha Fannie".

De novo Littlemore estava para sair, quando a fumante perguntou: "Quer saber aonde ele foi depois que saiu?".

"Como você sabe?", respondeu o detetive.

"Ouvi o amigo dele ordenando ao motorista. Da janela de cima."

"Que amigo?"

"O amigo com quem ele veio."

"Pensei que ele estivesse sozinho", disse Littlemore.

"Ahã", ela respondeu. "Um gordo. Pensava que era um presente de Deus. Mas com dinheiro na mão. Isso ele tinha. Doutor Smith, ele se chamava."

"Doutor Smith", repetiu o detetive, com a sensação de que havia ouvido o nome recentemente. "Para onde eles foram?"

"Gramercy Park. Ouvi ele ordenando ao motorista em voz alta e de forma bem clara."

"Filho-da-puta", disse Littlemore.

Passava das dez quando cheguei ao hotel. Ao me entregar a chave, o recepcionista examinou o paletó surrado de Littlemore, que deixava uma abertura reveladora entre a extremidade das mangas e o começo das minhas mãos. Havia uma carta para mim, ele me disse, mas o dr. Brill a recebera em meu nome. O recepcionista fez um gesto na direção de um canto do lobby; lá estava Brill, sentado com Rose e Ferenczi.

"Bom Deus, Younger", disse Brill quando os cumprimentei. "Você está horrível. O que andou fazendo a noite toda?"

"Apenas tentando manter minha cabeça acima da água, literalmente", eu disse.

"Abraham", Rose repreendeu o marido, "ele está apenas usando o terno de outra pessoa."

"Rose está aqui", Brill me disse, "para dizer a todos como eu sou covarde."

"Não", respondeu Rose com firmeza, "estou aqui para dizer ao doutor Freud que ele e Abraham devem seguir adiante com a publicação do livro de Freud. Covardes são os que estão deixando as mensagens assustadoras para vocês. Abraham me contou tudo, senhor Younger, e nós não vamos nos intimidar. Imagine, queimar um livro neste país. Eles não sabem que aqui temos liberdade de imprensa?"

"Eles entraram no nosso apartamento, Rose", disse Brill. "Eles o soterraram em cinzas."

"E você quer se esconder numa toca de rato?", ela respondeu. "Eu te falei", Brill me disse, erguendo as sobrancelhas, impotente.

"Bem, eu não vou. Não vou deixar vocês se esconderem debaixo das minhas saias também, como se fosse eu que você estivesse protegendo. Doutor Younger, o senhor precisa me ajudar. Diga ao doutor Freud que será um insulto para mim se uma preocupação com a minha segurança retardar de algum modo esse livro. Esta é a América. Em nome de que aqueles jovens morreram em Gettysburg?"

"Para assegurar que toda escravidão seria uma escravidão assalariada?", perguntou Brill.

"Cale a boca", foi a resposta de Rose. "Abraham pôs a alma nesse livro. Ele deu sentido à vida dele. Não somos ricos, mas há duas coisas neste país que valem mais que todo o resto: dignidade e liberdade. O que vai sobrar se nos rendermos a pessoas como essas?"

"Agora ela já virou uma candidata", comentou Brill, levando Rose a golpear seu ombro com a bolsa. "Mas você vê por que eu me casei com ela."

"Estou falando sério", Rose continuou, arrumando o chapéu. "O livro de Freud deve ser publicado. Eu não vou sair do hotel enquanto não disser isso a ele pessoalmente."

Elogiei a coragem de Rose, ao passo que Brill me repreendeu declarando que o maior risco que eu já havia corrido fora o de ter dançado a noite toda com debutantes ávidas. Eu disse que ele provavelmente tinha razão e perguntei por Freud. Aparentemente, ele não havia descido durante toda a manhã. De acordo com Ferenczi, que batera em sua porta, ele estava com "indigestão". Além disso, Ferenczi acrescentou num sussurro, houvera uma grande discussão entre Freud e Jung na noite anterior.

"Vai haver uma pior quando Freud vir o que Hall mandou para Younger hoje de manhã", disse Brill, entregando-me a carta que pegara com o recepcionista.

"Você abriu a minha correspondência, Brill?", eu perguntei.

"Ele não é horrível?", disse Rose, referindo-se ao marido. "Ele o fez sem nos dizer nada. Eu jamais permitiria."

"Era de Hall, por Deus", protestou Brill. "Younger tinha desaparecido. Se Hall pretende cancelar as conferências de Freud, você não acha que deveríamos saber?"

"Impossível", declarei.

"Quase certo", respondeu Brill. "Veja com os próprios olhos."

O envelope era bem grande. Dentro dele havia um pedaço de pergaminho dobrado. Ao abri-lo, vi-me diante de um artigo de jornal de página inteira, em sete colunas, sob a manchete: "A AMÉRICA PERANTE O SEU MOMENTO MAIS TRÁGICO" — DR. CARL JUNG". Embaixo, havia uma fotografia de corpo inteiro de um Jung respeitável, de óculos, citado como o "famoso psiquiatra suíço". O estranho era que o papel era muito grosso e de muito boa qualidade para um jornal. Mais enigmático era o fato de que a data no cabeçalho era domingo, 5 de setembro, dois dias depois.

"É a prova da gráfica de um artigo que vai aparecer no *Times* desse domingo", disse Brill. "Leia a nota de Hall."

Contendo a irritação, segui a instrução dele. A carta de Hall dizia:

Meu caro Younger,

Recebi o artigo anexo hoje, da família que ofereceu à universidade uma doação substancial. Dizem que é uma página do New York Times a ser publicada no próximo domingo. Você vai ver o que ele diz. A família teve a generosidade de me avisar com antecedência para que eu pudesse agir, em vez de fazê-lo após o escândalo se tornar inevitável. Por favor, assegure ao dr. Freud que eu

*não desejo cancelar as conferências dele, com as quais eu contava
com tanto entusiasmo, porém, com certeza não serviria aos interesses dele, ou aos nossos, se a sua presença aqui chamasse uma determinada espécie de atenção. Naturalmente, eu de minha parte não
dou crédito às insinuações, mas sou obrigado a considerar o que
outros possam pensar. Tenho fé em que esse suposto artigo de jornal não seja genuíno e que o nosso aniversário de vinte anos terá
seguimento sem sombras e sem interrupções.*

Seu, etc. etc.

A carta, para meu desalento, confirmava o ponto de vista
de Brill: Hall estava prestes a cancelar as conferências de Freud.
Quem orquestrava a campanha contra ele? E o que Jung tinha
a ver com aquilo?

"Francamente", disse Brill, arrancando o artigo das minhas
mãos, "eu não sei quem sai pior dessa história idiota, se Freud
ou Jung. Ouça isto. Onde está? Ah, sim: 'Garotas americanas
gostam do modo como os homens europeus fazem amor'. Esse
é o nosso Jung falando. Dá para acreditar? 'Elas nos preferem
porque *elas* nos sentem como um pouco perigosos.' Ele só sabe
falar do quanto as garotas americanas o desejam. 'É natural que
as mulheres queiram sentir medo quando amam. A mulher
americana deseja ser dominada e possuída da maneira européia
arcaica. Vosso homem americano deseja apenas ser o filho obe-
diente de sua mãe-esposa. Essa é a tragédia da América.' Ele
perdeu completamente o juízo."

"Mas isso é um ataque a Freud", eu disse.

"Eles encontraram um outro para falar mal de Freud."

"Quem?", perguntei.

"Uma fonte anônima", disse Brill, "identificada apenas como um médico que fala pela comunidade americana de 'boa
reputação'. Ouçam o que ele diz:

Eu conheci o dr. Sigmund Freud de Viena muito bem há alguns anos. Viena não é uma cidade com moral. Bem ao contrário. Lá, a homossexualidade, por exemplo, é considerada sinal de um temperamento inventivo. Trabalhando lado a lado com Freud no laboratório durante todo um inverno, aprendi que ele desfrutava da vida vienense — desfrutava intensamente. Ele não recriminava a coabitação, ou mesmo a paternidade fora do casamento. Não era um homem que vivia num plano particularmente elevado. Sua teoria científica, se é assim que ela pode ser chamada, é resultado do ambiente saturnal e da vida excêntrica que ele levava lá.

"Meu Deus", eu disse.

"É um ataque puramente pessoal", comentou Ferenczi.

"Um jornal americano publicaria tais coisas?"

"Aí está a sua liberdade de imprensa", disse Brill, que ganhou um olhar demolidor da mulher. "Eles venceram. Hall vai cancelar. O que podemos fazer?"

"Freud sabe?", perguntei.

"Sim. Ferenczi lhe contou", disse Brill.

"Passei a ele as partes principais do artigo do jornal", explicou Ferenczi, "por baixo da porta. Ele não está muito perturbado. Diz que já ouviu coisa pior."

"Mas Hall, não", observei. Freud aturava calúnias havia muito tempo. Contava com elas; de certa forma, era imune a elas. Porém Hall tinha horror ao escândalo como qualquer outro natural da Nova Inglaterra da velha guarda puritana. Freud proclamado como um libertino no *New York Times* na véspera da abertura das comemorações da Clark seria demais para ele. Em voz alta eu disse: "Freud tem alguma idéia de quem de Nova York o conheceu em Viena?".

"Ninguém", gritou Brill. "Ele diz que nunca trabalhou com nenhum americano."

"O quê?", eu disse. "Bem, esta é a nossa chance. Talvez o artigo todo seja uma farsa. Brill, ligue para o seu amigo no *Times*. Se eles estão de fato planejando publicar isso, diga-lhes que é uma calúnia. Eles não podem publicar uma mentira completa."

"E eles vão acreditar na minha palavra?", ele respondeu.

Antes que pudesse responder, percebi que Ferenczi e Rose haviam fixado o olhar sutilmente atrás de mim. Eu me virei para encontrar um par de olhos azuis que me fitava. Era Nora Acton.

23.

Acho que o meu coração parou de fato por alguns segundos. Todos os aspectos da pessoa de Nora Acton — as mechas de cabelo soltas dançando sobre as maçãs do rosto, os olhos azuis suplicantes, os braços delgados, as mãos em luvas brancas, o estreitamento entre o peito e a cintura — conspiravam contra mim. Ao ver Nora no lobby do hotel, suspeitei que eu talvez precisasse de tratamento mais do que ela. Por um lado, duvidava que pudesse me sentir daquela maneira por qualquer outra pessoa, por outro, eu sentia repulsa. No caixão, quando a morte rondou próxima, eu pensei apenas em Nora. Ao vê-la agora em carne e osso, eu de novo não consegui deixar de pensar no segredo de seus desejos repulsivos.

Eu devo ter olhado para ela bem mais do que a educação permitia. Rose Brill veio em meu auxílio, ao dizer: "A senhorita deve ser a Nora Acton. Somos amigos do doutor Freud e do doutor Younger. Podemos ajudá-la, querida?".

Com uma graça admirável, Nora apertou as mãos de Rose, Ferenczi e Brill, trocou gentilezas, e deu a entender, sem que o

380

dissesse, que desejava ter uma palavra comigo. Eu tinha certeza de que a garota devia estar numa turbulência interior. O equilíbrio dela era notável, e não apenas para alguém de dezessete anos. Distante dos demais, ela disse: "Eu fugi. Não consegui pensar em outro lugar para ir. Sinto muito. Sei como lhe causo repulsa".

As últimas palavras foram uma facada em meu peito. "Como poderia exercer tal efeito em quem quer que fosse, senhorita Acton?"

"Eu vejo em seu rosto. Odeio o seu doutor Freud. Como ele sabia?"

"Por que você fugiu?"

Os olhos da garota se encheram de lágrimas. "Eles planejam me prender. Chamam o lugar de sanatório, chamam a coisa de um tratamento de repouso. A minha mãe esteve no telefone com eles desde cedo. Ela lhes disse que eu tinha uma fantasia em que era atacada durante a noite — e ergueu a voz para que tivesse certeza de que eu a ouviria, bem como o senhor e a senhora Biggs. Por que eu não me lembro do que aconteceu de um modo mais... mais normal?"

"Porque ele lhe deu clorofórmio."

"Clorofórmio?"

"Um anestésico cirúrgico", prossegui. "Ele causa exatamente os efeitos que a senhorita sentiu."

"Então ele *esteve* lá. Eu sabia. Por que ele faria isso?"

"Para parecer que a senhorita tinha machucado a si mesma. Depois ninguém mais acreditaria na sua versão de nenhuma das agressões", eu disse.

Ela olhou para mim e se virou.

"Eu contei para o detetive Littlemore", eu disse.

"O senhor Banwell virá atrás de mim de novo?"

"Eu não sei."

"Ao menos os meus pais não podem me mandar embora agora."

"Podem sim", eu disse. "A senhorita é filha deles."

"O quê?"

"A decisão é deles enquanto a senhorita for menor de idade", expliquei. "Os seus pais podem não aceitar a minha palavra. Não temos provas. O clorofórmio não deixa traços."

"Quantos anos alguém deve ter para deixar de ser criança?", ela perguntou com uma ansiedade repentina.

"Dezoito."

"Vou fazer dezoito no domingo que vem."

"Vai mesmo?" Eu ia dizer que então ela não deveria recear um confinamento contra a vontade dela, mas fui tomado por um mau pressentimento.

"O que houve?", ela perguntou.

"Temos de afastá-los até o domingo. Se eles conseguirem hospitalizá-la hoje ou amanhã a senhorita não poderá ser libertada sem que seus pais concordem."

"Mesmo depois de completar dezoito anos?"

"Sim."

"Eu *vou* fugir", ela disse. "Já sei... o nosso chalé de veraneio. Agora que eles voltaram, está vazio. É o último lugar em que ele vai me procurar. É o último lugar em que qualquer um deles vai me procurar. O senhor pode me ver lá? Fica a apenas uma hora de balsa. A Day Line pára justo em Terry Town se o senhor pedir. Por favor, doutor. Não tenho mais ninguém."

Eu refleti. Tirar Nora da cidade era muito sensato. George Banwell havia entrado no quarto dela sem ser visto, e poderia se aproximar dela de novo. E seria difícil Nora pegar a balsa por conta própria: não era seguro para uma jovem, sobretudo com a aparência da srta. Acton, viajar rio acima sozinha. Tudo o mais poderia esperar até de noite. Freud estava preso na cama. Se os

382

esforços de Brill para alcançar o amigo no *New York Times* se revelassem infrutíferos, o passo seguinte seria eu ir para Worcester pessoalmente a fim de falar com Hall, mas poderia fazer isso no dia seguinte, sábado.

"Eu vou levá-la", eu disse.

"O senhor vai usando esse terno?", ela perguntou.

Meia hora depois da chegada do correio da manhã, a criada dos Banwell disse a Clara que uma visita — "um policial, madame" — estava à espera no vestíbulo. Clara seguiu a criada para o hall de entrada de mármore, onde o mordomo segurava o chapéu de um pequeno homem pálido num terno marrom, com olhos arregalados, quase desesperados, um bigode cerrado e sobrancelhas igualmente cerradas.

Clara se assustou ao vê-lo. "O senhor é...?", ela perguntou tensa.

"Legista Charles Hugel", ele respondeu, não menos tenso. "Sou o investigador encarregado do assassinato de Elizabeth Riverford. Gostaria de uma palavra com a senhora."

"Entendo", respondeu Clara. Ela se virou para o mordomo. "Isso é certamente assunto do senhor Banwell, Parker, não meu."

"Desculpe, madame", respondeu Parker. "O cavalheiro perguntou pela senhora."

Clara se voltou de novo para o legista. "O senhor perguntou por mim, senhor...?"

"Hugel", disse Hugel. "Eu... não, eu apenas pensei que, com o seu marido fora, senhora Banwell, que a senhora..."

"Meu marido não está fora", disse Clara. "Parker, avise o senhor Banwell que temos uma visita. Senhor Hugel, tenho certeza de que vai me desculpar." Alguns minutos depois, Clara ouviu uma saraivada de insultos na voz grave de George Banwell, seguidos da batida da porta da frente. Por um instante, as mãos de Clara — que aplicava pó no rosto adorável — começaram a tremer, até que ela as controlou.

Uma hora e quinze minutos mais tarde, Nora Acton e eu navegávamos na direção norte pelo rio Hudson, passando pelos espetaculares rochedos alaranjados de Nova Jersey. Tínhamos deixado o Hotel Manhattan por uma porta do porão, apenas por precaução — depois que eu trocara de roupa. No lado de Nova York do rio, uma armada de navios de madeira de três mastros estava ancorada sob o túmulo de Grant, com as velas brancas tremulando preguiçosas ao brilho do sol, parte dos preparativos elaborados para as celebrações Hudson-Fulton naquele outono. Algumas nuvens pairavam num céu afora isso limpo. A srta. Acton estava sentada em um banco próximo da proa, com os cabelos soltos, desarrumados pela brisa.

"É lindo, não é?", ela disse.

"Se a senhorita gosta de barcos", respondi.

"O senhor não gosta?"

"Eu sou contra barcos", disse. "Primeiro, há o vento. Se as pessoas gostam de vento no rosto, elas devem ficar na frente de um ventilador elétrico. Depois, há a fumaça dos escapamentos. E a buzina infernal — a visibilidade está perfeita, não há ninguém a uma distância de milhas, e eles tocam a maldita buzina tão alto que ela mata cardumes inteiros de peixes."

"Meu pai me tirou da Barnard hoje de manhã. Ele ligou para o secretário. A minha mãe o obrigou a fazê-lo."

"Isso é reversível", eu disse, constrangido de tagarelar de modo tão ridículo. Eu não teria cometido tal erro se tivesse dormido na noite anterior.

384

"O seu pai o ensinou a atirar, senhor Younger?", ela perguntou.

A questão me pegou de surpresa. Eu não sabia o que ela queria dizer com aquilo — ou se ela sabia o que poderia dizer com aquilo.

"O que a faz achar que sei atirar?", perguntei.

"Os homens todos da nossa classe social não sabem atirar?" Ela pronunciou *classe social* quase com desprezo.

"Não", eu respondi, "a não ser que a senhorita inclua atirar no escuro".

"Bem, *o senhor* sabe", ela disse. "Eu o vi."

"Onde?"

"Eu lhe disse: na exposição de cavalos no ano passado. O senhor se divertia no campo de tiros."

"Eu?"

"Sim", ela disse. "O senhor parecia se divertir muito."

Encarei-a por um longo tempo, tentando vislumbrar quanto ela sabia. O suicídio do meu pai incluíra uma arma. Para não ser sutil a esse respeito, ele estourou os miolos. "Meu tio me ensinou", eu disse. "Não foi meu pai."

"Seu tio Schemerhorn ou seu tio Fish?"

"Sabe mais sobre mim do que eu pensava, senhorita Acton."

"Um homem que se inscreve na lista dos famosos não pode se queixar se suas relações são do conhecimento de todos."

"Eu não me inscrevi. Fui inscrito, como a senhorita."

"O senhor sofreu com a morte dele?"

"De quem?"

"De seu pai."

"O que quer saber, senhorita Acton?"

"O senhor sofreu?"

"Ninguém lamenta um suicídio", eu disse.

"É mesmo? Sim, eu imagino que a morte de pai seja algo comum. Afinal, o seu pai perdeu um pai, e esse pai também perdeu o dele."

"Eu pensei que a senhorita detestasse Shakespeare."

"Como é, doutor, ser criado por alguém que o senhor despreza?"

"A senhorita não sabe melhor que eu?"

"Eu?", ela disse. "Eu fui criada por alguém que amo."

"A senhorita em geral não expressa esse afeto quando fala de seus pais."

"Não estou falando dos meus pais", Nora respondeu. "Estou falando da senhora Biggs."

"Eu não odiava o meu pai", eu disse.

"Eu odeio o meu. Ao menos não tenho medo de dizê-lo."

O vento se intensificou. Talvez o tempo estivesse virando. Nora fixou a margem. O que exatamente ela queria que eu sentisse, eu não sabia.

"Temos isso em comum, senhorita Acton", eu disse. "Nós dois crescemos desejando não ser como os nossos pais. Como nenhum deles. O desafio, porém, diz o doutor Freud, demonstra tanto ligação quanto obediência."

"Entendo: o senhor conseguiu uma separação."

Alguns minutos mais tarde, ela me pediu que lhe contasse mais sobre as teorias de Freud. Eu o fiz, evitando qualquer menção a Édipo e seus cognatos. Quebrando a etiqueta profissional costumeira, descrevi a ela alguns dos meus analisandos anteriores — no anonimato, é claro —, esperando ilustrar o trabalho da transferência e seus efeitos extremos sobre os pacientes analíticos. Com essa finalidade, contei-lhe sobre Rachel, a garota que tentara se despir para mim em quase todas as sessões.

"Ela era bonita?", perguntou Nora.

"Não", menti.

"O senhor está mentindo", ela disse. "Homens sempre gostam dessa espécie de garota. Imagino que o senhor fez sexo com ela."

"Certamente não", respondi, surpreso com a franqueza dela.

"Eu não estou apaixonada pelo senhor, doutor", ela disse, como se fosse uma resposta perfeitamente lógica. "Eu sei o que o senhor pensa. Ontem eu por engano supus que tivesse alguns sentimentos pelo senhor, mas eram efeito das circunstâncias muito difíceis e da sua própria declaração de afeto por mim."

"Senhorita Acton..."

"Não se assuste. Não estou cobrando nada. Entendo que a sua fala de ontem não reflete os seus reais sentimentos, exatamente como o que eu disse ontem também não reflete os meus. Não tenho sentimentos pelo senhor. Essa... essa sua transferência, que o senhor diz que faz o paciente amar ou odiar seu médico, não se aplica a mim. Eu sou sua paciente, como o senhor disse. É tudo."

Deixei as palavras dela passarem sem resposta, enquanto a balsa sacolejava rio acima.

Pouco depois do meio-dia de sexta-feira, o detetive Littlemore estava diante de uma pequena cela imunda no Tombs. Não havia luz do dia, não se via nenhuma janela. Junto de Littlemore havia um guarda da prisão. Os dois olhavam através de uma grade de barras de ferro para o corpo estendido de Chong Sing, que jazia inconsciente sobre um catre horrível. Sua camiseta estava muito manchada. Os pés, descalços e sujos.

"Ele está dormindo?", perguntou Littlemore.

Rindo, o guarda explicou que o sargento Becker havia mantido Chong acordado durante a noite toda. De início, Littlemore ficou surpreso ao ouvir o nome de Becker. Em seguida, ele compreendeu. A srta. Sigel havia sido encontrada no Tenderloin, de modo que o interrogatório naturalmente seria feito por Becker. Ainda assim, o detetive ficou perplexo. Chong já tinha falado na véspera; ele admitira ter visto o primo Leon matando a garota. O prefeito o contara. O que Becker quisera com ele na noite passada?

O guarda sabia responder à pergunta. Para começar, havia sido Becker quem fizera Chong falar. Porém Chong não admitira ter ajudado no assassinato propriamente dito. Insistira em que havia ido ao quarto de Leon somente depois que a moça estava morta.

"E Becker não aceitou a história?", perguntou Littlemore.

O guarda murmurou uma pequena melodia e balançou a cabeça. "Pegou firme para valer. A noite toda, como eu disse. O senhor devia ter visto."

Chong Sing, adormecido, se virou no catre, exibindo o olho direito, púrpura e inchado, do tamanho de uma ameixa. Ainda se via sangue coagulado debaixo do nariz e dos ouvidos de Sing. O nariz talvez estivesse quebrado, mas Littlemore não tinha certeza.

"Nossa", disse o detetive. "E Chong cedeu?"

"Sim."

Littlemore fez o guarda abrir a cela. Acordou o prisioneiro adormecido. O detetive puxou uma cadeira, acendeu um cigarro e ofereceu um ao chinês. Chong olhou, desanimado, para o novo interrogador. Aceitou o cigarro.

"Eu sei que entende inglês, senhor Chong", disse Littlemore. "Eu talvez possa ajudá-lo. Apenas responda algumas perguntas. Quando foi que você começou a trabalhar no Balmoral; foi no final de julho?"

Chong Sing assentiu.

"E embaixo, na ponte?"

388

"Talvez na mesma época", ele disse, rouco. "Talvez alguns dias depois."

"Se você não estava lá, Chong, como foi que viu?", perguntou Littlemore.

"Hã?"

"Se você foi ao quarto de Leon *depois* que ele matou a garota, como sabe que ele a matou?"

"Eu já disse", respondeu Chong. "Ouvi briga. Olhei pela fechadura."

Littlemore deu uma olhada para o guarda, que confirmou que Chong havia contado a mesma história na véspera. O detetive se voltou para Chong Sing. "É isso mesmo?"

"Sim."

"Não, não é. Eu estive lá, senhor Chong, lembra? Eu fui ao quarto de Leon. Eu abri a fechadura. Eu olhei pelo buraco. Não se vê nada por ele."

Chong ficou em silêncio.

"Como você conseguiu os empregos, Chong? Como você conseguiu dois empregos com o senhor Banwell?"

O chinês deu de ombros.

"Estou tentando ajudá-lo", disse Littlemore.

"Leon", disse Chong em voz baixa. "Ele me arranjou empregos."

"Como Leon conheceu Banwell?"

"Eu não sei."

"Você não sabe?"

"Eu não sei", Chong Sing insistiu. "Eu não matar ninguém."

Littlemore se levantou e fez sinal para que o guarda abrisse a cela. "Eu sei que você não matou", ele disse.

O chalé de verão dos Acton era um chalé no sentido newportiano da palavra, ou seja, uma propriedade que aspirava —

na verdade, excedia — aos padrões da baixa realeza da Europa. Eu pretendia voltar à cidade depois de deixar Nora na porta, mas descobri que não podia. Eu não queria deixá-la só, mesmo lá. Os criados saudaram Nora calorosamente, escancararam portas e janelas num burburinho de atividade. Pareciam não saber nada das aflições dela. Embora ainda mal falasse, Nora evidentemente quis que eu visse tudo. Ela me guiou pelo primeiro andar da casa principal. Uma escadaria ampla de mármore subia da galeria do hall de entrada pelo pé-direito duplo. Para a direita havia uma cúpula de vitrais; para a esquerda, uma biblioteca octogonal revestida de madeira. Colunas de mármore e gesso dourado abundavam.

Nos fundos havia uma varanda com o teto azulejado. Um gramado plano e carvalhos altos desciam para o rio distante. A garota saiu para o jardim. Eu a segui, e em pouco tempo chegamos aos estábulos, onde o ar recendia intensamente a cavalo e feno fresco. Descobrimos que o cozinheiro tomara a liberdade de mandar uma cesta de piquenique para o estábulo para o caso de a srta. Nora ter vontade de cavalgar.

Ela se mostrou uma amazona tão boa quanto eu um cavaleiro. Depois de um rápido galope, estendemos a toalha num lugar sombreado, com uma vista magnífica do Hudson. Na cesta de piquenique encontramos uma dúzia de mariscos embalados com gelo, galinha fria, croquetes de batata, uma tigela cheia de biscoitos, e uma salada de cerejas e melancia. Juntamente com um cantil de chá gelado, o cozinheiro tinha incluído meia garrafa de clarete, evidentemente para o "cavalheiro". Eu não havia comido nada desde a noite anterior.

Quando terminamos, Nora perguntou: "O senhor é honesto?".

"Até o último fio de cabelo", eu disse, "mas apenas porque sou um mau ator. Os criados vão avisar os seus pais que a senhorita está aqui?"

"Não há telefone." Ela tirou o chapéu-panamá, permitindo que o sol misturasse os raios com seus cabelos. "Sinto muito pelo meu comportamento na balsa, doutor. Não sei por que mencionei o seu pai. Perdoe-me. Sinto que estou numa casa que está pegando fogo e não há saída. Clara era a única pessoa a quem eu podia recorrer e agora nem ela tem como me ajudar."

"*Existe* uma saída", eu disse. "A senhorita vai ficar aqui até domingo. Então já terá dezoito anos e estará fora do controle de seus pais. Ao mesmo tempo, com um pouco de sorte, o detetive Littlemore terá reunido as provas que encontramos contra Banwell e o prenderá."

"Que provas?"

Eu contei a ela sobre a nossa viagem ao caixão. Quem sabe o detetive Littlemore já tivesse a confirmação de que o conteúdo do baú pertencia à srta. Riverford, razão suficiente para que ele prendesse o sr. Banwell. Talvez Banwell já estivesse preso.

"Duvido muito", disse Nora, fechando os olhos. "Diga-me outra coisa."

"O quê?"

"Qualquer coisa, desde que não diga respeito a George Banwell."

Na residência dos Acton em Gramercy Park, a mãe de Nora revirava o quarto da filha. Nora tinha desaparecido. Mildred Acton enviara a sra. Biggs para ver se Nora não estava no parque, mas ela não encontrara a garota. A idéia de ser enganada pela filha enchia a sra. Acton de indignação. Aparentemente, a filha era perturbada, má e perturbada. Nada do que ela dizia era digno de confiança. A sra. Acton descobrira cigarros e cosméticos no quarto dela; o que mais ela esconderia ali?

A sra. Acton não achou nada que valesse a pena confiscar antes de remexer vigorosamente debaixo do travesseiro da filha. Ali, para seu espanto, descobriu uma faca de cozinha. A descoberta teve um efeito estranho sobre Mildred Acton. Por uma fração de segundo uma série de imagens sanguinolentas se sucedeu em sua mente. Entre elas, memórias do nascimento da única filha, que, por sua vez, lembravam a sra. Acton, como sempre, de que ela e o marido dormiam em camas separadas desde aquele dia. Um instante depois, as imagens e associações sanguinolentas haviam desaparecido. A sra. Acton quase as esquecera, mas elas a deixaram num péssimo humor. Com uma sensação de grande adequação, ao proteger a filha de si própria, ela guardou a faca em seu lugar na cozinha.

A sra. Acton esperava que o marido fizesse alguma coisa. Esperava que ele não fosse tão impotente, sempre enfiado no escritório na cidade ou jogando pólo no campo. Harcourt mimara Nora terrivelmente. Mas Harcourt era um fracasso em tudo. Se ele não tivesse herdado uma pequena fortuna do pai, o homem teria acabado num asilo para mendigos. Mildred lhe falara sobre isso inúmeras vezes.

A sra. Acton decidiu que tinha de chamar o dr. Sachs de imediato para outra sessão de eletromassagem. Sim, ela acabara de ter uma sessão na véspera e o preço era ultrajante, mas ela sentia que não poderia sobreviver sem outra. O dr. Sachs era muito bom naquilo. Teria sido melhor se ela houvesse encontrado um médico cristão que fosse bom como ele. Mas não diziam todos que os melhores médicos eram judeus?

Naturalmente, não consegui pensar em nada no momento em que Nora me pediu para dizer algo que a distraísse. Em seguida, me veio a inspiração: "Na noite passada", eu disse, "eu resolvi o *ser ou não ser*."

"Eu não sabia que ele demandava uma solução", ela respondeu.

"Oh, as pessoas tentam resolvê-lo há séculos. Mas ninguém consegue, porque todos sempre pensaram que *não ser* significasse morrer."

"E não significa?"

"Bem, se você lê o texto assim, existe um problema. A fala toda equipara *não ser* a *ação*: pegar em armas, vingar-se e assim por diante. Portanto, se *não ser* significa morrer, a morte deveria ter o nome da ação de seu lado, enquanto tal título, com certeza, pertence à vida. Como foi que agir passou para o lado do *não ser*? Se respondermos a essa questão, saberemos por que, para Hamlet, *ser* significa *não* agir, e teremos resolvido o verdadeiro enigma: por que ele não age, por que ele fica paralisado durante tanto tempo. Eu a estou entediando, desculpe."

"Nem um pouco. Mas *não ser* só pode significar morte", disse Nora. "Não ser significa...", ela deu de ombros, "não ser."

Eu estava recostado de lado. Agora eu me sentei. "Não. Quero dizer, sim. Quero dizer, *não ser* tem um segundo sentido. O oposto de ser não é apenas a morte. Não para Hamlet. Não ser é também parecer."

"Parecer o quê?"

"Simplesmente *parecer*." Eu me levantei, dei alguns passos, e, sinto vergonha por isso, estalei as juntas dos dedos com força. "A pista está ali o tempo todo, desde o início da peça, onde Hamlet diz: *Parece, madame? Não, é. Eu não conheço 'parece'*. Pense. A Dinamarca está podre. Todos deveriam estar de luto pelo pai de Hamlet. A mãe, em especial, deveria estar de luto. Ele, Hamlet, deveria ser o rei. Em vez disso, a Dinamarca celebra o casamento da mãe com, imagine, o odiado tio, que assumiu o trono.

"E o que mais lhe causa rancor é a simulação do luto, a *aparência*, o uso de preto pelas pessoas que mal podem esperar para festejar às mesas do casamento e se divertir como animais na cama. Hamlet não quer ser parte desse mundo. Ele se recusa a *parecer*. Ele *é*. "Em seguida, ele descobre o assassinato do pai. Jura vingança. Mas, desse ponto em diante, ele entra no mundo das aparências. Seu primeiro passo é *assumir um estado de espírito estranho* — finge *estar louco*. Depois, ele escuta, espantado, um ator que chora por Hécuba. Em seguida, ele de fato instrui os atores a fingirem de forma convincente. Ele chega a escrever um roteiro para eles, a ser representado naquela noite, uma cena que ele finge ser inócua, mas que na realidade reencenará o assassinato do pai, a fim de surpreender o tio para que ele confesse a culpa.

"Ele cai no terreno da atuação, da aparência. Para Hamlet, *ser ou não ser* não é 'ser ou não *existir*'. É 'ser ou *parecer*'; esta é a decisão que ele tem de tomar. Parecer é *agir* — fazer de conta, representar um papel. Aí está a solução para todo o *Hamlet*, bem aí, diante do nariz de todos. Não ser é parecer, e parecer é agir. *Ser*, portanto, é *não agir*. Daí a paralisia dele! Hamlet estava determinado a não *parecer*, e isso significava *jamais agir*. Se ele se ativesse a essa determinação, se ele *fosse*, não poderia *agir*. Mas se pegasse em armas e vingasse o pai, ele *teria* de agir — teria de optar por parecer, em vez de ser."

Olhei para a minha platéia de uma pessoa. "Entendo", ela disse. "Porque ele precisa iludir para atingir o tio."

"Sim, sim, mas a coisa é também universal. Toda ação é representação. Toda performance é performance. Há uma razão para estas palavras terem um duplo sentido. Tencionar significa planejar, mas também iludir. A arte significa ilusão. Artifício — ilusão. Não há como escapar. Se pretendemos participar do mundo, temos de agir. Digamos que um homem analisa uma mulher. Ele se torna seu médico; assume um papel. Não está mentindo, mas se trata de uma representação. Se ele abandonar o papel que desempenha em relação a ela, assume outro — de amigo, amante, marido, seja o que for. Podemos escolher o papel que iremos desempenhar, é tudo."

As sobrancelhas de Nora estavam franzidas. "Eu representei", ela disse. "Com o senhor."

Às vezes, acontece assim: o momento da verdade irrompe bem no meio de uma outra cena, quando a ação transcorre em outro lugar e a atenção se desvia. Eu sabia do que ela devia estar falando: sobre a fantasia secreta em relação ao pai, que ela confessara na véspera, mas que, naturalmente, procurava manter em segredo. "A culpa é minha", respondi. "Eu não quis ouvir a verdade. Durante muito tempo eu me senti da mesma forma acerca de *Hamlet*. Eu não queria acreditar que a visão de Freud sobre a peça estivesse correta."

"O doutor Freud tem uma interpretação para a peça?", ela perguntou.

"Sim, é... é o que eu lhe contei. Que Hamlet tem um desejo secreto de... de fazer sexo com a mãe."

"O doutor Freud diz isso?", ela exclamou. "E o senhor acredita? Que repugnante."

"Bem, sim, mas fico surpreso de ouvi-la dizer isso."

"Por quê?", ela perguntou.

"Pelo que a senhorita disse ontem."

"O que eu disse?"

"A senhorita confessou", eu disse, "a mesma espécie de desejo incestuoso."

"O senhor está louco."

Baixei a voz, mas falei com severidade. "A senhorita admitiu para mim ontem no parque, com muita clareza, que sentiu ciúmes ao ver Clara Banwell com o seu pai. Também disse que desejava ser aquela que..."

Ela ficou vermelha. "Pare! Sim, eu disse que senti ciúmes, mas não de Clara! Que nojo! Eu senti ciúmes do meu pai!"

Nós nos encaramos, os dois de pé, diante da toalha de lã. Um par de esquilos, que brincava em um tronco próximo, parou e nos olhou desconfiado. "É por isso que a senhorita se achava imoral?", perguntei.

"Sim", ela sussurrou.

"Isso não é imoral", eu disse. "Ao menos comparativamente." Ela não achou graça na minha observação. Toquei a maçã de seu rosto. Ela olhou para baixo. Pegando seu queixo, ergui o rosto dela e me inclinei em sua direção. Ela me afastou.

"Não", ela disse.

Ela desviou o olhar. Distanciou-se de mim e se ocupou das coisas do piquenique, recolheu as sobras, guardou-as na cesta, sacudiu as migalhas da toalha. Em silêncio, cavalgamos de volta para os estábulos e retornamos à casa.

Portanto: todos os meus escrúpulos éticos quanto a me aproveitar do interesse transferencial de Nora por mim — supondo que ela tivesse algum — se desfizeram quando descobri que ela confessara um desejo sáfico, e não incestuoso. Eu me senti constrangido com a descoberta acerca de mim mesmo, embora ela não tivesse lógica. No instante em que compreendi a verdade, eu não sentia mais que Nora estaria beijando o pai ao me beijar. Talvez eu devesse ter concluído que ela estaria beijando Clara, mas não era assim que eu sentia.

A casa principal estava silenciosa agora, o ar da tarde de verão, numa quietude perfeita, os grandes quartos da casa escuros e vazios. Todas as janelas tinham venezianas — para evitar que o sol batesse nos estofados e nos móveis, imaginei. Nora, pensativa e sem palavras, me levou à biblioteca octogonal com o esplêndido trabalho em madeira. Ela trancou as portas e me apontou uma poltrona. Fiz menção de me sentar nela — e o fiz. Nora se ajoelhou no chão diante de mim.

Pela primeira vez desde que me rechaçara, ela falou. "O senhor se lembra da primeira vez em que me viu? Quando eu não conseguia falar?"

Eu era incapaz de ler o que ela expressava. Parecia penitente e virginal ao mesmo tempo. "É claro", eu disse.

"Eu não perdi a voz."

"Como assim?"

"Eu fingia", ela disse.

Tentei não demonstrar quanto a minha boca estava seca. "Foi por isso que a senhorita conseguiu falar na manhã seguinte", eu disse.

Ela assentiu.

"Por quê?", perguntei.

"E a minha amnésia."

"O que tem ela?"

"Também não era verdadeira", ela disse.

"A senhorita não teve amnésia?"

"Estava fingindo."

A garota ergueu os olhos para mim. Eu tinha a sensação estranha de que nunca a tinha visto antes. Tentei redirecionar o que eu sabia ou pensava que sabia a partir dos fatos novos. Tentei reestruturar todas as várias cenas da semana anterior, para torná-las coerentes — mas não consegui. "Por quê?"

Ela balançou a cabeça, mordeu o lábio inferior.

"Estava tentando arruinar Banwell?", perguntei. "Ia dizer que ele a atacara?"

"Sim."

"Mas estava mentindo."

"Sim. Porém o resto... quase tudo... era verdade."

Ela parecia pedir compreensão. Eu não sentia nenhuma. Não admira que ela dissesse que a transferência não se aplicava a ela. Eu não a havia analisado nem um pouco. "A senhorita me fez de bobo", eu disse.

"Não era a minha intenção. Eu não podia... é tão..."

"Tudo que a senhorita me disse era mentira."

"Não. Ele tentou me possuir quando eu tinha dezesseis anos. E eu de fato vi o meu pai com Clara. Bem aqui, nesta sala."

"A senhorita me disse que viu seu pai e Clara na casa de verão dos Banwell."

"Sim."

"Por que mentiria sobre isso?"

"Eu não menti."

A minha cabeça girava e buscava algo em que pudesse se agarrar. Então eu me lembrei: a casa de verão dos pais dela era nas Berkshires, em Massachussets. Nós não estávamos na casa de seus pais. Estávamos na casa dos Banwell. Os criados a conheciam não porque eram os criados dela, mas porque ela estivera ali muitas vezes. De súbito, a realidade da situação se fragilizou, como se pudesse se romper. Eu me levantei. Ela pegou as minhas mãos e me encarou.

"A senhorita fez essas coisas a seu próprio corpo", eu disse. "A senhorita se chicoteou. A senhorita se feriu. A senhorita se queimou."

Ela balançou a cabeça.

Uma série de lembranças me veio à mente. Primeiro, quando ajudei Nora a entrar num carro em frente ao hotel. As minhas mãos haviam se fechado completamente em volta da cintura dela, incluindo a parte baixa da coluna, e ela não reagiu. Quando toquei o seu pescoço, para despertar as memórias — que haviam sido todas mentirosas —, eu a segurei na parte inferior das costas uma vez mais. De novo ela não teve reação. "A senhorita não tem ferimentos", eu disse. "A senhorita os fez de mentira. Pintou-os, e não permitiu que ninguém os tocasse. A senhorita jamais foi agredida."

"Não", ela disse.

"Não, não foi, ou não, foi?"

"Não", ela repetiu.

Agarrei-a pelos pulsos. Ela engoliu em seco. "Estou lhe fazendo uma pergunta simples. A senhorita foi chicoteada? Não me importa por quem. Algum homem — se não Banwell, um outro — a chicoteou? Sim ou não? Diga."

Ela balançou a cabeça. "Não", murmurou. "Sim. Não. Sim. Com tanta força que pensei que fosse morrer."

Se não fosse tão terrível, a modificação da história quatro vezes em cinco segundos teria sido cômica. "Mostre-me as costas", eu disse.

Ela balançou a cabeça. "O senhor sabe que é verdade. O doutor Higginson lhe disse."

"A senhorita o enganou também." Agarrei o alto do vestido dela, rasguei-o e deixei que ele caísse no chão. Ela engoliu em seco, mas não se mexeu nem tentou me deter. Os ombros dela não estavam feridos. Vi a parte de cima de seu peito; nu, sem ferimentos. Eu a virei. Não havia nenhum ferimento visível em suas costas, mas eu não conseguia ver abaixo das omoplatas. Um espartilho branco amarrado com firmeza a cobria das escápulas para baixo.

"O senhor vai arrancar o meu corpete também?", ela perguntou.

"Não. Vi o bastante. Vou voltar para a cidade, e a senhorita virá comigo." Afinal, o lugar dela talvez fosse num sanatório. Se não fosse, não sei onde seria, mas ela tinha de se entregar aos cuidados de alguém, e esse alguém não seria eu. Eu também não seria responsável por tê-la levado à casa de verão dos Banwell. "Vou levá-la para casa."

399

"Muito bem", ela disse.

"Oh, não está mais preocupada em ser trancada num asilo? Era outra mentira?"

"Não, era verdade. Mas tenho de sair daqui."

"Acha que sou um idiota?", perguntei, sabedor de que a resposta era sim. "Se estivesse em perigo de ser trancafiada, a senhorita se recusaria a partir."

"Não posso passar a noite aqui. O senhor Banwell acabará por descobrir. Os criados podem telegrafar da cidade hoje de noite."

"E daí?", perguntei.

"Ele virá me matar", ela disse.

Eu ri, repudiando a idéia, mas ela apenas me olhou. Examinei os olhos azuis mentirosos o mais profundamente que pude. Ou ela acreditava no que dizia, ou era a melhor prevaricadora que eu já vira — que eu sabia ser o caso. "Está me fazendo de idiota de novo", eu disse, "mas vou acreditar no que diz. Banwell sabe que a senhorita o apontou como seu agressor; talvez tenha razão em temê-lo, embora tenha inventado o ataque. Em todo caso, é mais uma razão para levá-la para casa."

"Não posso ir assim", ela disse, olhando para o vestido rasgado. "Vou achar alguma coisa de Clara"

Quando ela se aproximou da porta eu a chamei. "Por que me trouxe aqui?"

"Para lhe dizer a verdade." Ela abriu as portas e subiu apressada a escada de mármore, agarrando o vestido junto do peito com as duas mãos. Por sorte, nenhum dos serviçais estava lá para vê-la. Provavelmente chamariam a polícia para denunciar um estupro.

24.

"Eu não estou dizendo que ele a matou, excelência. Estou dizendo apenas que ele está escondendo alguma coisa." O detetive Littlemore falava com o prefeito McClellan, no gabinete dele, no final da tarde de sexta-feira. Ele se referia a George Banwell. "Que provas você tem?", perguntou um McClellan exasperado. "Seja breve, homem; não posso lhe dar mais que cinco minutos."

Littlemore considerou contar ao prefeito sobre o baú que ele e Younger tinham encontrado no caixão, mas decidiu em contrário, uma vez que o baú não revelara nada conclusivo até então, e também porque ele não deveria ter descido no caixão, para começar. "Eu acabo de ter notícias de Gitlow, de Chicago. Ele verificou na polícia. Examinou todos os registros da cidade. Procurou no livro azul. Ela não era de Chicago. Ninguém nunca ouviu falar de Elizabeth Riverford em Chicago."

McClellan encarou o detetive longamente, com dureza. "Eu estava com George Banwell no domingo à noite", ele disse. "Eu já lhe falei três vezes."

401

"Eu sei, senhor. E tenho certeza de que a senhorita Riverford não poderia ter estado com os senhores, onde quer que estivessem, sem que o senhor soubesse, certo?"

"O quê?"

"Tenho certeza de que o senhor Banwell não levou a senhorita Riverford em segredo com ele, matou-a por volta da meia-noite e depois a levou de volta para a cidade e a largou no apartamento, para que parecesse que ela havia sido morta lá. Se o senhor está me acompanhando, excelência."

"Bom Deus, detetive."

"É só que eu não sei onde os senhores estiveram, senhor, ou como o senhor Banwell chegou lá, ou se estiveram juntos o tempo todo."

McClellan respirou fundo. "Muito bem. No domingo à noite, senhor Littlemore, eu jantei com Charles Murphy no Hotel Grand View perto do Saranac Inn. O jantar foi marcado no próprio dia — por George Banwell. O senhor Haffen era outro convidado."

Littlemore arregalou os olhos. O chefão Murphy era diretor do Tammany Hall. Louis Haffen, um homem do Tammany, havia sido presidente distrital do Bronx — até o domingo anterior. "Mas Haffen acabou de ser demitido, senhor. Pelo governador Hughes."

"Hughes estava nas proximidades, na casa do senhor Colgate, com o governador Fort."

"Eu não compreendo, senhor."

"Eu estava lá, detetive, para ouvir as condições de Murphy para me fazer candidato majoritário de Tammany."

Littlemore não disse nada. A notícia o espantara. Todos sabiam que o prefeito se declarara inimigo de Tammany Hall. Ele havia jurado não se envolver com gente como Murphy.

402

McClellan prosseguiu. "George me convenceu a ir. Argumentou que, com a demissão de Haffen, Murphy poderia estar disposto a negociar. E estava. Murphy desejava que eu nomeasse Haffen para o posto de tesoureiro. Não de imediato, mas em um mês ou dois. Se eu concordasse, o juiz Gaynor desistiria. Eu seria o indicado, e a eleição seria minha. Eles afirmaram que Hughes queria que eu fosse indicado, o que me surpreendeu bastante, e propuseram se comprometer perante o governador na mesma noite, se eu lhes desse a minha palavra."

"E o que o senhor disse?"

"Eu lhes disse que o senhor Haffen não precisava de um novo cargo, porque já havia desviado um quarto de milhão de dólares da cidade no último que ocupara. George ficou bem desapontado. Ele queria que eu aceitasse. Ele com certeza se beneficiou da nossa amizade, Littlemore, mas ganhou com trabalho cada dólar que a cidade lhe pagou. Na verdade, eu lhe entreguei o último pagamento na semana passada, nem um centavo a mais do que foi inicialmente acertado. E, não, não vejo como ele poderia ter assassinado a senhorita Riverford em Saranac Inn. Deixamos o Grand View às nove e meia ou dez, demos uma parada nos Colgate, e voltamos à cidade juntos. Usamos o meu carro, e chegamos a Manhattan às sete da manhã. Não acredito que Banwell tenha estado fora do meu campo de visão por mais que cinco ou dez minutos durante toda a noite. Por que ele falsearia a localização da família da senhorita Riverford é para mim um mistério — se é que o fez. Talvez ele quisesse dizer que Riverford morava numa das cidades da redondeza."

"Estamos verificando-as agora, senhor."

"Seja como for, ele não poderia tê-la matado."

"Não creio que ele o tenha feito, excelência. Eu queria descartá-lo. Mas estou perto, senhor. Muito perto. Tenho uma boa pista para o assassino."

"Céus, Littlemore. Por que você não disse? Quem é?"

"Se não se incomoda, senhor, vou saber se a minha pista resultará em alguma coisa hoje à noite. Gostaria de esperar até lá."

O prefeito concordou. Mas, antes de dispensar Littlemore, ele deu ao detetive um cartão com um número de telefone. "É o telefone da minha casa", ele disse. "Ligue-me imediatamente, a qualquer hora, se descobrir alguma coisa."

Às oito e meia da noite de sexta-feira Sigmund Freud atendeu a uma batida na porta de seu quarto de hotel. Usava um roupão de banho e, debaixo dele, calça social, camisa branca, e uma gravata preta. Do lado de fora da porta estava um jovem alto, parecendo física e moralmente cansado.

"Younger, aí está você", disse Freud. "Minha nossa, você parece muito mal."

Stratham Younger não respondeu. Freud viu de imediato que alguma coisa lhe acontecera. Porém, a reserva de empatia de Freud andava bastante exaurida. O rapaz maltrapilho significava para ele o desarranjo generalizado a que as coisas haviam chegado desde seu desembarque em Nova York. Todo americano tinha de estar envolvido em algum desastre? Será que ao menos um deles não poderia manter a camisa dentro da calça?

"Vim ver como o senhor está", disse Younger.

"A não ser pela perda da digestão e do meu seguidor mais importante, estou bastante bem, obrigado", respondeu Freud. "O cancelamento das minhas conferências na sua universidade será também certamente uma fonte de satisfação. No todo, uma viagem muito bem-sucedida a seu país."

"Brill foi ao *Times*, senhor?", perguntou Younger. "Ele descobriu se o artigo é verdadeiro?"

"Sim. É verdadeiro", disse Freud. "Jung deu a entrevista."

404

"Vou encontrar o presidente Hall amanhã, doutor Freud. Eu li o artigo. É boato, boato anônimo. Tenho certeza de que posso convencer Hall a não cancelar as conferências. Jung não diz nada contra o senhor."

"Nada contra mim?", Freud riu zombeteiro, relembrando a última discussão com Jung, que tivera lugar exatamente onde ele estava agora. "Ele repudiou o Édipo. Ele rejeitou a etiologia sexual. Ele chega a negar que as experiências infantis do homem sejam a fonte das neuroses. Por conseguinte, a sua instituição médica cerrou fileiras com ele, e não comigo. E o seu presidente Hall aparentemente pretende segui-los."

Os dois homens ficaram de pé na soleira da porta, cada um de um lado. Freud não convidou Younger a entrar. Nenhum deles falava.

Younger rompeu o silêncio. "Eu tinha vinte anos quando li pela primeira vez o seu trabalho, senhor. No instante em que o li, tive certeza de que o mundo jamais seria o mesmo. As suas idéias são as mais importantes do século. A América está sedenta por elas. Tenho certeza disso."

Freud abriu a boca para responder, mas a resposta morreu em seus lábios. Ele amoleceu. "Você é um bom rapaz, Younger", disse, suspirando. "Sinto muito. Quanto à sede, eu não devo apostar muito nela, pois um homem sedento bebe qualquer coisa. Falando nisso, vamos jantar de novo na casa de Brill. Ferenczi está a caminho. Você pode se juntar a nós?"

"Não posso", respondeu Younger. "Não conseguiria ficar de olhos abertos."

"Por Deus, o que você andou fazendo esse tempo todo?", perguntou Freud.

"Seria difícil eu descrever as minhas últimas vinte e quatro horas, senhor. Mais recentemente, estive com a senhorita Acton."

405

"Entendo." Freud notou que Younger esperava ser convidado a entrar, mas ele não se sentia disposto. Na verdade, Freud se sentia tão exausto quanto Younger parecia estar. "Bem, você vai me falar disso amanhã."

"Amanhã, está bem", Younger respondeu, fazendo menção de partir. Ao perceber o desapontamento de Younger, Freud acrescentou. "Ah, eu queria lhe dizer. Clara Banwell, precisamos pensar nela."

"Senhor?"

"Toda vida familiar se organiza em torno da pessoa mais comprometida. Sabemos que Nora, no limite, substituiu os pais pelos Banwell. A questão passa a ser quem nessa constelação sofreu os danos psicológicos maiores."

"O senhor acha que pode ser a senhora Banwell?"

"Temos de supor que seja Nora. A senhora Banwell é uma figura forte, como são freqüentemente os narcisistas, mas os homens na vida dela a maltrataram de alguma forma profunda. O marido dela, certamente. Você ouviu o que ela disse."

"Sim", disse Younger. "Ela me contou mais sobre isso."

"Na casa de Jelliffe?"

"Não, senhor. Eu falei com ela de novo na casa da senhorita Acton."

"Entendo", disse Freud, erguendo a sobrancelha. "Imagino que devamos creditar a ela o fato de Nora saber que a senhora Banwell praticou a felação em seu pai."

"Como assim?"

"Você se lembra", disse Freud. Ele fechou os olhos e, sem abri-los, reproduziu a conversa que ele e Younger haviam tido sobre o assunto dois dias antes, começando pelas próprias palavras dele: "'Você não vê nada de estranho na afirmativa de Nora, quando ela diz que ao ver a senhora Banwell com o pai, ela na época não entendeu exatamente o que testemunhava?'. 'A maioria das garotas americanas de catorze anos é mal informada nessa questão, doutor Freud.' 'Eu reconheço esse fato, mas não foi isso que eu quis dizer. Ela deu a entender que *agora* compreendia o que havia testemunhado, não foi?'"

Younger olhou fixamente. "O senhor tem memória fonográfica, senhor?"

"Sim. Uma aptidão útil para um analista. Você deveria cultivá-la. Eu costumava ser capaz de relembrar conversas durante meses, mas atualmente consigo apenas por alguns dias. De qualquer modo, acho que você vai descobrir que foi a própria senhora Banwell que esclareceu Nora sobre a natureza do ato. Desconfio que se tornou confidente da garota e conquistou a empatia dela. Não fosse assim, os sentimentos de Nora por ela seriam inexplicáveis."

"Os sentimentos de Nora pela senhora Banwell", Younger repetiu.

"Vamos, rapaz, pense bem. Em vez de odiar a senhora Banwell como deveria acontecer, Nora na essência a aceitou como uma substituta da mãe. Isso significa que a senhora Banwell encontrou uma maneira de constituir um laço especial com a garota, um feito admirável em vista das circunstâncias. É quase certo que ela confiou seus segredos eróticos proibidos a Nora — um expediente ao qual as mulheres gostam de recorrer para conquistar intimidade."

"Entendo", disse Younger, apático.

"Entende mesmo? Isso sem dúvida tornou as coisas mais difíceis para Nora. E indica também uma falta de escrúpulos da parte da senhora Banwell. Uma mulher não confia tais coisas a uma garota que ela pretende manter na inocência. Bem, vejo que há alguma coisa que você deseja me dizer, mas está muito cansado. Não seria bom falar agora. Nos falamos amanhã. Vá descansar."

* * *

Smith Ely Jelliffe cantou uma ária enquanto entrava no Balmoral pouco depois das onze na sexta-feira à noite. Deu uma gorjeta vultosa aos porteiros e os informou, sem que lhe houvessem perguntado, que passara a noite no Metropolitan, na companhia de uma criatura feminina da melhor espécie — o tipo que sabia como se ocupar durante uma ópera. Com o rosto radiante, Jelliffe parecia um homem convencido da grandeza da própria alma.

O brilho foi um tanto ofuscado pela aparição de um jovem, num terno maltrapilho, que obstruiu a passagem dele para o elevador. Foi muito mais ofuscado quando o jovem se identificou como detetive de polícia.

"O senhor é o médico de Harry Thaw, não, doutor Jelliffe?", perguntou Littlemore.

"O senhor tem noção da hora, meu bom homem?", respondeu Jelliffe.

"Apenas responda a pergunta."

"O senhor Thaw está sob meus cuidados", reconheceu Jelliffe. "Todo mundo sabe disso. Foi amplamente divulgado."

"Ele estava sob seus cuidados", continuou Littlemore, "aqui na cidade no fim de semana passado?"

"Eu não sei do que o senhor está falando", disse Jelliffe.

"Claro que não", respondeu o detetive, fazendo um gesto para uma garota que, vestida com ostentação, esperava num sofá de couro do outro lado do lobby de mármore. Greta se aproximou. Littlemore lhe perguntou se ela reconhecia Jelliffe.

"É ele sim", disse Greta. "Doutor Smith. Veio com Harry e saiu com ele."

Naquela tarde, antes de procurar o prefeito, o detetive voltara a seu gabinete, relera o manuscrito do julgamento, e encontrara o testemunho em que Jelliffe dizia que Thaw era louco. Quando viu na transcrição que o primeiro nome de Jelliffe era Smith, ele juntou dois mais dois. "Então, doutor Smith", disse Littlemore. "Quer se explicar aqui — ou no centro da cidade?" O detetive não teve de esperar muito por uma confissão. "Não foi decisão minha", soltou Jelliffe. "Foi idéia de Dana. Dana estava no comando."

Littlemore pediu que Jelliffe o levasse a seu apartamento. Quando entraram no vestíbulo ornamentado de Jelliffe, o detetive balançou a cabeça, compreensivo. "Nossa, o senhor tem muito a perder, doutor Smith", disse Littlemore. "Então o senhor trouxe Thaw para a cidade no fim de semana passado? Como conseguiu? Subornou os guardas?"

"Sim, mas foi uma decisão de Dana, não minha", insistiu Jelliffe. Ele caiu pesadamente em uma cadeira junto da mesa de jantar. "Eu apenas fiz o que ele disse que deveríamos fazer."

Littlemore o encarou: "Foi idéia sua levá-lo ao estabelecimento de Susie?".

"Thaw escolheu a casa, não eu. Por favor, detetive. Foi uma necessidade médica. Um homem saudável pode ser levado à loucura em um lugar como Matteawan. Cercado de loucos. Privado das descargas físicas normais."

"Mas Thaw *é* louco", disse Littlemore. "É por isso que está no hospício."

"Ele não é louco. Ele é extremamente sensível", respondeu Jelliffe. "Tem um temperamento nervoso. Não há nenhuma vantagem em se trancafiar um homem como ele."

"Que pena o senhor ter dito o contrário no julgamento", observou Littlemore. "Não foi a primeira vez que trouxe Thaw para a cidade, não é? Esteve aqui com ele há cerca de um mês, não foi?"

"Não, eu juro", disse Jelliffe. "Esta foi a primeira vez."

"Claro que foi", respondeu Littlemore. "Então como Thaw conheceu Elsie Sigel?"

Jelliffe negou até mesmo ter ouvido falar em Elsie Sigel antes de ler sobre ela nos jornais da tarde anterior.

"Quando o senhor levou Thaw para o estabelecimento de Susie", prosseguiu Littlemore, "o senhor sabia o que ele gostava de fazer com garotas. Era uma necessidade médica também?"

Jelliffe curvou a cabeça. "Eu tinha ouvido sobre as inclinações dele", murmurou, "mas achava que ele as havia resolvido."

"Ah-hã", disse Littlemore. O detetive olhou com repulsa as unhas bem tratadas de Jelliffe, agarradas à sua imensa cintura. "Antes de procurar Susie naquela noite, quando esteve com Thaw aqui em seu apartamento, durante quanto tempo ele esteve fora do seu campo de visão? O senhor o deixou a sós? Ele saiu? O que aconteceu?"

"Aqui?", disse Jelliffe, ansisoso e confuso. "Eu jamais traria o homem aqui."

"Não brinque comigo, Smith. Eu já tenho o bastante para acusá-lo de cúmplice de assassinato — antes e depois do fato."

"Assassinato?", perguntou Jelliffe. "Meu Deus. Não pode ser. Não houve assassinato."

"Uma garota foi morta bem aqui, neste edifício, no último domingo à noite, a mesma noite em que Thaw esteve em seu apartamento."

Jelliffe empalideceu. "Não", ele disse. "Thaw veio à cidade no sábado à noite. Eu mesmo tomei o trem para Matteawan com ele no domingo de manhã. Ele estava lá no domingo e na segunda-feira também. Pode perguntar a Dana. Pode conferir os registros em Matteawan. Eles o provarão."

O desespero de Jelliffe soava sincero, mas Littlemore tinha provas em contrário. "Bela tentativa, Smith", ele disse, "mas eu

410

tenho meia dúzia de garotas que colocam o senhor e Thaw na casa de Susie no domingo passado. Não é mesmo, Greta?"

"Sim", disse Greta. "Por volta de uma ou duas da manhã de domingo. Como eu lhe disse."

Littlemore se deteve. "Espere um minuto, espere um minuto. Você quer dizer sábado à noite ou domingo?"

"Sábado à noite... domingo de manhã... é a mesma coisa", respondeu Greta.

"Greta", disse o detetive, "preciso ter certeza. Quando Thaw veio, no sábado à noite ou no domingo à noite?"

Littlemore estava de novo perdido. A conexão Thaw havia reaparecido como uma certeza colossal. Tudo apontava para ela. Mas agora Thaw estivera na casa de Susie na noite errada — na noite anterior. "Vou checar os registros do hospital", Littlemore disse a Jelliffe, "e tomara que você esteja certo. Vamos, Greta. Vamos embora."

Jelliffe engoliu em seco, endireitou-se na cadeira. "Eu acho que o senhor me deve um pedido de desculpas, detetive", ele disse.

"Talvez", disse Littlemore. "Mas se me pedir isso de novo, vai para o xadrez em Sing Sing por conspirar na fuga de um prisioneiro do Estado. Para não dizer que jamais exercerá a medicina de novo."

Pela segunda noite consecutiva, Carl Jung caminhou junto da igreja Calvary, do outro lado de Gramercy Park. Desta vez, ele levava um revólver no bolso. Talvez lhe desse coragem. Sem hesitar, ele passou decidido ao longo da cerca de ferro batido de Gramercy Park South, atravessou a rua, e se dirigiu diretamente ao guarda postado em frente da casa dos Acton. O policial perguntou o que ele queria. Jung respondeu que procurava o clube de teatro: o guarda poderia orientá-lo? "O senhor busca o Players", disse o policial. "Número dezesseis, quatro portas abaixo."

Jung bateu na porta do número dezesseis, e, quando mencionou o nome de Smith Jelliffe, deixaram-no entrar. O ar estava carregado de música e risadas femininas. Uma vez dentro, Jung não podia acreditar em como havia sido estúpido, ao ter chegado à porta do lugar por duas vezes para depois se pôr em retirada. Imagine: um homem de sua posição com receio de entrar numa casa em que se podia ter mulheres por dinheiro.

A garota da chapelaria saudou Jung no vestíbulo e por um instante ficou desconcertada quando ele sacou o revólver. Mas ele o passou a ela com polidez européia e explicou que por ter visto um policial a algumas casas dali preocupara-se com a possibilidade de haver um assassino à solta. "Não há problema", disse a garota, sorrindo simpática. "Por um segundo pensei que o *senhor* fosse o assassino."

Enquanto os dois riam e a porta da frente se fechava, um homem diferente saiu de um carro nas sombras da igreja Calvary. O táxi partiu, deixando o homem sozinho quase no mesmo lugar que Jung ocupara na noite anterior. Usava uma gravata branca. A despeito do calor da noite de verão, ele vestia uma camada adicional de roupas, um sobretudo, bem como luvas brancas de camurça. O chapéu estava abaixado para cobrir o máximo possível do rosto. O homem não se movia. Observava na escuridão, de um lugar em que o policial junto da casa dos Acton não o via.

Assim que ouviu a porta se fechar, Smith Jelliffe foi até o telefone. Pediu à telefonista que o pusesse em contato com o

412

Manicômio Judiciário de Matteawan. Demorou quinze minutos, mas por fim Jelliffe conseguiu falar com o guarda do hospital com quem tinha ótimas relações. Jelliffe começou a dar ordens, furiosamente, mas foi logo interrompido.

" O senhor chegou tarde", disse o guarda. "Ele foi embora."

"Foi embora?"

"Saiu há três horas."

Jelliffe pôs o telefone no gancho. Com dedos nervosos, discou o número da residência de Charles Dana na Quinta Avenida. Não houve resposta. Era quase meia-noite. Depois de seis toques, Jelliffe desligou.

"Meu Deus", ele disse.

Do outro lado da rua, em frente ao Balmoral, Littlemore se despediu de Greta debaixo de um poste de luz. A noite estava quente e úmida. "Posso dizer que ele veio no domingo à noite", propôs Greta, "se você quiser."

Littlemore se viu obrigado a rir. Balançou a cabeça e acenou para um táxi que passava.

"Você agora não vai procurar a minha Fannie, não é?", ela perguntou aflita.

"Não, eu não vou procurá-la", disse Littlemore. "Eu vou encontrá-la."

Pediu que o motorista fosse para a rua 40 e deu ao homem um dólar para cobrir os custos. Greta o fitou. "Você é demais, sabia?", ela disse. "Por acaso não gostaria de se casar comigo? Nós dois somos ruivos."

Littlemore riu de novo. "Desculpe, doçura, eu já sou comprometido."

Greta o beijou na bochecha. Quando o táxi partiu, Littlemore se virou e encontrou Betty Longobardi de pé, bem às suas costas. A caminho do norte da cidade, o detetive havia dado uma parada na casa dos Longobardi, e deixara um recado para que Betty o encontrasse no Balmoral assim que ela chegasse em casa.

"Comece com as explicações", disse Betty, "e que sejam boas." Littlemore disse apenas que ela devia confiar nele, levando-a em seguida para seu carro estacionado. Do porta-malas o detetive tirou uma sacola amarrotada. "Preciso lhe mostrar algumas coisas", ele disse, "algumas coisas que podem ter pertencido à senhorita Riverford. Você é a única que pode identificá-las." Littlemore esvaziou a sacola no porta-malas. As roupas estavam encharcadas demais para serem reconhecíveis. As jóias e sapatos, Betty pensou, pareciam familiares, mas ela não tinha certeza. Em seguida, viu uma manga coberta de lantejoulas, pendente em meio a um enovelado denso de tecidos. Ela puxou o vestido ao qual a manga pertencia e o segurou sob o poste. "Este era dela! Eu a vi com ele."

"Espera um pouco", disse Littlemore. "Espera um pouco." Ele remexeu entre as roupas. "Há alguma coisa aqui que uma mulher poderia usar durante o dia?"

"Não essas", disse Betty, erguendo as sobrancelhas enquanto remexia a lingerie. "Menos ainda essas. Na verdade, não, Jimmy. São todas roupas de noite."

"Roupas de noite", repetiu, devagar, o detetive.

"O que foi?" perguntou Betty.

Littlemore não disse nada, os olhos perdidos em reflexões.

"O que, Jimmy?"

"Mas então, o senhor Hugel..." De súbito, apressado, o detetive começou a bater nos bolsos e revirá-los até que por fim encontrou um envelope com diversas fotografias. Uma delas ele mostrou para Betty. "Reconhece esse rosto?", ele perguntou.

"É claro", ela disse, "Mas por que...?"

414

"Vamos subir de novo", interrompeu Littlemore. No porta-malas ele agarrou um objeto pesado de metal que lembrava o farol de um automóvel enfiado num castiçal. Era uma lanterna elétrica. Em seguida, ele conduziu Betty de volta para o Balmoral. Tomaram o elevador da ala Alabaster para o último andar. "Que altura tinha a senhorita Riverford?", Littlemore perguntou enquanto subiam.

"Um pouco mais alta que eu." Betty tinha um metro e sessenta. "Ao menos parecia mais alta."

"O que você quer dizer?"

"Ela sempre usava salto", explicou Betty. "Saltos muito altos. Mas não estava acostumada a eles."

"Quanto ela pesava?"

"Eu não sei, Jimmy. Por quê?"

O hall do décimo oitavo andar estava vazio. Contrariando as objeções de Betty, Littlemore arrombou a fechadura do apartamento de Elizabeth Riverford e abriu a porta da frente. Dentro, tudo estava escuro e em silêncio. Não havia luzes no teto. As lâmpadas haviam sido levadas.

"O que estamos fazendo aqui?", perguntou Betty.

"Tentando entender algo." Littlemore percorreu o corredor na direção do dormitório da srta. Riverford, iluminando a escuridão com a luz bruxuleante.

"Eu não quero entrar lá", disse Betty, seguindo-o relutante.

Chegaram à porta. Quando Littlemore buscou a maçaneta, sua mão ficou paralisada a meio caminho. Um som agudo de súbito trespassou o ambiente. Vinha do dormitório. O som tornou-se mais alto e se transformou num lamento distante.

Betty agarrou o braço de Littlemore. "Esse é o som de que lhe falei, Jimmy, o som que ouvimos na manhã em que a senhorita Riverford morreu."

O detetive abriu a porta. O lamento se intensificou ainda mais.

"Não entre", sussurrou Betty.

De repente, o barulho cessou. Tudo ficou em silêncio. Littlemore entrou no quarto. Betty, amedrontada demais para ficar onde estava, entrou também, agarrada à manga dele. A mobília parecia no lugar: cama, espelho, mesas-de-cabeceira, armários com gavetas. Eles criavam sombras sinistras sob o feixe de luz da lanterna do detetive. Littlemore encostou o ouvido numa parede, bateu nela com as juntas dos dedos, e escutou atentamente. Andou cerca de um metro e fez o mesmo.

"O que você está fazendo?", sussurrou Betty.

Littlemore estalou os dedos. "A lareira", ele disse. "Eu vi a lama perto da lareira."

Ele foi até a lareira e afastou o anteparo de ferro trançado, estendendo-se no chão. Com a lanterna, iluminou a chaminé. Na parede do fundo da lareira, Littlemore viu tijolos, argamassa — e três aberturas dispostas num triângulo, sendo a mais alta circular.

"É isso", disse o detetive. "Deve ser isso. Agora, como ele poderia...?"

Littlemore iluminou os ferros pendurados junto da lareira. Um instrumento era um atiçador em forma de tridente. Dois de seus três dentes tinham pontas afiadas, o outro era circular. As três extremidades, juntas, formavam um triângulo. Littlemore deu um salto, agarrou o atiçador, e cutucou o fundo da lareira com ele. Quando encontrou as aberturas, as três extremidades do atiçador encaixaram nelas como se tivessem sido especialmente desenhadas para isso — o que era verdade. Um momento depois, a parede toda se abriu girando sobre dobradiças internas, e uma forte brisa soprou no rosto de Littlemore.

"Veja isso", disse Littlemore. Dentro, pequenos jatos de chama azul salpicavam as paredes. "Onde eu vi isso antes? Venha, Betty."

416

Entraram na passagem. Betty segurando a mão de Littlemore. Quando passaram por uma grande grade de ferro quadrada em uma das paredes, o detetive encostou o ouvido nela e disse a Betty que fizesse o mesmo. Ouviram, ao longe, o mesmo som lamentoso que tanto assustara Betty.

"Coluna de ar", disse Littlemore. "Uma espécie de sistema de ar sob pressão. Deve haver uma bomba. Quando a bomba liga, aparece o som. Quando a bomba pára, o som se interrompe." Seguiram a passagem por centenas de metros, passaram por meia dúzia de grades semelhantes e dobraram três ou quatro ângulos agudos. As unhas de Betty estavam enterradas no braço de Littlemore. Num dado momento, chegaram ao final da passagem. Uma parede barrava o caminho, mas na parede uma pequena placa de metal reluzia sob um último jato de gás azul. Littlemore pressionou a placa, e a parede deslizou.

À luz da lanterna elétrica, viram um escritório masculino, ricamente mobiliado. Estantes de livros revestiam as paredes que, em vez de livros, estavam cheias de modelos em escala de pontes e edifícios. No meio do escritório havia uma mesa maciça e, sobre ela, luminárias de metal. Littlemore acendeu uma lâmpada. A porta que levava para fora do escritório estava fechada. Silenciosamente, Littlemore e Betty se dirigiram à porta, abriram-na, e percorreram um corredor. Cruzaram um vestíbulo de mármore branco. Em seguida, escutaram um som abafado. Adiante, no corredor, depois da sala de estar mais espaçosa que Littlemore ou Betty haviam visto na vida, uma porta estremecia, com a maçaneta girando para um lado e para outro. Alguém estava, evidentemente, atrás da porta e procurava, em vão, abri-la. Littlemore falou alto, identificando-se como detetive de polícia.

Uma voz feminina respondeu. "Abra a porta. Deixe-me sair."

Não demorou muito para que Littlemore o fizesse. Quando a porta abriu, ela revelou um closet de roupas de cama, bem como as costas de uma mulher, comprimida num espaço que não havia sido planejado para abrigar uma pessoa, com as mãos atrás das costas. A sra. Clara Banwell se virou, agradeceu ao detetive, e implorou para que ele a desamarrasse.

O suor brilhava na fronte de Henry Kendall Thaw enquanto ele observava, do outro lado do Gramercy Park, o policial que patrulhava para cima e para baixo sob o poste de luz a gás em frente da casa dos Acton. O mesmo suor ensopava as costas da camisa debaixo de seu traje a rigor. Escorria pelas mangas e pela calça.

Do ponto de observação na rua 21 leste, entre a Quarta Avenida e a Lexington, Thaw podia enxergar toda a fileira de casas imponentes que se alinhavam em Gramercy Park South. Ele podia ver o Players Club, alegremente iluminado em uma sexta-feira à noite. Na verdade, ele podia vê-lo através das cortinas translúcidas das janelas do primeiro andar do clube, onde homens mais velhos endinheirados e jovens de ombros desnudos passavam de um lado para o outro, bebendo Duplexes e coquetéis Bronx.

Os olhos de Thaw eram melhores que os de Jung. Ele percebeu, três andares acima do patrulheiro, um movimento no telhado dos Acton. Lá, contra o céu noturno, ele divisou a silhueta de outro policial e o contorno do rifle que ele carregava. Thaw era um homem rijo, magro quase a ponto de parecer frágil, com braços ligeiramente mais longos do que deveriam ser. O rosto era surpreendentemente imberbe para um homem próximo dos quarenta. Ele seria quase atraente, não fosse pelos pequenos olhos muito fundos e os lábios um pouco grossos demais. Em movimento ou parado, ele parecia sentir falta de ar.

Agora, Thaw estava em movimento. Caminhou para leste, protegido pelas sombras. Puxou a aba do chapéu mais para baixo enquanto cruzava a avenida Lexington: conhecia muito bem a casa daquela esquina. Observara-a durante horas a cada vez, nos velhos tempos, esperando para ver se uma certa garota sairia, uma garota bonita que ele desejava tanto ferir que sentia a própria pele retinir. Margeou a cerca de ferro do parque até chegar à extremidade sudeste, com o Irving Place separando-o do policial vigilante. Os policiais não o viram entrar pelo beco atrás das casas de Gramercy Park South.

A dois quilômetros de distância, em seu apartamento no segundo andar da pequena casa da rua Warren, o legista Charles Hugel fizera as malas. Estava no meio da sala de estar, mordendo as juntas dos dedos. Tinha entregado a carta de demissão ao prefeito. Havia notificado o proprietário do imóvel. Tinha ido ao banco e fechara a sua conta. Todo o dinheiro que ele tinha se espalhava diante dele, em pilhas bem arrumadas no chão. Ele precisava decidir como o levaria. Curvou-se e começou a contar as notas — pela terceira vez — perguntando-se se elas seriam suficientes para que ele se estabelecesse em uma outra cidade, menor. Suas mãos se abriram e notas de cinqüenta dólares voaram quando ele ouviu as batidas na porta.

Se o patrulheiro na frente da casa dos Acton apenas olhasse para cima, teria notado uma escuridão maior na janela do quarto de Nora. Talvez ele percebesse que um homem havia passado atrás das cortinas. Mas ele não olhou para cima.

O intruso soltou a gravata branca de seda em torno de seu pescoço. Em silêncio, tirou a gravata do colarinho e enrolou as extremidades em torno das mãos. Ele se aproximou da cama de Nora. A despeito da escuridão, divisava a forma adormecida da garota na cama. Via a linha em que o belo queixo se prolongava na garganta macia, desprotegida. Enfiando a gravata entre a cabeceira e o travesseiro, ele a puxou para baixo, lentamente para baixo, sob o travesseiro, cada vez mais perto da garganta da garota, infinitamente devagar, até que as duas extremidades emergiram de sob o travesseiro. O tempo todo ele escutava a respiração dela, que prosseguia suave, inalterada.

É uma boa pergunta se a faca de cozinha, caso a sra. Acton não a tivesse tirado de debaixo do travesseiro da garota, teria sido de alguma utilidade. Poderia Nora Acton, acordada de um golpe por um homem durante a noite, ter buscado a faca? Se a tivesse alcançado, poderia tê-la usado? Nora sempre dormia de barriga para baixo. Ainda que pusesse as mãos na arma, poderia ela — sufocada — ter salvado a vida com a faca?

Todas belas questões, mas todas bastante acadêmicas, uma vez que a faca de cozinha não estava lá, nem tampouco Nora.

"Mãos ao alto, senhor Banwell", disse uma voz atrás do homem junto da cama de Nora. Uma lanterna elétrica, segurada por um guarda uniformizado de pé junto à porta, iluminou repentinamente o quarto. George Banwell pôs as mãos sobre o rosto.

"Afaste-se da cama, senhor Banwell", disse o detetive Littlemore, pressionando o cano de sua arma nas costas de Banwell. "Tudo bem Betty, pode levantar agora."

Betty Longobardi ergueu-se da cama, cuidadosa mas desafiadora. Enquanto apalpava os bolsos de Banwell, Littlemore deu uma olhada na lareira de Nora. Lá, como esperado, um painel se abrira na parede revelando uma passagem secreta. "Muito bem. Abaixe as mãos. Atrás das costas. Devagar e sem truques."

Banwell não se mexeu. "Qual é seu preço?", ele perguntou.

"Mais do que o senhor pode pagar", respondeu Littlemore.

"Vinte mil", disse Banwell, com as mãos ainda sobre a cabeça. "Dou vinte mil dólares a cada um de vocês."

"Mãos atrás das costas", respondeu Littlemore.

"Cinqüenta mil", disse Banwell. Piscando na direção do feixe de luz, ele viu que havia dois homens na porta, um segurando a lanterna e outro atrás dele, além daquele que tinha a arma às suas costas. Às palavras "cinqüenta mil" os dois homens à porta se mexeram desconfortáveis. Banwell se dirigiu a eles. "Pensem bem, rapazes. Vocês são espertos; vejo pela aparência de vocês. Onde pensam que o delegado Byrnes conseguiu o dele? Sabem o que Byrnes tem no banco? Trezentos e cinqüenta mil. Isso mesmo. Eu o fiz ficar rico, e vou fazer vocês ficarem ricos."

"O prefeito não vai gostar da sua tentativa de nos subornar", disse Littlemore, abaixando um dos braços de Banwell e colocando uma algema em seu punho.

"Vocês vão ouvir esse idiota atrás de mim?", Banwell explodiu, ainda se dirigindo aos dois homens na porta, com a voz forte e confiante, a despeito da situação. "Vou acabar com ele durante o julgamento. Vou acabar com ele, estão ouvindo? Sejam espertos. Querem ser pobres a vida toda? Pensem em suas mulheres, em seus filhos. Vocês querem que eles sejam pobres pelo resto de suas vidas? Não se preocupem com o prefeito. Ele é meu."

"É mesmo, George?", disse o homem atrás do guarda que segurava a lanterna. Ele deu um passo para onde havia luz. Era o prefeito McClellan. "É mesmo?"

Littlemore fechou as algemas sobre o outro punho de Banwell, com a trava emitindo um estalo satisfatório. Com uma rapidez surpreendente para um homem de seu tamanho, Banwell se livrou do controle de Littlemore e, com as mãos atrás das costas, se dirigiu à passagem. Porém teve de parar para se enfiar nela. Foi seu erro. Littlemore estava com a arma na mão. Podia, mas não atirou. Em vez disso, deu um grande passo para frente e desceu o cabo do revólver na cabeça de Banwell. Banwell deu um grito e caiu no chão.

Alguns minutos depois o detetive Littlemore sentou um George Banwell quase inconsciente ao pé da escadaria dos Acton e o atou ao corrimão com um segundo par de algemas, emprestadas de um dos homens uniformizados. Escorria sangue do rosto de Banwell. Outro policial deixou que um Harcourt e uma Mildred Acton aturdidos saíssem de seu quarto.

No Players Club, a garota da chapelaria saudou um novo visitante, que também a surpreendeu — desta vez porque o homem usava um sobretudo no meio do verão. Harry Thaw sentiu um prazer especial em gozar a liberdade em salas desenhadas pelo mesmo homem que ele assassinara havia três anos, o sr. Stanford White. Identificou-se como um certo Monroe Reid, de Filadélfia. Foi com esse nome que ele se apresentou a outro homem de fora da cidade, um cavalheiro estrangeiro que encontrou no pequeno salão de baile, onde dançarinas executavam um número sobre o palco elevado. Harry Thaw e Carl Jung se deram bastante bem naquela noite. Quando Jung mencionou que o sócio do clube que ele conhecia era Smith Jelliffe, Thaw exclamou que conhecia bem o homem, embora não oferecesse um relato inteiramente verdadeiro sobre a ligação entre eles.

"Bom trabalho, detetive", disse o prefeito McClellan para Littlemore na sala de estar dos Acton. "Jamais acreditaria se não tivesse visto com os próprios olhos."

A sra. Biggs cuidava do corte no crânio de Banwell. O sr. Acton preparou para si um grande drinque. "Você acha que pode nos contar o que está acontecendo, McClellan?", ele perguntou.

"Receio que eu mesmo não saiba exatamente", respondeu o prefeito. "Ainda não consigo entender como George pode ter matado a senhorita Riverford."

A campainha tocou. A sra. Biggs olhou para os patrões, que por sua vez olharam para o prefeito. Littlemore disse que atenderia. Um instante depois, todos no quarto viram o legista Charles Hugel entrar na sala, trazido pelas mãos firmes do policial Jack Reardon.

"Peguei-o, detetive", disse Reardon. "Estava de malas prontas como o senhor tinha previsto."

25.

O telefone tocou no meu quarto de hotel e me acordou. Eu não me lembrava de ter adormecido: eu mal me lembrava de ter voltado a meu quarto. Era a recepção na linha. "Que horas são?", perguntei.

"Quase meia-noite, senhor."

"De que dia?" O nevoeiro em meu cérebro não clareava.

"Ainda é sexta-feira, senhor. Desculpe-me, doutor Younger, mas o senhor pediu que o informássemos caso a senhorita Acton recebesse alguma visita."

"Sim?"

"Uma senhora Banwell está a caminho do quarto da senhorita Acton agora."

"Senhora Banwell?", eu disse. "Está bem. Não deixe que ninguém mais suba sem primeiro me chamar."

Nora e eu havíamos tomado o trem de volta de Tarry Town. Mal nos falamos. Ao chegarmos à Grand Central, Nora me implorou para que a levasse de volta ao Hotel Manhattan — apenas para ver se o quarto dela ainda estava reservado em seu no-

424

me. Se assim fosse, ela pediu, não poderia ficar lá até o domingo, quando não teria mais de temer que os pais a hospitalizassem contra a sua vontade?

Contrariando o que eu achava melhor, concordei em levála ao hotel. Entretanto, adverti que na manhã seguinte, fosse como fosse, eu avisaria seu pai sobre onde ela estava. Tinha certeza — e o disse a ela — de que ela seria capaz de inventar alguma história para manter os pais à distância por apenas vinte e quatro horas. Ela se mostrou certa quanto ao quarto: não tinha sido liberado. O recepcionista lhe deu as chaves, e ela desapareceu no elevador.

Eu não considerava inteligente a visita da sra. Banwell à meia-noite: o marido podia tê-la seguido. Porém, se Nora era capaz de me enganar, como o fizera, Clara provavelmente seria capaz de enganar o marido quanto a uma saída noturna.

As observações de Freud sobre os sentimentos de Nora por Clara voltaram a mim. Ele continuava a acreditar, é claro, que Nora abrigava desejos incestuosos. Eu não. Na verdade, dada a minha interpretação do *ser ou não ser*, eu ousava pensar que por fim tinha uma resposta para o complexo de Édipo todo. Freud estivera certo desde o início, sim, ele erguera o espelho diante da natureza, mas tinha visualizado uma imagem espelhada da realidade.

É o pai, e não o filho. Sim, quando um menino entra na cena com o pai e a mãe, um componente do trio pode sofrer um ressentimento sexual profundo — o pai. Ele pode naturalmente sentir que o menino se intromete em sua relação especial, exclusiva, com a mulher. Ele pode muito bem sentir certo desejo de se livrar do intruso que mama, que choraminga, e que a mãe afirma ser tão perfeito e único. Pode chegar a desejar a sua morte.

O complexo de Édipo é real, mas o sujeito de todos os seus predicados é o genitor, não a criança. E ele só piora à medida que a criança cresce. Uma garota cedo confronta a mãe com um corpo ante cujas juventude e beleza a mãe não tem como deixar de se ressentir. Um menino deve por fim superar o pai que, à medida que o filho cresce, não pode deixar de se sentir soterrado pelas gerações que se multiplicam. Mas qual genitor reconhecerá o desejo de matar o próprio fruto? Que pai admitirá ter ciúmes do próprio filho? Assim, o complexo de Édipo deve ser *projetado nas crianças*. Uma voz deve sussurrar ao ouvido do pai de Édipo que não é ele — o pai — que nutre um desejo secreto enciumado de morte contra o filho, mas sim Édipo que cobiça a mãe e almeja a morte do pai. Quanto mais intenso é o ciúme que se apodera dos pais, mais destrutivos eles serão contra os próprios filhos, e, caso isso ocorra, podem fazer com que os filhos se voltem contra eles — criando exatamente a situação que eles temiam. Assim ensina o próprio *Édipo*. Freud havia interpretado equivocadamente o *Édipo*: o segredo dos desejos edipianos encontra-se no coração dos pais, não no dos filhos.

O lamentável era que a descoberta, se é que era uma descoberta, agora parecia sem graça, inútil para mim. O que ela tinha de bom? O que havia de bom em se pensar no fim das contas?

"Isto é uma afronta", disse o legista Hugel, com o que parecia uma indignação que ele mal controlava. "Exijo uma explicação."

George Banwell gemeu de dor enquanto a sra. Biggs aplicava um emplastro em seu crânio. Havia sangue coagulado em seu cabelo, mas ele não corria mais pelas bochechas.

"O que isso significa, Littlemore?", perguntou o prefeito.

"O senhor quer lhe contar, senhor Hugel?", foi a resposta do detetive.

"Contar o quê?", perguntou McClellan.

"Largue-me", disse o legista para Reardon.

"Largue-o, Jack", ordenou o prefeito. Reardon obedeceu no ato.

"Esta é outra de suas brincadeiras, Littlemore?", perguntou Hugel, arrumando o paletó. "Não ouça nada do que ele diz, McClellan. Ele é um homem que fingiu estar morto na minha mesa de operações ontem."

"É verdade?", o prefeito perguntou a Littlemore.

"Sim, senhor."

"Está vendo?", disse Hugel a McClellan, elevando a voz. "Não sou mais um empregado da cidade. A minha demissão se efetivou às cinco horas de hoje; está sobre a sua mesa McClellan, embora o senhor com certeza não a tenha lido. Vou para casa. Boa noite."

"Não o deixe ir, senhor prefeito", disse Littlemore.

O legista não lhe deu atenção. Pôs o chapéu na cabeça e se dirigiu para a porta.

"Não o deixe ir, senhor", repetiu Littlemore.

"Senhor Hugel, fique onde está, por favor", ordenou McClellan. "O detetive já me mostrou uma coisa hoje à noite que eu não acreditaria ser possível. Vou ouvir o que ele tem a dizer."

"Obrigado, excelência", disse Littlemore. "É melhor eu começar pela fotografia. O legista Hugel tirou a fotografia, senhor. É uma fotografia da senhorita Riverford com as iniciais do senhor Banwell no pescoço."

Banwell estremeceu ao pé da escada. "O que é isso?", perguntou.

"As iniciais dele? De que você está falando?", perguntou McClellan.

"Tenho uma cópia aqui, senhor", disse Littlemore, passando o retrato para o prefeito. "É meio complicado, senhor. Veja,

427

o senhor Hugel disse que o corpo da senhorita Riverford foi roubado do necrotério porque continha uma pista."

"Sim, você mencionou isso, Hugel", disse o prefeito.

O legista não disse nada, e encarou Littlemore, atento.

"Em seguida Riviere ampliou as chapas de Hugel", continuou o detetive, "e nós de fato encontramos no pescoço da senhorita Riverford uma espécie de marca. Riviere e eu não entendemos, mas o senhor Hugel nos explicou. O assassino estrangulou a senhorita Riverford com a própria gravata, a gravata ainda estava com o prendedor e este tinha o monograma. Assim, excelência, a imagem mostrava as iniciais do assassino no pescoço da senhorita Riverford. Foi o que nos disse, não, senhor Hugel?"

"Espantoso", disse o prefeito, que examinava a fotografia bem próxima dos olhos. "Por Deus, estou vendo: *GB*."

"Sim, senhor. Eu também tenho um dos prendedores do senhor Banwell, e o senhor pode ver que são semelhantes." Littlemore tirou a presilha de Banwell do bolso da calça e a entregou ao prefeito.

"Olhe para isso", disse ao prefeito. "Idênticas."

"Bobagem", disse Banwell. "Estou sendo vítima de uma armação."

"Bom Deus, Hugel", disse o prefeito, ignorando Banwell. "Por que não me disse, homem? Você tinha provas contra ele."

"Mas eu não... eu não posso... deixe-me ver a fotografia", disse Hugel.

O prefeito deu o retrato ao legista.

Hugel balançou a cabeça e a examinou. "Mas a minha fotografia..."

"O senhor Hugel jamais viu a fotografia, excelência", disse Littlemore.

"Não entendo", disse o prefeito.

"Na fotografia do senhor Hugel — na fotografia original, senhor — as iniciais no pescoço da garota não eram *GB*. Eram seu inverso, uma imagem espelhada."

"Bem, na verdade, as iniciais deveriam estar invertidas, não?", observou McClellan. "O monograma devia ter deixado uma marca invertida, como um selo num envelope."

"Esta é a trapaça", disse Littlemore. "O senhor tem razão, excelência, a presilha devia ter deixado uma marca invertida, de modo que o *GB* invertido na fotografia do senhor Hugel faria parecer que o senhor Banwell era o assassino. Foi isso exatamente o que o senhor Hugel disse. O único problema era que a fotografia do senhor Hugel já era uma imagem invertida. Riviere nos contou. Foi isso que o senhor Hugel não percebeu. A imagem dele mostrava um *GB* de trás para frente — certo? —, mas a fotografia já era uma imagem invertida do pescoço da garota. Assim, a marca no pescoço dela era um *GB* verdadeiro, e isso significava que o monograma do assassino *não* era um verdadeiro *GB* mas um *GB* invertido."

"Explique de novo", disse McClellan.

Littlemore explicou. Na verdade, ele repetiu o argumento diversas vezes antes que o prefeito o compreendesse. Ele também esclareceu que tinha pedido a Riviere que ele fizesse uma imagem invertida do retrato de Hugel, girando o *GB* de novo, para que ficasse de frente, a fim de compará-lo ao monograma real do sr. Banwell. Fora essa imagem invertida a que ele acabava de mostrar ao prefeito.

"Mas não faz sentido", disse o prefeito irritado. "Não faz sentido algum. Como poderia o monograma que aparece na fotografia original de Hugel ser o reverso exato do monograma de George Banwell?"

"Existe somente uma maneira, excelência", disse Littlemore. "Alguém o desenhou."

"O quê?"

"Alguém o desenhou. Alguém o gravou sobre a chapa seca antes que Riviere a revelasse. Alguém que tivesse acesso tanto à presilha do senhor Banwell quanto às chapas do senhor Hugel. Alguém que quisesse nos fazer pensar que o senhor Banwell matou Elizabeth Riverford. Seja quem for, ele trabalhou duro. Fizeram quase tudo certo, mas cometeram um erro: fizeram a fotografia mostrar uma imagem espelhada. Sabiam que a marca no pescoço da senhorita Riverford tinha de ser a imagem espelhada do monograma real. Assim, imaginaram que a fotografia teria de mostrar uma imagem invertida. Porém, esqueceram que um ferrótipo já é uma imagem invertida. Foi o grande erro deles. Quando puseram um *GB* invertido na fotografia, eles se denunciaram."

Hugel interveio. "Bem, eu nem consigo entender o que esse imbecil está dizendo. Temos aqui uma fotografia clara do pescoço da garota. Vemos um *GB* nela — não um negativo, nem um duplo negativo, ou um triplo negativo, ou seja o que for que Littlemore esteja tagarelando. Apenas um simples *GB*. Isso prova que Banwell foi o assassino."

Houve um breve silêncio; o prefeito o quebrou. "Detetive", ele disse, "eu acredito que segui o seu raciocínio. Mas devo dizer que as coisas deram tantas voltas que estou perdido quanto a saber quem está certo. Esta é a única razão para você acreditar que o senhor Hugel falseou as provas? É possível que Hugel esteja certo? Que a sua fotografia prove que George Banwell foi o assassino?"

Littlemore franziu a testa. "Vejamos", ele disse, "eu acho que há muitas evidências contra o senhor Banwell, não é mesmo? Senhor prefeito, eu poderia fazer algumas perguntas ao senhor Banwell?"

"Vá em frente", respondeu McClellan.

"Senhor Banwell, o senhor pode me ouvir, não?"

"O que você quer?", grunhiu Banwell.

"O senhor sabe que, pensando bem, tenho quase certeza de que posso acusá-lo pela morte da senhorita Riverford. Eu encontrei a passagem secreta entre os apartamentos de vocês."

"Bom para você", respondeu Banwell.

"Havia lama no apartamento dela, igual à lama existente no seu canteiro de construção."

"Isto é prova para você."

"E nós encontramos o baú com as coisas da senhorita Riverford — o baú que o senhor enterrou no rio East embaixo da ponte Manhattan."

"Impossível!", gritou Banwell.

"Encontramos ontem de noite, senhor Banwell. Pouco antes de o senhor ter inundado o caixão."

"Você esteve no caixão da ponte Manhattan ontem à noite, Littlemore?", perguntou McClellan.

"Sim, senhor", disse Littlemore, intimidado. "Sinto muito, senhor prefeito."

"Oh, não se incomode", respondeu McClellan. "Prossiga."

"Estou sendo vítima de uma armação", interrompeu Banwell. "McClellan, eu estive com você durante toda a noite de domingo. No Saranac Inn. Você sabe que eu não poderia tê-la matado."

"Não é como o promotor verá as coisas", respondeu Littlemore. "Ele vai dizer que o senhor fez com que alguém levasse a senhorita Riverford para Saranac, que o senhor deu uma escapada do jantar com o prefeito, encontrou-a em algum lugar por uns minutos e a matou. Em seguida fez com que o corpo dela fosse levado de volta para o Balmoral, onde pareceria que ela teria morrido. O senhor imaginou que usaria o prefeito como álibi. Pena que tenha deixado as iniciais no pescoço dela. É o que o promotor vai dizer, senhor Banwell."

"Eu não a matei, eu lhe garanto", disse Banwell. "Posso provar."

"Como pode provar, George?", perguntou McClellan.

"*Ninguém* matou Elizabeth Riverford", disse Banwell.

"O quê?", disse o prefeito. "Ela ainda está viva? Onde?" Banwell balançou a cabeça.

"Por Deus, homem", disse McClellan, "explique-se".

"Nunca houve nenhuma Elizabeth Riverford", disse Banwell.

"Nunca houve", acrescentou Littlemore.

Banwell respirou fundo. Hugel também. O prefeito se queixou. "Alguém pode me explicar o que está acontecendo?"

"Foi o peso dela que me fez pensar primeiro", disse Littlemore. "O relatório do senhor Hugel dizia que a senhorita Riverford tinha um metro e sessenta e sete e pesava cinqüenta e dois quilos. Mas a coisa no teto à qual ela estava amarrada não suportaria uma garota de cinqüenta e dois quilos. Teria quebrado na hora. Eu a testei."

"Eu poderia ter me enganado um pouco sobre a altura e o peso", disse Hugel. "Eu estava sob uma pressão considerável."

"O senhor não se enganou, senhor Hugel", disse Littlemore. "O senhor o fez de propósito. Também não mencionou que o cabelo da senhorita Riverford na verdade não era preto."

"É claro que era preto", disse Hugel. "Todos no Balmoral podem testemunhar que era preto."

"Uma peruca", disse Littlemore. "Nós encontramos uma exatamente assim no baú de Banwell."

Hugel recorreu ao prefeito. "Ele perdeu a cabeça. Alguém está pagando para que ele diga essas coisas. Por que eu adulteraria a aparência física da senhorita Riverford de propósito?"

"Por quê, detetive?", disse McClellan.

"Porque se ele tivesse dito a todos que Elizabeth Riverford tinha um metro e cinqüenta e oito, quarenta e sete quilos, longos cabelos loiros, as coisas ficariam bem complicadas quando a senhorita Nora Acton, de um metro e cinqüenta e oito, quarenta e sete quilos, com longos cabelos loiros, aparecesse com os mesmos ferimentos no dia seguinte — o mesmo dia em que o corpo da senhorita Riverford desapareceu —, não, senhor Hugel?"

Nora enterrou a cabeça nos braços de Clara no instante em que esta entrou em seu quarto.

"Minha querida", disse Clara. "Graças aos céus, você está bem. Fiquei muito feliz por ter me chamado."

"Eu vou lhes contar tudo", exclamou Nora. "Tentei manter segredo, mas não consigo."

"Eu sei", disse Clara. "Você escreveu na carta. Está bem. Conte-lhes tudo."

"Não", Nora respondeu, quase chorando, "eu quero dizer *realmente* tudo."

"Eu compreendo. Está bem."

"Ele não acreditou que eu fui machucada", disse Nora. "O doutor Younger. Ele pensou que eu pintei os ferimentos."

"Que horror!"

"Eu mereci, Clara. Deu tudo errado. Eu sou muito má. Fiz tudo por nada. Seria melhor se eu estivesse morta."

"Quieta. Precisamos de alguma coisa que acalme os nossos nervos, as duas." Ela foi até um armário em que havia uma garrafa pela metade e vários copos. "Aqui. Oh, que brandy horrível. Mas vou servir um pouco para nós duas. Vamos dividi-lo."

Ela passou a Nora um cálice com um pouco de licor dourado girando no fundo. Nora nunca havia tomado brandy, mas

Clara a ajudou a experimentá-lo e, passada a primeira sensação de ardor, ajudou-a a esvaziar o copo. Um pouco dele espirrou no vestido de Nora.

"Meu Deus", disse Clara. "O vestido que você está usando é meu?"

"Sim", disse Nora. "Sinto muito. Fui para Tarry Town hoje. Você se importa?"

"Claro que não. Fica muito bem em você. As minhas coisas sempre caem bem em você." Clara serviu mais um dedo de brandy no cálice, e ela mesma tomou um pouco, fechando os olhos. Em seguida, aproximou o copo dos lábios de Nora. "Você sabe", ela disse, "que eu comprei esse vestido pensando em você? Esses sapatos eram para combinar com ele — esses aqui, que estou usando agora. Venha, prove-os. Você tem tornozelos tão bonitos. Vamos esquecer de tudo para que você se vista como costumávamos fazer."

"Será que devo?", disse Nora, tentando sorrir.

"Você quer dizer que Elizabeth Riverford era Nora Acton?", perguntou, sem compreender, o prefeito McClellan ao detetive Littlemore.

"Posso prová-lo, excelência", disse Littlemore. Ele fez um gesto na direção de Betty enquanto retirava uma fotografia do próprio bolso. "Senhor prefeito, esta é Betty Longobardi. Ela era camareira da senhorita Riverford no Balmoral. Esta é uma fotografia que encontrei no apartamento de Leon Ling. Betty, diga a todos aqui quem é a mulher nesta foto."

"É a senhorita Riverford, à esquerda", disse Betty. "O cabelo é diferente, mas é ela."

"Senhor Acton, será que o senhor poderia olhar para a fotografia agora?" Littlemore passou ao senhor Harcourt a fotografia de Nora Acton, William Leon e Clara Banwell.

434

"É Nora", disse Acton.

McClellan balançou a cabeça. "Nora Acton morava no Balmoral sob o nome de Elizabeth Riverford? Por quê?"

"Ela não morava lá", resmungou Banwell. "Ela vinha em algumas noites por semana, é tudo. O que vocês estão olhando? Por que não olham para Acton?"

"Você sabia?", perguntou McClellan, incrédulo, ao sr. Acton.

"Com certeza não", respondeu a senhora Acton pelo marido. "Nora deve tê-lo feito por conta própria."

Harcourt Acton não disse nada.

"Se não sabia, ele é um completo idiota", anunciou Banwell. "Mas eu nunca toquei nela. De qualquer maneira, foi tudo idéia de Clara."

"Clara também sabia?" O prefeito parecia ainda mais incrédulo.

"Sabia? Ela planejou tudo." A voz de Banwell se interrompeu. Em seguida, ele retomou. "Agora me soltem. Eu não cometi nenhum crime."

"A não ser o de me atropelar ontem", disse o detetive Littlemore. "Além de tentar subornar um policial, de tentar matar a senhorita Acton, e de ter matado Seamus Malley. Eu diria que o senhor teve uma semana bem cheia, senhor Banwell."

Ao ouvir o nome de Malley, Banwell se esforçou por se levantar, a despeito das algemas que o prendiam às grades. Na confusão, Hugel saiu correndo na direção da porta. Os dois homens fracassaram em seus objetivos. Banwell conseguiu apenas machucar os pulsos. O legista foi pego pelo policial Reardon.

"Mas por quê, Hugel?", perguntou o prefeito.

O legista ficou em silêncio.

"Meu Deus", prosseguiu o prefeito, ainda se dirigindo ao legista. "Você sabia que Elizabeth Riverford era Nora. Foi você que a chicoteou? Meu Deus."

435

"Não fui eu", gritou Hugel, desesperado, ainda preso por Reardon. "Eu não chicoteei ninguém. Eu só estava tentando ajudar. Eu tinha de conseguir a condenação dele. Ela me prometeu. Eu jamais... ela planejou tudo... ela me disse o que deveria fazer... ela me prometeu..."

"Nora?", perguntou o prefeito. "O que em nome de Deus ela lhe prometeu?"

"Nora não", disse Hugel. Ele voltou a cabeça para Banwell. "A mulher dele."

Nora Acton tirou os próprios sapatos e experimentou os de Clara. Os saltos eram altos e pontudos, mas os sapatos eram feitos de um belíssimo couro preto macio. Quando a garota ergueu os olhos, ela viu um objeto inesperado na mão de Clara: um pequeno revólver, com um cabo de madrepérola.

"Está muito quente aqui, querida", disse Clara. "Vamos sair para a sacada."

"Por que você está me apontando uma arma, Clara?"

"Porque eu te odeio, querida. Você fez amor com o meu marido."

"Eu não fiz", protestou Nora.

"Mas ele te queria. Bem desesperado. É a mesma coisa; não, é pior."

"Mas você odeia o George."

"Odeio? Acho que sim", disse Clara. "Odeio vocês dois igualmente."

"Oh, não. Não diga isso. Eu preferiria morrer."

"Bem, nesse caso."

"Mas Clara, você me fez..."

"Sim, eu fiz", disse Clara. "E agora vou desfazer. Apenas considere a minha posição, querida. Como posso deixar que você conte o que sabe à polícia? Estou muito próxima de conseguir. Tudo que barra o meu caminho é... você. Levante-se querida. Para a sacada. Não me faça atirar."

Nora se levantou. Perdeu o equilíbrio. Os saltos pontudos de Clara eram altos demais para ela. Mal podia andar. Apoiada nas costas do sofá, depois numa poltrona, em seguida sobre uma mesa, ela se dirigiu para as portas francesas abertas que levavam à sacada.

"Isso mesmo", disse Clara. "Só um pouco mais."

Nora deu um passo para a sacada e tropeçou. Agarrou-se na grade e se ergueu, de frente para a cidade. A onze andares de altura, soprava uma forte brisa. Nora sentiu a brisa refrescante na testa e nas maçãs do rosto. "Você me pôs nestes sapatos", ela disse, "para que fosse fácil me empurrar, não foi?"

"Não", respondeu Clara, "mas para que parecesse um acidente. Você não está acostumada a usar saltos. Não está acostumada ao brandy, que eles vão cheirar no seu vestido. Um acidente terrível. Não quero empurrá-la, querida. Não quer pular? Simplesmente deixe-se cair. Acho que você prefere."

Nora viu o relógio na torre do Metropolitan Life a uma milha para o sul. Era meia-noite. Ela viu o brilho forte da Broadway a oeste. "Ser ou não ser", ela sussurrou.

"Não ser, eu receio", disse Clara.

"Posso lhe perguntar uma coisa?"

"Não sei, querida. O quê?"

"Você me beijaria", perguntou Nora. "Somente uma vez, antes de eu morrer?"

Clara Banwell ponderou o pedido. "Está bem", ela disse.

Nora se virou, devagar, com os braços para trás, agarrada à grade, piscando para se livrar das lágrimas nos olhos azuis. Ergueu o queixo, discretamente. Clara, mantendo o revólver apontado para a cintura de Nora, tirou um fio de cabelo da boca de Nora. Nora fechou os olhos.

* * *

Debruçado sobre a pia do quarto de hotel, joguei água fria no rosto. Agora era claro para mim que Nora havia sido, na família dela, o alvo de um complexo de Édipo exatamente do tipo imagem-espelhada que eu acabara de conceber. Sem dúvida, a mãe tinha um ciúme mortífero dela. Mas o caso de Nora era mais complexo por causa dos Banwell. Freud tinha razão também quanto a isso: os Banwell haviam de certa forma se tornado a mãe e o pai substitutos de Nora. Banwell desejava Nora — complexo de Édipo invertido de novo —, mas Nora havia, aparentemente, desejado Clara. A coisa não se encaixava. Clara também não. A posição dela era a mais complexa de todas. Ela traíra Nora, como Freud tinha apontado, ganhando a confiança dela ao descrever as próprias experiências sexuais. Naturalmente, como Freud também sugerira, havia alguma coisa não exatamente pura no fato de Clara compartilhar esse segredo em particular com Nora. Mas, segundo o meu raciocínio, Clara deveria sentir ciúmes de Nora. Ela deveria odiá-la. Ela deveria querer...

Pulei da cama e saí correndo do quarto.

No instante em que os lábios das duas se encontraram, Nora agarrou a mão de Clara, a mão que segurava a arma. O revólver disparou. Nora não conseguiu arrancar a arma das mãos de Clara, mas desviou o cano de seu próprio corpo. A bala voou sobre a cidade.

Nora arranhou o rosto de Clara, tirou sangue acima e abaixo do olho. No instante em que Clara gritou de dor, Nora mordeu a mão de Clara — de novo a mão que segurava a arma — com toda a força. O revólver caiu no piso de concreto da sacada e deslizou para o quarto.

Clara atingiu Nora no rosto. Bateu de novo, em seguida puxou a garota pelos cabelos para a extremidade da sacada. Lá, ela curvou Nora de costas sobre a grade, fazendo com que os longos cabelos de Nora pendessem para a rua distante, embaixo delas.

Nora ergueu um sapato e o fez desabar com força sobre o pé de Clara. Um salto-agulha se enterrou no peito do pé desnudo de Clara, que soltou um grito aterrorizante e largou Nora, que se desvencilhou dela. Ela passou por Clara, atravessou a porta-balcão, mas caiu no chão, incapaz de correr sobre os saltos de Clara. De quatro, ela seguiu adiante, rastejando na direção da arma. As pontas de seus dedos já tinham alcançado o cabo de madrepérola quando Clara a puxou para trás pelo vestido. Clara atirou Nora para o lado, pulou sobre ela, saltou para o meio do quarto e empunhou a pistola.

"Muito bem, minha cara", disse Clara, respirando com dificuldade. "Eu não fazia idéia de que você tinha essa força."

Elas foram interrompidas por um estrondo. A porta trancada se escancarou, com pedaços de madeira voando por todos os lados, e Stratham Younger irrompeu no quarto.

"Doutor Younger", disse Clara Banwell, parada no meio dos aposentos de Nora e apontando um pequeno revólver precisamente para o centro de meu corpo, "encantada em vê-lo. Por favor, feche a porta."

Nora estava caída no chão, alguns metros à frente. Percebi um arranhão na maçã de seu rosto, mas, graças a Deus, não havia sinal de sangue em lugar algum. "A senhorita está machucada?", perguntei-lhe.

Ela negou girando a cabeça.

Soltando a respiração que até então eu não percebera estar retendo, fechei a porta. "E a senhora Banwell", disse, "como está nesta noite?"

Os cantos da boca de Clara se curvaram discretamente para cima. Ela fora bem arranhada acima e abaixo de seu olho esquerdo. "Logo estarei melhor", ela disse. "Vá para a sacada, doutor."

Eu não dei um passo.

"Para a sacada, doutor", ela repetiu.

"Não, senhora Banwell."

"É mesmo?", devolveu Clara. "Devo atirar em você aí mesmo?"

"A senhora não pode", eu disse. "Eu dei o seu nome no térreo. Se a senhora me matar, vai ser enforcada por assassinato."

"O senhor está bem enganado", respondeu Clara. "Vão enforcar Nora, não a mim. Eu vou lhes dizer que ela o matou, e eles vão acreditar em mim. O senhor esqueceu? Ela é a psicopata. Foi ela que se queimou com um cigarro. Os próprios pais dela pensam assim."

"Senhora Banwell", eu disse, "a senhora não odeia Nora. Odeia o seu marido. Foi vítima dele durante sete anos. Nora foi vítima dele também. Não seja um instrumento dele."

Clara me encarou. Dei um passo na direção dela.

"Pare onde está", disse Clara, ríspida. "O senhor é um juiz de caráter surpreendentemente ruim para um psicólogo, doutor Younger. E muito crédulo. Acredita no que eu lhe disse. O senhor acredita em tudo que as mulheres lhe dizem? Ou acredita nelas apenas quando quer dormir com elas?"

"Eu não quero dormir com a senhora."

"Todo homem quer dormir comigo."

"Por favor, abaixe a arma", disse Younger. "A senhora está exausta. Tem todas as razões para isso, mas está voltando seu ódio para o lugar errado. O seu marido a espanca, senhora Banwell. Ele nunca consumou o casamento. Ele a fez... a obrigou a praticar atos..."

Clara riu. "Oh, pare. Você é cômico demais. Vai me deixar nauseada."

Não foi a risada em si, mas o tom condescendente que fez com que eu me detivesse.

"Ele nunca me obrigou a fazer nada", disse Clara. "Não sou vítima de ninguém, doutor. Na nossa noite de núpcias, eu lhe disse que ele jamais me possuiria. Eu, não ele. Foi muito fácil. Eu lhe disse que ele era o homem mais forte que eu conhecera. Eu lhe disse que faria coisas de que ele ia gostar ainda mais. E fiz. Disse que lhe arranjaria outras garotas, garotas jovens, com quem ele poderia fazer o que quisesse. E fiz. Disse que ele poderia me machucar, e que eu o faria feliz enquanto ele me machucasse. E fiz."

Nora e eu fitamos Clara em silêncio.

"E ele gostou", ela acrescentou, sorridente.

De novo, se fez silêncio. Por fim, rompi-o. "Por quê?"

"Porque eu o *conhecia*", disse Clara. "Os apetites dele são insaciáveis. Ele me queria, é claro, mas não somente a mim. Haveria outras. Muitas, muitas outras. O senhor acha que eu poderia consentir em ser uma entre muitas, doutor? Eu tive ódio dele desde o instante em que pus os olhos nele."

"Não foi Nora", falei, "quem criou o problema."

"*Foi* sim", rompeu Clara. "Ela destruiu tudo."

"Como?" Era Nora.

"Por *existir*", respondeu Clara sem disfarçar o veneno, evitando sequer olhar na direção de Nora. "Ele... ele se apaixonou por ela. Se apaixonou. Como um cão. Não um cão esperto. Um cão estúpido. Ela era mimada e ao mesmo tempo não era. Uma contradição encantadora. Tornou-se uma obsessão. De modo que eu tinha de conseguir o osso para o cão, não? Não havia como viver com um homem salivando daquela maneira."

"Foi por isso que concordou em ter um caso com o meu pai?", perguntou Nora.

"Eu não *concordei*", disse Clara com desprezo, dirigindo-se para mim, não para Nora. "A idéia foi minha. O homem mais fraco, mais entediante que já conheci. Se existe um paraíso para mulheres abnegadas, eu... mas ainda assim ela o arruinou. Ela rejeitou George. Ela de fato o rejeitou." Clara respirou fundo; por fim, o comportamento dela se suavizou de novo. "Tentei muitas coisas para curá-lo. Muitas coisas diferentes. Eu tentei de verdade."

"Elsie Sigel", falei.

Um discreto tremor no canto da boca denunciou a surpresa de Clara, mas ela não hesitou. "O senhor *tem* talento, doutor, na linha detetivesca. Já considerou trocar de carreira?"

"A senhora arranjou para o seu marido outra garota de família boa", continuei. "Pensou que ela o faria se esquecer de Nora."

"*Muito* bem. Eu não acredito que alguma mulher viva conseguiria, a não ser eu mesma. Mas, quando encontrei o chinês dela, eu a tinha nas mãos. Ela havia escrito cartas de amor para ele — para um chinês! Ele as vendeu para mim, e eu disse à pobre garota que era minha obrigação entregá-las ao pai dela, a não ser que ela me ajudasse. Mas o cão do meu marido não se interessou. Você devia tê-lo visto fazendo os movimentos. A mente dele estava", e agora Clara deu uma olhada em Nora, ainda prostrada, "em seu osso."

"A senhora a matou", eu falei. "Usando clorofórmio. O mesmo clorofórmio que deu a seu marido, para que ele o usasse em Nora."

Clara sorriu. "Eu disse que o senhor deveria ser detetive. Elsie simplesmente não conseguia calar a boca. E a voz dela era desagradável. Ela não me deu escolha. Ela teria contado tudo. Eu via nos olhos dela."

"Por que você simplesmente não matou *a mim?*", disparou Nora.

"Oh, eu pensei nisso, querida, mas não teria resolvido nada. Você não faz idéia do que foi ver o rosto do meu marido quando ele compreendeu que você, o amor da vida dele, fazia tudo ao seu pequeno alcance para arruiná-lo, para destruí-lo. Valia mais que todo o dinheiro dele. Bem, quase mais, e eu vou ficar com o dinheiro dele de qualquer maneira. Doutor Younger, acho que o senhor me fez falar bastante."

"A senhora não pode nos matar, senhora Banwell", falei. "Se nos encontrarem mortos, com tiros da sua arma, jamais acreditarão na sua inocência. Vai ser enforcada. Largue o revólver." Dei mais um passo à frente.

"Pare!", gritou Clara, voltando a arma para Nora. "O senhor é corajoso com a própria vida. Não vai ser tanto com a dela. Agora vá para a sacada."

Dei outro passo à frente — não para a sacada, mas na direção de Clara.

"Pare!", gritou Clara de novo. "O senhor está louco? Eu vou matá-la."

"A senhora vai atirar *nela*, senhora Banwell", respondi. "E vai errar. O que é isso, uma vinte e dois, semi-automática? Não acertaria uma porta de celeiro, a não ser que estivesse a meio metro dela. Eu estou a meio metro agora, senhora Banwell. Atire."

"Muito bem", disse Clara, e atirou em mim.

Tive a nítida, embora não descritível, impressão de ver uma bala emergir do cano do revólver de Clara, voar diretamente em minha direção e atravessar minha camisa branca. Senti uma pontada sob a costela esquerda mais baixa. Somente depois ouvi o estampido.

A arma recuou ligeiramente. Agarrei os pulsos de Clara. Ela lutou para se desvencilhar, mas não conseguiu. Empurrei-a na direção da sacada — eu caminhando para a frente, ela para trás, com a arma sobre nossas cabeças, apontada para o teto. Nora se levantou, mas eu sacudi a cabeça. Clara chutou uma enorme luminária de mesa na direção de Nora; ela se quebrou a seus pés, provocando uma chuva de vidro sobre suas pernas. Continuei a empurrar Clara para a sacada. Cruzamos a soleira. Forcei-a com rudeza contra a grade, sua arma ainda sobre nossas cabeças.

"É uma grande distância para baixo, senhora Banwell", sussurei no escuro, hesitante, enquanto a bala ia abrindo caminho por minhas entranhas. "Largue a arma."

"O senhor não pode", ela disse, "não pode me matar."

"Não posso?"

"Não. Essa é a diferença entre nós."

De repente senti que meu estômago parecia ter um ferro em brasa em seu interior. Eu estava confiante em minha capacidade de evitar que ela prevalecesse sobre mim. Agora já não tinha mais tanta certeza. Percebi que minha força poderia me abandonar a qualquer momento. A queimação entre minhas costelas voltou novamente. Levantei Clara do chão cerca de uns trinta centímetros, sem nunca soltar seus pulsos, e a atirei com força contra a parede lateral da sacada. Detivemo-nos frente a frente, peito contra peito, com os braços e mãos enredados enre os torsos, as costas dela contra a parede, nossos olhos e bocas a apenas alguns centímetros de distância. Olhei para Clara, ela olhou para mim. O ódio faz algumas mulheres ficarem feias, outras, mais bonitas. Clara pertencia à última categoria.

Ela ainda tinha a posse da arma, com o dedo no gatilho, em algum lugar entre nossos corpos. "A senhora não sabe contra qual de nós a arma está apontada, não é?", perguntei, apertando-a com mais força contra a parede, obrigando-a a engasgar. "Quer saber? Está apontada contra a senhora. Contra o seu coração."

Eu podia sentir o sangue jorrar copiosamente da barra da minha camisa. Clara não disse nada, seus olhos fixos nos meus. Juntando forças, prossegui. "A senhora tem razão, eu posso estar blefando. Por que não aperta o gatilho para descobrir? É sua única chance. Mais um pouco e eu vou dominá-la. Vá em frente. Aperte o gatilho. Aperte, Clara."

Ela apertou. Houve uma explosão abafada. Os olhos dela se arregalaram. "Não", ela disse. O corpo dela se enrijeceu. Ela olhou para mim, sem piscar. "Não", repetiu. Em seguida sussurrou: "Minha vez".

Os olhos não chegaram a se fechar. O corpo dela amoleceu. Ela caiu, morta, no chão.

Era eu que segurava a arma agora. Voltei para o quarto. Tentei chegar até Nora, mas não fui capaz. Em vez disso, apertando os olhos, tropecei até o sofá. Ali me abaixei, segurando o estômago, o sangue jorrando entre meus dedos, uma grande mancha vermelha crescendo na camisa. Nora correu em minha direção.

"Saltos", ele disse. "Eu gosto de você de salto."

"Não morra", ela sussurrou.

Eu não disse nada.

"Por favor, não morra", ela implorou. "O senhor vai morrer?"

"Receio que sim, senhorita Acton", respondi. Voltei-me para o corpo de Clara, em seguida para a sacada, além da qual via algumas estrelas na noite distante. Desde que a Broadway havia sido iluminada, o brilho das estrelas se perdera sobre o centro da cidade. Por fim, olhei uma vez mais para os olhos azuis de Nora. "Mostre para mim", disse a ela.

"Mostrar o quê?"

"Eu não quero morrer sem saber."

Nora compreendeu. Girou o corpo e me mostrou as costas, como fizera no dia da nossa primeira sessão, no mesmo quarto. Imóvel no sofá, estendi uma mão — a mão limpa — e desabotoei a blusa dela. Quando a parte de trás do vestido se abriu, soltei as amarras do espartilho e separei as abas. Sob as tiras que se cruzavam, entre as escápulas e abaixo delas, vi várias lacerações causadas pelas chicotadas, em cicatrização. Toquei uma delas. Nora deu um grito, e depois o conteve.

"Bom", falei, erguendo-me do sofá. "Isso então está resolvido. Agora vamos chamar a polícia e um atendimento médico, não?"

"Mas", respondeu Nora, fitando-me estupefata, "o senhor disse que ia morrer."

"Eu vou", respondi. "Um dia. Mas não dessa picada de mosquito."

26.

No instante em que acordei, no final da manhã de sábado, uma enfermeira fez entrar dois visitantes: Abraham Brill e Sándor Ferenczi.

Brill e Ferenczi exibiam sorrisos abatidos. Procuraram disfarçá-los, perguntaram em voz alta como estava o "nosso herói", insitindo comigo para que eu lhes repetisse toda a história, embora ao final não conseguissem esconder a tristeza. Perguntei qual era o problema.

"Está tudo acabado", disse Brill. "Outra carta de Hall."

"Para você, na verdade", acrescentou Ferenczi.

"Que Brill leu, naturalmente", eu concluí.

"Por Deus, Younger", exclamou Brill, "no nosso entender você poderia estar morto."

"Tornando a minha correspondência pública."

A carta de Hall, revelou-se, continha boas e más notícias. Ele havia rejeitado o donativo à Clark. Não podia aceitar nenhuma soma, explicava, condicionada à renúncia da liberdade acadêmica da universidade. Entretanto, ele tinha mudado de idéia quanto às conferências de Freud. A não ser que recebesse de nós a certeza, até as quatro horas daquele dia, de que o *Times* não publicaria o artigo que ele tinha visto, as conferências seriam canceladas. Mostrava-se muito apologético. Freud naturalmente ganharia os honorários integrais prometidos a ele. Hall emitiria um comunicado afirmando que a saúde de Freud o impedia de falar. Além disso, em substituição, Hall escolheria a única pessoa que ele tinha certeza de que Freud gostaria de ver apresentando as conferências em seu lugar: Carl Jung.

Foi a última frase, imagino, que despertou mais ódio em Brill. "Se ao menos soubéssemos quem está por trás de tudo", ele disse. Eu quase ouvia os dentes dele rangendo.

Bateram à porta. Littlemore enfiou a cabeça por ela. Depois das apresentações, eu incitei Brill a descrever a situação para o detetive. Ele assim o fez, em todos os detalhes. O pior de tudo, concluiu Brill, era não saber quem era o inimigo. Quem estaria tão determinado a suprimir o livro de Freud e impedir as conferências dele em Worcester?

"Se querem o meu conselho", disse Littlemore, "deveríamos ter uma pequena conversa com o amigo de vocês, o doutor Smith Jelliffe."

"Jelliffe?", disse Brill. "Isso é ridículo. Ele é o meu editor. Ele só pode ganhar com o sucesso das conferências de Freud. Ele me pressiona para acelerar a tradução há meses."

"É uma maneira errada de pensar", respondeu Littlemore. "Não tente compreender tudo de uma vez. Esse Jelliffe recebe o manuscrito do seu livro, quando o devolve ele está cheio de coisas estranhas e ele diz que elas foram postas ali por um pastor que alugou a gráfica dele? É a história mais esquisita que já ouvi. Ele é o sujeito com quem devem falar primeiro."

Procuraram me impedir, mas eu me vesti para sair com eles. Se não fosse tão idiota, pediria ajuda para amarrar os meus sapatos. Quase rompi meus pontos ao fazê-lo. Antes de ir atrás de Jelliffe, demos uma parada no apartamento de Brill. Havia uma prova que Littlemore queria que levássemos conosco.

Littlemore acenou para um guarda no lobby do Balmoral. A polícia vinha passando um pente-fino no apartamento agora vazio dos Banwell durante toda a manhã. Já popular entre os homens de uniforme, Littlemore havia de súbito se tornado uma figura de maior prestígio. A notícia da captura de Banwell e de Hugel se espalhara pela corporação.

Smith Ely Jelliffe abriu a porta de pijamas e com uma toalha molhada na cabeça. A visão dos drs. Younger, Brill e Ferenczi o espantou, mas a surpresa se transformou em sobressalto quando ele viu seu algoz, o detetive da noite anterior, seguindo-os animado.

"Eu não sabia", disse Jelliffe, apressado, para Littlemore. "Eu não sabia de nada antes do senhor sair. Ele esteve na cidade por apenas algumas horas. Não houve nenhuma espécie de incidente, eu juro. Ele já está de volta ao hospital. Pode ligar lá. Não vai acontecer de novo."

"Vocês se conhecem?", perguntou Brill.

Littlemore interrogou Jelliffe sobre Harry Thaw durante vários minutos, para assombro generalizado dos demais. Quando o detetive se deu por satisfeito, perguntou a Jelliffe por que ele enviara ameaças anônimas para Brill, por que queimara o manuscrito, descarregara cinzas no apartamento dele e difamara Freud no jornal.

Jelliffe jurou inocência. Professou ignorância quanto a qualquer queima de livros ou ameaças.

"Ah é?", disse Littlemore. "Então quem pôs aquelas páginas no manuscrito, as páginas com as coisas bíblicas?"

"Eu não sei", disse Jelliffe. "Deve ter sido aquela gente da igreja."

"Com certeza", disse Littlemore. Ele mostrou a Jelliffe a prova pela qual nos fez parar a caminho de lá — a folha de papel do manuscrito de Brill que trazia não só um verso de Jeremias mas uma pequena imagem gravada de um homem carrancudo, de barba e turbante — e prosseguiu. "Então como isso foi parar lá? Não me parece muito religioso."

Jelliffe ficou boquiaberto.

"O que é isso?", perguntou Brill. "Você reconhece?"

"O Charaka", disse Jelliffe.

"O quê?", perguntou Littlemore.

"Charaka é um antigo médico hindu", respondeu Ferenczi. "Eu disse hindu. Vocês se lembram de que eu disse hindu?"

Younger falou. "O Triunvirato."

"Não", disse Brill.

"Sim", reconheceu Jelliffe.

"O quê?", perguntou Ferenczi.

Younger se dirigiu a Brill. "Devíamos ter percebido desde o começo. Quem em Nova York está não apenas no comitê editorial do periódico de Morton Prince, com acesso a tudo que Prince vai publicar, mas também é capaz de conseguir que alguém seja preso em Boston com um estalar de dedos?"

"Dana", disse Brill.

"E a família que ofereceu o donativo para a Clark? Hall nos disse que um deles era um médico que conhecia a psicanálise. Existe apenas uma família no país, rica o suficiente para sustentar um hospital inteiro e que também pode se vangloriar de ter um neurologista de fama mundial entre seus membros."

"Bernard Sachs!", exclamou Brill. "E o médico anônimo do *Times* é Starr. Eu devia ter reconhecido o fanfarrão pomposo no instante em que li a matéria. Starr se vangloria o tempo todo de

450

ter estudado no laboratório de Charcot décadas atrás. Ele pode de fato ter se encontrado com Freud lá."

"Quem?", perguntou Ferenczi. "O que é Triunvirato?"

Alternadamente, Younger e Brill explicaram. Os homens que acabavam de nomear — Charles Loomis Dana, Bernard Sachs e M. Allen Starr — eram os três neurologistas mais poderosos do país. Em conjunto, eram conhecidos como o Triunvirato de Nova York. Deviam o prestígio e o poder extraordinário a uma combinação de sucesso, pedigree e dinheiro. Dana era o autor do pricipal texto da nação sobre "doenças nervosas" do adulto. Sachs tinha uma reputação mundial — em especial pelo trabalho sobre uma doença primeiro descrita pelo inglês Warren Tay — e escrevera o primeiro livro sobre os distúrbios nervosos da criança. Naturalmente, os Sachs não eram equivalentes sociais dos Dana, muito melhores; afinal, os Sachs não podiam participar da sociedade por conta da religião inapropriada. Mas eram mais ricos. O irmão de Bernard Sachs havia se casado com uma Goldman; o banco particular fundado como resultado dessa aliança estava a caminho de se tornar um bastião da Wall Street. Starr, professor da Columbia, era o menos bem-sucedido dos três.

"Ele é vazio", disse Brill, referindo-se a Starr. "Um boneco de Dana."

"Mas por que eles procurariam arruinar Freud?", perguntou Ferenczi.

"Porque são neurologistas", respondeu Brill. "Freud os aterroriza."

"Não estou entendendo."

"Eles pertencem à escola somática", disse Younger. "Acreditam que todas as doenças nervosas resultam de um distúrbio neurológico, não de causas psicológicas. Não acreditam no trauma na infância; não acreditam que a repressão sexual cause doença mental. A psicanálise é anátema para eles. Chamam-na de culto."

"Por discordância científica", perguntou Ferenczi, "eles seriam capazes dessas coisas — de queimar manuscritos, fazer ameaças, espalhar falsas acusações?"

"A ciência não tem nada com isso", respondeu Brill. "Os neurologistas controlam tudo. São os 'especialistas dos nervos', os entendidos em 'problemas nervosos'. Todas as mulheres os procuram pela histeria, pelas palpitações, pelas ansiedades, frustrações. A clínica vale milhões e mais milhões para eles. Têm razão de ver o demônio em nós. Vamos acabar com o negócio deles. Ninguém vai consultar um especialista em nervos quando se der conta de que as doenças psicológicas são causadas pela psicologia, não pela neurologia."

"Dana estava em sua recepção, Jelliffe", prosseguiu Younger. "Nunca vi alguém tão hostil a Freud. Ele sabia do livro de Brill?"

"Sim", respondeu Jelliffe, "mas não o queimaria. Ele o aprovava. Encorajou-me a publicá-lo. Chegou a encontrar um editor que me ajudaria a preparar a prova."

"Um editor", perguntou Younger. "Esse editor alguma vez tirou o manuscrito do seu escritório?"

"Certamente", respondeu Jelliffe. "Ele o levou para casa muitas vezes para trabalhar nele."

"Bem, agora sabemos", disse Brill. "O maldito."

"E que história é essa de Charaka?", perguntou Littlemore.

"É o clube deles", respondeu Jelliffe. "Um dos mais exclusivos da cidade. Quase ninguém pode entrar. Os sócios usam um anel de sinete com uma efígie. É a efígie que está na página."

"É uma cabala", disse Brill. "Uma sociedade secreta."

"Mas são cientistas", protestou Ferenczi. "Eles queimariam um manuscrito e espalhariam cinzas no apartamento de Brill?"

452

"Eles provavelmente queimam incenso e também sacrificam virgens", respondeu Brill.

"A questão é saber se eles são responsáveis pela história sobre Jung no *Times*", disse Younger. "É isso que precisamos saber."

"São?", Littlemore perguntou a Jelliffe.

"Bem, eu... pode ser que os tenha ouvido falar sobre isso uma vez", disse Jelliffe. "E eles organizaram a conferência de Jung na Fordham."

"É claro", disse Brill. "Estão lançando Jung para derrubar Freud. E Hall está caindo na armadilha. O que vamos fazer? Não podemos lutar contra Charles Dana."

"Eu não tenho certeza disso", respondeu Littlemore. Ele se voltou para Jelliffe de novo. "O senhor falou de um Dana ontem de noite, não foi? É a mesma pessoa."

Jelliffe assentiu.

O criado à porta da casa pequena, mas elegante, na rua 53 com a Quinta Avenida nos informou que o dr. Dana não estava em casa. "Diga-lhe que um detetive quer lhe fazer algumas perguntas sobre Harry Thaw", respondeu Littlemore. "E mencione que eu acabo de vir do apartamento de Smith Jelliffe. Talvez ele esteja em casa quando ouvir isso."

A conselho do detetive, apenas Littlemore e eu fomos à casa de Charles Dana; Brill e Ferenczi voltaram ao hotel. Um minuto depois, fomos convidados a entrar.

A casa de Dana não tinha nada do luxo do apartamento de Jelliffe ou das outras residências recentemente erguidas na Quinta Avenida — inclusive as de alguns conhecidos meus. A casa de Dana, de tijolos vermelhos, era uma beleza. A mobília era bonita sem ser pesada. Quando Littlemore e eu entramos no vestíbulo, vimos Dana sair de uma biblioteca escura e lotada de livros. Ele fechou as portas atrás de si e nos cumprimentou. Surpreendeu-se ao me ver, imagino, mas reagiu com uma presença de espírito impecável. Perguntou sobre a minha tia Mamie, sobre alguns de seus primos. Não fez nenhuma pergunta quanto à razão pela qual eu acompanhava Littlemore. O encanto do homem era de impressionar. Aparentava a idade que tinha — sessenta, me parecia —, mas os anos lhe caíam bem. Levou-nos a outra sala onde, acredito, tratava de negócios e atendia os pacientes.

A nossa conversa com Dana foi breve. O tom de Littlemore mudou. Com Jelliffe ele tinha sido intimidador. Fizera acusações e desafiara Jelliffe a negá-las. Com Dana ele foi bem mais cuidadoso — sempre dando a entender, entretanto, que sabíamos de alguma coisa que Dana não desejaria que soubéssemos.

Dana não exibiu nada do servilismo de Jelliffe. Reconheceu que Thaw usara seus serviços em conexão com o julgamento, mas ressaltou que seu papel, diferente de Jelliffe, havia sido apenas de aconselhamento. Ele não dera nenhum parecer sobre a condição mental de Thaw, em momento algum, no passado ou no presente.

"O senhor emitiu algum parecer sobre a vinda de Thaw a Nova York no fim de semana passado?", perguntou Littlemore.

"O senhor Thaw esteve em Nova York no fim de semana passado?", respondeu Dana.

"Jelliffe disse que a decisão foi sua."

"Eu não sou o médico do senhor Thaw, detetive, e sim Jellife. Eu rompi a minha relação profissonal com o senhor Thaw no ano passado, como os registros públicos podem demonstrar. Vez ou outra o doutor Jelliffe me pedia uma opinião, e eu lhe oferecia o que podia. Não sei nada sobre as últimas decisões terapêuticas de Jelliffe, e certamente não se pode afirmar que eu as teria tomado."

"Razoável", disse Littlemore. "Suponho que poderia prendê-lo por conspirar na fuga de um prisioneiro do Estado, mas parece que não conseguiria condená-lo."

"Duvido muito", disse Dana. "Mas eu provavelmente conseguiria a sua demissão se o senhor tentasse."

"E eu poderia supor", disse Littlemore "que o senhor também não teve nenhuma participação no roubo de um manuscrito, na queima dele, e na dispersão das cinzas no apartamento do doutor Abraham Brill?"

Pela primeira vez, Dana pareceu surpreso.

"Belo anel o senhor tem, doutor Dana", Littlemore prosseguiu.

Eu não havia notado que na mão direita de Dana havia um anel de sinete. Ninguém disse nada. Dana entrelaçou os longos dedos — sem, entretanto, esconder o anel — e se reclinou na cadeira. "O que quer dizer, senhor Littlemore?", ele perguntou. Voltou-se para mim. "Ou quem sabe eu deveria fazer a pergunta ao senhor, doutor Younger?"

Limpei a garganta. "Trata-se de uma trama de mentiras", eu disse. "As acusações que o senhor fez contra o doutor Freud. Cada uma delas é falsa."

"Suponhamos que eu saiba sobre o que estão falando", respondeu Dana. "Eu lhes pergunto de novo. O que vocês querem?"

"São três e meia", respondi. "Em meia hora, eu vou telegrafar para G. Stanley Hall em Worcester. E vou dizer que certa história não vai ser publicada no New York Times amanhã. Quero que o meu telegrama seja verdadeiro."

Dana ficou sentado em silêncio, sustentando o meu olhar. "Deixe que eu lhe diga uma coisa", ele disse por fim. "O problema é o seguinte. O nosso conhecimento sobre o cérebro humano é incompleto. Não temos medicamentos para mudar a maneira de pensar das pessoas. Para curar os delírios. Para aliviar os desejos sexuais e ao mesmo tempo evitar que superpovoem o mundo. Para fazê-los felizes. Tudo é neurologia, você sabe. Tem de ser. A psicanálise vai nos fazer recuar cem anos. Sua licensiosidade vai agradar as massas. Sua lascívia vai atrair as mentes científicas jovens e também algumas mais velhas. Vai transformar as massas em exibicionistas e os médicos em místicos. Mas um dia as pessoas vão despertar para o fato de que é tudo a roupa nova do imperador. Mais cedo ou mais tarde vamos descobrir drogas que mudam o modo como as pessoas pensam. Para controlar a maneira com se sentem. A questão é apenas se, nessa hora, ainda teremos um senso de vergonha suficiente para nos constranger com o fato de que todos andam por aí despidos. Mande o seu telegrama, doutor Younger. Será verdadeiro — por ora."

Ao deixar a casa de Dana, Littlemore me levou para o outro lado da cidade. "Então, doutor", ele disse, "eu sei como o senhor se sente em relação a Nora e tudo o mais, mas o senhor não está... quero dizer, por que ela o faria?"

"Por Clara", respondi.

Littlemore balançou a cabeça. "Todos fizeram tudo por Clara."

"Ela arranjava garotas para Banwell", eu disse.

"Eu sei", respondeu Littlemore.

"Você sabe?"

"Ontem à noite", ele disse, "Nora contou para mim e para Betty sobre o trabalho que ela e Clara realizavam com famílias imigrantes no centro, e a coisa me pareceu estranha, se é que sabe o que quero dizer, especialmente depois de tudo que tinha ouvido. Assim, consegui alguns nomes e endereços de Nora e os conferi hoje de manhã. Encontrei algumas das famílias que Clara tinha 'ajudado'. A maioria delas não queria falar, mas por fim eu entendi a história. Não é nada bonita, eu lhe garanto. Clara encontrava garotas sem pais, às vezes sem pai nem mãe. Garotas verdadeiramente jovens — de treze, catorze, quinze anos. Ela pagava a quem quer que estivesse cuidando delas e as levava para Banwell."

Littlemore continuou a dirigir sem falar.

"Você descobriu", perguntei, "como a passagem para o quarto de Nora apareceu?"

"Sim. Banwell nos contou a história dele hoje também", disse o detetive. "Ele põe toda a culpa em Clara. Nunca suspeitou que ela estivesse contra ele — até ontem. Três ou quatro anos atrás, os Acton o contrataram para reconstruir a casa de Gramercy Park. Foi quando eles se encontraram."

"E Banwell ficou obcecado por Nora", eu disse.

"Parece que sim. Ela tinha... quanto, catorze anos à época, mas ele precisava possuí-la. Pois então ouça: os rapazes dele trabalhavam na casa e encontraram uma passagem antiga entre um dos quartos do segundo andar e o jardim dos fundos. Aparentemente, os Acton não sabiam dela. Mas estavam fora da cidade e Banwell nunca contou nada. Ele fez com que a passagem fosse refeita para que ele pudesse ter acesso a ela pelo beco dos fundos sem entrar na propriedade dos Acton. E ele desenhou a casa de modo que o quarto do segundo andar se tornou o novo dormitório de Nora. Eu lhe perguntei se o plano era que ele fosse ao quarto de Nora numa noite e a violentasse. Quer saber? Ele riu na minha cara. Segundo disse, ele jamais violentou ninguém. Todas elas o desejavam. Com Nora, ele imaginou que a seduziria e precisaria de um modo de entrar e sair de seu quarto sem que os pais soubessem. Mas acho que Nora não se deixou seduzir."

"Ela o rejeitou", eu disse.

"Foi o que ele nos disse. Jura que nunca tocou nela. Nunca usou a passagem secreta até esta semana. O senhor sabe, eu acho que a coisa o perturbou de verdade. Talvez nenhuma garota o tivesse rejeitado antes."

"Pode ser", eu disse. "Talvez ele estivesse apaixonado por ela."

"O senhor acha?"

"Eu acho. E Clara decidiu conseguir Nora para ele."

"Como ela faria isso?", perguntou Littlemore.

"Eu acho que ela fez Nora se apaixonar por *ela*."

"O quê?", ele disse.

Eu não respondi.

"Não sei nada sobre *isso*", continuou Littlemore, "mas posso dizer o seguinte. Banwell diz que fazer com que Nora representasse Elizabeth Riverford no Balmoral foi idéia de Clara. Quando construiu o Balmoral, ele abriu outra passagem — teve a idéia a partir da casa dos Acton —, dessa vez ligada a seu próprio escritório. O apartamento para onde ele levaria seria seu ninho de amor. Ele o mobiliou exatamente como queria: uma grande cama de metal, lençóis de seda, as geringonças. Encheu o armário de lingeries e peles. Guardou lá um par de ternos também. Porém, há pouco tempo, se podemos acreditar em Banwell, Clara lhe disse que Nora finalmente dissera sim. A idéia era que Nora alugasse o apartamento no Balmoral sob um nome falso, e ela subiria para vê-lo sempre que pudesse. Não sei quanto isso tem de verdade. Eu não quis inquirir Nora sobre isso."

Eu sabia. Nora tinha me contado a história toda na noite anterior, enquanto esperávamos a polícia.

Certo dia, em julho, Clara, chorosa, contara a Nora que o casamento não era o que parecia ser e que ela não suportava mais. George a chicoteava e violentava quase todas as noites. Ela sa-

458

bia que devia tudo a George, mas temia pela própria vida; não podia deixá-lo, porque ele a mataria se o fizesse.

Nora ficou horrorizada, mas Clara disse que não havia nada que alguém pudesse fazer. Uma única coisa poderia salvá-la, mas era impossível. Clara conhecia um homem de alta patente na polícia. Ele se mostrou ser Hugel, o legista; Clara o encontrara quando ela e Nora "ajudavam" uma família de imigrantes cuja filha havia morrido. Segundo Clara, ela expôs a situação para ele. Hugel se compadeceu dela, mas disse que a lei era impotente, porque um marido tinha o direito legal de violentar a esposa sempre que desejasse. Quando, porém, Clara acrescentou que George violentava outras garotas também — cujas famílias ele comprava em troca de silêncio, e que ao menos uma delas havia sido morta —, o legista supostamente ficou furioso. Ele decidiu que havia apenas uma coisa a ser feita: encenar um assassinato.

Uma garota deveria ser encontrada aparentemente morta no apartamento que George mantinha para as amantes. Deveria parecer que ela teria morrido por suas mãos. Isso seria possível, porque ele próprio (o legista) ministraria uma droga cataléptica e ele mesmo faria o exame médico. Uma prova deixada na cena identificaria Banwell como o autor do crime. Clara fez Nora acreditar que o plano todo teria sido concebido pelo legista.

Nora se lembra de ter ficado chocada com a audácia do plano. Perguntou a Clara se ela de fato o achava viável.

Não, disse Clara. Ela jamais poderia pedir que alguém representasse o papel de amante e vítima de Banwell. Ela (Clara) tinha simplesmente de suportar sua sina.

Foi aí que Nora disse que o faria.

Clara reagiu como se estivesse chocada. Absolutamente não, ela respondeu. A garota que faria o papel de vítima deveria permitir que Clara a ferisse. Nora perguntou a Clara se com ferir ela queria dizer violentar. Não, Clara dissera, claro que não, mas a vítima deveria se deixar ser amarrada, com uma corda em volta do pescoço, como se tivesse sido estrangulada. E talvez devesse haver também marcas nas costas, deixadas por um chicote. Nora reiterou que o faria, e sentiu que ao insistir vencia a resistência de Clara. Por fim, Clara cedeu, e elas seguiram adiante com a trama. Nora não tem certeza do que aconteceu no Balmoral no domingo à noite. Isso se deve sem dúvida ao efeito da droga cataléptica do legista. Nora se lembra de Clara lhe dizendo para que não gritasse, e se lembra de que a toda hora se esquecia do nome falso. O restante, porém, é indistinto. Ela não seria muito machucada, mas Clara deve tê-la chicoteado com selvageria. Expliquei isso tudo para Littlemore.

"Eu sei o que aconteceu depois", ele disse. "Quando Nora acordou na segunda de manhã, ela estava no necrotério, com Hugel. Ele contou a ela a má notícia: a gravata que ele deveria ter encontrado na cena do crime, a gravata de seda com o monograma de Banwell, que provaria sua culpa, não estava lá. Banwell usara a passagem naquela manhã, assim que soube do 'assassinato'. Tinha de tirar suas roupas de lá, para que não o ligássemos à senhorita Riverford. Quando vira a gravata junto dela, ele a levara também."

"Mas Banwell estava fora da cidade naquela noite, com o prefeito", eu disse. "Hugel não sabia?"

"Nenhum deles sabia. Banwell deveria, supostamente, jantar na cidade no domingo. Era o que Clara pensava. O compromisso de Banwell com o prefeito em Saranac surgiu no último minuto. Tudo às pressas. Não havia maneira de Clara saber, porque não há telefone na casa de campo dos Banwell. De modo que Clara veio de Tarry Town às escondidas naquela noite, fez o que tinha de fazer com Nora por volta das nove e voltou. Pediu a Hugel que situasse a hora da morte entre a meia-noite e as duas, pois Banwell deveria estar em casa a essa hora."

"Mas Banwell viu a gravata lá na manhã seguinte e a levou embora antes da chegada de Hugel."

"Certo. Sem a gravata, Hugel estava em apuros. Não tinha como alcançar Clara. Assim, ele decidiu que teria de encenar outro ataque falso, desta vez na casa de Nora, onde deixaria outra prova. Ele precisava incriminar Banwell, não? Era o compromisso assumido com Clara. Ela lhe dera dez mil dólares adiantados e daria outros trinta mil se Banwell fosse condenado. Porém, alguma coisa deu errado também da segunda vez, eu não sei o quê. Hugel se calou."

Pude, uma vez mais, preencher as lacunas. Nora havia concordado com o segundo ataque porque ao mesmo tempo achava que salvava Clara e porque não sabia como explicar de outra forma as marcas e ferimentos com que acordara — lesões que jamais deveria ter sofrido. No segundo "ataque", o legista simplesmente a amarraria e a deixaria lá; o corpo dela, machucado da noite anterior, pareceria ter sido brutalmente agredido. Não haveria novo chicoteamento, ela não seria ferida de novo de modo algum. E não foi. (Por essa razão ela não conseguiu responder às minhas perguntas ontem. Perguntei a ela se algum *homem* a chicoteara. Ela teve medo de me contar a verdade, porque Clara tinha jurado que Banwell a mataria — a Clara — se descobrisse.) Mas, quando o legista amarrou Nora, ele já estava perturbado. Ficou olhando o corpo dela quase nu. Transpirava e parecia sentir dificuldade para engolir, Nora disse. Ele nunca a ameaçou, nem a molestou. Mas não parava de ajustar a corda nos pulsos dela. Não ia embora. Em seguida, ele se esfregou nela.

"O seu legista aparentemente perdeu o controle", eu disse, sem entrar em detalhes. "Nora gritou."

"E Hugel entrou em pânico, não foi?", disse Littlemore.

"Saiu correndo pelos fundos. Tinha a presilha de gravata de Banwell, pretendia deixá-la no quarto. Mas estava tão apavorado que esqueceu. Assim, ele a atirou no jardim, imaginando que a encontraríamos quando examinássemos o terreno."

Depois que o legista fugiu, Nora não sabia o que fazer. O grito dela trouxe o sr. e a sra. Biggs imediatamente para dentro da casa. O legista deveria tê-la deixado inconsciente, mas ele fugira sem lhe administrar o narcótico. Perdida, Nora fez de conta que não conseguia falar ou lembrar de nada do que acontecera. Teve a idéia a partir da perda real da voz três anos antes e da amnésia real — embora bastante limitada — da noite anterior.

"Por que Banwell levou o baú para o rio?", perguntei a Littlemore.

"O sujeito estava numa encrenca", disse Littlemore. "Pense bem. Se nos deixasse examinar todas as coisas em seu apartamento, ele sabia que o encontraríamos e o apanharíamos pelo assassinato. Mas ele não podia simplesmente nos dizer que Elizabeth era Nora. Ainda que acreditássemos nele, estaria com um enorme escândalo nas mãos, e provavelmente seria preso por corromper uma menor de idade. Assim, ele disse ao prefeito que enviaria as coisas da senhorita Riverford de volta para Chicago. Ele as enfiou num baú e o desceu no caixão. Imaginou que fosse o lugar perfeito — até o encontro com Malley."

"Ele quase nos enganou", eu disse.

"Com Malley?"

"Não. Quando ele... quando ele queimou Nora." A idéia me fez sentir que eu havia matado o Banwell errado.

"Sim", disse Littlemore. "Ele queria que nós pensássemos que Nora estava louca e fizera tudo por si mesma. Ele achava que podia se sair bem, ser inocentado. Não importava o que Nora diria, ninguém acreditaria nela."

"O que fez com que ele voltasse ontem à noite para matá-la?", perguntei.

"Nora mandou uma carta para Clara", ele respondeu. "A carta dizia que ela ia contar para a polícia tudo que Banwell fizera a Clara e às outras garotas, as garotas imigrantes. Aparentemente, Banwell viu a carta."

"Eu me pergunto se Clara não deixou que ele a visse", eu disse.

"Talvez. Seja como for, Banwell decidiu que não tinha alternativa a não ser matá-la. Mas nisso Hugel fez uma visita aos Banwell. Ele devia estar desesperado. Disse que esperava achar uma saída com Clara; eu acho que ele só queria vê-la, porque ela era a única que sabia o que estava acontecendo. De qualquer modo, Banwell estava em casa quando Hugel chegou lá, e por fim Banwell começou a juntar as coisas. Trancou Clara em um armário, e naquela noite ele foi para o centro, para a casa dos Acton. Mas nisso eu me deparei com a passagem secreta no Balmoral e acabei dando de cara com o escritório de Banwell. Amigo, a Clara foi esperta. Ela me disse que o marido ia matar Nora, mas fez parecer que eu arrancara a coisa dela. Eu não acho que àquela altura ela sabia que Nora não estava em casa. Como Clara descobriu que Nora estava no hotel?"

"Nora ligou para ela", eu disse.

"Deve ter sido logo depois que eu saí."

"E o chinês?", perguntei.

"Leon? Nunca vão encontrá-lo", respondeu Littlemore. "Eu tive uma longa conversa hoje com o outro, o senhor Chong. Parece que o primo Leon o procurou há um mês, disse que havia um sujeito rico que lhes pagaria para que o livrassem de um baú. Naquela noite, os dois foram até o Balmoral e levaram o baú para o quarto de Leon de táxi. No dia seguinte, Leon faz as malas. Onde você vai?, pergunta Chong. Washington, diz Leon, e depois de volta para a China. Chong fica nervoso. O que há no baú? Ele pergunta. Olhe você mesmo, diz Leon. Assim, Chong o abre e vê uma das namoradas de Leon morta dentro dele. Chong fica perturbado; diz que a polícia ia achar que Leon a tinha matado. Leon ri e diz que é exatamente isso que a polícia deve pensar. Leon também diz a Chong para aparecer no Balmoral no dia seguinte e ganhará um ótimo emprego. Chong fica revoltado. Ele imagina que Leon recebeu muito; de outra maneira não voltaria para a China. Assim, por ser chinês, Chong pede dois empregos como recompensa, não um, e Leon os arranja para ele."

Chegamos ao hotel, cada um imerso nos próprios pensamentos.

Littlemore disse: "Falta só uma coisa. Por que Clara trabalhou tanto para aproximar Nora de Banwell se Clara tinha tanto ciúme dela? E depois ela odiou Nora por isso? Não faz sentido".

"Oh, eu não sei", respondi, enquanto descia do carro. "Algumas pessoas sentem necessidade de provocar o que mais as atormenta."

"De verdade?"

"Sim."

"Por quê?", perguntou Littlemore.

"Não faço idéia, detetive. É um mistério sem solução."

"Isso me faz lembrar: não sou mais um detetive", ele disse. "O prefeito me promoveu a tenente."

Uma chuva torrencial despencava sobre o nosso grupo — Freud, um Jung visivelmente desconfortável, Brill, Ferenczi, Jones e eu — na baía South Street no sábado à noite. Enquanto a bagagem deles era carregada no barco noturno de Nova York para Fall River, Freud me chamou de lado.

"Você não vem conosco?", ele disse, do casulo de seu guarda-chuva para o casulo do meu.

"Não, senhor. O cirurgião recomendou que eu não viajasse por um ou dois dias."

"Entendo", ele respondeu cético. "E Nora vai ficar aqui, em Nova York, naturalmente."

"Sim", eu disse.

"Mas há alguma coisa mais, não?" Freud cofiava a barba. Preferi mudar de assunto. "Como estão as coisas com o doutor Jung, senhor, se posso perguntar?" Eu sabia — e Freud sabia que eu sabia — da cena extraordinária entre ele e Jung que tivera lugar na outra noite.

"Melhores", respondeu Freud. "Você sabe, eu acho que ele sentia ciúmes de você."

"De mim?"

"Sim", disse Freud. "Por fim me veio a idéia de que ele tomou a minha indicação para que você analisasse Nora como uma traição. Quando expliquei a ele que eu o indiquei porque mora aqui, as coisas entre nós melhoraram imediatamente." Ele olhou para a chuva. "Entretanto, não vão durar. Não por muito tempo."

"Eu não entendo a senhora Banwell, doutor Freud", eu disse.

"Eu não compreendo os sentimentos dela pela senhorita Acton."

Freud refletiu. "Bem, Younger, você resolveu o mistério. Notável."

"Foi o senhor que o resolveu. O senhor me alertou na noite anterior de que todos orbitavam em torno da senhora Banwell e de que a amizade de Clara com a senhorita Acton não era totalmente inocente. Eu realmente não compreendo a senhora Banwell, doutor Freud. Eu não consigo entender o que *a* movia."

"Se tivesse de pensar numa hipótese", disse Freud, "eu diria que Nora era para a senhora Banwell um espelho em que ela se via como era há dez anos — e em que ela via, portanto, em contraste, no que havia se transformado. Isso certamente justificaria o desejo de corromper Nora e de feri-la. Você deve ter em mente os anos de castigo que ela suportou como objeto condescendente de um sádico."

"E apesar disso ela ficou com ele." "Não podia ser apenas o dinheiro que a mantinha junto de Banwell. "Ela era uma masoquista?"

"Isso não existe, Younger, não numa forma pura. Todo masoquista é também um sádico. Nos homens, de qualquer modo, o masoquismo nunca é primário — é sadismo voltado contra a própria pessoa —, e a senhora Banwell sem dúvida tinha um forte lado masculino. Ela podia estar planejando a destruição do marido havia algum tempo."

Eu tinha mais uma pergunta. Não sabia ao certo se devia formulá-la; parecia elementar e ignorante. Mas decidi ir em frente. "A homossexualidade é uma patologia, doutor Freud?"

"Você está se perguntando se Nora é homossexual?", ele disse.

"Sou transparente assim?"

"Nenhum homem consegue guardar um segredo", respondeu Freud. "Se os lábios silenciam, ele tagarela com as pontas dos dedos."

Resisti ao impulso de olhar para os meus dedos.

"Você não precisa olhar para os dedos", ele prosseguiu. "Você não é transparente. Quanto a você, meu rapaz, eu simplesmente me pergunto como me sentiria em seu lugar. Mas vou responder à pergunta. A homossexualidade certamente não é uma vantagem, mas não pode ser classificada como doença. Não é vergonha, não é vício, não é degradação de modo algum. Nas mulheres, em especial, pode existir um narcisismo primário, um amor-próprio, que volta o desejo para outras do mesmo sexo. Eu não diria que Nora é homossexual, preferiria dizer que foi seduzida. Porém, eu deveria ter visto o amor dela pela senhora Ban-

466

well de imediato. Era claramente a vertente inconsciente mais poderosa de sua vida mental. "Você me falou no primeiro dia da afeição com que ela se referiu à senhora Banwell, quando naturalmente ela deveria sentir um ciúme feroz da mulher comprometida numa relação sexual com o pai — um ato que ela própria desejaria consumar com ele. Somente um desejo forte pela senhora Banwell permitiria que ela reprimisse aquele ciúme."

Obviamente, eu não podia concordar por inteiro com a observação. Apenas assenti em resposta.

"Você não concorda?", ele perguntou.

"Não creio que Nora sentisse ciúmes de Clara", eu disse, "não nesse sentido."

"Freud ergueu as sobrancelhas. Você não pode não acreditar nisso a não ser que rejeite o Édipo."

De novo, eu não disse nada.

"Ah", disse Freud. E ele repetiu: "Ah". Respirou profundamente, suspirou, e me examinou de perto. "É por isso que você não vem para a Clark conosco."

Considerei levantar a minha reinterpretação do complexo de Édipo. Eu teria gostado: gostaria ainda mais de discutir *Hamlet* com ele. Mas descobri que não podia. Sabia do quanto ele tinha sofrido com a aparente dissidência de Jung. Haveria outras oportunidades. Disse que estaria em Worcester na terça-feira de manhã, a tempo para a primeira conferência.

"Neste caso", devolveu Freud, "deixe-me levantar uma possibilidade com você antes de eu ir embora. Você não é o primeiro a rejeitar o complexo de Édipo. Não será o último. Porém você pode ter uma razão especial para fazê-lo, associada à minha pessoa. Você me admirou de longe, meu rapaz. Existe sempre uma espécie de amor filial nessas relações. Agora, ao ter me encontrado em carne e osso, e ao ter tido a oportunidade de completar a catexia, você sente receio. Você tem medo que eu me afaste de você, como fez o seu pai real. Assim, você adia a minha saída esperada ao negar o complexo de Édipo."

A chuva martelava. Freud olhou para mim com olhos bondosos, nada zangados. "Alguém lhe disse", eu falei, "que o meu pai se suicidou?"

"Sim."

"Mas não é verdade."

"Oh?", perguntou Freud.

"Eu o matei."

"O quê?"

"Foi a única maneira", eu disse, "de superar o complexo de Édipo."

Freud olhou para mim. Por um instante temi que ele pudesse me levar a sério. Em seguida, ele riu alto e apertou a minha mão. Agradeceu-me por ajudá-lo durante a semana em Nova York, e, sobretudo, por salvar as conferências na Clark. Eu o acompanhei até o barco. O rosto dele parecia sulcado muito mais profundamente que uma semana antes, as costas ligeiramente curvadas, os olhos uma década mais velhos. Quando eu ia desembarcar, ele me chamou. Estava na amurada; eu havia descido um degrau ou dois no passadiço. "Bem, então, deixe-me ser honesto com você, meu rapaz", ele disse, debaixo do guarda-chuva, enquanto a chuva caía torrencial. "Esse seu país: eu desconfio dele. Tenha cuidado. Ele desperta o pior nas pessoas — brutalidade, ambição, selvageria. Há dinheiro demais. Vejo o puritanismo pelo qual o país é famoso, mas ele é frágil. Vai desmoronar no redemoinho de satisfação que se anuncia. Receio que a América seja um erro... Um erro gigantesco, com certeza, mas ainda assim um erro."

Aquela foi a última vez em que estive com Freud na América. Na mesma noite, levei Nora para o alto do edifício Gillender, no cruzamento da Nassau com a Wall, um lugar em que se faziam e se perdiam imensas fortunas todos os dias. No sábado à noite, Wall Street estava deserta.

Eu tinha ido à casa dos Acton logo depois de me despedir de Freud. A sra. Biggs me recebeu como um grande amigo. Não havia sinal de Harcourt ou Mildred Acton; evidentemente, eles não estavam recebendo ninguém. Perguntei sobre o estado de Nora. A sra. Biggs se retirou, resmungando, e Nora desceu.

Nenhum de nós encontrava o que dizer. Por fim, perguntei se ela se importaria de dar um passeio; disse que seria aconselhável do ponto de vista médico. De súbito, tive certeza de que ela recusaria e eu nunca mais a veria.

"Está bem", ela disse.

A chuva havia cessado. O cheiro de pavimento úmido, que na cidade é tido como frescor, emanava agradável. No centro da cidade o pavimento mudava para paralelepípedos e o som dos cascos dos cavalos ao longe, sem nenhum veículo motorizado ou ônibus à vista, me fez recordar uma Nova York que eu conhecera quando garoto. Pouco falamos.

O porteiro do Gillinder ouviu que desejávamos ver o célebre panorama da cobertura e nos deixou entrar. Na sala da cúpula, quatro grandes janelas pontiagudas se abriam sobre a cidade, cada uma voltada para um ponto cardeal. Ao norte, víamos milhas e mais milhas da marcha expansionista da Manhattan elétrica; para o sul via-se a extremidade da ilha, a água e a tocha ardente da Estátua da Liberdade.

"Vão demolir o prédio a qualquer momento", eu disse. Ao ser erigido, em 1897, o Gillender era o mais alto dentre os arranha-céus de Manhattan. Com sua silhueta esguia e proporções clássicas, era também um dos mais admirados. "Será o prédio mais alto da história do mundo a ser derrubado."

"O senhor foi feliz algum dia?", perguntou Nora.

Refleti. "O doutor Freud diz que a infelicidade acontece quando não conseguimos nos desfazer das nossas lembranças."

"Ele diz como podemos nos livrar das lembranças?"

"Lembrando-nos delas."

Nenhum de nós falou.

"Isso não parece muito lógico, doutor", disse Nora.

"Não."

Nora apontou para um telhado a cerca de uma quadra ao norte, com uma altura próxima à deles. "Veja. Aquele é o edifício Hanover, onde o senhor Banwell me assediou há três anos."

Eu não disse nada.

"O senhor sabia?", ela perguntou. "O senhor sabia que eu o veria daqui?"

De novo eu não respondi.

"O senhor continua me tratando", disse Nora.

"Eu nunca a tratei."

Ela olhou para fora. "Eu fui muito estúpida."

"Nem de longe tão estúpida quanto eu."

"O que vai fazer agora?", perguntou Nora.

"Vou voltar para Worcester", eu disse. "Exercer a medicina. Os alunos vão retornar em algumas semanas."

"As minhas aulas começam no dia 24", respondeu Nora.

"Então a senhora vai para Barnard, afinal?"

"Sim. Já comprei os livros. Vou sair da casa dos meus pais. Vou morar no norte da cidade, em uma casa de estudantes chamada Brooks Hall."

"E o que vai estudar em Barnard, senhorita Acton?", perguntei. "As mulheres de Shakespeare?"

"Na verdade", ela respondeu animada, "penso em me concentrar no drama e na psicologia elisabetanos. Ah, e também em detecção."

"Uma combinação absurda de interesses. Ninguém vai levá-la a sério."

Houve outra pausa.

Acho", eu disse, "que deveríamos nos despedir."

"Eu fui feliz uma vez", ela respondeu.

"Uma vez?"

"Ontem à noite", ela disse. "Até logo, doutor. Obrigada."

Eu não respondi. Foi bom. Se não tivesse lhe propiciado o momento adicional, talvez ela não tivesse dito as palavras que eu ansiava por ouvir:

"O senhor vai ao menos me dar um beijo de despedida?", ela perguntou.

"Beijá-la?", respondi. "A senhorita é menor de idade. Eu nem sonharia com isso."

"Sou como Cinderela", ela disse, "só que ao contrário. À meia-noite faço dezoito anos."

A meia-noite chegou. Eu a beijei. E, assim, aconteceu de eu não conseguir deixar Nova York nem mesmo por uma única vez durante o resto daquele mês que se iniciava.

Epílogo

Em julho de 1910, George Banwell foi considerado inocente no julgamento pelo assassinato de Seamus Malley, com o juiz retirando a acusação por falta de provas. Banwell foi condenado, porém, pela tentativa de homicídio de Nora Acton. Passou o resto da vida na cadeia.

Charles Hugel cumpriu pena de dezoito meses por aceitar suborno e por falsificação de provas. Dormia mal na prisão, em algumas noites não dormia nada, e contraiu doenças nervosas das quais jamais se recuperou.

Em um belo dia de verão de 1913, Harry Thaw saiu pela porta da frente do Hospital Estadual de Matteawan, entrou num carro que o esperava e seguiu para o Canadá. Lá, ele foi capturado e extraditado para Nova York, onde foi julgado por fuga. A promotoria foi inábil. Para condenar Thaw, o promotor tinha de convencer o júri de que ele dispunha de pleno juízo no momento da fuga, mas, caso o júri concordasse com isso, Thaw teria direito à fuga, porque um homem mentalmente são não podia ser legalmente confinado em um asilo para loucos. Ao final do processo, Thaw obteve liberdade completa e incondicional. Nove anos depois, ele chicoteou um rapaz e foi encarcerado de novo.

Chong Sing foi libertado da prisão em 9 de setembro de 1909, uma vez que sua confissão precedente foi considerada fruto de coerção. Não se levantou nenhuma acusação contra ele. A despeito de uma caçada internacional, William Leon jamais foi encontrado.

George McClellan não concorreu à eleição para a prefeitura em 1909 e nunca exerceu outro cargo eletivo. Entretanto, o prefeito cumpriu a promessa de finalizar a ponte Manhattan ainda que fosse sua última realização no cargo. Naqueles dias, o mandato de um prefeito terminava no último dia do ano-calendário. Em 31 de dezembro de 1909 McClellan cortou a fita na ponte Manhattan e a liberou para o tráfego.

Jimmy Littlemore foi oficialmente promovido a tenente em 15 de setembro de 1909. Ele e Betty se casaram pouco antes do Natal. Greta foi uma das convidadas, acompanhada do bebê.

Ernest Jones nunca soube do envolvimento de Freud na investigação dos crimes de George e Clara Banwell. Freud não quis que a participação dele, como aconteceu, se tornasse pública, e não confiava em que Jones guardasse segredo. Jones soube, entretanto, de tudo sobre a sociedade Charaka. Encantou-se, em especial, pelo anel de sinete. Decidiu que confeccionaria um anel como aquele para os verdadeiros seguidores de Freud, a fim de que se identificassem entre si em qualquer lugar. Jung, é desnecessário dizer, não ganhou um anel.

Nas décadas que se seguiram às conferências de Freud na Clark ficou claro que 1909 marcou um divisor de águas na psiquiatria e na cultura americanas. A presença de Freud na univer-

473

sidade foi um sucesso. A tradução de Brill dos escritos de Freud sobre a histeria foi publicada — um tanto tardiamemte — depois que os processos se encerraram. A psicanálise firmou raízes em solo americano e rapidamente ganhou lugar de destaque. As teorias sexuais de Freud triunfaram, e a cultura psicoterapêutica passou a disseminar suas raízes.

As conferências de Jung em Fordham, nas quais ele rompeu abertamente com Freud, aconteceram, por fim, em 1912. No mesmo ano, o *Times* publicou a matéria elogiosa de página inteira sobre Jung e as alegações de Moses Allen Starr sobre a vida "peculiar" de Freud em Viena. Mas era tarde. A estrela de Jung nem de longe chegou à altura alcançada pela de Freud. A ruptura com Freud provocou nele uma crise de depressão profunda, marcada por vários episódios psicóticos ou quase psicóticos. Mais tarde ele zombaria das idéias de Freud como sendo "psicologia judaica".

A psicanálise cindiu a conexão entre a neurologia e a doença nervosa. Na verdade, ela tornou o termo *doença nervosa* obsoleto, substituindo-o por um vocabulário inteiramente novo de desejos reprimidos, fantasias inconscientes, id, ego, superego e, naturalmente, sexualidade. A psicologia renasceu, e o tratamento neurológico somático de "doença mental" seria por quase um século refutado como antiquado, retrógrado, obscuro.

O próprio Freud nunca experimentou a satisfação que deveria ter ante o sucesso da psicanálise neste país. Confundia os colegas ao chamar Smith Ely Jelliffe de criminoso. As idéias dele podiam ser célebres na América, dizia, mas não eram compreendidas. "A minha desconfiança da América", Freud confidenciou a um amigo no final da vida, "é inabalável."

Nota do autor

A *interpretação do assassinato* é uma obra de ficção do começo ao fim, embora muito nela seja baseado em fatos reais. Sigmund Freud visitou de fato os Estados Unidos em 1909, chegando a bordo do vapor *George Washington* com Carl Jung e Sándor Ferenczi na noite de 29 de agosto (embora a biografia clássica de Ernest Jones assinale a data como 27 de setembro, "corrigida" em edições posteriores para o também equivocado 27 de agosto). Freud se hospedou mesmo no Hotel Manhattan em Nova York por uma semana antes de viajar à Universidade Clark para dar suas famosas conferências, e ele de fato adquiriu certo horror pela América. Nos Estados Unidos, Freud foi de fato solicitado a conduzir análises improvisadas, embora nunca, ao que se saiba, pelo prefeito de Nova York.

A Manhattan de 1909 descrita neste livro foi exaustivamente pesquisada. A arquitetura, as ruas da cidade, a alta sociedade — todos os detalhes, inclusive a cor dos táxis, se baseiam em fatos. Erros, inevitavelmente, podem ocorrer. Os leitores que descobrirem algum podem me alertar sobre eles no site <www.inter-

pretationofmurder.com> Todos os erros restantes são exclusivamente de minha responsabilidade.

Eu não pude, entretanto, me ater à realidade em todos os detalhes de Nova York. Para começar, alguns lugares tiveram de ser modificados. O principal necrotério da cidade, por exemplo, ficava, à época, no Hospital Bellevue, na rua 26, ao passo que situei o legista Hugel — um personagem ficcional — e seu necrotério no centro, em um edifício inventado. Da mesma forma, tive de inventar o Balmoral, onde o corpo de Elizabeth Riverford foi encontrado, mas leitores versados reconhecerão de imediato o edifício real — o Ansonia — em que o Balmoral, inclusive a fonte com as focas que nela brincavam, se baseia. Ou, de novo, ao passo que o caixão da ponte Manhattan seja factual na maioria dos aspectos, ele já estaria preenchido de concreto em setembro de 1909 e não teria as câmaras de eliminação de detritos que se abriam para o rio descritas como "janelas" neste livro. Na verdade, haveria uma calha pressurizada mais longa para detritos, mas eu precisava das "janelas" por razões que não preciso explicar aos que leram o livro.

Eu também desloquei certos acontecimentos históricos para adiante ou para trás no tempo. Um pequeno exemplo inclui a referência de Abraham Brill aos "americanos hifenizados" de Theodore Roosevelt. Conhecedores de história dirão que Roosevelt proferiu seu conhecido discurso sobre os "americanos hifenizados" em 1915. (O termo disparatado era, porém, amplamente usado em 1909, e a imprensa veicularia a opinião de Roosevelt antes de 1915. Leitores interessados podem, por exemplo, consultar o *New York Times* de 17 de fevereiro de 1912, à página 3, que nos diz que Roosevelt "denunciou os americanos hifenizados" em um artigo que ele acabava de publicar na Alemanha. Brill, consciente do sotaque alemão durante toda a vida, teria sido altamente sensível a essa questão.) Ou, de novo, os textos que o dr. Younger consulta para descobrir a causa da visão em que Nora Acton se vê deitada na própria cama são reais, mas vários deles foram escritos depois de 1909. Por outro lado, o detetive Littlemore pode, de fato, ter lido o conto de H. G. Wells que descreve um acontecimento semelhante; o conto, *Under the knife* [Sob a faca], apareceu primeiro por volta de 1896.

Outro deslocamento temporal discreto contempla a greve na Triangle Shirtwaist Company, onde Betty conseguiu emprego; a greve aconteceu apenas em novembro de 1909 (o célebre incêndio ocorreu em 1911). Outro é o baile fictício da sra. Fish no Waldorf-Astoria. Na realidade, a temporada social de 1909 em Manhattan começaria mais tarde. De passagem, o Waldorf-Astoria aqui descrito não é o hotel que conhecemos hoje pelo mesmo nome, localizado na Park Avenue ao norte do terminal Grand Central. O primeiro Waldorf-Astoria ficava na Quinta Avenida com a rua 34; foi demolido em 1930 para dar lugar ao Empire State Building.

O caso mais significativo de deslocamento temporal é minha abordagem do rompimento de Jung com Freud, que na realidade se estendeu ao longo de um período de três anos e culminou por volta de 1912. Eu selecionei os eventos relevantes e os desloquei para os Estados Unidos mesmo sabendo que tiveram lugar em outras paragens. A despeito disso, as cenas entre Freud e Jung descritas em meu livro — por espantosas que pareçam — aparentemente ocorreram na realidade. Por exemplo, um estampido alto e misterioso de fato interrompeu os dois homens em meio a uma discussão sobre o oculto (com Freud numa posição cética), e Jung de fato reconheceu ter causado o ruído telecineticamente por meio do que ele chamou de "exteriorização catalítica". Quando Freud zombou dele, Jung previu a imediata recorrência do som para provar seu ponto de vista, e, inexplicavelmente, suas palavras se provaram verdadeiras. O episódio teve lugar, porém, não em um quarto do Hotel Manhattan em setembro de 1909, mas na casa de Freud em Viena em março do mesmo ano. Além disso, Freud desmaiou por duas vezes na presença de Jung, entre elas numa ocasião em 20 de agosto de 1909, véspera da partida dos viajantes para a América. O "percalço" enurético de Freud em Nova York foi revelado pelo próprio Jung em 1951 — embora Jung pudesse ter inventado a história para descreditar Freud.

Os biógrafos de Jung discordam acerca da sua suposta promiscuidade, de seus delírios e de seu anti-semitismo. O retrato de Jung neste livro é apenas isto — um retrato —, baseado em seus escritos e cartas, e em conclusões tomadas por alguns, mas não todos, dos que que escreveram sobre ele.

Os leitores podem se perguntar se Freud e Jung teriam realmente expressado as opiniões que eu lhes atribuo em A *interpretação do assassinato*. A resposta, em quase todos os casos, é que eles as expressaram. Muito do diálogo entre Freud e Jung é extraído de suas próprias cartas, ensaios e declarações descritas em outras fontes publicadas. Por exemplo, em meu livro Freud diz: "O prazer de satisfazer um selvagem impulso instintivo é incomparavelmente mais intenso do que o de satisfazer um instinto que já foi domado pelo ego". Leitores interessados podem encontrar a frase correspondente em *Mal-estar na civilização*, de Freud, de 1930, no volume 21, página 98, da edição Standard das obras completas de Freud.

Como devem ter notado de imediato os aficionados de Freud, Nora se baseia em Dora, a jovem descrita na história de caso mais controvertida de Freud. O nome real de Dora era Ida Bauer; ela não era americana, nem foi atendida por Freud na América, embora tenha morrido em Nova York em 1945. Nora não é em nenhum sentido uma cópia de papel carbono de Dora, mas os fatos básicos das agruras de Nora — o assédio do melhor amigo do pai, a recusa do pai em tomar seu partido quando ela se queixou a ele, o caso do pai com a mulher do mesmo amigo, e a atração da própria Nora pela esposa dele — podem todos ser encontrados no caso Dora. A interpretação edipiana da histeria de Nora que Freud ofereceu a Younger em meu livro, inclusive o componente oral, é a interpretação factual que Freud deu à Dora da vida real. Os ataques físicos, contudo, e o mistério do assassinato são, naturalmente, inteiramente imaginários. A tentativa do prefeito McClellan de tirar de Tammany Hall o controle do governo da cidade é bem conhecida. Na verdade, é possível que McClellan tivesse supervisionado pessoalmente uma investigação importante de homicídio em setembro de 1909, porque à época ele havia submetido todo o departamento de polícia ao controle da prefeitura. Por outro lado, o interesse de McClellan em assegurar a nomeação para mais um mandato é pura especulação. Em público, ele insistiu em que não concorreria.

Charles Loomis Dana, Bernard Sachs e M. Allen Starr são figuras históricas. Eram de fato conhecidos como o Triunvirato; eram todos inimigos ferrenhos de Freud e da psicanálise. Desejo enfatizar, porém, que os atos vis implicitamente atribuídos a eles aqui são completamente fictícios. Não houve nenhum complô para frustrar as conferências de Freud na Clark. Também com finalidade dramática exagerei a riqueza de Dana e sua relação de parentesco com a família mais ilustre que portava o mesmo sobrenome. Embora Charles L. Dana descendesse aparentemente do mesmo ancestral eminente que os Dana mais distintos, ele nasceu em Vermont e pode nem ter tido um conhecimento preciso de sua ligação com Charles A. Dana, com os outros Dana de Nova York, ou com os Dana de Boston. Smith Ely Jelliffe é outra figura histórica que eu enfeitei. Jelliffe não era, por exemplo, rico; nem existe nenhuma razão para se pensar que fosse um mulherengo. (De passagem, embora o Players Club tivesse de fato existido, a sugestão de que ali campeava a prostituição é pura especulação.) Ocorre, no entanto, que Jelliffe foi de fato tanto o principal especialista psiquiátrico do assassino Harry Thaw como o editor do primeiro livro de Freud em inglês — o *Estudos sobre a histeria*, traduzido por Abraham Brill. Aconteceu também de Jelliffe ter comparecido a encontros do Clube Charaka, a sociedade exclusiva (mas não secreta) fundada em conjunto por Dana e Sachs.

Os relatos das agressões sádicas de Thaw contra a jovem esposa e outras mulheres são retirados quase literalmente de fontes documentais. Apenas como registro, vale dizer que o testemunho espantoso da sra. Merrill não ocorreu no julgamento por homicídio de Thaw em 1907, mas em uma das audiências subseqüentes referentes à sanidade de Thaw. Todavia, não passa de lenda urbana (embora reportada como fato em numerosas ocasiões) que Thaw foi julgado no tribunal de Jefferson Market; ele foi indiciado ali, mas seus dois julgamentos por assassinato tiveram lugar nas cortes criminais da rua Centre, próximas de Tombs. Não há provas de que Thaw tivesse visitado o estabelecimento da sra. Merrill, ou qualquer estabelecimento similar, durante o período de confinamento no asilo de Matteawan. Dada a facilidade com que escapou dali, porém, uma ausência sem autorização não teria sido inconcebível.

O corpo da srta. Elsie Sigel, neta do general Franz Sigel, foi de fato descoberto no verão de 1909 em um baú num apartamento da Oitava Avenida pertencente a um Leon Ling. O personagem Chong Sing do meu livro é uma combinação do Chong Sing verdadeiro com um outro indivíduo também envolvido no caso. O corpo da srta. Sigel, porém, foi encontrado cerca de dois meses e meio antes da chegada de Freud a Nova York, e, desnecessário dizer, a descoberta não foi feita pelo detetive Jimmy Littlemore, que é um personagem inteiramente imaginário.

Igualmente imaginário é o dr. Stratham Younger, bem como o caso amoroso de Younger com Nora.

Agradecimentos

Meu mais profundo agradecimento à minha brilhante esposa, Amy Chua, que idealizou este livro, e às minhas adoradas filhas, Sophia e Louisa, que (ao lerem uma versão amenizada para menores) viram erros que ninguém mais viu, a começar da primeira página. Tenho uma grande dívida para com Suzanne Gluck e John Sterling por terem acreditado no romance, e para com Jennifer Barth e George Hodgman por torná-lo melhor. Quero agradecer a meus pais, ao meu irmão e à minha irmã por suas profundas percepções e afeição. Debby Rubenfeld, Jordan Smoller, Alexis Contant, Anne Dailey, Marina Santilli, Susan Birke Fiedler, Lisa Gray, Anne Tofflemire e James Bundy foram amáveis o bastante para oferecer leituras críticas inestimáveis desde o início. Heather Halberstadt foi um tremendo verificador de fatos, e sou grato a Kenn Russel por seu olhar meticuloso.

ESTA OBRA FOI COMPOSTA PELO ACQUA ESTÚDIO EM ELECTRA E FOI IMPRESSA
PELA GEOGRÁFICA EM OFSETE SOBRE PAPEL PÓLEN SOFT DA SUZANO
PAPEL E CELULOSE PARA A EDITORA SCHWARCZ EM JULHO DE 2007